西游启示录

——《西游记》里的生活经

康玉生 著

内蒙古人民出版社

图书在版编目（CIP）数据

西游启示录:《西游记》里的生活经／康玉生著.
-- 呼和浩特:内蒙古人民出版社，2022.10
ISBN 978-7-204-17218-4

Ⅰ.①西… Ⅱ.①康… Ⅲ.①《西游记》研究
Ⅳ.①I207.414

中国版本图书馆 CIP 数据核字（2022）第 136670 号

西游启示录:《西游记》里的生活经

作　　者	康玉生
责任编辑	李　鑫
封面设计	刘那日苏
出版发行	内蒙古人民出版社
地　　址	呼和浩特市新城区中山东路 8 号波士名人国际 B 座 5 层
网　　址	http://www.impph.cn
印　　刷	内蒙古爱信达教育印务有限责任公司
开　　本	710mm×1000mm　1/16
印　　张	23.5
字　　数	450 千
版　　次	2022 年 10 月第 1 版
印　　次	2023 年 3 月第 1 次印刷
书　　号	ISBN 978-7-204-17218-4
定　　价	52.00 元

如发现印装质量问题,请与我社联系。联系电话:(0471)3946120

序

内蒙古作家康玉生把他新创作的《西游启示录》送我,这是他第二部研究《西游记》的专著。去年内蒙古人民出版社出版了他的头一本六十余万字的专著——《正解西游记》,在读者中引起了阅读热。

说实话,阅读这本书之前,我心里很有几分疑惑和不解。毕竟,解读《西游记》一类的作品,其实早在它成书不久后就开始涌现,自此数百年间层出不穷,时至今日实已到了汗牛充栋的程度。所以,收到这部作品的那一刻,我既钦佩于作者的勇气,又为其捏了一把汗,毕竟,对经典的研究解读没有什么捷径可走,要么做到高人一筹,要么必须独辟蹊径,两居其一才有可能结出属于自己的果实。这有点像在雷区排雷,能力不足强行为之,非但地雷无法被有效排除,还可能会因此伤及自身。

不过,开始阅读起来后,我就很快被吸引住了。在书里,曾经熟悉的西游故事被重构,幽默明快的语言风格,使各个故事更觉俏皮可人、卓有新意,令人手不释卷。当然,这并不是重点,我始终关注它所强调的"启示",关注是否能够从"西游"中获得像样的"启示"。作者没有让我失望,我的确看到了各有关联、可以举一反三的"启示"。每篇故事之后,必有依其所包含的问题、缘由、因果,引出不同的启示,同时紧密结合古今中外名人轶事、成败得失的小故事,一一对照,相映成双。这些启示中,有的因运筹帷幄所以成功可期,有的因未雨绸缪故而避免失败,有的总结了成功经验,有的分析了失败原因,解析透彻,启迪有力。

我们历来主张拿来主义，讲究古为今用洋为中用，能批判地吸收一切有益的东西，才是运用的关键所在。前人的成功之道，如果能为文化发展有促进作用；前人失败的教训，如果能为人有所警示，其实已足够有意义。当然，书中所罗列的启示毕竟是一个维度一家之言，不一定都是正确的，但换个角度看，假使把这些启示当作一块砖头抛出去，要是能够达到启迪读者，引出更多联想与思索的效果，其价值就已经得到体现。

正如作者在后记所说，他从小喜欢读《西游记》，这本名著陪伴着他成长。近几年他阅读后，看到了更多深层次的东西，于是如其所说"抱着要知其然也要知其所以然的态度准备深究一下"，他要把"西游中许多不解和困惑讲清道明示之于人"，并"希望引起其有益的思考"。他说明了创作本书的宗旨，也说明了他对名著的阐释是在运用猜谜的方式。其实古今中外的文学名著，都被时间岁月淘洗成谜语，经过不同时代的读者猜测，又被不断涌来的新的读者探究。越是优秀的著作所蕴含的谜语越多，魅力则也越多。《红楼梦》是古典四大名著中的谜语最多的一本书，谁也猜不出谜底，所以有人说"一千个读者就有一千个汉姆莱特"。

康玉生是其中一个猜谜者，他能够找到一种后现代主义的猜谜方式，用碎片化的组合去寻找谜底，用启示作为砖去引玉，这显然是一种新颖的研究古典文学的方法。

人类对自我和世界广宇的神秘感和好奇心是与生俱来的，对解谜的爱好与兴趣也是与生俱来的。在解谜过程中，作者和读者都能受到哲学、历史、文学、美学的教育，从而提升人文修养和精神向往。

我读了这本书之后，受到了启发。我过去读《西游记》是把孙悟空的"自我"，理解为思想者的自我，并不清楚外部世界和他人是否存在，只清楚自己意识的存在。孙悟空从自己的意识出发，推导出外部世界和他人的存在，所以制造出许多荒唐的笑话和闹剧。当我们认识到意识哲学的基本思路行不通，就应该认识到自我是一种存在，而不是孤立的自我意识。因为，自我总是以这种或那种方式在世界中存在，在孙悟空的周围总有其他的存在者，他们与孙悟空的自我共存，自我原本是以他我共存的；自我的存在总是具体的，总是存在于不断变化着的时间与空间当中；此一刻总是不同于彼一刻，此一处总是不同于彼一处。这是一种活生生的存在，自我不仅亲自感受到这种活生生的存在，而且亲自参与这种活生生的存在。孙悟空后来加入唐僧的取经队伍，正是亲自参与活生生的存在。于是猴戏似的闹剧转化成史诗般的正剧。

我已经受到书中启发而受益了。

我还喜欢这本书的语言。正如福柯所说："不是叙述语言的时代，而是语言叙述的时代。"本书作者的语言自然流畅，还有着鲜明的时代感，符合当前青年读者的阅读习惯，想必本书一定会受到读者的喜欢。

作者想让我写个序，我就把以上读后感作为序，并预祝本书获得可喜的发行量，能有更多的读者从中受益。

2022 年 7 月 18 日于听雪楼

目录

4

第一篇　从石猴出世说开去

一、时间:春秋末期,具体年代待考

二、地点:东胜神洲傲来国花果山,南瞻部洲

三、事件起因:花果山顶一块仙石炸裂,迸出一颗石球,又化成石猴。

盘古开天辟地后,火神祝融和水神共工因名利之争而战,共工败而怒撞撑天西柱不周山,天倾西北地陷东南。女娲为救天地万灵采石补天,终于再定世界。且说撑天柱只剩其一,便是东胜神洲花果山,那山巅峰处有块仙石,不知历经多少霜风雪水、雷霆雨露,采天地灵气吸日月精华,终一天石块崩开,滚出一粒石蛋,石蛋随风走过,霎时生出头和手脚,化成一只石猴。

石猴出世便学爬学走叩拜四方,双目射出两道金光,直射天庭,惊动了玉皇大帝。他驾临灵霄宝殿,聚集满朝文武仙卿,命千里眼、顺风耳去南天门查看。二神奉旨出门,看真听明后回奏:“花果山仙石产卵,见风化成石猴,金光是其双眼之光,他现已饮水进食,金光慢慢消失。”玉帝闻天地生成灵物,不无悲悯示道:“此乃天地精华生成,就让他好好自在吧。”

石猴终日和花果山猴群混在一起,一天,猴群在山涧洗澡,见涧水奔流似万马奔腾,众猴闲来无事,便顺河向上找源头,原来是一股瀑布从山上飞泻下来。这时,一个猴子就嚷到:“谁有本事敢钻进水去,找到水源来历还能

不伤身体，我们就拜他为王。"一连喊了三声，石猴当即应道："我进去！"结果钻进去一看，竟是一座仙人洞府——花果山水帘洞。石猴大喜，出去招呼众猴进来，他果然没受一点伤，还为猴子们找到天造地设的福地洞天。

当众猴随他进了水帘洞，一个个抢夺东西搬移玩耍，仿佛忘记了刚才的承诺，石猴却全然没和他们厮混，而是正襟危坐在水帘洞王座上，大义凛然道："弟兄们，人而无信，不知其可。"话可是你们说的，讲得清清楚楚，谁有本事进出不伤身体，就拜他为王，我不仅全部办到，还超额完成，为大家找到这样一个好地方，能让各位安眠稳睡，各享成家之福，是不是该拜我为王了？

众猴无话可说，于是各按资历年龄排好次序，朝上礼拜，从此石猴自称为美猴王。

这美猴王带领猴群过着无忧无虑的好日子，也不知自在逍遥了多少年。一天，他召集群猴举行宴会，却突然在众猴兴高采烈时掩面大哭起来。众猴不知就里，惊慌失措不住询问："大王，您怎么了，到底出了什么事？"

猴王泪水模糊摇头长叹，说出心病："人无远虑必有近忧，现在咱看起来虽然热闹，我却担心将来，想到这儿不由得难过。猴子们一听，都吁了口气，笑着宽慰道："大王，您太不知足了！咱这日子就是神仙过的，仙山福地庇护着，别说人间皇帝还是麒麟凤凰，都管不着我们，何等自在逍遥无忧无虑，你的远虑在哪里？"

猴王看他们志得意满之态，只觉肤浅，不由哎了一声："不错，我们今天虽不受人间王权管辖，不怕禽兽威逼，但总有年老气衰时，到那时就要让阎王管了。你们想，一旦猴死身灭，咱可不是白白生在世上一场了吗？又怎能远存于天地间？"

众猴被他说得恍然大悟，一霎时都如雷霆击顶，全部掩面哭泣起来，都害怕起那个终有一天到来的结局了。

就在此时，众猴里蹦出个通背猿猴，大声道："大王，您能有这样的想法，看来修道之心已然具备！据臣所知，天地间有三等档次人物，不受阎王管辖。"猴王问是谁，通背猴答："只有佛、仙、神圣三类人物，能躲过轮回，与天地山川齐寿。"猴王问能在哪里找到？通背猴说这些人物只在大千世界中古洞仙山内。猴王听了，觉得修仙成道有实现路径，便不再伤心，随即发布训示："我明天下山，哪怕寻遍天涯海角，也定要找到他们，学成长生不老术，躲过阎王管控。"

第二天，花果山群猴倾巢出动，采摘仙桃异果，准备山药黄精，请猴王上坐，众猴轮流上前敬酒、献花、献果，好生红火热闹了一天。到第三天，美猴王早早起来，独自登上木筏，飘飘荡荡向心中的目的地而去。

启示之一：优越的背景、不凡的履历，再加上众目关注，此类人物有不凡的人生历程便顺理成章。

唐太宗李世民生于隋文帝开皇十七年，父亲是时任隋朝统治集团重要成员之一的李渊，母亲是北周皇族窦氏。他4岁时，便有相面者说其生俱龙凤之姿天日之表，到二十岁就能济世安民，李渊据此为其取名"世民"。义宁元年，李世民鼓动李渊起兵反隋，于晋阳起兵。李渊封其为敦煌郡公、右领军大都督，统帅右三军，起兵攻入长安。唐朝建立后尚未完全统一全国，因此，李世民经常出征，消灭各地割据势力，亲自参与四场大战役——破薛举，击败宋金刚、刘武周，虎牢之战歼灭河南王世充和河北窦建德集团，重创窦建德余部刘黑闼和山东徐元朗。太原起兵出于李世民谋略，李渊曾答应他事成之后立之为太子，但建唐后，李渊依照礼法，立长子建成为太子。自此，以建成为首的太子帮和以世民为首的秦王帮势成水火，终于酿成"玄武门之变"，太子建成、齐王元吉被杀，李世民继位登基，历史迎来"贞观之治"。

（石猴出世的地方可不是平平常常的所在，而是东胜神洲花果山，那个号称百川会处擎天柱、万劫无移大地根的东天柱。他的父母也绝非凡人，而是天精地血生他而成的天地。他的出世也是非同凡响，一出现就引起玉皇大帝关注，实是非同一般，注定了主角命运。）

3

启示之二：无论出发点怎样，敢于担当敢于负责，为大众谋福祉，是树立威信威望的不二法门。当然，前提是须具备足够的能力和水平。

秦朝末年，刘邦时年 47 岁，已属那个时代的老人。由于陈胜、吴广率先发动起义，拉开农民反抗的大幕，刘邦所在的沛县农民也加入起义队伍，他被众人推举为首领。当时，首领并不只有他一个人选，但萧何、曹参等人打的是自己小九九，惧怕成为首领，一旦起义失败，必要被诛杀九族。只有刘邦，坦然坐上这个位子，而且在上位前大义凛然，自称宁刀石加身，也要担负起职责，唯一担心的只是自己才能不足，辜负大家信任。他的虚怀若谷和无小我有大我，顿时获得众人的一致拥戴，成为沛县公认的起义军领袖。

（面对脱颖而出可以一跃受拜为王的刺激，石猴先声夺人站了出来，运用自己的强健身体，在确保不受损伤前提下，找到福地洞天的花果山水帘洞。但他要求上位，要求成为猴王的讲话，更多强调的是自己为组织和猴群所做的贡，猴子们不由得便俯首帖耳叩拜为王。）

启示之三：强者应深谋远虑，看到他人看不到的危机，感受到他人感受不到的危险，不谋万世者，不足谋一时；不谋全局者，不足谋一域。

为统一德国，俾斯麦运筹帷幄，主导了三场战争并亲自为之坐台。一是普丹战争。普鲁士拉上奥地利，让支持丹麦的其他国家不敢轻举妄动，还利用德意志统一的大旗获取了道义上的制高点。二是普奥战争。俾斯麦成功策划外交活动争取到意大利作为军事同盟国，迫使奥地利陷入两线作战，又拉拢了法国中立，同时还在欧洲大陆为敌方的外交制造了麻烦，让英、法、俄顾不上干涉普奥战争。普军获胜后俾斯麦不顾总参反对，下令停止进攻维也纳，为的就是防止俄国和法国担心普鲁士在中欧强大起来形成合力。三是普法战争。老成谋国的俾斯麦挑动法国首先对普宣战，然后发动反击在色当会战中迅速击败法军，速度之快，让其他国家想插手也没机会。统一德意志的三场战争，俾斯麦纵横捭阖，不光显示了高超的政治艺术，还尽情展示了绝妙的外交手段，每次战争只针对一个大国，避免另外大国插手，确保一击必中、出手必胜。

（本事能力相当优秀的美猴王，带领猴子猴孙享受着自由惬意的生活，而当所有猴子都乐不知疲时，依旧是他敏感察觉了真正能威胁到自己的是谁。于是，他产生了跳出三界外、不在五行中的思想认识，彼能够让阎王管不着自己这一伟大目标所推动，才最终造就了未来的齐天大圣。）

启示之四：善于审时度势，在机会中判断导向，有的放矢地把握住众多道路中唯一正确道路，是一种大智慧。

三家分晋后，魏国文侯魏斯即位之初雄心勃勃，要做出一番事业。他重用李悝实行政治改革、启用吴起实行军事改革，并联合韩国、赵国形成"三晋同盟"，攻秦制齐压楚，特别是用人不疑，大胆启用被满朝诟病的外臣乐羊灭了中山国，使魏国一跃成为当时最强大国家。

（当通背猿提供了长生不老的学习途径后，石猴毫不犹豫，毅然决然下定了访师问道的决心，并为了这个目标的实现，付出了不懈的努力。）

启示之五：有好基础不等于有好结果，当不够强大时全力发展壮大自己，才是明智之路。

元末天下混乱，农民起义四起，大大小小的割据势力多如牛毛。朱元璋作为众多割据势力的一支，实力还不是特别强大。谋士朱升就给朱元璋提出"高筑墙、广积粮、缓称王"的策略，为朱元璋保存实力、最终崛起发挥了重要作用。"高筑墙"就是加强根据地建设，提高军事实力，以保卫自己的地盘。"广积粮"就是要发展经济，增强经济实力，打好经济基础。"缓称王"则是在自身实力并不突出的情况下不贸然称王称帝，防止树大招风，使自己成为其他割据势力攻打的对象。

（孙悟空当上了猴王，但几百年间，没有更大能力挑战其他势力的时候，他始终老老实实地睦邻友好，和各方各派都处理好关系。否则，此时随便来个什么老虎兵团、狮子战团，猴子们都将被消灭。）

启示之六：对于所提供的信息情报应综合分析、兼听则明。一旦偏听偏信导致决策失误，就将造成无法挽回的损失。

齐国相国邹忌问自己和徐公谁更帅，结果妻、妾、客都吹嘘他，说徐公不如他帅。后来，邹忌想通了各方赞美自己的原因，并以小悟大，把自身受蒙蔽的事情和国家大事用类比与联想的方式联系起来，规劝齐威王广开言路、虚心纳谏，使得齐国革除弊端改良政治，国力取得了极大发展。

（对于通背猿提供的所有参考资料，猴王通盘采纳深信不疑，就在于他对自己部下一贯的了解。如果是假信息，那么等待孙悟空的，也许就是漂泊异乡死无葬身之地的凄惨后果。）

第二篇 好好学习

一、时间:秦朝初年

二、地点:西牛贺洲、南赡部洲

三、事件起因:猴王为学长生术,各地悉心探察寻访,找佛仙神圣意欲拜师。

离开了自己一亩三分地,猴王一路奔波来到南赡部洲。他学人穿衣行礼说话,每天早出晚归,一心寻访成为佛仙神圣的路子,只盼早日得到长生不老的诀窍。但放眼世间所见,都是逐名为利之人,哪有惜身保命者。这一晃八九年过去,依旧一事无成,他越来越心焦和担忧,终有一天,猴王来到大海边,想到海外总该有神仙,就又乘木筏飘扬过海去往西牛贺洲。

一天,当他走到一座隽秀清丽不染俗尘的高山下,偶尔听到山林中隐隐有歌声传出,再仔细分辨歌词,竟有"黄庭"二字。几年来他也没干别的,就是详细了解神佛的基本特征,由此知道黄庭正是神仙学习修行用的秘籍,不由心花怒放:神仙原来藏身在此!

于是忙进山寻找谁在唱歌,原来是个樵夫在砍柴。猴王上前恭恭敬敬称呼老神仙,樵夫闻听忙答礼,连说愧不敢当。并告诉他:"此歌名叫《满庭芳》,确实是神仙所教。"猴王请求指引神仙住处,樵夫手指前方说:"这山叫灵台方寸山,山中有座斜月三星洞,洞中有神仙须菩提祖师,顺小路向南七八里就是他家。"

猴王顺路到了地方，见洞府周围果然观灵福地，更胜人间天堂。洞门紧闭，前立一块石牌，刻着"灵台方寸山，斜月三星洞"。他心里忐忑，想进去又怕被拒，踌躇很久不敢敲门，便在洞旁摘松子缓解紧张心情。不想洞门突然开了，走出个仙童高声道："是什么人来搔扰？"猴王赶紧上前施礼："仙童，我是来学仙访道的，不敢搔扰。"仙童打量他几眼笑起来："我师父正在登坛讲道，突然让我出来开门，说有个修行的来了，让我接待一下，难道就是你？"猴王笑答正是，童子于是带他入见。

进了仙洞，他把往日一贯顽皮都收敛起来，但实在是两只眼睛不够用，一路进去看不尽的玉阁琼楼、夸不完的珠宫贝阙，直到那洞府深处，瑶台上果然有位祖师端坐，两边三十个小仙侍立。刹那间，大觉金仙气场，西方妙相神境，真如本性风范，辉煌场面让初入仙家的猴儿目瞪口呆彻底拜服，磕头不计其数，激动得话都说不流利，只连连叫师父，说自己诚心诚意来拜师学道！

祖师见怪不怪，微微一笑问道："你是哪里人？"猴王说自己是东胜神洲傲来国花果山水帘洞人。祖师一听就翻了脸，喝道："把他赶出去！"如此胡言乱语、撒奸耍滑的家伙，哪能修什么道！实话实说的猴王惊慌又委屈，忙不住磕头："弟子说的实话，没一点虚假。"祖师才心平气和问道："既然老实，你怎么说是东胜神洲人？从那里到这，隔两重大海和南赡部洲，你怎么能来？"猴子磕头不止老老实实答道："弟子飘洋过海，四处游历，用了十几年才寻访到这儿。"祖师点点头又问："你姓甚么？"猴王答："我没什么小性，别人骂我不生气，打我也不发火，顶多陪个礼就得，这辈子都是这样。"祖师笑着摇头："我不是这个意思，是问你父母姓甚？"猴王："我无父无母。"祖师："你没父母？难道是树上结的？"猴王点头又摇头："我不是树上结的，却是石头里长的，当年花果山一块仙石破了，我就出生了。"祖师一听正合自己所想，心里暗暗喜欢，又问："这么说，你倒是天地生成的，走两步我看看。"猴王壮着胆来回摇摆着走了两圈，祖师道："你这样子看着像个猢狲，干脆就给你从这两字上取个姓。猢字去了兽旁是古月。古为老月是阴,老阴不能繁育,不好。狲字去了兽旁是个子系(繁体孙字为孫)。子是直男系是婴幼,正属年轻朝气之像。好,你就姓孙吧。"

猴王听师父赐姓,知道自己成了弟子,高兴地连连叩头:好! 好呀! 出生至今我才知道自己姓什么,就请师父慈悲,再赐个名,也好以后叫我。祖师道:"我门下按十二字分辈起名,是广、大、智、慧、真、如、性、海、颖、悟、圆、觉。排到你已是第十辈,正好是悟字。我就给你起个法名,叫孙悟空,好不好?"猴王笑逐颜开:"好! 好! 好! 从今以后,我就叫孙悟空!"

孙悟空有了名姓,谢过师父,又去二门外拜过众师兄,从此就开始修行。他先学洒水扫地、应答对语、迎来送往、讲经论道、练字焚香,天天如此。有空还去养花修树、寻柴烧火、挑水运货,日复一日。

不知不觉,六七年过去,一天祖师登坛高坐,亲自给徒弟们授课。他一开讲果真不同凡响,让首次正式听讲的孙悟空兴奋不已,难以自控地抓耳挠腮眉花眼笑,继而忍不住手舞足蹈起来。祖师喝道:悟空,你怎么上蹿下跳,不好好听我讲课? 悟空吓了一跳,忙答:"弟子沉心听讲,听师父说到精微深妙处,兴奋得不能自己,不知不觉失态了,请师父恕罪!"祖师心中高兴,点头道:"你伊始竟能听懂我的所讲,也是难得。我问你,来洞中多长时间了?"悟空:"弟子对时日长短没印象,只记得锅灶缺柴常去山后打柴,那有一片好桃林,我已顺道去吃了七顿饱桃了。"祖师:"那山叫烂桃山,你已吃过七次,说明已过了七年。好吧,你想学甚么道行?"

悟空脑海里挥之不去的,始终是进洞当日,师父带给自己一生都难以忘记、震撼心灵的场景,觉得凡师父所授必定靠谱,忙恭敬答道:"便请师父赐教,只要沾边的就学。"祖师嗯了一声:"这'道'门中三百六十旁门,各有各的正果。你想学哪一门?"他哪知三百六十旁门各是什么,只得说:"师父你看着给弟子教一门吧。"祖师:"教你术门之道怎样?"悟空:"术门之道是做些什么呢?"祖师:"就是请仙扶鸾、问卜揲蓍,学会可以趋吉避凶。"悟空:"这能不能长生?"祖师:"不能!"悟空马上摇头:"不学!"祖师:"教你流门之道怎样？"悟空："流门学些什么？"祖师："就是统揽儒、释、道、阴阳、墨、医各家各派，学习其中真谛。"悟空："这个可不可以长生？"祖师打个哈哈："学这个想长生好比壁里安柱。"悟空心觉不妙，还是问道："师父，我个老实人，听不懂这些套话，什么叫壁里安柱？"祖师："人盖房子总是希望房子坚固，必定要在墙壁间有个承重顶柱，有朝一日房子塌了，柱子也就完了。"悟空："这么说也不长久。不学！"祖师："教你静门之道怎样？"悟空："能修成什么正果？"祖师："就是休粮守谷、清静无为、参禅打坐、戒语持斋。"悟空仍旧那句话——能不能长生？祖师："这好比窑头土坯。"悟空心里明镜一样，却不敢不恭不耐烦，笑道："师父，我早说了，搞不懂您这隐语，请给解释一下，什么叫窑头土坯？"祖师答："这好比烧砖窑场已经做好的砖瓦坯，虽已成形，但毕竟没有经过水火煅炼，万一哪天遇上滂沱大雨，它肯定被淋得没了形状。"悟空摇头："也不长远，不学！"祖师："教你动门之道可以吗？"悟空："能修些什么本事？"祖师："就是采阴补阳、用方泡制、烧茅打鼎、进红铅炼秋石、服妇乳等等。"悟空："能不能长生？"祖师：想靠这个长生，有如水中捞月。"悟空赔笑细问："师父，您又来了，水中捞月是什么意思？"祖师："月在长空，水中有影，虽然看见却摸不着，毕竟虚空。"悟空再次失望地摇头："也不学，不学！"

祖师让他接二连三的"不学"顶撞得生气了，手执戒尺走下来指着他训斥道："你这猢狲，这不学那不学，想学什么？"上去在猴头上一连打了三下，倒背着手回了自己房中。

这下，满堂师兄们顿时炸窝了，好容易等师父亲授一次课，期待多少次才等到，这可好，让猴子给搅了局，搞得谁也没得听，连做笔记的机会也没了。众人又惊又气都来怨他："你这泼猴，真是太不懂事了！师父传你这么多道法，你不感激涕零勤勉修习，反倒和师父讨价还价论短长？惹怒了他老人家，谁知道下次再给咱上课得等多长时间？"

面对大家的抱怨指责，悟空却一点不生气，满脸陪笑。原来，他已猜出师父诸多肢体语言的深意，分明是在对己有所暗示。

当晚，等众师兄都睡了，他估摸三更快到了，便轻轻起来穿好衣服，溜到师父卧室后门，果然见门半开。悟空心里高兴：看来我所料不错，老师父要给我传道，才留着这门。他侧身进门，走到榻前，见师父正在酣睡，不敢惊动。恭敬地跪在旁等候。不一时，祖师醒来吟诗，悟空忙应道："师父，弟子在此跪候多时。"祖师披衣坐起喝问："你这猴子，不好好睡觉，跑我这儿来干什么？"悟空答："师父昨天在讲坛前清楚明示，让弟子今晚三更从后门来，不就是要给我传道法吗？所以我才大着胆来见师父。"

祖师心里暗自赞叹：这小子果真是天地生成，否则，怎能有如此灵性识破我哑谜之意呢？悟空连连磕头恳求："这里再无他人，只有弟子，就请师父大发慈悲，传我长生之道吧，永不敢忘恩！"祖师道："这是你有缘法，我很高兴你能识破哑谜，也必能领悟传你的道法。"命他近前细听，悟空叩头用心，跪在榻下牢牢记住师父秘传口诀，等学完大道出了门见东方微白，赶紧又回了原睡处，喊大家起床，好像没事人一样，从此他开始秘密练习长生术。

又过三年，祖师再次登坛讲课说法，正讲着忽然问："悟空在哪儿？"悟空上前跪下，祖师问："你这几年修练了什么道法？"悟空："弟子近来通了法性，修炼根基已逐渐坚固。"祖师："你既道法根基已成，就可以修炼成神仙体了，不过今后须防备三灾。"悟空沉吟良久不得要领，忍不住问："师父这话不妥吧，不是说只要道行高强就能与天同寿吗，怎么又冒出个三灾来？"祖师缓缓道："你所研修的道法并非是普通平常之道法，可称是夺天地造化占日月玄机，穷尽三界妙处，任是神仙鬼怪都无法容忍这样行止。因此，你的修行虽能驻颜益寿，但到五百年后，天会降雷灾击你，必须提前防范躲避，否则小命就此结束。再过五百年，天降火灾烧你，这火叫阴火，从人涌泉穴烧起，直透泥丸宫，以致五脏成灰四肢朽败，千年苦修变南柯一梦。再过五百年，天降风灾吹你，这风叫赑风，从人头顶囟门向下，直吹进丹田九窍，于是骨肉消灭自然完结。三灾若躲不过，长生之论都是假大空。"

悟空让师父这组话说得汗流浃背、毛骨悚然，忙磕头拜求："请师父慈悲，传我个躲避三灾之法吧。"祖师看着他，说道："其实也倒不难，不过你和其他'人'不同，所以传不成。"悟空辩道："我和人一样头圆顶天脚方踏地，一样九窍四肢五脏六腑,怎么不同?"祖师:"你虽长得像人,比人却少腮帮。"悟空伸手一摸楞了,忽又笑答:"师父,您少算了一样!我虽比人少腮,却比人多个嗉子,一顶一也将就了。"祖师笑道:"那好吧,我有两种躲避法,一种是三十六般天罡变化,一种是七十二般地煞变化。你学哪种?"悟空灵机一动,答:"弟子愿多研习些法学,学地煞变化。"祖师道:"好,我传给你口诀。"自此后,他勤学苦练一通百通,把七十二变练成了。

又一天,祖师领众弟子在三星洞前观赏晚景,有意问他:"悟空,教你的东西都学会了吗?"悟空:"多蒙师父深恩,弟子神功初成,现已可举步飞升了。"祖师就让他试飞一下,猴儿抖擞精神,一个跟头跳起离地有五六丈高,一顿饭功夫踩着云霞往返没三里远,然后落在祖师面前,得意洋洋叉手拱礼:"师父,我这飞升腾云怎样?"祖师哈哈大笑:"这哪算腾云,顶多算爬云。自古讲,神仙朝游北海暮苍梧。你小半天飞不出三里地,说是爬云都勉强得很!"悟空:"什么叫朝游北海暮苍梧?"祖师道:"凡称腾云驾雾,早晨开始从北海出发,游过东海、西海、南海,再转回北海苍梧,一天内游遍四海,这才叫腾云。"悟空咬指摇头:"这个真是难!"祖师:"世上无难事,只怕有心人。"悟空一听有门儿,又是磕头恳求:"师父,好人做到底,您就把腾云法也传我吧。"祖师笑指他:"世上神仙腾云驾雾都是踩脚飞升,你却与众不同,刚见腾飞是先翻跟头才起跳。正好,就依这个架势传你筋斗云吧。"祖师传了口诀告诫他:"你驾着这朵云,捻诀念动咒语,跳起来一个筋斗就能飞十万八千里!"很快,悟空便又学习了筋斗云。

又一年春归夏至,众师兄弟在洞前交谈,大伙儿谈论着就问起:"悟空,你是哪世修来的缘法? 这样让师父看重。以前传你的躲三灾变化法都学会了吗?"他忍不住得意笑道:"不瞒众位师兄,师父教得好加上我自己勤快,现在都练成了。"大伙儿怂恿他:"趁现在你给表演表演,让我们开开眼。"他便精神起来,问:"师兄们出个题目,让我变什么?"众人叫嚷着变棵松树,悟空捻诀念咒,摇身一变真变成松树,大家看了鼓掌大笑,高声称赞:"好个猴子!"

这一下惊动了祖师,出门喝问:"谁大声喧哗?"众弟子听师父斥问,忙回话:"师兄弟在这里交谈,没外人来。"祖师怒道:"你们大呼小叫,哪有个修行样子?因何笑嚷?"众人只好乖乖答道:"刚才悟空演习变化,他变的松树和真松树一模一样,大家情不自禁喝采,惊动了师父。"

祖师挥手命他们散去,单把悟空叫过来责骂道:"我教你本事是让你在人前卖弄的?想想看,要是你看别人会你不会,是不是要央求他传你?同样别人看你会也必然求你传他。你要想免灾就非传他不可,否则他能不想方设法害你?到那时,你连命也不一定保得住。"悟空又惭愧又后悔,连连磕头:"请师父恕罪!"祖师摆摆手:"我也不怪罪你,你还是回去吧。"悟空顿时两眼泪汪汪地问:"师父让我回哪呢?"祖师:"你从哪里来,就回哪里去。"悟空突然醒悟:我是东胜神洲傲来国花果山水帘洞来的。祖师:"赶快走,还能保住你的命,再留下绝难保全!"悟空:"上告师父,我离家已二十年,虽然有时想念家人,但顾念师父厚恩未报不敢离去。"祖师:"哪用你报答,只要以后惹祸不牵连我就够了!"悟空见师父决心已定,无可奈何只好拜辞。临行,祖师专门训诫:"你这次回去,定会闯下大祸,随你干什么我都不管,只记住一条,绝不能说出是我徒弟,否则,就把你剥皮锉骨,把神魂贬在九幽最深处,让你万劫不能翻身!"悟空哪敢说个不字,连连点头:"绝不敢提起师父,我就说是自学成才好了。"

于是,孙悟空驾起筋斗云向东飞去,怎知二十年游历之功,如今没一个时辰就已看见花果山水帘洞,他顿时觉得幸福舒爽,欣喜不已。

启示之一:某些实时的动态,某些看似突发的事,也许不过是顺理成章提前安排好的。

公元前 123 年,慧眼识人的汉武帝刘彻派不满十八岁的霍去病以骠姚校尉衔跟随大将军卫青出击匈奴。到达漠北后,霍去病一再请战,卫青便挑了八百名勇壮骁骑归其指挥,结果他偷袭得手大胜而还,闻听这一消息的汉武帝十分高兴,赐封"冠军侯"。此战在取胜之余,还验证了汉军骑兵长途奔袭战术的巨大威力，霍去病由此走对了路摸对了门。之后，一贯轻装简从、长途奔袭的战略思想成为霍去病的主要对敌运用之战术，并在历次对匈奴战役中屡试不爽，成为其克敌制胜的不二法门。汉武帝对其信任和倚重也不断加深。公元前121年春，汉武帝任命他为骠骑将军，率精骑一万从陇西出发攻打匈奴。霍去病不孚众望，长驱直入势如破竹，转战六日过焉支山千余里，斩杀俘虏匈奴高层人士多人，并收缴休屠祭天金人。公元前119年，汉武帝发起规模空前的漠北之战，霍去病其时已是毫无争议的汉军王牌，率部奔袭两千多里，以一万五千的损失，歼敌七万多人，再次获得空前胜利。

（孙悟空孤身一人，四处漂泊，连过两个大海一个大洲，虽然用了十几年的时间，但要准确找到西牛贺洲三星洞，理论上可能性微乎其微。没有之前的一事无成怎会动心忍性，没有此过程中通臂猿、樵夫等人物的悉心推动，想得窥门庭根本不可能。其实不是他在寻找菩提祖师，而是祖师在找他。只不过，他以为是他在找祖师而已。）

启示之二：善用人者，知人善任的的程度，有时甚至超过所任之人本身对自己的了解。

明朝开国初期，朱元璋重用大学士宋濂，后来，还请他当太子的老师。宋濂为人谨慎小心，但朱元璋对他并不放心。有一次，宋濂在家里请几个朋友喝酒，第二天上朝，朱元璋问他昨天喝过酒没有，请了哪些客人，备了哪些菜。宋濂一一照实回答。朱元璋笑着说："你没欺骗我！"然后拿出一张图，见上面标着哪几人在哪个座位，桌子上摆着什么菜。宋濂一见吓得冷汗直冒，忙跪下磕头不止。

（为了给孙悟空传授真正的本事，祖师也是煞费苦心，设计的迷局轻重缓急正好。如果他是天地生成的，那么就能领悟意图得到真授。如果他没有资质，也不必强人所难勉强为之。所以，当半夜猴子从后门来了以后，祖师早已知道，虽然摆着架子一番询问，又几经呵斥，但喜爱之意溢于言表。）

启示之三：遭到批评呵斥，看似是坏事却未必真是坏事。

1969年，尼克松任命基辛格为国家安全事务顾问。此前的老尼，素以不喜欢犹太人而闻名，更无法想象基辛格会成为自己不得不依靠的权力伙伴。然而在关于越南战争问题的处理上，尼克松清楚地感觉到基辛格的外交和分析能力对自己的重要性。1971年，基辛格就向尼克松建言，如果当年年底从越南撤军，南越政权可能随后被推翻，这种后果对总统大选将产生负面影响；如等到1972年临近大选时再宣布从越南撤军，不但同样会在美国国内赢得支持，而且即使南越政权要倒台，也肯定是大选以后的事了。事实证明了基辛格的前瞻。两个人的相处微妙而幽默，尼克松会在基辛格面前偶然炫耀一下自己的反犹太人主张，基辛格则在表面上惯于奉承尼克松，但同时却对媒体下工夫，确保自己能够揽得相当部分功劳。在尼克松第二任期里，基辛格顺理成章成为国务卿兼国家安全事务顾问，二人在政治上相互依存，关系更加深厚。

（当着满堂师兄们的面，听老师讲课而情不自禁欣喜若狂，是猴子演技得以彰显的第一力作。没有这一手，接下去的所有故事都将黯淡无光。每个老师都喜欢领悟快、能力强、能举一反三甚至是举一反十的学生。看到猴子演技之佳，祖师再次亲自测试，果然确证其天造地设、与众不同，这样的好学生今天自己不教，明天就可能是对手的高徒，自然不可暴殄天物。于是修道十年，仅仅三晚，便成就了美猴王得以傲视世间的三大绝学。）

启示之四：得意之后容易忘形是人的劣根性，正如古人所说"富贵不归故乡，如衣锦夜行"，显摆一下在所难免。但是，对于需时时处处谨慎行事者而言，此类失误却绝不可出现，否则往往难有修正的机会。

公元197年，曹操率军讨伐张绣，张绣畏惧而率众降曹。曹操得意之余，竟然收纳张绣族叔遗孀邹夫人为姬妾，令张绣羞愧气恼不已。曹操又送金银给张绣部下骁将胡车儿，张绣得知后更加疑虑不安，于是在贾诩建议下，他秘密部署突然奇袭曹营，杀得曹操措手不及，狼狈败逃。其长子曹昂、侄子曹安民、大将典韦等都在此役中被杀。

（三夜之功成就了孙悟空，难以想象如果当师兄们让他变松树时，他还如初来时一样小心谨慎，说自己无性老实，领悟能力不高，没有练成师父教的七十二变，最后的他会学成什么样子？但事情没有假设，即使是神话也是如此。三夜决定了孙悟空一生的成就，虽然已不凡，却也让人感到更多的惋惜。）

启示之五：如果没有合适的平台，即便有再大本事，也没有表演机会。

公元 1449 年，蒙古瓦剌部首领也先向明朝边境发起大规模进攻。此后，大同守军失利，塞外城堡陷落，边报传至朝廷，朝廷上下都惶恐不已。明英宗朱祁镇年轻无知且又不知兵危凶险，在亲信宦官王振怂恿下，不顾群臣劝阻，下令皇弟朱祁钰留守北京，自己亲率大军出征，一切军政事务皆由王振专断。但王振搞阴谋诡计有余老成谋国不足，指挥失误层出不穷，最后致使三十万大军在土木堡被瓦剌军追击歼灭殆尽。王振被杀，英宗被俘，60 多名高级官员战死。自此而后，明朝由盛入衰。

（离开三星洞的孙悟空终于有了展示才华的机会，如果没有菩提祖师的看似决绝，既不会有之后名震天下的齐天大圣，也不会有佛门中的斗战胜佛。看起来，孙悟空披荆斩棘九死一生，实则清风拂岗明月照江，若是没有修习自祖师的各门神技，孙悟空再是天生地设而成，也必将为速朽之人。）

第三篇　一鸣惊鬼神

一、时间:秦朝末年

二、地点:东胜神洲、北俱芦洲

三、事件起因:猴王学成归来,消灭仇敌,壮大势力,终于在东海龙宫和幽冥鬼府实现了自己人生第一次飞跃。

　　自感身轻如燕的孙悟空终于艺成归山了。

　　但刚回到花果山,带给他的却是一片无比压抑的感觉,迎接他的不是欢呼雀跃,反而是悲切哭声,诧异中他叫道:孩儿们我回来了! 一声喊过后,顿时在各隐蔽处跳出无数猴子,把他围在当中,都磕着头叫嚷、宣泄着无限委屈:大王,您好宽心啊,怎么去了这么长时间? 把我们扔在这里不管,盼你快盼疯了! 最近有个妖魔要来夺占咱水帘洞,大家舍生忘死和他斗,才没让那混蛋得逞。就这样,那家伙也抢走不少东西,抓走您不少儿孙,现在大王回来啦,这就好了。您要再有一年不回来,我们这些儿孙连山洞都归别人了。

　　听过这话,孙悟空刚才云海飞扬的好心情霎时荡然无存,之前自称无性的好性情也席卷而去,代以勃然大怒:什么妖魔这么大胆? 你们说清楚,老子立马找他报仇。众猴子又磕头:那家伙自称什么混世魔王,就住在咱家正北。孙悟空:到他那儿有多远? 众猴:他来去风云交加,我们都不清楚。看着猴儿们诚惶诚恐的样子,孙悟空把手轻轻一摆:这没啥,你们别怕,好好在

17

家，我这就去找他。

悟空驾筋斗云直飞向北，到一座险峻高山落下，果然见有座五行水脏洞，他朝洞外几个小妖喝道：你家大概就有个什么混世鸟魔吧，老子是花果山水帘洞洞主，他敢多次欺我儿孙，我专程来找他较量一下！小妖慌忙进洞报：大王，糟了！魔王问：出什么事了？小妖：洞外来了个猴子，说是花果山水帘洞洞主，因你欺他儿孙，找上门来了！魔王大笑：我听那群猴子叽叽歪歪，讲他们有什么大王，出家修行去了，看来是回来了。他什么打扮？用什么兵器？小妖摇头：没拿兵器，光着个头，穿红衣系黄带一双黑靴，不僧不俗，不像道士神仙，赤手空拳。

魔王穿好盔甲操刀在手，领众小妖出门高叫：谁是水帘洞洞主？孙悟空身材矮小，见他四处张望看不到自己，喝道：妖怪好大的眼，没看见我？魔王盯着他细看，更是暗自好笑：你个子不到四尺，看年纪不过三十，手里连把小刀都没有，竟有胆子来寻死？孙悟空也对骂：你这妖怪没一点眼力！欺负老子小，想大也不难。说我没兵器，我两手能攀着月亮！赶紧滚过来，先吃我一拳！跳过去劈头就打，魔王架住：你是小矬子，我一大高个，你用拳对我大刀，就算宰了你也招人笑话，别急，等我放下刀也用拳头比划。悟空：说得好，像条汉子，来！二人拳打脚踢，打成一团。

不成想魔王又大又笨，怎及得上悟空小巧灵活，让猴子掏胁撞裆一连几下重手打的够呛，也不顾刚才英雄体面话，顺势抄起大板刀劈头就砍。孙悟空急闪，见妖怪势如疯虎冲来，忙拔把毫毛在嘴里嚼碎喷出，一时变出几百小猴，把魔王围得个水泄不通。

孙悟空自修炼成道，身上八万四千根猴毛也得灵性，能随心变化。这些变出的小猴乖巧异常，刀枪不伤。一大群密密麻麻把魔王连拉带扯，钻裆扳脚，令其一动不能动弹，悟空从容上前，先夺过刀，再分开小猴，照头一下砍死，率众猴杀进洞，把妖怪全部剿灭。等收回变出的猴子，见没收上身的还有三四十个，就问：你们怎么来的这里？群猴眼泪汪汪答：自大王修仙走后，这两年魔王不断骚扰，把我们都抓了来。又指周围的东西："这些都是咱洞里的石盆石碗,是魔王抢来的。"孙悟空命把东西搬出洞外,放火把水脏洞烧了个干净,便念咒驾狂风把群猴带回花果山。

大获全胜归来,群猴给悟空接风道贺。大家七嘴八舌地问,他说了寻仙访道历程,又笑道:"小的们,可喜的是咱这一洞从此有姓了。"众猴问大王姓什么,悟空答姓孙叫孙悟空。众猴鼓掌喝彩:"大王是老孙,我们一路排下来,就是二孙、三孙、细孙、小孙,一家孙、一国孙、一窝孙了!"

自灭了混世魔王,孙悟空顺带得了口大刀,令众猴砍竹做标削木为刀,便造旗幡打哨子,每日训练操演武艺,把花果山建得井然有序。但猴无远虑必有近忧,这天,他和几个亲信说道:"我这样率领儿孙声势渐大,真要惊动人王、禽王、兽王,说我们练兵意在造反,带军队来对付,咱都是竹竿木刀,怎抵挡得住?非真刀真枪不可抵敌,你们以为如何?"众猴惊恐:"大王所虑极是,现在咱手里这些东西确实派不上真用场。"这时,有四个老猴献计:"大王,想要真刀真枪也好办。"悟空:"怎么办?"四猴:"咱家向东二百里就是傲来国,国中王城内定有工匠。大王去那里或买或造兵器,带回来教演大家,就能保长久了!"悟空点头说好,当即驾云去傲来国,见六街三市千家万户热闹非凡,他心想:这么大一座城,肯定有现成兵器,于其去买还不如用法捞几件好。

他捻诀念咒吹出狂风,飞沙走石把全城人惊散,找到兵器库,果然见存着无数兵器,刀枪剑戟斧钺钩叉无一不有。一想:我一人才能拿几件?还是用分身法搬吧。当时变出千百个小猴搬运,大的拿五六件,小的拿二三件,不一时把库搬了个干净。

悟空把兵器运回山招呼:"小的们,都来领兵器!"众猴见大王面前堆满兵器,一窝蜂都去抢夺趁手家伙,这着实让猴子们开心了一天。第二天,美猴王召集群猴,统计共有四万七千个。这下声势之大惊动了花果山各处妖王,都来参拜悟空推他为首,并愿每年献贡四时点卯。孙悟空也不客气,给各个山头妖王分派任务。这猴王确有真才实学,在他调度下,有的随班操演,有的随节征粮,众妖悉心操办,把一座花果山打造得如铁桶金城,众妖赞不绝口。

孙悟空看在眼喜在心，忽又想起自己的事，就问："小的们武艺已纯熟，只是我这口大刀实在难用，你们有什么好法子？"四个老猴启奏："大王是仙是圣，凡间兵器哪经得起用。只是不知大王水里去不去得？"猴王昂然道："我神通广大，上天有路入地有门，水不能溺火不能焚，世上哪有我去不了的地方？"四猴喜道："大王有这样神通就好办了，咱洞中铁板桥下通东海龙宫，大王去找老龙王随便要件什么兵器，不就能趁手趁心了？"

悟空大喜，当即使闭水法钻入波中，直入东海底，正遇巡海夜叉问："推水来的是哪位高人？我好通报迎接。"此时的他已是得意忘形，把顶大帽子自顾自戴在头上："我是花果山天生圣人孙悟空，是你家大王近邻，怎么不认识我？"夜叉慌忙进水晶宫传报："大王，外面来了花果山天生圣人孙悟空，说是大王近邻，马上要到了。"东海龙王敖广此前闻所未闻此人，不知根底便不敢怠慢，忙率龙子龙孙虾兵蟹将出宫迎。入宫献茶后问道："上仙何时得道，学的什么仙术？"悟空含糊应着："我出家修行后已成神仙，因没件趁手兵器，听说这里宝藏无数，所以来告求一件。"

龙王不好推辞，命取大捍刀奉上。悟空一看刀就倒胃口，当即拒绝说不会使刀。龙王又命抬出杆九股叉。悟空接过使了使放下："轻，太轻！不趁手！再请赐一件。"龙王心里惊惧脸上陪笑："上仙，你没好好看，这叉有三千六百斤重！"悟空摇头："不趁手，太不趁手！"龙王更害怕了，忙命抬出七千二百斤方天画戟，他跑上前接过耍了几下又扔下："还是轻，太轻！"老龙王惊慌失措："上仙，我宫中这杆戟最重，再没什么能拿出手的兵器了。"悟空笑哼哼："还愁海龙王没宝？你再去找找，让我满意咱掏钱买都行。"龙王摇头："真没有了。"

这时后宫龙婆龙女悄悄给老龙头递话："大王，来的这尊神确是非同小可，咱家那块定海神珍铁最近不知怎的，总是霞光艳艳瑞气腾腾，难道预示此神的出现？"龙王奇道："那块铁是大禹治水时用来测江海深浅的尺子，那么大一块怎能作兵器？"龙婆说："这咱别管，就送给他让他费些力气，打发走就是了。"老龙王和他一说,悟空让拿出来,龙王摇手:"抬不动!必须上仙亲自去看。"龙王把他引到海藏中,见有金光万道便指着说:"那放光的就是。"

悟空上前一摸,是根斗粗二丈长的铁柱。他两手使劲一抱:"太粗太长了,再短些细些就好了。"话音刚落,铁柱就变细变短了,悟空又说再短些细些,真又应验了。他高兴地把铁柱拿着细看,原来是根两头包金,中间一截乌铁的棒子,上刻篆字"如意金箍棒一万三千五百斤"。他高兴之极:"看来这宝贝能随人心意!"便用手攥住说再细短些,果然又变成丈长碗口粗的一根铁棒。

猴王兴致所致耍开铁棒,舞得如风似电、暴雨摧花一般,吓得水晶宫众水族胆战心惊四处逃散。他满意地执棒在手,上殿笑谢龙王。敖广心里后悔又不敢说出口,谁知悟空又说:"这棒虽好,还有一事相求。"龙王:"上仙还有什么事?"悟空:"要没这棒也就不说了,但现在既然手里有了宝,身上要没有衣甲相配就不妥了。干脆,再送我副盔甲,好一并谢你。"龙王摇头:"这真没有。"悟空不满道:"一客不烦二主,你要没有我可不走。"龙王央求:"烦上仙再去别处去找吧。""走三家不如等一家,千万帮个忙。""真没有,不然就送你了。"

悟空此时忍不住要拿这铁棒和龙王比划比划!龙王慌了:"上仙千万别动手!我看几个弟弟有没有,给你送副盔甲。""你弟弟在哪?""我弟弟是南海龙王敖钦、北海龙王敖顺、西海龙王敖润。"悟空摇头:"我可懒得去!就低不就高,你随便给我副就得。"老龙王:"不用上仙亲去。我擂鼓撞钟兄弟们即到。"

果然,鼓响后三海龙王马上来到。兄弟几个商议,凑副披挂打发他走,然后奏明上天拿他。于是,孙悟空顺利把藕丝步云履、锁子黄金甲和凤翅紫金冠集成于一身,光鲜地回到花果山,全山七十二洞妖王都来道喜。此后,美猴王开始在全山实施军事化管制,封两赤尻马猴做马、流二元帅,两通背猿猴为崩、芭二将军,日常事务交给他们,自己腾云驾雾遨游四海,遍访英豪广交朋友。

一天，美猴王做东，在水帘洞宴请宾客，弟兄们走后，他继续犒劳手下大小头目，喝得大醉就在铁板桥松树下睡着，四健将率亲兵护卫周边。猴王睡梦里见两人拿张批文出示给他，上写"孙悟空"三字，然后二人把绳套在他脖子上，就把自己魂魄勾引着拉到一座城边。猴王走着走着酒渐渐醒了，抬头见城上一块铁牌写着"幽冥界"三个大字，一机灵猛地酒醒了："幽冥界是阎王的地方，我怎么来了这儿？"鬼使答："你现在阳寿完结，我们领批文带你回来。"猴王大喝："我超出三界外不在五行中，已不受阴曹管辖，怎么糊里糊涂又敢来找我？"二人偏要拖他进去。孙悟空大怒，拿出金箍棒杀死二人后自解绳索杀入幽冥城，吓得牛头马面四处乱跑，鬼兵进森罗殿急报："大王，大事不好，外面有个毛脸雷公打进来了！"

十代冥王闻报，忙迎出来排好次序请求："上仙，上仙留名！"孙悟空怒气冲冲："你们不认识我？为何会派人来勾我？"十王掩饰："不敢，也许是勾错人了。"猴王自诩道："我是花果山水帘洞天生圣人孙悟空，你们都是些什么官儿？"十王："我们是阴间十代冥王。"悟空把棒一抢，大声说："快各自报名，免得挨打！"十王分别答："我们是秦广王、楚江王、宋帝王、仵官王、阎罗王、平等王、泰山王、都市王、卞城王、转轮王。"悟空指斥："你们既是阴间王位，就该显灵感应，怎么不知好歹？我修仙成道与天齐寿，超升三界跳出五行，怎敢派人去勾我？"十王连连打躬："上仙息怒，天下同名同姓人很多，说不定是勾死人勾错了？"悟空哪容欺瞒："胡说，一派胡言！你们赶快取生死簿给我验看！"

眼见无法推脱，十王只好请他上殿，命掌案判官取文簿来。判官捧出文书让他逐一查阅，看到猴属类簿子，见一千三百五十号下写着孙悟空名字，标注是天产石猴，寿三百四十二岁善终。孙悟空哼了声："我也不记得活了几岁，消了名就拉倒，取笔来！"判官递上笔，他把猴属之类凡有名的全部涂抹掉，又一路打出幽冥界。十王只得去翠云宫请示地藏王菩萨，商量奏闻天庭处理。

猴王出了幽冥城忽绊了一跤，猛地惊醒原来是大梦一场，就把这番经历告诉猴子们,大家听说名号在阴间销了,都磕头拜谢大王。

这天,玉皇大帝驾临灵霄宝殿,聚集文武仙卿早朝,东海龙王敖广进表,玉皇传旨宣入,敖广入殿礼拜呈上表文。玉皇看表,原来说花果山水帘洞妖仙孙悟空,强要兵器披挂,请求派遣天兵收妖。又有冥司秦广王奉幽冥教主地藏王菩萨表文进上,玉皇看表,也说是花果山水帘洞天产妖猴孙悟空大闹阴司强销名号,请求天庭调神兵收妖。玉帝见两路说的都是孙悟空,也觉惊异,就问文武仙卿,这只妖猴何时出生,怎么修炼成这般本事?千里眼顺风耳就答:"这是三百年前天产石猴,也不知他在哪里修炼成仙,现能降龙伏虎强销死籍。"玉帝便问:"哪路神将下界收伏?"太白金星启奏道:"三界中有九窍的都能修仙,这只猴子天地生成顶天踏地,现又修成仙道降龙伏虎,与人能有什么两样?臣请陛下降旨招安,宣来授个官职拘束在天庭,他若受天命后再升赏,若抗天命就近擒拿,既不用劳动仙师,也显得陛下收仙有道。"玉帝大为满意:"依卿所奏。"命文曲星修诏,派金星招安。

启示之一:遇到看似强大的对手,首战谨慎,料敌从宽,应是取得胜利的先决条件。人知其然而己知其所以然,人无我有、人有我新、人新我奇、人奇我奇中奇,永远不过时。

1917 年 11 月,桂系军阀谭浩明军大败湖南督军傅良佐军。消息传来,傅率部分残部仓皇出逃,把 3000 败军留下,从而对长沙城形成很大的威胁,如果这些败军涌入,长沙必将遭遇一场浩劫。面对如此情形,身处长沙的毛泽东临危不惧,头脑冷静,缜密分析后,认为学生和市民不用逃跑,可以组织起来自救。他当即号召组织起长沙数百名学生,再加上城中几十个警察,仅凭这几百人,在一个有利的地形提前设伏,借助鸣放鞭炮吹鼓呐喊的手段,积极运用心理战,成功迫使 3000 溃兵乖乖缴械,既保住了学校,也使长沙城避免了一场灾难。毛泽东机智果敢,不伤一人,率小群"秀才"缴了数十倍于己的"武士"的枪,堪称战争史上的奇迹!事后,一师师生和长沙警察都说他"一身是胆",并尊其为"毛奇"。

（和五行水脏洞混世魔王的较量，是孙悟空艺成之后第一仗，具有举足轻重的意义。看似轻描淡写其实你死我活，混世魔王自高自大惯了，明知道孙悟空学道归来，而对其学道层次水平一概不知，反倒以貌取人，最终付出失去性命、洞破国灭的沉痛代价，教训可谓深刻。反观此时的孙悟空，虽然愤怒却能谨慎从事，示弱在先，出人意料地攻敌无备，最终全胜而回。）

启示之二：工欲善其事必先利其器。要想做好一件大事，精心准备、精密计算、精确安排，都是绝不可少的。

对于未来可能的普法战争，普鲁士早就开始了精心规划，普鲁士国王和俾斯麦、毛奇在各自领域运用外交、经济等手段积极应备，特别是总参谋长毛奇，早在1868—1869年就已拟定了战争计划，并根据国家实际情况反复修正。反观法国，被动应付、步步慢半拍步步跟不上。1870年7月14日，普鲁士首相俾斯麦故意触怒法国政府，挑动法国对普宣战，结果战争一开始，不出所料法军接连败北。9月2日，法国皇帝拿破仑三世亲率十万法军在色当投降。1871年1月18日，普鲁士国王威廉一世在法国凡尔赛宫加冕称帝，建立了德意志帝国。

（对于首次进水晶宫，踌躇满志的孙悟空来说，得到一件趁手兵器是首要目的。此时的猴王，首战开门红以后，可以说信心爆棚，之前的谦虚不再，竟然胆大到把"天生圣人"的名头主动戴到自己头上。当听说有神珍铁棒，并因自己到来又熠熠生辉的消息后，这个"天生圣人"更加坐实，此时，美猴王嘴里说出的话连自己都深信不疑了。）

启示之三：当能力和水平跨过瓶颈，之前受到制约、甚至足以致命的短板，可能会翻转变化成积极的因素。

中国人民解放军作战指导思想中，通过运动取得对敌优势，集中兵力各个歼灭敌人是一条铁律。因此，也使得很多解放军部队宁愿攻十个山头不愿守一个山头，但1950年10月25日开始抗美援朝后，随着战争进程的深入,中国人民志愿军在不断适应以美军为首的联合国军作战状态下,发明了以坑道体系抗击敌人优势火力的战争思路,终于把仗打活了。在1952年10月14日至11月25日的上甘岭,志愿军15军进行了举世闻名的上甘岭战役,持续鏖战43天,敌我反复争夺阵地达59次,我军击退敌人900多次冲锋,不仅打出国威军威,还使美韩联军在战役中遭受巨大伤亡,彻底消除了中朝方面关于能否在美军绝对优势火力下坚守阵地的忧虑,使得战线更加稳定。

(孙悟空出山学道的动力就来自于当初害怕阎王老子暗中管着自己,害怕有朝一日自己气血两衰时一命呜呼。当自己学成归来,真的被勾入阴曹时,当初的畏惧促使他大发神威、反客为主,在十阎王面前颐气指使、指东划西。到了这个时候,猴子只觉得,当年吃的苦受的罪都值了。看着金箍棒下,在鬼魂面前趾高气扬的阎王们一个个灰头土脸、毕恭毕敬,自己还能把无数鬼魂奉为神圣不可侵犯的生死簿子肆意涂改,最后扬长而去,实在是过瘾。)

启示之四:在竞争中,被消灭还是被吸纳,是高歌猛进还是敛牙缩爪,都悬而未决的,笑得最早的未必能笑在最后。

丰臣秀吉通过各种手段统一日本后,非常清楚德川家康对自己家族的威胁,但之前与德川家康的一次交手,使丰臣秀吉清楚意识到,德川家康是块难啃的骨头。如果倾全力平定德川,丰臣氏也会损失惨重,不但可能丧失霸主地位,甚至可能因此被其他家族消灭。于是,丰臣秀吉在灭掉关东后北条氏不久,就把德川家康的领地移封到关东地区,令其远离日本中心区域。但其实,这却是一大败笔,使德川由此轻易获得了全日本最大、最肥沃的领地,一跃增强了经济实力,具有了丰臣秀吉死后得以统一日本的雄厚资本。

(听到孙悟空的事迹后,天庭的处理方式无非两个:消灭或者收编。而玉帝在听了太白金星解释后,从善如流,纳谏许之。不是不能消灭,但收编是本小利大、一举两得的好事。至于一根铁棒、一套铠甲、两个勾死人、一本生死簿,玉帝连关注的兴趣都没有。东海龙宫、幽冥地府的套路,他实在是见得太多太明白了。)

启示之五:以非常规方式来体现与众不同,也需要有大智慧者慧眼识珠。

东晋奠基人王导出身于魏晋名门"琅邪王氏",他的子弟也都非常出色。当时的太尉郗鉴希望给自己女儿招一个王家子弟做乘龙快婿,就派门生去找王导讲明来意,王导同意后邀请他到东厢房去看自家子弟,门生逐个观察后回去向郗鉴禀报。他说,王家子弟看上去个个是青年才俊如藏龙卧虎,但他们一听要来招女婿后就显得非常矜持不自然,唯有厢房东床上有个青年人,露着肚子躺在那里吃东西,恍如没听见这个消息似的。太尉听到这儿,脱口而出说此人就是佳婿。第二天他再派人去打听,原来自己选好的这位东床快婿就是鼎鼎大名的书圣王羲之。

(对于孙悟空违反规定索取武器,强行篡改甚至销毁个人档案的恶劣行径,作为天庭最高统治者,玉帝并没有抓住小辫子不放,反而很快把注意力集中到猴子的能力本事上来。无论孙悟空之后怎样发展变化,玉帝的胸襟之广阔值得敬佩。)

启示之六:假如没有相应能力做后盾,所谓的野心和口号就可能成为一个笑话。

宋太祖赵匡胤神秘死亡后,继位的宋太宗雄心勃勃,打算要收复让大宋如鲠在喉的燕云十六州。当他依靠赵匡胤留下的殷实家底实现了南方统一后,便开始了这一进程。但可惜他算个合格的政治家,却并不是合格的军事家,在高梁河之战中,宋太宗于平定北汉后,未经休整准备即转兵攻辽,企图乘其不备一举夺取幽州。辽景宗耶律贤得知幽州被困,急令精骑增援。辽军反击使宋军三面受敌,全线溃退,死者万余,宋太宗本人乘驴车逃走。辽军追至河北涿州才收兵。此战结束了宋朝统一的步伐,并使之军事上总体开始转为劣势,从此,终宋一朝,北方威胁始终难以消除。

（随着一个又一个甜头的尝试,一个又一个好处的得手,没有阻力没有威胁甚至于没有反抗,一个随和无性的猴子消失了,而一个动辄自诩"天生圣人"的孙悟空出现了。幸好,他的自诩有之前勤学苦练得到的广大神通做支撑,才继续演出了之后一幕又一幕尚属精彩的大戏。）

第四篇　这个小官儿猴不干

一、时间:秦朝末年

二、地点:东胜神洲、天庭

三、事件起因:因东海龙宫、幽冥界之事初露头角,天庭招孙悟空上界为官。

太白金星捧着御批文书,出南天门直达花果山水帘洞,对把门小猴讲:"我是天使,专程来请你家大王上天,赶紧报知!"孙悟空闻报:"大王,外面来了个老头儿,自称是什么天使,说来请你上天呢。"他不由大喜,更觉得自己就是神仙圣人:这几天正打算上天看看,话说就有天使来请。忙率猴将猴兵出洞迎接。

金星:"我是西方太白金星,奉旨请你上天当官。"悟空笑答感谢,并打算款待他,金星忙答:"圣旨在,不久留,请大王先荣升受职。"悟空稍事安排,命四健将管好日常事务,就和太白金星驾云而去了。

不想孙悟空筋斗云速度太快,眨眼间把金星甩了个无影无踪,他一人先到了南天门,结果让守门的增长天王领着一群手下拦住。美猴王第一次有了挫败感,觉得被扫了面子:"金星老儿岂不是要流氓?既然请我来,怎么还动刀动枪地拦路?"正好金星慌忙赶到,他借劲儿撒气:"你这老头儿怎么骗我?说奉旨请我,结果这些家伙拦门不让进。"金星忙解释:"大王别生气,你第一次来,他们不认识,不敢放你进去。等见了玉帝任了官职,保证再没人敢拦你。"悟空还是觉得有损颜面,悻悻地说:"算了,我不进去了。"金星拉牢他的手,对守门神将高叫:"放开大路,这位是下界仙人,奉玉帝圣旨宣来。"众兵将收起兵器退开大路,猴王同金星入内。

才一进去,孙悟空眼睛就不能睁开了,天庭真是处处晃眼金光万道,时时扬显瑞气千条。途中所见,有三十三座天宫,七十二重宝殿,千千年不谢名花,万万载常青瑞草,亭台楼阁,玉树琼枝,金钉攒盛户,彩凤舞朱门,果真不愧是天界奇珍、仙家异宝。金星领着他进灵霄殿启奏:"臣已招妖仙到了。"玉帝问谁是妖仙,悟空见正是个扳回局的机会,装作茫然无知,既不磕头也不施礼,只躬身答:"我就是。"众仙官大惊失色:"这真是个野猴!不赶紧叩拜参见陛下,简直该死!"玉帝大度圆话:"孙悟空是下界妖仙,刚来不懂朝礼。"便问哪处有官缺,武曲星君启奏:"各处都不缺,只有御马监缺正职。"玉帝就传旨命猴王做了御马监一把手——弼马温,猴子受到封赏,只朝玉帝唱喏而谢。

孙悟空前去上任,木德星君宣布了天庭任命,接下来,猴王拿出一把手派头,通知监丞、监副、典簿、力士和御马监各色人等召开御马监大会,宣布正式接管全监事务,开始管理天马。他查看文簿,点明马数,调派人员各司其职:典簿管草料;力士管刷洗、扎草、饮水、煮料;监丞、监副协助催办。一番整饬,理顺了饲马流程、明确了责任监管、调动了御马监众人工作积极性,业绩有目共睹,没半个月,所有天马都被养得肉肥膘满。

这天,御马监众下属凑份子安排酒席,给孙大人接风贺喜。喝得正高兴,悟空忽然想起自上天以来一直困扰自己的疑惑:弼马温是多大的官?算几品?问过后众人异口同声回答:"没品。"猴王问:"没品?是大的没品?"众人答:"不大,这叫没入流。"猴王又问:"没入流是几品?"众人:"没入流就是没进官职排布。属于最低最小的官儿,说白了就是马夫头儿。您干得这么认真,这么漂亮,至多不过得句口头表扬,马要稍瘦些就要挨训,再要差了还会挨板子。"

　　这一句句话就好像乱进的火星，把孙悟空的怒火勾起来，他越想越怒，咬牙切齿："敢这么小看我！在花果山我称王称霸，倒乖乖跑这儿给人养马？这就是个小碎催干的下贱事，能是我这天生圣人做的？"于是怒从心头起，抡着金箍棒冲出御马监，没办理任何离职手续甩手而去。

　　回到花果山，正见四健将率各洞妖王操练队伍，孙悟空高叫："小的们，我回来了！"群妖都围过来叩头迎接，拥簇着他进洞登上宝位，一边准备酒席一边问："恭喜大王，上界十几年，今天得意荣归。"猴王一愣："我才去半个月，你们怎么说我去了十几年？"众猴："大王，天上一天就是下界一年。您去当了什么官儿？"猴王沮丧道："不好说，不说好！真丢死人了！玉帝封我做弼马温，原来是个养马的，连品级都没入。我刚去不知道，就当在御马监玩，问起同僚才明白怎么回事，就不干回来了。"众猴："回来好！在这福地洞天做大王，多有颜面多快乐，凭什么去做马夫？"

　　正要开欢迎宴，门卫来报，有两个独角鬼王要见大王。猴王命传入，鬼王整衣入洞倒身下拜。猴王问："见我有什么事？"鬼王答："一直听说大王招贤，今见荣归，特献赭黄袍为大王祝贺，请收小人在麾前效犬马之劳。"猴王大悦，当即穿起黄袍接受朝拜，封鬼王为前部先锋。鬼王谢恩又奏："大王在天上授什么官职？"猴王愤愤道："玉帝封我做个弼马温！"鬼王道："大王有如此神通本事，怎能养马？就该做齐天大圣。"猴王连声称好，命四健将置办旌旗，把齐天大圣旗号张挂起来。

　　天庭第二日早朝，张天师引御马监监丞、监副拜奏玉帝："新任弼马温孙悟空嫌官小，反出天宫。"又有南天门增长天王奏："弼马温不知何事，出天门走了。"玉帝有些愠怒："此猴太不自爱，一点不知珍惜神授职衔。"便有托塔天王奏请降妖，玉帝马上封李靖为降魔大元帅，哪吒为三坛海会大神，即刻下界降妖。李天王与哪吒点起三军，到花果山前驻军，安好营寨，命巨灵神前去挑战。

　　巨灵到水帘洞外，抡巨斧喝道："快去报弼马温，我奉玉帝旨意收伏妖猴，让他赶早投降。"小猴吓得跑去报："坏了，出事了！门外来个天将，嘴里叫着大圣官衔,说是奉玉帝圣旨来的,让大王出去投降。"猴王穿上紫金冠黄金甲步云鞋,手握如意金箍棒便出门。巨灵神厉声高叫:"泼猴!认得我吗?"大圣:"你是哪路毛神,报上名来。"巨灵神:"好你个欺天猢狲!我是李天王部下先锋巨灵天将,奉玉帝圣旨降你,识相的赶紧自绑投降,免得这群猴子被你连累,满山满洞粉身碎骨!"

孙悟空顿时大怒:"我本该一棒打死你,还怕没人回去报信,留你狗命回去告诉玉帝,我有用不完的本事,凭什么养马?你看我旗上字号,要依这个升官,那就大家安然,否则打上灵霄殿,让他龙椅坐不成!"巨灵神才看到门外竿上那旗写着"齐天大圣",禁不住冷笑:"胆大包天泼猴子,想当齐天大圣,先好好吃我一斧!"

二人杀在一处,没几回合,猴王劈头一棒打来,巨灵慌忙用斧架隔,听却咔嚓一声,斧柄被打断,赶紧败阵逃命。悟空大笑:"脓包废物,我饶了你,赶快滚回去报信!"巨灵神逃回,喘息不定跪下:"弼马温真有神通,末将打不过,败回请罪。"李天王一听开门黑,忍不住发怒:"这混账锉我军锐气,推出砍头!"哪吒拜告:"请父王息怒,先饶过巨灵之罪,等孩儿出战,看情况如何。"天王只好同意。

哪吒太子直冲到水帘洞,悟空迎上:"你是谁家小孩,来干什么?"哪吒见他蔑视自己,怒喝:"妖猴,我是哪吒太子,奉玉帝钦命来伏你。"悟空大笑:"小太子,你奶牙没退胎毛没干,吹什么大话?留你条命回去,看我旗上字号,转告玉帝除非是这官,不然就打上灵霄宝殿。"哪吒见是"齐天大圣"四字,吃惊之余冷笑:"一只妖猴能有多大本事,敢这么狂妄,先吃我一剑!"悟空懒洋洋并不搭理:"干脆,我站着不动让你砍几下得了。"

哪吒遭他连连小看越发愤怒,也不多说,化身三头六臂持六种神兵上前挑战。悟空让他也吓了跳,没料到这小子还有两下子,也变成三头六臂拿三条金箍棒迎上,二人各显神威斗了三十回合。趁斗得混乱,猴王用毫毛变成自己,虚应着哪吒,真身赶到哪吒身后,对其左臂一棒打下。哪吒躲避不及战败回营,于是回禀李天王:"父王,弼马温真是有本事!我这样法力也斗不过他,被他打伤了胳膊。"

李天王大惊:"这猴子这么厉害?"哪吒:"他在洞外立着齐天大圣的旗号,说封他做这官儿才行,不然就要打上灵霄殿!"天王沉吟:"既这样,我们不要和他对峙了,回上界奏明玉帝,多派天兵再围攻。"于是当即收兵,猴王收获胜利,花果山七十二洞妖王和六弟兄都来贺喜。正欢饮间,悟空提议既自封为齐天大圣,各位兄弟也该以大圣为称号。牛魔王马上附和,自称平天大圣,蛟魔王便称复海大圣,鹏魔王称混天大圣,狮驼王称移山大圣,猕猴王称通风大圣,禺狨王称驱神大圣,七个魔头热闹一天方散。

李天王、哪吒回天启奏:"臣等奉旨出师收伏孙悟空,无奈他神通广大,不能取胜,请万岁添兵再剿。"玉帝略觉诧异:"区区只猴子有多大能耐,还要添兵?"哪吒奏:"万岁,妖猴先败巨灵神又打伤臣,他在洞外立一旗,写齐天大圣四字,扬言除非封他这官,不然就要打上灵霄殿。"玉帝更是惊讶:"好嚣张的妖猴!看来应速派天将剿灭。"太白金星老谋深算,启奏:"妖猴只是要名号,根本不知道那称号是怎么回事,我们再派兵围剿也是多增耗费,不如请万岁恩慈招安,就封他做齐天大圣,只给个空衔有官无禄就是。"玉帝:"何谓有官无禄?"金星:"就是名义上封他齐天大圣,不让他管事,不给发同级别俸禄,把他养起来落得大家清静。"玉帝略一思索觉得有道理,就依所奏,便降诏再派金星去招安。

金星这番到水帘洞,感觉和上次氛围大不同,众妖舞枪弄棒,咆哮跳跃,见他来了还想动手,金星忙道:"快去报大圣,我是玉帝派的天使,有圣旨请他。"众妖入报:"之前那老头儿又来了,说有旨意请大王。"悟空满意道:"来得好,上次入天庭虽然官小,好歹认了天路,这次金星来定有好兆。"

孙悟空带众手下出洞迎接:"老金星请进,恕失迎之罪。"金星道:"上次大圣嫌官小离了御马监,监中官员回奏后,李天王非要领哪吒下界,大家拦不住。他们不知大圣本领高强,现在败回奏明玉帝,说大圣要做齐天大圣,别人反对,我一力担保,为大圣请授官职,玉帝已准奏。"悟空笑道:"老星抬爱,多谢了!不知天庭真有齐天大圣这官衔吗?"金星成竹在胸地说道:"我就是奏准,才领旨来的,大圣若有不满意,一切在我身上。"

启示之一:有时,无知的样子和不经事的做派,往往能取得他人初始的好感和信任。

汤恩伯第一次见蒋介石,心情紧张手足无措,导致全身僵硬,结果摔了个四脚朝天,不料,这反而引起蒋的注意,认为此人奴性可用。后来,他多次提拔汤恩伯,使其从此走上飞黄腾达之路。

(拜师起家靠磕头的孙悟空由于一而再再而三顺风顺水,面对曾经连想都不敢想的天庭的邀请居然可以坦然面对。甚至,因为南大门扫面子的事情,促使他在玉帝面前立而不跪。事实上,玉帝对这个从未谋面的猴子也着实看重,竟把皇家后勤车队队长的位置给他,可见多么看重这只猴子。不但如此,玉帝还面对众多臣属对猴子无礼的指责,亲自为其遮风挡雨,可谓天恩浩荡。)

启示之二:知人善任就是通过貌似简单的了解,就能够迅速确定人才的使用方式方向,这是最难能可贵的品质。

抗美援朝时期,彭德怀指派洪学智任后勤司令,洪虽然不愿意干,只希望到一线指挥打仗,但在接受后勤工作后,却能集思广益群策群力,把后勤保障做得极其出色,为打破美军针对我军的后勤绞杀战立下不朽功绩,甚至为我军之后建立现代化后勤管理制度也打下坚实基础。结果,一个并不愿意做的工作成为将军一生的事业。1988 年,他因推动解放军后勤建设取得的成就,再次被授予上将军衔。

(孙悟空做了弼马温,事实证明他不仅称职而且得力,也从侧面证明玉帝知人善任和任人所长。可惜猴子毕竟毛嫩,没有深解玉帝良苦用心。他也不想想,御马监随便一个干粗活打零工的都是神,都是干了成千上万年依旧毫无升迁希望,这些神,任是哪个都比他资历深得多,苦受得多。他一个猴子,一来就是正职,而且是贴近领导、进水楼台的差事,惹了多少人羡慕眼光，引来多少人暗暗咬牙。他的手下，有多少希望有了空缺后能得到提拔，却因为天降一猴坏了好事，借着喝酒顶多想撺掇猴子一下发泄些许不满，没想到能心想事成，借机拔出了眼中钉。足见猴子大脑发热后，犯下多大的战略性错误。）

启示之三：面对利益要挟，能够不动声色更加令人可怕，因为，软刀子远比直来直去阴暗和惨烈。

秦朝末年楚汉相争，刘邦派韩信去齐国招兵买马，为的是在其站稳脚跟后，可以回师援助自己，一起抗衡项羽。谁知韩信，竟听信手下谋士建议，派使者转达了请先封假齐王，便于治理齐国，才能顺理成章统帅大军回援的意思。当使者转达完这番说辞后，刘邦大怒，忍不住破口大骂，幸好旁边张良悄悄踩了下他的脚提醒，刘邦立马醒悟，继续骂道："韩信这小子为什么让我加封个假齐王，男子汉大丈夫要做就做真的。"于是封韩信为齐王，韩信受封后志得意满，便派出大军援助刘邦，在垓下一战消灭了项羽。但此事给刘邦内心留下阴影，也成为统一天下后他一再对韩信贬官，直至将其最后处死的诱因。

（孙悟空看不上的弼马温一职，却成为他荣归故里的根本所在。虽然猴子认为有辱声誉，但独角鬼王献礼归顺的原因正在于他有了仙箓——是天庭正式的一员。由此说明，区区一个弼马温的职衔，对下界妖怪有多大的吸引力和征服力。面对托塔天王和哪吒太子取得完胜，说明了他的能力和水平，也证明了玉帝看人很准，但由此把与天庭的关系搞得更僵，矛盾也更难化解。）

启示之四：协调的突出之处在于能创新性处理矛盾。面对矛盾，善于抓住其核心本质加以处置，是举重若轻的大本事。

陈汤被任为西域都护府副校尉，协助校尉甘延寿奉命出使西域。正好遇到西域匈奴内乱，陈汤力主出奇兵消灭郅支单于，甘延寿虽认为他分析有理,但要履行奏请朝廷手续后行动。陈汤认为,这是一项大胆计划,朝廷公卿都是些凡庸之辈,一经他们讨论,必然认为不可行。甘延寿不敢越权,还是履行了奏请流程,陈汤等了一天又一天,没有等到皇帝回复,却等到上司甘延寿病倒了。焦急中,陈汤当机立断,采取假传圣旨的措施,调集汉朝屯田之兵及车师国兵员,集中起各路各族四万多人的军队,攻灭了郅支单于。大胜后,甘延寿与陈汤给汉元帝发去一封流传千古的疏奏,其中一句结语是"明犯强汉者,虽远必诛"。这次胜利结束了西汉与匈奴的百年战争,也为遇难受辱的汉使报仇雪恨,提了了汉朝在西域各国的威信。

(面对猴子的竭嘶底里,身为三界最高长官的玉帝在诧异外,或许还有些许遗憾。听到了猴子"齐天大圣"的要价,他本应斩草除根,但还是从谏如流,依照太白金星意见处理。果真是没有能力把花果山群妖连根拔除吗?非也! 非不为也,不屑为、不足为也。)

启示之五:过度自卑往往会转化为自傲,表面的盛气凌人其实正是不自信的真实写照,只不过是用自傲的洋葱皮把内心严严密密包了起来,如果层层剥了皮,就会发现,里面什么都没有。

公元 325 年 6 月,前赵刘曜遣精兵进占孟津,为后赵石勒所败,于是刘曜亲率部队来援,却为石勒部下石虎打败,退回长安。第二年,石虎率四万精兵进攻前赵东边边境,刘曜知道自己已经到了生死攸关之时,便集中全部兵力进攻石虎,把对方击败二百里。石勒听说本部战败,亲率十万大军进攻刘曜,正准备大决战,刘曜听说石勒亲自前来,为表示镇定,喝了几斗酒,才率军迎战。在双方浴血搏斗时,刘曜继续喝了很多酒,亲自冲入战团,结果很快被后赵军包围活捉。

(此时的孙悟空,当初学习修行时的谦虚谨慎无性随和已渐渐消失,取而代之的动辄是"大怒""勃然大怒""觌面发狠",更加致命的是,偏偏和天兵交手时又遇见言过其实的巨灵神和略逊一筹的三太子,反而把他自高自大的势头推上新高度。谦虚时不易败,而自大时胜利便难长久。)

启示之六：面对较之自己更强大的力量，过界去捞取好处，无疑就是作死。也许，狮子被老鼠咬一下只是哼哼几声，懒得动弹。可一旦它站起来，老鼠便要大难临头。

1962 年以前，印度军队采取前进政策，不断侵占中国土地。面对中国人伸出的橄榄枝，尼赫鲁和印度高层不为所动，继续变本加厉，甚至悍然打死打伤解放军。鉴于这一严峻形势，中国决定采取行动，准备要对印进行自卫反击。结果一战击溃入侵印军，俘虏印军数千人，彻底打消了印度侵占中国西藏领土的野心。

（玉帝不愿兴师动众，极可能被猴子所误解，让他误以为天庭在自己武力胁迫下屈服了，认为齐天大圣是自己打出来的，而不是上天赐予的。以此为发端，之后对所有事情的判断都出现了严重偏差。正是这一点，埋下猴子最终失败的种子。）

第五篇　造反闹剧

一、时间：楚汉相争——王莽篡汉

二、地点：东胜神洲、天庭

三、事件起因：孙悟空做了有名无实的齐天大圣，而后又因代管蟠桃园造成天庭巨额亏空，无法回头后，一不做二不休造了反。

看过玉皇大帝亲批的条子，知道天庭果真同意自己出任齐天大圣，孙悟空大为高兴，随同太白金星上天受封。到了南天门，见天兵天将态度大不一样。进了灵霄殿，玉帝亲口告知："孙悟空，现在提拔你做齐天大圣，官品已经到极点，今后可不能再胡闹。"猴王仍然唱喏道谢。

玉帝命仙匠张班鲁班在蟠桃园右侧建了座齐天大圣府，分设安静、宁神司两个办事机构，派驻神员供其使唤。五斗星君把他送去府上，玉帝又赐御酒两瓶、金花十朵。孙悟空大为满意，从此过上自在逍遥、无牵无挂的神仙日子。

猴儿毕竟是猴儿，既不知"齐天"意味着什么、有多大权力，更不关注每月发多少薪水，只要有人尊敬、给面子，当面听到奉承就满意了。齐天大圣既没有具体职责更不在监管体系，有大把时间满世界闲逛，和众神仙交往也不分个辈分大小、官职高低，凡见面一律都称"哥们儿"，哪管什么老幼尊卑，见三清看着胡子拉碴顶多带个"老"字，遇四帝见头戴皇冠称个"陛下"，已属

37

难得。

一天早朝，许旌阳把孙大圣近况给玉帝一汇报，建议为防他闲生是非，大小给他个差事干，免得四处鬼混搞出别的事。玉帝十分认可，就宣诏悟空上殿，指示他管蟠桃园。悟空高兴地谢过恩，闲了很久突然有了专属事业，想想就兴奋，当时就急不可耐去上任了。

园中土地见他来了忙招呼："大圣要去哪里？"悟空一本正经答复："奉玉帝点差，我来管蟠桃园，现在查勘。"土地见来了新上司，哪敢怠慢，忙招呼全园锄树、运水、修桃、打扫的都来磕头，然后引他进去查验桃林。大圣前后看过问："园中共有多少桃树？"土地答："三千六百棵。前一千二百棵三千年成熟，人吃了可成仙得道。中间一千二百棵六千年成熟，人吃了可长生不老。后一千二百棵九千年成熟，人吃了可与天齐寿。"

大圣听闻欣喜不已，吃桃就能长生不老与天齐寿，还辛辛苦苦修什么道练什么功。此后，他每过几天就来验看，有一天实在忍不住，眼见后面树上桃已大半成熟，但身边有土地、力士和齐天府仙吏跟着，想做手脚也不方便，为支开他们就借口道："你们在门外伺候，我在这里休息一下。"大圣发话谁敢不听，等手下走开他就大展身手，爬上树摘了熟透的桃子饱饱吃了一顿。而后每隔两三天，就去饱餐一顿过瘾。

这天，王母娘娘终于又要在瑶池开办蟠桃盛会，派七仙女去蟠桃园摘桃。到了地方，土地回话说今年不同往年，玉帝已派齐天大圣管理桃园，须报知大圣后才能摘桃。大家进园四处找他不见，七仙女着急："我们奉娘娘旨来，现在找不到大圣摘不成桃，怎敢空手回呢？"齐天府仙使变通道："仙娥奉旨来，就抓紧摘吧，大圣估计出园会友，你们摘桃，我们替回话就是。"

仙女们于是入林摘桃，在前面树上摘了二篮，中间树上摘了三篮，再到后面树上看，除几个青皮，竟无一个熟的。半天只找到个半红半白的桃，仙女摘下来把树枝一放，结果孙大圣正巧变成二寸长小人儿睡在这枝上，一下惊醒，现出原身大喝："你们是什么怪物，敢大胆来偷摘我的桃！"七仙女吓得一齐跪下："大圣息怒。我们不是妖怪，是王母娘娘派来摘仙桃为蟠桃盛用会的,刚才找不到你,又怕违了懿旨,才大胆先摘的。"

大圣转怒为喜,手一招让她们起身。又有意无意问:"王母请的是谁?"仙女答:"按照从前规矩,请的是西天佛老、菩萨、圣僧、罗汉,南方南极观音,东方崇恩圣帝、十洲三岛仙翁,北方北极玄灵,中央黄极黄角大仙。五斗星君,上八洞三清、四帝,太乙天仙,中八洞玉皇、九垒,海岳神仙,下八洞幽冥教主、注世地仙。"

孙悟空细听,本该在最前面就应出现的"齐天大圣",却直到报完名单也不见,忍不住问:"请我了吗?"仙女摇头说不知道。他一时怒从心起,笑道:"我是齐天大圣,就请我坐个上席难道不该吗?"仙女依旧摇头:"这次不知怎么安排的。"大圣把心一横,决定一不做二不休:"说得也是,那就委屈你们一下,等我先去搞清楚。"于是,当即使出定身法对众仙女喝道:"住,住,住。"把七仙女目瞪口呆地定在桃树下不能动弹,他单独向瑶池就赶去了。

路上巧遇赤脚大仙,大圣心想需把他骗开才好先去瑶池,就搭讪:"老道长去哪?"大仙答:"王母请我去参加蟠桃会。"大圣佯笑:"玉帝因我筋斗云快,派我东南西北中五路邀请大家,先去通明殿再去瑶池。"大仙信以为真,转道便去通明殿。他变成大仙赶去瑶池,进去后闻到酒香,忍不住想喝,于是变出瞌睡虫让众神当场睡起大觉,他独自开始享受百味八珍和百酿仙酒,快醉时想到:"不行! 再过会儿请的客人来了,把我抓住可不得了,还是早早回府睡觉。"

猴儿醉得原形毕露、摇摇晃晃向齐天府走,却走错了路,东倒西歪晃到兜率天宫,看见门牌才反应过来:兜率宫在三十三天之上离恨天,是太上老君的家,怎么走错到这里? 正好,一直说来看望老头儿,正好去探望探望。悟空撞进去,却不见一人,原来这时老君正和燃灯古佛交流,双方弟子都在听讲。恰是便宜了猴儿,让他轻易找到丹房,得了五葫芦炼好的金丹,心中大喜:这可是仙家至宝,今天有缘,趁老头儿不在先尝尝。这一开吃,吃顺了嘴哪收得住,眨眼吃了个精光。金丹还能解酒,吃完酒也醒了,此时他才后怕:糟了糟了! 这场祸惹得比天大,一旦惊动玉帝小命不保,赶紧逃回花果山做老大算了！一溜烟逃出天庭,从西天门隐身逃回花果山。

回山一看,正见四健将率七十二洞妖魔鬼怪演练武艺阵列。他高叫:"小的们！我回来了!"大家一齐跪下:"大圣好宽心,撇下我们不管,一走这么多年!"进了水帘洞,四健将请安:"大圣,在天上一百多年,这次做了什么官?"大圣笑道:"我记得顶多不过半年,你们怎么就说一百多年?"四健将:"上界一天就是下方一年。"大圣点头道:"这次玉帝确实够意思,真封我做齐天大圣,建了齐天府,还指派了伺候的仙吏侍卫,后来又让我管蟠桃园。只可恨王母娘娘开蟠桃会竟不请我,我先下手为强,把仙品仙酒偷吃了,又把太上老君五葫芦金丹也偷吃了,这才回来。"众猴哪知轻重,不仅毫不惧怕反都乐不可支,并为大圣摆酒接风。孙悟空脑子一热,拍胸脯说:"这酒不好喝,我让你们也尝尝仙酒。"当即潜回瑶池偷了几瓶,回洞中组织亲信们搞了个小宴会,让他们各喝了几杯仙酒。

蟠桃园中,七仙女被定身,足有一天才解了法,身心俱疲地回去后向王母奏明:"齐天大圣困住我们,所以回来晚了。"王母问:"你们摘了多少蟠桃?"七仙女:"只有两篮小的,三篮中的,大桃一个没有,估计是大圣偷吃了。我们正找大桃,他就出来行凶,还问蟠桃会请谁。我们说了上次名单,他就把我们定住,直到现在才醒来。"

王母恼火之余,马上去报告玉帝,说了属下吃亏的事。再一阵,瑶池侍卫来奏:"不知谁混进蟠桃大会,偷吃了玉液琼浆八珍百味。"四天师又奏:"太上道祖来了。"玉帝同王母出迎,太上老君说:"老道在宫中炼了九转金丹,给陛下准备丹元大会,谁想让贼偷了。"又有齐天府仙吏来报:"孙大圣一直不在府,从昨天到现在不知去哪了。"赤脚大仙也来奏:"臣昨天遇到齐天大圣,他告诉臣说万岁有旨,让臣等先去通明殿再去瑶池。臣去了通明殿不见万岁,这才赶来告知。"

玉帝对接二连三的坏消息甚是惊诧恼怒:"这家伙竟敢假传旨意,赶快派纠察灵官查访下落。"灵官领旨出访,很快查实回报:"搅乱天宫的是齐天大圣。"把过程详细上奏后,玉帝大怒,派四大天王协同李天王、哪吒,点齐天庭直属一线神军所属二十八宿、九曜星官、十二元辰、五方揭谛、四值功曹、东西星斗、南北二神、五岳四渎、普天星相,共十万天兵,在花果山上布下天罗地网,定要活捉孙悟空重加惩处。

天兵天将把花果山围住,九曜星先出战,小妖报入水帘洞,孙大圣正和七十二洞妖王、四健将饮酒,不理不睬。一会儿,小妖又报九个凶神在门前骂战,大圣仍是不理。再一阵又有小妖报:"九个凶神已杀进来!"避无可避的孙大圣怒了:"这些家伙这么狂!不和他们计较,倒欺负上门了!"就命独角鬼王率七十二洞妖王出阵,却被九曜星挡在洞中铁板桥,无论如何出不去。

孙悟空遂亲自出手,抢起金箍棒打出水帘洞。九曜星指斥他:"不知死活的弼马温!你知不知道犯了多少罪?偷桃偷酒偷丹,搅乱蟠桃大会,还敢把御酒偷到猴窝享受,死罪加死罪,不害怕吗?"大圣笑着应承:"不错,这几件买卖都是我干的,你想怎样?"九曜星道:"赶快投降免你不死,否则就踏平花果山掀翻水帘洞!"大圣道:"量你们几个杂碎有多大本事,敢吹这样的牛,先吃我一棒!"

这九神一猴斗得热烈,不多时九曜战败,回报托塔天王:"猴子真是骁勇,我等打不过。"李天王又调四大天王与二十八宿出战,大圣也调独脚鬼王、七十二洞妖王与四健将列阵对战。从上午开始打到日落,悟空见天色已晚,使出分身法变出千百个大圣,打退天将得胜回洞。四健将迎接他,先大哭三声又大笑三声,大圣奇怪:"你们又哭又笑,什么意思?"四健将答:"七十二洞妖王被抓该哭,大圣得胜回来该笑。"大圣摆手道:"胜败兵家常事,杀敌一万自伤三千,何况抓走的都是别的兽类,你们难过什么?今晚都吃好睡好,明天抓些天将,给他们报仇就是。

启示之一:由于所处的平台、眼界意识都有质的提升,因而决定了自身思想行为有了更高站位,此谓高屋建瓴。

李斯年轻时志向远大,但低微的身份无法承载梦想,自感忿忿不平。一天，他看到茅厕里吃粪便的老鼠，一听到人的脚步声，吓得马上就跑。而当他到仓库时，却发现那里的老鼠大摇大摆地吃粮食，即使有人来了也不害怕，心里感慨：人的成功失败和老鼠如此相似，同样的人处在不同环境就有不同作为和结果。受此启发后，他投奔秦国，先在吕不韦门下做食客，又成为秦王嬴政心腹，在秦国准备驱逐各国人才的关键时刻，他写下《谏逐客书》，文章雄辩其理又有文采，故而说服秦王取消了逐客令，李斯被任命为廷尉，成为秦国政坛的重量级人物。

（玉帝封孙悟空做了所谓"齐天大圣"，其本意虽然好像在哄一个调皮捣蛋的小孩儿听话，但之于猴子来说，比起弼马温这个头衔，打着"齐天大圣"这个名号和天上众仙家交往起来，显然还是游刃有余了许多，即便是在三清、四帝面前，他也能从容应对，再不用自惭形秽了。）

启示之二：因为自己的软肋和缺点，而得到不该得到的，不一定是受到器重，也有可能成为被打击的目标。

春秋时郑庄公继位后，根据母亲请求，将弟弟段分封到郑国的京，段由此被称为"京城太叔"。按礼法规定，段受封于京不合法度，大夫祭仲就向郑庄公提醒，太叔段占有京这个要地，势力会壮大起来，日后要威胁国君安全。郑庄公回答说："这是母亲的意见，必须照办。"段到了封地后，果然开始扩张势力，见郑庄公没有什么反应，就继续得寸进尺。大夫公子吕赶紧劝郑庄公采取行动，郑庄公还是说不要紧，他这样做是自取灭亡。等到太叔段真的开始叛乱时，郑庄公其实早已安排妥当，一举消灭了段的势力。

（玉帝能够做三界之主绝非因侥幸、运气或顺其自然，他在登上帝位过程中，经历了多少艰难险阻，遇到了多少明枪暗箭实在无须多想。拥有了这样的地位，他的摩下有多少能人，掌控着多少力量更是显而易见，怎会畏惧区区一只猴子？令人不解的无非是，他怎么偏偏让猴子——嗜桃如命的家伙去看守桃园？难道当真是玉帝做久了昏庸糊涂了？真要这么想，只能说是小看了他太多太多。其实，这对猴子既是机会又是考验！如果平安度过，

不失为登顶机遇;如果经不起考验,则必然失足。可惜的是,猴子显然没有
经得住考验。)

**启示之三:快意恩仇固然畅快淋漓,但无疑落于下乘,也说明自信不足、
能力欠缺。**

项羽兵败后,逃亡将领钟离昧投奔了韩信。刘邦听说后,下令楚王韩信
逮捕他,但韩信始终推脱不从。后来刘邦用陈平计策,说要出外巡视游览云
梦泽并会见诸侯,通知诸侯到陈地相会。面对这一布局,韩信反复盘算难下
决心。打算起兵谋反但又自觉无罪,想去谒见刘邦又怕被擒。有人就向韩
信建议:杀了钟离昧去见皇帝,他必定高兴,也就不用担心有祸。韩信与钟
离昧商议,钟离昧说:"刘邦所以不攻打楚国,就是因为我在这里,如果想逮
捕我去讨好刘邦,我今天死,随后完蛋的肯定是你。"于是,钟离昧自杀后,韩
信持其首级去谒见刘邦时,果然被马车旁的武士抓起来。虽然之后因证据
不足赦免了他,但楚王头衔被免,降封为淮阴侯。

(当七仙女到来时,猴子已经意识到,这个齐天大圣算当到头了。享受
过显赫名头带来的荣耀,也就要承担因此带来的后果。明眼人都很清楚,一
只猴子怎么可能吃得了那么多桃子?但猴子没有自辩机会,无论是谁偷了
桃,责任其实都是他的。大家心知肚明的是,这件事需要个背锅者。更遗憾
的是,猴子没有亡羊补牢,而是选择了破罐破摔,最终把自己推向一个无法
挽回的境地。)

**启示之四:遭遇强者打击而难以翻盘,示弱也许还有存活的可能。一旦
硬碰硬,除了分出胜败决出生死,没有第二条路可走。**

官渡之战前夕,曹操发现刘备准备在自己和袁军作战时,集中徐州兵马
偷袭许都,就紧急召集谋士,商议对付之策。大家对曹操置袁绍不顾反而去
进攻刘备的做法顾虑重重,只有郭嘉坚决支持,并深入分析其可能性。于
是,曹操坚定决心,留下心腹屯守许都和官渡,自己亲率夏侯渊、张辽、乐进

等人，在袁绍虎视眈眈下远离根据地去征讨刘备，刘备大败逃走，曹操彻底摧毁了刘备在中原地区威胁许都的势力。

（作为天庭秩序的破坏者，大闹天宫成为孙悟空的标志性事件。面对前去围剿的天兵天将，他显示出强大的对抗实力，但无论如何，战役主动权不在他手。开不开打、什么时候开打、在哪里开打、打多大规模、最终怎么收手，这些他都无能为力。无论赢多少次，都不会有更大意义，因为只要输一次，就一切归零。这一点，他已清醒地意识到了，明白自己只不过是在得过且过而已，所谓"诗酒且图今日乐，功名休问几时成"，反映的就是这种心态。他的失败不过是早晚的区别而已。）

启示之五：是进是退，有时候并不复杂，仅决定于一念之间。

安禄山外表粗犷实则工于心计，他除了善于谄媚逢迎，取得唐玄宗、杨贵妃的宠信支持外，还借助当时河北一带外族杂居、情况复杂，而他熟悉当地情况的有利条件，通过多种手段提升自己知名度。开元二十八年，被任为平卢兵马使后，他依旧坚持用厚礼贿赂往来官员，求在朝廷多说好话，唐玄宗更加信任喜爱他。天宝三年，安禄山接替裴宽任范阳节度，河北采访、平卢军等使一一照旧。最后使其尾大不掉，终于引燃把盛唐推下万劫不复的"安史之乱"。

（假设固然不存在，但有时候会不由自主地想，如果孙悟空做了齐天大圣，就此敛去锋芒、规规矩矩；如果管理了蟠桃园后就像做了弼马温那样，一直兢兢业业、恪尽职守……天界将会有怎样的景象？大概率是没有了西游取经一事，天界却从此真多了个齐天大圣。）

第六篇　从天堂到炼狱

一、时间:西汉末年

二、地点:东胜神洲、天庭

三、事件起因:搅闹天宫,犯下大罪,面对蜂拥而至的天兵天将,孙悟空不得不在花果山水帘洞背水一战。

蟠桃会重磅大佬之一——南海观世音收请帖到达瑶池后,见景象荒凉一片狼藉,各路神仙议论纷纷,一打听才知道出大事了。她提议,既然宴会搞不成了,大家一起去见玉帝吧。众神们到了通明殿,遇到四大天师、赤脚大仙等,说玉帝正在发火,已派出无数天兵,却还没有把惹祸的正主抓回来。

菩萨要见玉帝,邱弘济传报后,她进去与玉帝、老君、王母见礼,关切地问蟠桃盛会发生什么了。玉帝答:"每年开这盛会,各路来宾没有不高兴的,今年让妖猴扰局,害你们白跑一趟。"菩萨问:"这猴子什么出身?"玉帝答:"他是东胜神洲傲来国花果山石蛋里出生。当时两眼放金光,直射我家。开头也没当回事,后来他降龙伏虎自削死籍,那时本就该抓他,后来长庚星求情,招他上界封了弼马温。谁知这家伙嫌官小跑了,李天王与哪吒出手没拿下,又招他上界封了齐天大圣。因他四处闲逛,朕怕日久生事让其管理蟠桃园,谁知他竟敢不遵天规偷吃蟠桃。这次开会,因他本是有名无实,名单里没列。结果他胆大欺天,扮成赤脚大仙,混进瑶池偷吃仙酒仙肴,又偷老君仙丹,朕已调派十万天兵下界,定要活捉妖猴。"

菩萨命徒弟惠岸下界探察。惠岸到了花果山,见天兵天将把花果山密密层层围得水泄不通。进营拜见四大天王与李天王,李天王问从哪来?惠岸把情况一说,正好孙悟空前来挑战,惠岸自告奋勇要领教一下,二人交手五十多回合,惠岸难以抵敌败阵逃回,回营连喘带咳:"好个大圣,真是神通广大!我实在打不过!"李天王见自家两儿子都不敌,也是心惊肉跳,命大力鬼王与惠岸回天启奏。

二人到灵霄宝殿呈上表章,惠岸又把情况给菩萨详说。玉帝一看表章,忍不住气笑了:"不过区区只猴精,能有多大本事,就挡得住十万天兵?李天王还要增兵,让朕召哪路神兵去助战呢?"观音:"陛下,贫僧推荐一神定能胜任。"玉帝:"是谁?"观音:"就是显圣二郎真君。他当年杀梅山六怪,现手下有梅山兄弟与一千二百草头神,神通广大本领高强。陛下降调兵旨意请他出马,定可成功。"

玉帝便命大力鬼王领旨前去。到了灌江口,二郎神率众弟兄出门迎接,听过圣旨,真君就带领四太尉二将军和所属神兵,浩浩荡荡开拔到花果山。四大天王与李天王出门迎接,把之前战况说了一遍,真君笑了:"我这次来,肯定要和他斗变化,你们四下围好就行,不论输赢,我都有弟兄帮忙,不用大家出手。只有一点,请托塔天王用照妖镜罩住战场,免得他败逃后找不到。"

安排好一切,真君就领着众弟兄到水帘洞外,见群猴布下蟠龙阵,正中一竿旗写着齐天大圣。真君叹息:"好个妖猴,怎当得起齐天名号!"闻报,猴王手执金箍棒,披挂整齐出来:"你是哪路神仙,敢大胆来挑战?"真君喝道:"你有眼无珠,不认得我?我是玉帝外甥昭惠灵显王。来抓你这反天宫的弼马温,还不知死活胡言乱语!"

悟空接连和天将几次交锋,不见有个真正对手,哪把他放在心上,讥讽道:"我记得当年玉帝妹子思凡,和杨君成亲生了孩子,后来还斧劈桃山救老妈,不就是你吗?当时本想骂你一顿,毕竟无冤无仇,本想给你一棒,又可惜了你的小命。要我说,你这小白脸赶紧滚回去,再把四大天王叫出来为好。"

　　二郎真君让他几句揭短话激得大怒："泼猴可恶！吃我一刀！"不由分说两个就斗在一处，足足斗三百多合不分胜负。斗到酣处，真君变成身高万丈青脸獠牙的巨人，恶狠狠举三尖两刃刀向大圣劈砍，大圣也变成身躯长相一模一样的巨人，举如意金箍棒挡住。可这下不得了，花果山众猴哪见过这阵仗，吓得屁滚尿流，二郎神手下又开始向水帘洞一齐掩杀，杀得群猴四散奔逃。

　　孙悟空瞥见，心慌意乱就要逃走，真君大喝："往哪逃？赶快投降饶你不死！"大圣要撤进洞，被四太尉二将军率草头神拦住，他只得变成麻雀飞上树梢，众人找不到大喊："让猴精逃了！"正好真君赶到："兄弟们，他跑到哪里不见的？众神：在这里围住他，就不见了。"二郎神睁开额头神眼，看出他变成麻雀，于是变成饿鹰去扑食，大圣忙变成大鹚冲天而飞，二郎神变成海鹤钻上云霄嗛他。大圣变成鱼钻进水，二郎神变成鱼鹰来吃他。大圣变成水蛇，二郎神变成一只灰鹤来啄他。

　　孙悟空连遭克制，只好变成只下贱的花鸨，结果被二郎神用弹弓打了个跟头，他趁机滚下山崖变成一座土地庙，只有尾巴不好变，竖在后面化成旗竿。

　　真君赶到跟前细看，见旗竿立在庙后，哈哈大笑起来："这猴子的小把戏也想骗我？世间多少庙宇，从没见过旗竿竖在后面的。等我捣烂窗户，踢烂门扇！"大圣心惊胆颤："门扇是牙窗户是眼，被他打牙捣眼可不是完了。"赶紧一个虎跳飞不见了。真君驾云飞起，见李天王高举照妖镜站在云端，就问："天王，猴子上来了吗？"天王把照妖镜向四方一扫，呵呵笑起来："真君，快回家去，猴子隐身去灌江口了。"

　　孙悟空飞到灌江口，变成二郎神入庙，鬼判都磕头迎接。他大模大样坐在中间，等真二郎神赶进门，大圣现出原身叫道："郎君，你的庙宇已经姓孙了。"这二番恶战，二人吵吵嚷嚷且行且战，一路打到花果山。众神在灵霄殿等了许久不见动静，都问："二郎神已去交战，怎么一天还不见有结果？"观音合掌请奏："请陛下同道祖出南天门，亲自看看情况可好？"玉帝点头答应，即摆驾与众仙卿到南天门观看战况。

只见花果山上天兵围住四方，李天王与哪吒举着照妖镜罩在空中，真君和众兄弟把孙悟空围在中间正斗得热闹。菩萨道："二郎神已把猴子围住，我现在帮他一把，一定能活捉妖猴。"老君："菩萨，你有什么兵器帮他？"观音说要把净瓶扔下去，就算砸不死也能砸他个跟头。老君摇头："你这瓶子是瓷的，打中他还好，要是打不中万一撞上铁棒，岂不就撞碎了，还是我帮他吧。"说罢捋起衣袖，从左臂取下一个圈子："这是我用锟钢抟炼，还丹点化而成的金刚琢，能变化能套万物又水火不侵，是当年过函关化胡为佛的防身至宝，用这个去揍他。"说完，从天门往下一扔，悟空正和七圣苦斗不止，哪防备从天而降的法宝，被圈子砸中天灵盖一跤摔倒，没等爬起来又让二郎神的哮天犬咬住腿拉倒，他大骂："这个死东西！不去妨自家人倒来咬我！"没等爬起来早让七圣一拥而上捆了个结实，又用勾刀穿了琵琶骨，再不能变化脱身。

孙悟空被天兵押到斩妖台绑在降妖柱上，刀砍斧剁枪刺剑刴，放火煅烧雷屑击打，却毫发无损。大力鬼王忙回奏玉帝："万岁，猴子不知哪学的护身法，什么招数都用过竟不伤分毫，该怎么办？"玉帝吃惊道："这可如何是好？"太上老君启奏："猴子吃蟠桃饮御酒服仙丹，我的五壶丹有生有熟，让他吃在肚里，用体内三昧火煅成一块，所以已成金钢躯体，一时半刻伤不到。不如把他推进八卦炉，等煅炼出仙丹他就化成灰了。"玉帝便批准老君将其领走。

到了兜率宫，把猴子身上绳索解了，收了穿琵琶骨的勾刀，推入八卦炉。七七四十九天后，火候已到开炉取丹。不想孙悟空一直藏身在巽宫，只有风吹烟熏把一双眼熬红，成了"火眼金睛"。他正在揉眼，眼泪鼻涕流个不停，听见炉子响，外面有光进来，忍不住跳出丹炉，一脚蹬倒八卦炉往外跑。一群架火看炉的来拦他，让他一一推倒，太上老君从后抓住他，也让他摔了个倒栽葱。

孙悟空逃出兜率宫，拿出如意金箍棒再次大闹天宫。

启示之一:突如其来的问题令人感到猝不及防,却往往是有备者的舞台,而机遇背后,既是考验是危险,也是成功是坦途。

1950年,朝鲜战争爆发后,战况变化反复,美军仁川登陆后,朝鲜人民军迅速崩溃,金日成紧急请求中国出兵援助。对于这个请求,刚刚建国不久的中国高层几经研究,大多数人都认为不宜出兵,且理由充分,包括政治、经济、军事、外交等种种原因。毛泽东看到这个情况,紧急召回西北局书记彭德怀,请他在会上发言。彭总慷慨陈词、高屋建瓴,用卓越声望支持了主席出兵决策,并拥护中央派自己挂帅出征的决定。

(在听过玉帝对本次蟠桃会流会情况介绍后,观音的反应和处理方式可谓把握老到、定位准确。她收到的潜台词是:对于突发事故,玉帝绝对没有错,天庭各神仙在各环节也处理得当,没有问题,出现错误完完全全归于猴子本身。在此基础上,她立即用实际行动表态,和玉帝站在同一条战线,成为同一个战壕的助战者。)

启示之二:内举不避亲,外举不避仇,虽是大原则,但参谋决策出主意想办法,也需要原则和规矩。希望纳谏者能够从谏如流接受建议,就要究其心理,了解其所思所想,才能事半功倍。

公元前686年,齐国发生内乱,国君齐襄公被杀。这时,在鲁国的公子纠和在莒国的公子小白因为具备继承资格,都急着要回国争夺君位。公子纠师父管仲自告奋勇去截击小白,偷偷一箭射死了小白。可始料未及的是,管仲只是射中小白衣带钩,那声惨叫是他为迷惑管仲故意发出的。等公子纠和管仲进入齐国国境时,小白早先一步到了临淄继位为齐桓公。桓公继位后立即发兵攻打支持公子纠的鲁国,鲁国战败,鲁庄公不得已杀了公子纠,并将管仲押回齐国治罪。鲍叔牙劝齐桓公重用管仲,齐桓公非常生气,鲍叔牙却说,如果你只想做个普通的国君,有我就够了。如果你想要做一番大事业,这就是个不可多得的人才。齐桓公想做大事业,就听了鲍叔牙劝告,赦免了管仲,并任命他为齐国丞相,协助自己管理国事。管仲不负众望,强齐图霸,辅佐桓公九合诸侯,终使齐桓公成为春秋时第一个霸主。

（观音面对玉帝遇到的麻烦,她没有向其他神仙一样看笑话、说风凉话或装作不知道,而是积极出谋划策。首先派出自己徒弟参战,不仅拉近了和玉帝的关系,还反过来证明了李天王为首的天兵天将出于公心勇于作战。如此一石二鸟,既让玉帝满意,又让李靖感激。之后,趁热打铁,举荐玉帝外甥担当重任,把这样一个扬名立万的机会奉送到玉帝自己人手里。至于孙悟空的反击,以此时形势判断,无论如何都不可能有逆转可能,二郎神出战必定稳操胜券,于是提拔玉帝嫡系也就是板上钉钉的事。如此一来,观音的建议在玉帝面前会有何效果就可想而知了,这也为之后观音开展其他游说工作做好铺垫与基础。）

启示之三:得到机会不易,把握机会完美演绎更不易。

美国南北战争期间,格兰特被任命为准将,派驻到伊利诺斯州,他的部队驻扎在俄亥俄河和密西西比河汇合处的凯罗。在距凯罗 80 公里以北有田纳西河与坎伯兰河。南方军在两条河流上修筑了土木工事亨利堡和唐纳尔逊堡,这是南方的一对关键要冲,一旦占领,就能打开通船水道,直捣南方军中心地带,并插入其两翼。格兰特率领运输船和炮艇,于 1862 年 2 月攻克亨利堡。唐纳尔逊堡与亨利堡相距近 30 公里,位于坎伯兰河左岸,要塞四周掘有纵横交错的战壕,防御工事非常坚固,南军 1.5 万人驻守。格兰特在唐纳尔逊堡的陆地一侧布置军队,形成半圆形包围,炮艇则分两路,一路从田纳西河顺流而下,一路从坎伯兰河逆流而上,准备多路合击,一举攻占。2 月 13 日,北军发动攻击,要塞守军枪炮齐发,北军尸横遍地被迫撤离。通过侦查审讯俘虏,格兰特发现南军俘虏干粮袋内只有三天口粮,得知要塞存粮不多,于是他命令士兵不进攻,只把夺路而逃的南军士兵赶回战壕就可。南军残兵突围去后,格兰特占领了唐纳尔逊堡,又挥兵攻占纳什维尔,夺取了那里的火药厂和军械厂,收复了田纳西州。这一战,是内战以来北军取得的首次胜利,大大鼓舞了北军士气。

（二郎神对付孙悟空,并没有复制之前老一套的一对一方式,而是跳出窠臼,攻敌不备,用自己强项——手下神兵攻击孙悟空弱项——乌合之猴,确实是攻心为上的好计策。猴群大乱导致了孙猴子心乱,孙猴子心乱也必然预示着他战败的来临。而失败往往一旦发生,就像坡上滚下的雪球,一发不可收拾。）

启示之四:人的机遇是有差别的,需要认清形势、冷静判断才能有效自我保护。要认识到,己方阵营也会有敌人,而敌方阵营也会有友军。

隋朝末年,刘武周起兵反隋,听闻尉迟敬德作战勇猛,便将其网罗到麾下担任偏将。但在和唐军特别是李世民所统军队交手中,鉴于形势发展变化,敬德已萌生归唐之心。武德三年四月,李世民击溃刘武周,围困介休,专门派任城王李道宗和宇文士及进城劝降。降唐后,李世民任命尉迟敬德为右一府统军,让他继续统领旧部八千人。在东征王世充时,一天,尉迟敬德陪同李世民打猎,恰好遇上王世充带领几万步骑兵来挑战。王世充骁将单雄信带领骑兵直奔李世民,尉迟敬德驱马冲上前去,大吼声中一枪把单雄信挑下马,保护李世民杀出包围后,又带领骑兵跟王世充作战,不久郑军狼狈逃散。

（太上老君是道家之祖。与此同时,他还兼任天庭神仙培训学校名誉校长、天庭制药总公司 CEO、天庭军械制造集团董事长,掌握着难以估量的技术秘密和令人生畏的权力。其个人能力之强、手中法宝之多,任谁脑洞大开,也无法想象这样一位大佬到底有多大法力和多厉害的法宝。所以,把罪犯孙悟空送进八卦炉,是否得到了有效处理,他岂能漠然不知?真要想置其于死地,怕是一万只猴子也报销了。可猴儿的固有短板就是冲动,关在那么个要命的地方着急上火,根本搞不清楚是谁在暗中救助自己,结果冲动超越了理性,把最后一点获得自由的机会也葬送了。）

启示之五:得饶人处须饶人,更要清楚是谁想要饶人。否则,很有可能把可能的战友变成潜在的敌人。

第一次世界大战结束后,在法国巴黎召开巴黎和会。关于对德处置,法国总理克里孟梭坚决主张肢解德国,彻底消除隐患,一劳永逸解决法国对手。英国首相劳合·乔治则坚决反对,他深知英国孤悬海外,决不能令欧洲大陆出现一个打破原有平衡的强权国家,这个国家不能是德国,但也不能变成法国。美国总统威尔逊鉴于国内盛行孤立主义,因美国在战争中通过贸易受益并成为第一经济强国,政府倾向于安抚德国并保证平等的贸易机会,以顺利收回战争债务。这三人勾心斗角明争暗斗,虽然英美在多数意见上联手,但在法国坚持下,协约国最终通过了对德国极为苛刻的处置条款,包括割让阿尔萨斯·洛林、驻军莱茵、限制军队以及巨额赔款,最后结果就是签订《凡尔赛和约》。当时很多有识之士看到条约内容后,认为这不是和平,而是20年休战。果然,21年后又爆发了规模更大、结果更惨烈的第二次世界大战。

(观音举起净瓶要当石头砸猴子,遭到太上老君反对,而且反对的言辞入情入理,无从反驳。同时他又拿出自己的金刚琢作为替代品,不由分说地扔了下去。对于这个建议和做法,观音默认,没有不识相地继续坚持。因为,若是不这样顺坡就驴,真把净瓶扔下去,导致猴子被砸成重伤,得罪的恐怕就不是太上老君一个人了。)

第七篇　被压五行山

一、时间:西汉末年、新朝初年

二、地点:天庭、五行山

三、事件起因:孙猴子逃出八卦炉,不退反进,二次大闹天宫,终于被赶来救驾安天的如来镇压在五行山下,遭到无限期羁押。

逃出八卦炉,孙悟空自感无后顾之忧,被抓住谁也奈何不了,何不趁势好好干一票? 据此判断后,他势如疯虎抡棒在天宫乱打,果然没一个神兵神将来阻拦,就让他一路攻到通明殿,眼看要闯上灵霄殿。

恰逢佑圣真君下属王灵官值守,见妖猴马上要非法攻入大殿,自己罪责难逃,忙金鞭在手大喝:泼猴往哪闯,有我在你别想得逞! 孙悟空一言不发抡棒就打,灵官举鞭迎战。二人在灵霄殿前打得难分胜负。得闻消息,佑圣真君又发批文到雷府,招三十六员雷将来围困住他。众雷将各式兵器齐上阵,孙大圣变成三头六臂,使动三条如意棒转运如风,好像三架纺车运转,众雷神再没一个能靠近。嘿斗声惊动到玉帝,他得知妖猴居然脱困,且冲自己来了,也是有些吃惊,当即传旨游奕灵官、翊圣真君上西方请佛祖来摆平。

二圣领旨到雷音宝刹,如来问:"玉帝因何事烦劳二位下临鄙处?"二圣答:"花果山天产石猴聚众搅乱。玉帝降招安旨封他弼马温,他嫌官小跑了。李天王哪吒出战没有搞定,天庭又招安封他当了齐天大圣,令其管理蟠桃园，结果这家伙偷桃偷酒偷丹，逃出天宫。玉帝派十万天兵，也没能拿住。后来观音举荐二郎神，老君又用金钢琢相助，才把他抓住。原本准备处死，结果刀砍斧剁，火烧雷打都无济于事。老君推入八卦炉熔炼，不想开炉他又逃出，一直打入通明殿。幸亏王灵官挡住，又调雷将围住，让他不能乱闯，但依旧无法擒拿。玉帝专程让我们请佛祖救驾。"如来随后吩咐灵山大众："你们各就各位，我去炼魔救驾。"

佛祖召阿傩、迦叶随左右，直上灵霄殿。刚赶到就听见杀声震天，三十六员雷将围着妖猴苦战。佛祖命雷将停手，他要亲自和其对话。孙悟空恢复原身，怒气冲冲高叫："你是哪来的好人，敢来圆场拉架？"如来笑了："我是西方极乐世界释迦牟尼佛祖，听说你多次欺天造反，想问问你是哪里出生何时修道，怎敢如此暴戾成性？"

孙猴子哼了一声，自道是天地生成，拜师练成长生仙法，要求玉帝让出灵霄宝殿，自己要过做天帝的瘾。佛祖冷笑道："区区一只猴子成精，怎敢欺心罔上，妄想夺玉皇宝座。玉帝苦修多少，才换来无极大道，你个刚出世不久的小畜生，怎敢起这念头！赶紧乖乖归顺，否则万一遭了毒手，小命玩儿完不说，可惜你真实身份就露馅了！"

孙大圣让他几句话说得刺中内心，却仍不大服气："就算他苦日子熬得长，也不是霸着天庭不走的理由。皇帝轮流做，明年到我家。除非他把天宫让给我，不然大家谁也别想过好日子！"佛祖问："你除会长生术变化法，还有什么拿出手的本事，敢说占天宫的话？"猴子得意洋洋："我的手段多了去了。我有七十二般变化，万劫不老长生，还会驾筋斗云，一下能飞十万八千里，怎么不能坐那把椅子？"佛祖道："我和你打个赌，你要能一个筋斗飞出我右手就算你赢，也不用动刀动枪，我就请玉帝去西方住，把天宫让给你。要是你飞不出我手掌，就赶紧回下界好好做妖怪，努力多学几年再痴心妄想吧。"

孙大圣一听几乎笑出声："如来分明是个白痴！我一个筋斗云就十万八千里。他手掌虽不小，方圆不过一尺，怎会飞不出去？"猴子抖机灵还怕如来反悔，忙喊："你做得了玉帝的主吗？"佛祖点头："做得了，我做得了主！"伸出右手让他站在手心,孙悟空大叫:"我走了!"一路筋斗荡起云光正飞着,就见前面有五根肉红色柱子撑着股青气,他心想,这就是天尽头,等回去让如来作证,灵霄宝殿就是我的了。得意之余,悟空又想出个主意:我还是留个记号,才好和如来理论。

他顺手变出一管笔在中间柱子上写下"齐天大圣到此一游",又在右侧第一根柱子下撒了泡猴尿,回见如来:"我去了天边又回来了,怎样?你让玉帝搬家,把天宫让我。"如来斥道:"好个尿骚猴子!你就没离开我掌心!"孙悟空:"你知道咱见了啥?我到天尽头,看见五根撑天柱,还留了记号,不信就和我去看!"如来哼一声:"不用去了,你自己回头好好看看。"悟空狐疑不定,回头一看,果见他右手中指写着"齐天大圣到此一游",不禁大吃一惊:怎会有这样的事?我明明把字写在撑天柱上,怎会在他指上有字?难道此人未卜先知,偷梁换柱?不行,我定要去看个明白!

他腾起筋斗云要再去查看,佛祖哪容放肆,手一翻把他推出西天门外,巨掌化成金木水火土"五行山",把他轻轻压住。

如来降伏妖猴,就要回西方。天蓬、天佑出灵霄殿留请,佛祖回首瞻仰,只见鸾舆宝盖已至面前,玉帝亲来致谢:"多蒙大法力收伏妖邪,天庭安排宴席答谢。"如来不敢违旨,谢道:"老僧受大天尊旨意而来,有什么功劳。这都是大天尊和众神洪福所致,怎敢烦劳大家!"

玉帝传旨,请天界诸神仙同来赴答谢宴。不多时众神纷纷来到,都以各自特有的明珍异宝为佛献礼:"感谢如来无边法力收伏妖猴。"有神提议请如来为本次宴会起名,如来也不推辞,就谦逊地说:"宴会顾名思义,就叫安天大会吧。"众神仙异口同赞。宴会正式开始,王母娘娘率仙娥美姬向佛施礼,赠谢大株蟠桃,佛祖谢领。南极寿星又到,赠谢紫芝瑶草、碧藕金丹,如来谢领。又有赤脚大仙赠谢交梨二颗、火枣数枚,如来称谢,命阿傩迦叶将所献宝物收起,隆重向玉帝答谢。

诸神酒过三巡微有醉意时巡视灵官来报:大圣从山里伸出头来了。佛祖仿佛早已预知,摆手叫众神莫慌,自袖中取出六字金帖递给阿傩,叫他帖在山顶。阿傩到五行山，把帖子紧紧贴在一块四方石上，那五行山顿时与大地生根合缝，猴子只能呼吸晃悠脑袋，再也钻不出来。

宴会结束，如来辞别玉帝和众神，专程到五行山，召土地和五方揭谛坐镇山上监管大圣，他饿了就给吃铁丸，渴了就给喝溶化铜汁，等他有朝一日幡然悔悟。

启示之一：自知为明，知人为智。伟大的事业从来都是人在推动实施，相同起点之所以收获不同，区别在于确定的前进发展方向和团队的努力程度。作为个体，自我了解的意义在于，知道位于何处，能够发挥出最佳效能。

1956 年 10 月，国防部第五研究院——中国第一个火箭导弹研究机构成立，钱学森被任命为首任院长。然而不久后，他主动上书要求当副院长，经过组织缜密研究，特别经由聂荣臻元帅亲批，同意了他的请求。对于此事的解释，钱学森本人认为担任院长要花费很多精力处理日常行政事务，而自己特长是科研，希望能够集中更多精力从事科研工作。因此，组织上终于同意了他担纲副职的请求，特别任命空军司令员刘亚楼兼任院长，把他从繁杂事务中解脱出来，得以专心致志从事导弹技术研发工作。

（孙悟空从八卦炉中逃出来，做了个最大错误的选择——他居然向灵霄宝殿方发起进攻。如果他有自知之明，偃旗息鼓潜身藏踪，天庭放他一马自然也属大概率事情。但他的做法却使之前不愿意全力以赴的天兵天将不得不竭尽所能。当名不见经传的区区一名神喽啰王灵官就一力挡住他时，本应引起其充分警觉，他却被怒火阻塞了理智，没有任何应有的畏惧。试问像王灵官这样的神，别说满天神佛，就是那十万天兵里又有多少？他把自己的定位由潜逃变成了进攻，最终种下自己彻底失败的种子。）

启示之二：越是真正的强者，越因历尽沧桑，见惯风浪而宠辱不惊、低调沉稳。这样的人物有深度，也更令人敬畏。

和苏联决裂后，为打破外交僵局，毛泽东决策开启中美外交新篇章。由此,1971年4月10日,在周恩来精心设计安排下,美国乒乓球代表团应邀访华,周恩来专门会见了代表团全体。其时正值美国嬉皮士时代高潮,代表团一个叫科恩的人突然向周总理提问,请教他对嬉皮士运动的看法。此言一出,美国代表队稍有政治头脑的队员都认为科恩会把事情搞砸。试想,问一位社会主义国家总理对代表资本主义腐朽堕落的生活方式的集中体现——嬉皮士运动的看法,岂不是没事找事?但是,这却给了周恩来展示外交魅力和统战功力的一个世界性舞台。他虽然对嬉皮士运动并不深入了解,但凭借丰富的斗争经验和职场阅历,先缓了缓气氛问科恩:"看样子,你也是个嬉皮士啰。"科恩不好意思地笑了。周总理把目光转向在场全体,和蔼地说:世界上有些青年们对现状不满,正在寻求真理。在思想发生变化的过程中,在这种变化成型以前,会出现各种各样的事物。这些变化也会以不同的形式表现出来。这是可以容许的。我们年轻的时候,也曾为寻求真理尝试过各种各样的途径。周恩来又将亲切和蔼的眼光转回科恩:"要是自己经历过后,发现这样做不对,那就应该改变。你说是么?"科恩习惯地耸了耸肩憨厚地笑了。周恩来略略停顿又补充了一句:"这是我的意见,只是一个建议而已。"这个回答瞬间就征服了科恩。周恩来这番话在第二天几乎被所有的世界大报与通讯社报道转载,成了一个轰动世界的大新闻。六天后,科恩母亲从美国加州托人通过香港,将一束深红色玫瑰花赠予周总理,感谢他教育了自己的儿子。

(当佛祖如来出现在孙悟空面前时,并未不分青红皂白直接予以消灭,而是和和气气进行规劝。机会反复给予,可惜孙悟空钻了牛角尖。其实如来提醒得很直白,玉帝用了无数年才修成大道,坐上无上宝座,莫非真以为他就是仅仅多活了几年、多遭了些苦吗?那意味着经历了多少风霜雪雨、历练了多少腥风血雨。面对这样的隐语猴子依旧无知无畏,那就只能结结实实摔个大跟头,在自己的苦历中逐渐理解其中含义。)

启示之三:功高莫过于救驾。但聪明救驾者的正确做法应是:过去就过去了,就当这件事不存在。

征和二年,汉武帝巫蛊之祸发生,连累皇后卫子夫、太子刘据全部自杀身亡。丙吉于廷尉右监被征召到朝廷治理郡邸狱,得知卫太子刘据之孙刘询出生才几个月,也因牵连入狱,他很同情,便专门挑选谨慎厚道的女囚,命其护养刘询。后元二年,武帝病重,听人说长安狱中有天子气,就下令监狱对关押的人不分轻重一律杀掉。执行命令者当晚到郡邸狱,丙吉却紧闭大门拒绝使者进入,说:"皇曾孙在,别的人无辜杀死都不可,何况皇上的亲曾孙?"双方相持到天明,皇命始终得不到执行,使者怒冲冲回去报告武帝并弹劾丙吉,武帝忽然感悟这是上天提醒自己,便大赦天下,郡邸狱关押之人由此都活命了。幼年的刘询多次病重几乎死去,丙吉不但用私人财物供给他衣食,还让护养他的乳母好好用药治疗,使其得以长大成人。后来,刘询阴差阳错,登上帝位成为汉和帝,听当年旧人说起监狱里的事,他才知道丙吉对自己天高地厚之恩。然而在他亲自询问之下,丙吉却始终不肯承认于皇帝有恩。刘询称赞丙吉为人厚道,准备给他封地封侯,丙吉也上书坚决谢绝封侯,陈述不应凭空名受赏。

(当如来降伏孙悟空后丝毫没有拯救天庭、救驾玉帝于危难的得意,相反,马上自然而然体现出尘埃清净应回西天的大度姿态。这是一种表态,明白地告诉玉帝,我是你的部下,仅仅做了点分内之事,不值一提。当然,玉帝亲自要求开办庆功宴,如来也绝不推辞,充分传达一个意思:遵章守纪。从始至终做得无可挑剔,毫无毛病。)

启示之四:接受表扬奖励,即使得到长者首肯,也需时时关注各方态度,怀着一颗感恩之心,才可坦然而不忐忑。

吴大帝孙权登基称帝后,嫡长子孙登却先孙权而死,于是孙权又立孙和为太子,但却同时对另一个儿子孙霸也情有独钟,封其为鲁王,而且给予的待遇居然和太子不相上下,难分轩轾。孙霸野心随之膨胀,借机大肆培植势力,广树党羽,由此导致太子和鲁王形成相争两派,彼此明争暗斗,最终导致大臣分化为对立两派,使吴国政治生态急剧恶化,朝堂之上勾心斗角,阴谋诡计暗中酝酿。最后,孙权都感到难以控制,在无奈又盛怒之下,他断然废黜太子,赐死鲁王,另立孙亮为太子。

（面对玉帝给予的巨大荣耀,如来恬养冲和,在接受众神推崇赞誉的同时做到绝不越位,始终把尊崇玉帝放到第一位,把玉帝抬到一个高于自己的位次,时时处处一以贯之,而不仅仅是应景表演。面对这样的部下,玉帝便有多少疑惧也必将会风平浪静。）

启示之五:所谓临机专断之权,在受托者不得不使用时,尺度的把握是个关键,而能否正确运用,更是决定最终成败。

公元 1217 年,成吉思汗铁木真采用汉人官号,封木华黎为太师国王,命他率领弘吉刺等部和契丹、汉等降军攻掠金地。成吉思汗对木华黎说:"太行以北,朕自己去经略,太行以南,由你去尽力吧!"并把作为汗位象征的九斿大旗赐给木华黎,授之以发布号令的大权。从此,成吉思汗亲率主力转向西方,侵掠金朝的战争完全由木华黎指挥。木华黎不辱使命,率蒙军一部,先后平灭山西、河北大部,为蒙古帝国南征灭金打下坚实基础。

（面对孙猴子的猖獗,如来始终平心静气不事张扬。但令人吃惊的是,在具体处置过程中,他居然要把天宫和玉帝皇位作为赌注,和孙悟空打赌决胜负。他真有这样的担当吗? 非也,面对玉帝临危受命,必须做到万无一失,而不仅仅是十拿九稳。其实这就说明赌约开始的时候,孙悟空已没有任何侥幸,说这话不过是让他更骄狂大意而已。）

启示之六:对他人构成威胁,后果当然非常严重,但却并非无解。唯一的死结是:一旦在政治上形成直接挑战,除了分出胜负,没有任何回旋余地。

隋末唐初,群雄并起,反王无数,但称得上仁义之师并得将士死力和百姓支持的军队却只有两支,分别为李唐和窦建德部。虽然李世民得到大批英雄帮助,成为最终胜利者,但窦建德也聚集了一批英雄好汉,在河北施仁政广揽英豪,取得了极佳的口碑。双方洛阳之战中,李世民突袭生擒窦建德后,唐帝李渊认为,窦建德本身就是一面旗帜,对唐王朝来说只要他活着就意味着威胁,于是不顾臣属和百姓反对立刻诛杀了他。此后,其部下刘黑闼继而起兵反唐,群起拥护。李世民看出民意不可侮,在起兵平叛之后,只得采取怀柔政策,慢慢消解这一地区人民的敌意。

(孙悟空大闹天宫的问题看似很严重,但从八卦炉中出来以后,性质真正的变化始于开始进攻灵霄殿。此时的他已不再满足于打打闹闹吃吃喝喝,而是亮出要取玉帝而代之的政治野心。这个目的一旦确立,无论是谁想放他一马都已不可能,最后结果只能是被消灭。唯一幸运的是,他遇到了佛祖如来,否则,随便哪个大人物出马,很可能的后果就是菩提祖师曾经的说法:"把你这猢狲剥皮锉骨,将神魂贬在九幽之处,教你万劫不得翻身!"猴子好险,猴子好命!)

启示之七:即使建立了功业,也不可沾沾自喜、自我膨胀。要知道,得以立功离不开他人的信任、配合与协助,甚至离不开对手的默许,没有这些因素奢谈成功,必然是无源之水无本之木。

徐达是明朝开国第一功臣。朱元璋为郭子兴部将时,徐达就听闻其名并归往。此后的他骁勇有谋、战功显赫,直至建立明王朝,被朱元璋誉为"万里长城"。徐达话语少而思虑精深,在军中,军令一旦发出便不改变,属下各将领遵奉其令凛然畏惧。但是在朱元璋面前,徐达却始终恭敬谨慎,从不居功自傲。即使以朱元璋之生性多疑,屡杀功臣,徐达始终都能恪尽职守,并从善而终,死后被追封中山王。

(降伏妖猴,开设宴会,当众神请求如来提名会议名称时,如来心诚所致,提了"安天大会"的神来之说,或明或暗还是抬举玉帝地位,推升玉帝威望。这些举措,也为后来西行取经计划得以在玉帝处一路绿灯打下良好基础。)

第八篇　西游计划始出笼

一、时间:唐朝贞观十三年

二、地点:西天大雷音寺、大唐长安

三、事件起因:安天大会之后的几百年,如来策划西行取经计划,物色一个特别实干的执行人推动这一计划。观音一马当先接办这项艰巨的工作,开始推动取经工程。

如来降伏妖猴,辞别玉帝和天庭众神回到雷音宝刹。此时,自己的威名已遍传佛地,在家的三千诸佛、五百阿罗、八大金刚、各路菩萨都手执幢幡宝盖、异宝仙花、脸上洋溢着崇敬、心里充满着羡慕,列队在娑罗双林下举行盛大接迎仪式。

如来口颂偈语,放出舍利光华,四十二道白虹南北相连布满天空,显出无边佛法至深法力。他登上正中莲台坐下,众佛菩萨施礼后问如来,搅闹蟠桃大会的是个什么人物? 如来缓答道:"那是花果山天产妖猴,罪行之大弥天,满天神兵神将谁都降伏不了,后来二郎神虽抓住他后,太上老君用火炼又被他逃脱。我到时他正在耀武扬威,问其来历本事,他说自己有神通会变化还会驾筋斗云。我和他打赌,结果妖猴连我手心都飞不出去,被我用手掌化成五行山压住。玉帝开设安天大会谢我,请坐首席,宴会结束了才回来。"佛菩萨个个面上泛光,交口称赞佛祖为佛派争光露脸。

自此后，花开果熟日复一日，不知又过了几百年，一天，佛祖召集灵山诸佛菩萨，要与众同乐："自降伏妖猴安天后，估计人间已过去五百多年。今天正是七月十五，我准备了聚宝盆，盛有千百种奇花异果，请大家一起度个盂兰盆会！"众神谢过，如来命阿傩捧盆迦叶散发，大家纷纷表达谢意歌颂佛祖，一时谀词潮涌，虚言满堂，坐上坐下满意尽兴。

接着，如来开始讲座，说到深微处，激发得神龙漫天盘舞、四处天花乱坠，果然景象非凡。此时，如来话锋一转："天下四大部洲善恶不一，东胜神洲敬天礼地心爽气平，是个好地方。北巨芦洲虽有杀生，却仅糊口度日，本性不贪。佛派所处西牛贺洲养气潜灵，虽无高仙却人能长寿。只有南赡部洲，一贯贪淫乐祸多杀多争，所谓口舌场是非海，实在是个需改造之地。为此，我已备好三藏真经，可以彻底解决那些难题。"众菩萨问："哪三藏真经？"如来道："《法》一藏，谈天；《论》一藏，说地；《径》一藏，度鬼。每部五千零四十八卷，共一万五千一百四十四卷。这部真经是修真为善的本源，但目前的困难在于，若我们亲自送去东土，只怕那里人会毁谤真言，难以深知佛法之关键诀窍，最终会怠慢高明大法。故我考虑，须选择个有法力有能力有本事有智慧的人，亲赴东土寻找善信之使，引导他苦历千山万水、万苦千难，到大雷音寺求取真经，而后永传东土，才能劝化众生。这件大业要是成功了，必将是山大般福缘，海深般善庆，诸位，谁愿去完成这项艰巨任务？"

众人还未答话，已有观音毫不犹豫出列，到佛祖莲台下应道："弟子不才，愿去东土找取经人。"如来心中大喜，频频点头赞同："此事关系重大，别神难以胜任，须是观音尊者，神通广大才能办妥。"观音询问："弟子此行东土，佛祖还有什么嘱咐？"如来指示："这次去东土，要沿途观察路上情况，不能飞在九霄云上，必须半云半雾行进，把所过山水和路途远近搞清查明，转告取经人。此外，为保证计划顺利实施，我赠你五件宝贝，可妥善安排使用，协助完成任务。"遂命阿傩迦叶取过一件锦襕袈裟和一支九环锡杖，吩咐观音："袈裟和锡杖给取经人用。只要他能一心一意坚持西来，穿上袈裟就不会再入轮回，手执锡杖就可以不遭毒害。"

如来又取出三个箍儿："这三件宝贝叫紧箍，外表虽似，用法有别，还配有'金紧禁'三篇咒语。若碰见神通广大的妖魔，可以劝他学好，跟取经人做个徒弟。要是不听话，就把箍戴他头上，自然见肉生根，咒语一念令其眼胀头疼，脑门裂炸，管保乖乖入我佛门。"

菩萨谨遵，遂率徒弟惠岸随行东进。到灵山脚下玉真观，金顶大仙为她献茶，观音通报："我领了如来法旨，去东土寻找取经人。"大仙："取经人什么时候到？"菩萨："说不上，大概要两三年。"告辞大仙，师徒二人半云半雾向东飞去。过了许久，见前面三千弱水流沙河，观音叹息取经人肉身凡胎怎能渡过，忽然河中跳出个妖魔，手举降妖宝杖直冲过来，惠岸用浑铁棒挡住，两人来往斗了几十回合不分胜负。

怪物很惊异他能斗得过自己，就问："你是哪来的和尚，敢和我对战？"惠岸喝道："我是托塔天王二太子惠岸，保我师父去东土寻找取经人。你是什么妖怪，敢拦住去路？"妖怪倒有些见识，就问："我记得你跟南海观音在紫竹林修行，怎会来这里？"惠岸："岸上站的可不是我师父？"妖怪一听忙近前下拜："菩萨恕罪，我本非妖，而是原灵霄殿卷帘大将，因在蟠桃会失手打碎玻璃盏，被玉帝贬下凡间变成这样。每七天一次，还有飞剑来穿胸胁百下，我受苦多年，隔几天饥寒难忍就出来吃人，没想到今天冒犯了菩萨。"观音规劝："你因有罪被贬，还敢伤生害命，岂不是罪上加罪吗？我领佛旨去东土找取经人，你为什么不能入佛门，做取经人徒弟和他一同拜佛求经呢？如果愿意，我让飞剑不来，到功成时免罪官复原职，你看怎样？"

妖怪连称愿意，又说起曾吃人无数，之前来过几次取经人，都被自己吃了。普通骷髅落进流沙河就沉底，只有九个取经人骷髅却浮在水面不沉，他以为是宝，就用绳子穿在一起玩耍。菩萨告诫："把骷髅收好，等着取经人，来时自然有用。"便给他摩顶受戒，以沙为姓起法名叫沙悟净。自此，卷帘大将沙悟净洗心革面，严格用佛门弟子标准要求自己，专等取经人。

观音师徒二人继续东行，见前面一座高山恶气遮掩，狂风刮过后一个丑陋不堪的妖魔冲过来，对菩萨举钉钯就筑，惠岸和妖怪不由分说打在一处。

正斗得痛快，观音在空中抛下莲花挡住钉钯，怪物被吓得心惊肉跳，问："你是哪来的和尚，敢弄虚头花儿扰我？"惠岸喝道："好个瞎眼妖怪！我是南海菩萨徒弟。这是我师父的莲花，谅你认不得。"妖怪忙问："是扫三灾救八难的观音吗？"

确定真是观音，他把钉钯一扔，磕头高声道："菩萨恕罪！"观音："你是哪里妖怪，敢来挡我路？"妖怪："我不是妖怪，本是上界天河天蓬元帅。因醉酒戏嫦娥，被贬下凡间错投猪胎，才变得这样。这次有缘遇到菩萨，千万拉我一把。"菩萨："这叫什么山？"怪物："叫福陵山，山里有个云栈洞，原洞主卵二姐招我做了'倒插门'，现在她死了，我在这里多年也没正经事可干。"菩萨点拨道："古人讲得好，要想有前途，就别做没前途的事儿。你违反天条，下凡还不改凶心，伤生造孽，难道不怕二罪俱罚？"妖怪不服气："菩萨这话说的，难道让我喝西北风？常言道，依着官法该打死，依着佛法该饿死。反正是死，还不如抓个肉大油肥的人吃饱才好！管什么你罪我罪千罪万罪！"菩萨："人有善愿天才会真心相助。你要肯皈依我佛，自然有养身之法。世上五谷哪个不能当饭，为什么非要吃人不可？"怪物顿悟了："我想改恶从善，可已得罪上天，怕是无能为力了吧！"菩萨告诫："我领佛旨去东土找取经人，你可以做他徒弟将功折罪，就能脱灾离难。"妖怪满口答应，菩萨就为他摩顶受戒，依长相姓猪起法名叫猪悟能。天蓬元帅猪悟能从此持斋把素，断绝五荤三厌，用佛家弟子自我规范，专等取经人前来。

观音师徒再往前走，见半空中挂着条玉龙，菩萨问："你是哪里的龙，为什么在这里受罪？"玉龙："我是西海龙王敖润三子，因父王告我忤逆不孝，玉帝批准处决，请菩萨救我。"观音当即去启奏玉帝："贫僧领佛旨去东土找取经人，见孽龙吊在半空，特来奏请饶了他，赐与贫僧，让他给取经人做个脚力。"玉帝爽快答应了，小龙谢过菩萨救命之恩，观音安顿他等候取经人。

观音师徒二人继续东行，就见前面金光万道瑞气千条，已经到了五行山。师徒上山观瞻佛祖"六字真言帖"，观音叹惜不已，作诗感慨当年自命不凡的齐天大圣，早让孙悟空听了满耳，在山根下高叫："是谁在山上吟诗揭我短?"菩萨问:"姓孙的,你认得我吗?"猴子忙应道:"我怎能不认得,您不就是南海普陀落伽山救苦救难大慈大悲南无观世音菩萨吗,多承探望! 多少年没个弟兄来看我。您从哪儿来?"菩萨:"我奉佛旨去东土找取经人,路过这里顺道探望你。"猴子软语央求:"如来哄了我,把我压了几百年一动不能动,万望菩萨行个方便救救我!"菩萨:"你罪业深重,我怕救你出来又生祸害。"猴子:"我已悔过,愿大慈悲菩萨指条明路,我愿入佛门修行。"菩萨一听还是他最灵光,满心欢喜地说:"既然你有此心,我就到东土大唐找取经人,让他来救你,你做他徒弟,入我佛门再修正果可好?"猴子连声应答:"愿去,我愿去!"菩萨说:"我给你起个法名吧。"猴子答:"我已有法名,就叫孙悟空。"菩萨也满意:"前面招了二人,正好都是'悟'字辈,恰巧你也是'悟'字,果然是缘分,那就好好等候吧。"

观音师徒到了大唐长安,化身两个浑身疥癞的和尚进城,见市街旁有座土地神祠,二人一进去,众地主小神吓得心惊胆战连连磕头。土地又急报城隍、社令和长安各庙神祇齐来参见,观音指示:"你们千万不能走漏任何消息,我奉佛旨寻访取经人,需借住这里几天,众神各归本处,土地去城隍庙暂住。"师徒二人隐遁真形,开始在大唐悉心寻访取经者。

启示之一:突破者取得成功就意味着集体取得成功,突破者的荣耀值得团队共同荣耀。

鲜卑族创立的北魏末期,一批主要籍贯位于陕西关中和甘肃陇山周围的门阀军事势力——"关陇集团",因时势所造成长起来,逐步占据了当时中国的历史舞台。北魏为保障首都平城安全,在河北北部、内蒙古南部等沿边地区建立了国防六镇。公元 533 年,关中大行台贺拔岳接受孝武帝密令,开始对抗东部高欢势力,并率部整合关陇地区军事力量。这批军事贵族以贺拔岳旧部为班底,定居关中,胡汉杂糅,文武合一,互相通婚。到西魏时,完善了府兵制,在府兵制顶层设置八柱国、十二大将军。在当时战火纷飞的状态下,西魏军政合一,八柱国、十二大将军都是出将入相,不光是军队统帅,同时也是国家领导核心，还是当时关中地区最显赫的二十大家族，各方面都处于社会顶端。西魏元氏、北周宇文氏、隋杨氏、唐李氏四朝皇帝都出自这个集团，其中，西魏、北周和唐朝始祖都曾是八柱国之一，而隋朝始祖则是十二大将军之一。他们中最杰出的代表就是北周宇文泰、隋文帝杨坚、唐太宗李世民。可以说，正是西魏北周的奠基，才开创了中国历史上封建帝国最辉煌的篇章。

（如来佛祖降伏妖猴安定了天庭，这是一个令佛派值得铭记的历史时刻，其无尚荣耀不仅得到玉帝嘉奖，更得到所有佛众倾心拜服和一致褒奖。当如来身披光环回到西天，展示自己强大实力时，无疑正是宣示佛法无边的最佳时机。这是在向佛派所有成员宣示，跟我如来打天下是无上正道。对坚持者安心定气，对动摇者坚定选择，对企图叛变者严重警告。）

启示之二：带队前行者，从来就应生于忧患，死于安乐，决不能在歌舞升平的假象中虚度光阴，有了目标要实现，没有目标创造新的目标更要勇于前进。

1830 年 5 月，美国总统安德鲁·杰克逊任上通过《印第安人迁移法》，强迫北美原住民西迁，与此同时，大批欧洲外来移民到来，促进了美国领土的开拓，维持了一个世纪的"西进运动"，仅 19 世纪最后 20 年，美国西部新垦区土地面积就超过英、法、德三国面积总和。随着移民向西开发推进，美国领土迅速越过落基山脉到达太平洋沿岸整个西部地区，以美墨战争为契机，美国在不到 10 年时间内，实现了地跨两大洋的夙愿。西进运动对美利坚民族精神的形成发展影响巨大，发展了美式政治与社会民主意识，培植了所谓"美式自由、平等和竞争"，造就了美国人勇敢冒险精神，锻炼了美国人乐观进取性格，强化了美国个人主义思想，催生了实用主义哲学观，直至今天还深刻影响着美国社会。

（降伏妖猴几百年后，如来终于抛出自己精心准备蓄谋已久的核心计划——西天取经。这项大工程对佛派影响力的扩大，对于推动佛派势力的不断巩固提高具有举足轻重的意义。为此,如来策划了几百上千年,为此,特意派出最具有执行力的观音亲自实施,只是说明这个计划只能成功不能失败。对于佛派而言,在东土推行计划的未来效果,将决定此后多年佛派的未来。)

启示之三:团队真正的核心竞争力是人才。只有把合适的人用到合适的地方,才能事半功倍,无往不胜。

面对开辟欧洲第二战场的紧迫任务,美国总统罗斯福给马歇尔赋予大权,请他自己决定,是留在华盛顿继续做参谋长,还是去亲自出马指挥"霸王"战役。但马歇尔处事风格和行为方式,决定了他不可能在这样的问题上向总统提出自己要求,他请罗斯福按照最有利于国家利益的方式做出抉择,不要考虑他个人感情。最后,罗斯福经慎重考虑,对马歇尔说出心里话:"要是把你调离华盛顿,我怕是连觉也睡不安稳。"从而,将马歇尔留在了华盛顿。而鉴于自己对艾森豪威尔多年的深入了解,马歇尔向罗斯福推荐由艾森豪威尔出任美国远征军总司令,罗斯福愉快接受了建议。之后,艾森豪威尔成功指挥了1942年英美联军北非登陆作战,在1944年指挥"霸王"战役取得胜利,顺利完成开辟欧洲第二战场的任务。

(面对艰难重任,观音毫不犹豫,敢于担当,想领导所想,急领导所急。不仅如此她还有为此努力落实目标的智慧和勇气。如来也大气磅礴,赐予佛宝。特别是对于三个紧箍的使用,只是点到为止,给予观音极大自主权和充分裁量度,透露出的言外之意,是完成任务即可,其余的大可看着办。所谓士为知己者死,事实证明观音所有的付出都是值得的,最后的成功自然是可以想见的。)

启示之四:团队发展壮大离不开人才培养召集。但寸有所长,尺有所短,应用人之长,而不是希望其无短板,把人才的才能展现在适合的地方,才足显高明。

西汉开国上至皇帝刘邦，下至朝中文臣武将，绝大多数起自平民，被称为"布衣将相"。在刘邦团结带领下，这群农民、手工业者、屠夫、丧事吹鼓手、小商贩、戍卒、小吏们，在反秦起义及同项羽的斗争中，逐渐壮大起来。西汉建立后，这些布衣将相的出身和经历对政治决策产生了重大影响，给之后"文景之治"打下了基础。

（按照如来叮嘱，观音一路半云半雾向东，果然收获颇丰，得到三妖一马，立刻完成了西行队伍扩编改制之事。所收编的孙悟空、猪悟能、沙悟净和小白龙，无一不是罪大弥天的妖魔鬼怪，但把这些罪犯劝度改过自新，使之为一个伟大事业贡献力量，观音却举重若轻毫不费力，这才是她的真本事。虽然改造妖怪甚至比消灭他们更难更不易，但显然，观音做到了。）

启示之五：伟大的计划需要亲见亲为、有的放矢，而不能好大喜功、言过其实，以免影响决策导致失误。

瓦卢斯博览群书、知识渊博、富于雄辩，后被奥古斯都屋大维提拔，成为罗马北方军团首脑。他作战英勇屡立战功，曾在北非西亚指挥过多次战役，军事经验丰富。但瓦卢斯自恃军事才华卓著，没有认识到所部罗马军团只能在平原发挥威力，在森林山地作战将因地理限制出现重大危机。结果，没有意识到这个问题的他，率罗马军团追击条顿人，却被敌人在林地设伏，导致其全军覆没。条顿战役致使罗马一战损失 3 个军团 2 万人马，而当时罗马全国才不过 14 个军团。屋大维闻讯后痛不欲生，甚至后悔地用头撞墙，向北方狂喊"瓦卢斯，还我军团"。屋大维所托非人，使罗马北方屏藩尽毁，万国之都的罗马由此面临蛮族高卢人兵临城下而无险可守。

（对于如来必保成功的西行取经战略计划，观音除了亲自领衔外，依旧坚持毕恭毕敬询问方略，以此深入了解佛祖意图，并在实施过程中认真贯彻，毫不走样。作为佛派不但著名也颇具实力的人物之一，观音身上没有丝毫傲娇，反而处处透着谦逊，因此，她的成功不是偶然的，可说本就是水到渠成的。）

启示之六:对于宏大的目标,即使没完全领会意图,也要不折不扣恪尽职守执行,这是对达成目标的最好注解。

南宋初年,岳飞首倡组建军队抗击金兵入侵,以牛皋、董先等义军为主干,陆续收编杨么等农民军部众,吸收山东两河忠义之士汇成大军,时人称为"岳家军"。在岳飞严格训练和严明纪律要求下,这支军队军令如山,令行禁止,"冻死不拆屋,饿死不掳掠",迸发出惊人的战斗力,使金人最后都发出"撼山易,撼岳家军难"的感慨。

(面对佛派巨头的突然到来,长安城中各路小神惊慌失措、举止失常。但,观音指示他们各干各事,无须帮助协从。正是由于没有显机灵想溜须的家伙多此一举画蛇添足,而是按部就班顺其自然,才最终保证了本次行动顺利完成。)

第九篇　耍聪明的悲催龙王

一、时间：唐朝贞观十三年

二、地点：大唐长安城、城外泾河

三、事件起因：长安城外有能人善于趋吉避凶。由此引来泾河龙王为争强好胜错下雨数，招致杀身大祸。龙王恳求唐太宗救命，居然还是阴差阳错产生失误，终被杀头。

长安城外泾河岸边有俩哥们儿，渔翁张稍和樵夫李定。二人虽然身在微末，却能文章歌赋各尽其妙，也善于谈论些天下大事。

这天二人相遇，一齐去酒馆喝得熏熏大醉，互相说起天下多少人多少事只为争名夺利，却终难善终，还不如自己兄弟在山青水秀中逍遥自在更加快活。二人说得高兴，话锋一转后，他们又论起是水秀妙还是山青强。俩醉汉各自引经据典、诗词歌赋，各尽其极，最后还是谁也说服不了谁，各自告别要走时，渔翁张稍便放了句狠话，让李定保重，免得上山遇虎，明日街头少故人！李定勃然大怒，反唇相讥，骂道："我要是遇虎遭害，那你必遇浪翻江！"

张稍酒后吐真言，得意洋洋地反驳："我这辈子也翻不了船。"李定不服："天有不测风云，人有旦夕祸福。你凭什么能保平安无事？"张稍故作神秘告诉他："长安城西门街有个算卦先生，我每日送他一条金色鲤鱼，他就给我算一卦，而后按他说的地方撒网，就百发百中。今早他让我在泾河东边下网西边下钓,定能满载而归。"

二人说得开怀自在,却不知正让泾河巡水夜叉听个全,急忙回水晶宫报告龙王大事不好,龙王问什么事,夜叉把听到的详述一遍,提醒道:"真要算得这么准,众水族非被打尽不可,到时候水府怎么壮大,大王水中威势谁来辅助?"龙王让夜叉撺掇得火冒三丈,当时就要提剑去杀那个算卦的。龙子龙孙、各路谋士高参劝他息怒,讲明厉害,说直接去必定风雨交加,一旦引起长安黎民百姓惊恐不安,上天必然降罪,不如变成凡人去查访,真有其事再动手不迟。

龙王依言,变成白衣秀士去长安查看。到一地见人群吵吵嚷嚷,谈论的都是相冲相克之话,知道准是那算卜先生地方。凑进去再看,见一人相貌稀奇仪容秀丽,飘然有神仙之气概,正是大唐国立天文馆长袁天罡之叔袁守诚。见龙王进来,袁先生问有什么事要问。龙王请他算天上阴晴,先生当即开卦,告诉他明天有雨。龙王:"何时下雨? 能下多少?"先生毫不含糊:"辰时布云,巳时发雷,午时下雨,未时雨足,一共下雨三尺三寸零四十八点。"龙王脸上佯笑心里吃惊,又砸实问了句:"莫要玩笑,真要明天有雨,且兑现所说时间雨数,我就送五十两银子。要是没雨,或时间雨数不对,我就不客气砸了门面招牌,把你赶出长安!"先生毫不在意,一口应承:"没问题,请明天雨后再来。"

龙王回了水府,众属下询问,老龙把探察之事说完,众水族都哄笑道:"大王是八河都总管,司雨大龙神,有雨无雨谁还能比大王更清楚,这家伙输定了!"就在这时,金衣力士下凡命泾河龙王接旨,老龙接旨拆封一看,玉帝命明天下雨,所标时间雨数和袁守诚所测丝毫不差,龙王当时吓得魂飞魄散,昏倒在地。众下属救醒后,他感叹世上真有神人,这次是输了。有个要小聪明的下属献计,说到时错开些时间少下些雨,就说他算得不准,再去砸招牌赶他走。龙王脑子一热,真就打算这么干了。

第二天,龙王司雨中故意推迟一个时辰,少下三寸八点,之后再变成白衣秀士去找袁守诚晦气。一进卦铺就把招牌、笔砚打碎,老袁居然不慌不忙端坐不动，指着他呵呵冷笑："我可不怕，怕是你已犯死罪。你能骗过别人却骗不过我，我知你是泾河龙王，私违玉帝敕旨改时间点数，已犯天条，难逃剐龙台上一刀，居然还有胆子在这儿要横？"

老龙让他几句话说得心惊胆战毛骨悚然，哪敢撒泼，忙不顾颜面跪下恳求："现已弄假成真犯了天条，请先生救我！不然我死也不放过你。"袁守诚摇头："我救不了你，只能给你指条活路。"老龙忙问，老袁指点道："明天午时三刻人曹官魏征斩你，想保命须赶紧去求告当今太宗皇帝，魏征是他驾下丞相，他要是答应你就死不了。"到此地步龙王无奈，只好拜谢含泪走了。

泾河老龙顾不上回水府，就在空中巴巴等到半夜子时，入进太宗梦中，变成人跪拜请求搭救。太宗问他是什么人？老龙把前因后果一说，太宗满口应承，龙王就高兴地走了。太宗梦醒后记得清楚，聚集文武商议，重臣中却独少魏征。太宗讲述昨夜梦境，问应怎么办？徐茂功答："看来这梦是真的，可传魏征上朝，陛下不要放他回去，过了今天就能救那龙。"

太宗传旨命魏征入朝，此时魏征已接天使所传玉帝金旨，命午时三刻梦斩泾河老龙，于是这天就没上朝，见当驾官来宣自己上殿，不敢违抗君命只好入朝。将近午时，太宗要和他对弈，君臣二人下到午时三刻，一盘棋没下完，魏征忽趴在桌上呼呼大睡，太宗见他辛苦也没叫醒。一会儿魏征醒来，就听见朝门外大呼小叫，秦叔宝、徐茂功等人提个血淋淋龙头进来启奏，太宗大为震惊，问怎么回事，魏征奏说是自己梦中斩的。太宗听了既高兴又难过，高兴自己有魏征这样能臣，何愁江山不稳，难过的是已答应救老龙，谁想还是没保住他。现在木已成舟，他只好传旨把龙头悬挂市曹，晓谕百姓，又赏了魏征。

当晚回宫，太宗心里烦闷只觉神疲身倦，到了二更听见宫门外隐隐有人号叫哭泣，他更觉惊恐。朦胧间，见泾河龙王手提自己血淋淋脑袋高叫："唐太宗，还我命来！你昨晚满口应承说要救我，怎么隔天就让人曹杀我？你我到阎王处对质去！"老龙浑身血淋淋上来，一把拽住他哭嚷不放，太宗无话辩解又挣不脱，急得全身冒汗，梦中惊醒连叫有鬼。次日早朝，满朝文武不见皇帝临朝,且一连六七天不上朝。等医官入宫把脉,判定说皇上恐七天内就将驾崩,众臣才大惊失色。

徐茂功、秦叔宝、尉迟恭入宫见驾,闻太宗说夜有鬼号哭,叔宝自告奋勇和敬德把守宫门镇鬼,果然一夜无事,之后照二人形象画成图形,贴在前门仍然平安。过几天又有后门乱响,太宗命魏征把守,也是夜夜无事。但宫中虽安,太宗的病还是一天比一天重,魏征密奏:"陛下宽心,臣有法保陛下长生。"太宗:"朕已病入膏肓即将身亡,怎能保得住性命?"魏征:"臣写好书信请陛下带上,到冥司交给判官崔珏。"太宗:"崔珏是谁?"魏征:"崔珏是先皇驾前礼部侍郎。生前和臣八拜之交,现在阴司做丰都判官,陛下只要把信给他,他定会看在臣面上放陛下还阳。"

太宗接过书信就亡故了,满朝举哀戴孝,白虎殿停放梓宫。

启示之一:决策的前提在于拥有完整齐备、详尽可靠、有针对性和实质性的信息。唯有准确掌握这些,才能把准方向正确决策。

1946年国共谈判破裂后,蒋介石下令向共区全面进攻。"西北王"胡宗南率先向中共中央驻地延安进攻。谁知,他二十几万大军在陕北处处碰壁、时时困扰。而毛主席领导的党中央和彭德怀率领的一野几万人却始终能游刃有余、见缝插针。其原因在于胡宗南一切行动始终在党中央掌握之下,胡的心腹秘书就是中国共产党地下工作者,及时给党中央提供着大量有用情报。相较之下,蒋介石的国民党国防部耳聋目瞎,岂能不败。

(渔樵互答引出龙王被杀,由于龙王被杀导致太宗亡故,一场生死戏不见血腥倒显得轻快诙谐与幽默风趣。虽然如此,还是透出了"仁者爱山智者乐水"的一丝高论,为什么渔翁能够下网不空,就在于掌握了渔汛的真实情报。而导致一场大变故的起始端,竟然不过是不经意间的几句玩笑话,可想而知蝴蝶效应的结果是难以预测预判的。)

启示之二：面对难以把控的局面，需要平静心态、顺其自然。无论多么高明的棋手，在更大的棋盘上，自己可能不过是枚棋子。

虞舜姚重华为抢班夺权、剪除异己，命令大禹父亲姒鲧治理水系，然后借口失败处死了鲧。大禹忍辱负重，装着表面无事，却联合各部落采取疏导方式治理水患成功，取得了极高威信。当羽翼丰满后，他终于以其人之道还治其人之身，也架空虞舜取得了实权，在进一步巩固权力后，又流放了虞舜，为父报了一箭之仇。

（面对袁守诚的前倨后恭，泾河龙王直到最后才明白，自己被当枪使了，被别人利用了。但对天庭而言，谁被利用了并不重要，需要的只是一个在关键时刻推动矛盾发展的棋子式人物。可以想象的是，泾河龙王估计其实也没少干改变时间、增减雨数的把戏，但之前毫无问题，偏偏这次不一样，上纲上线到了触犯天条的程度，直到死他都没真正明白，自己到底是因为什么导致脑袋搬了家。）

启示之三：原则、规定属于不可逾越的红线。但是，凡事都有例外，区别在于事情够不够资格。

曹操治军严整，军规极严。有一次行军时正值庄稼将熟，曹操严令全军不得践踏农田，谁的马踩了麦田就犯了杀头之罪。为此，曹军骑兵全部下马步行，一手牵马，一手用武器护住田地小心翼翼前行。但没有想到曹操自己的马惊了，载着他奔到麦田里践踏了庄稼。曹操问军法官该当何罪？军法官说杀头。曹操就请军法官行刑。所有部下都跪拜求情说，刑不上大夫，礼不下庶人，法不施于尊者，最高统帅怎么能杀头？曹操就以髡刑代替，割发代首，自己拔剑把头发割了一把，表示受过刑罚。

（泾河龙王的死缠烂打终于开花结果，让唐太宗一命归阴、魂游地府。然而，让他想不到的是，由于皇帝非凡的身份地位，更由于只可意会不可言传的西游计划，使以死兑命的唐太宗得以重回人间。老龙在画好的红线前一命呜呼，唐太宗却依靠这条红线将取得更大的成就和声望。）

启示之四：一定要认清形势认清自我，某些看似可随意而为的，往往是绝对不能僭越的雷池。

为了几句玩笑话，争一个面子，泾河龙王糊里糊涂搭上一条老命。事实上，这个局只需要有人因为唐太宗答应解救而被杀，从而有找唐太宗麻烦的借口就够了，这才是问题的根本与核心，至于是谁被杀完全无所谓。可是他不理智地争强好胜，最后结果却是插标卖首亲自推销出去自己的脑袋，其实，在他不顾体面给老袁下跪磕头时，所有体面就已宣告完结。

第十篇　游历地府的皇帝佬

一、时间：唐贞观十三年

二、地点：南瞻部洲大唐长安

三、事件起因：因答应救泾河龙王而失信，唐太宗以对质为名被招至地府，魂游观看地狱各处，最后通过后门重新还阳。

　　面对满朝文武举哀号泣，已经身死的唐太宗并不觉得有什么难受，只是孤零零在荒郊草野游荡，正愁找不到路，就听有人高声大叫："大唐皇帝，来我这里。"太宗循声过去，此人便跪拜路旁，口称陛下。

　　太宗："你是什么人？为什么来跪拜朕？"那人答："半月前，泾河鬼龙来告陛下，阴司第一殿秦广王就派鬼使催请陛下来三曹对案，因此臣就准备着来这里候接。"太宗："你是谁？任什么官职？"那人答："微臣崔珏，现任丰都掌案判官。"太宗一听喜上眉梢，真是心想事成："先生有劳，朕丞相魏征给你一封书信，正巧遇见你。"就从袖中取信递给他。

　　崔判官看完更是面带笑容："魏人曹之前梦斩老龙，臣知他本领通神，兼之这些年照顾臣的儿孙，今天既然他写来书信，请陛下宽心，微臣定担保送陛下还阳。"太宗谢过。

　　二人边说边向丰都城走，就见前面一对青衣童子举着幢幡宝盖高叫："阎王有请。"太宗和崔判官跟着二童子前行，见城门上关牌写着"幽冥地府鬼门关"七个大金字。二童子引太宗入城顺街而走,见街旁先主李渊、先兄建成、故弟元吉叫:"世民来了!"李建成、李元吉扑上来便揪打要他偿命,太宗被扯住挣不开,亏得崔判官命鬼使喝退二鬼,他才算脱身。又往前走了几里,见一座宫殿碧瓦楼台壮丽非常,正是阴司森罗殿。

太宗见十位阎王亲自下楼躬身恭迎,心中忐忑不敢上前,十王慰道:"陛下是阳间人王,我们是阴间鬼王,都是王者不必谦让。"太宗:"朕得罪了各位大王,哪里敢当。"众人谦逊一阵,都上森罗殿分宾主坐下,秦广王拱手道:"泾河鬼龙状告陛下,说您答应救他结果仍被杀,究竟何事?"太宗:"朕确实梦见老龙求救,也答应救他。本该人曹官魏征处斩,为救他朕宣魏征到殿下棋,谁知魏征梦里斩他,这岂是朕的过失?"

十王才说出当年隐事:"当年此龙未生时,就在南斗星死簿上注明要死于魏人曹手,我等早知此事。他非要陛下来三曹对案,现在我等已把他送入轮回转生。今陛下亲临,也恕多有催促。"然后,命崔判取生死簿查看。

崔珏去司房检阅天下万国国王天禄总簿,查到南赡部洲大唐太宗皇帝时,赫然见结期标注为贞观"一十三年",大为吃惊,忙取浓墨大笔在"一"字上添了两画,而后拿簿子呈给十王查看。十王见太宗名下标注三十三年,惊问:"陛下登基多少年?"太宗:"朕即位已十三年。"十王:"陛下放心,你还有二十年阳寿。现已对案明白,就请还阳。"于是派崔判官、朱太尉送他还魂。

太宗将出森罗殿问:"朕宫中老少都平安否?"十王:"都好,只是您妹妹怕是短寿。"太宗:"朕回阳世无以为报,尽快给各王送瓜果来。"十王高兴道:"我们这里有冬瓜西瓜,就缺南瓜。"太宗应允了。

朱太尉打着引魂幡在前开路,崔判官随后保护太宗。太宗一看不是旧路,问道:"走错了吧?"崔珏:"没错,阴间就是这样的,有去路无回路。现我等送陛下还阳,须从轮回道出,也可让陛下游观地府。"

在人家地盘,太宗只得跟二人前行。又走了几里,见一座高山阴森恐怖,太宗问:"那是什么山?"崔珏:"那是幽冥后的阴山。"太宗一听害怕了:"这里朕怎能去?"判官安慰:"陛下放心,有我们呢。"太宗心里战战兢兢,不情愿地跟着二人，一上山就见到处阴风习习、黑雾漫漫，魑魅魍魉、野鬼孤魂随处都是。

好容易过了阴山，又见有许多衙门样地方，俱是哭声震地，太宗又问："这是什么地方？"崔珏："是阴山背后一十八层地狱。"太宗："哪十八层？"崔珏："吊筋狱、幽枉狱、火坑狱，关的是生前干坏事死后受罪的鬼。丰都狱、拔舌狱、剥皮狱，关的是不忠不孝佛口蛇心的鬼。磨捱狱、碓捣狱、车崩狱，关的是花言巧语骗人的鬼。寒冰狱、脱壳狱、抽肠狱，关的是做买卖骗人的鬼。油锅狱、黑暗狱、刀山狱，关的是仗势欺人的鬼。血池狱、阿鼻狱、秤杆狱，关的是谋财害命伤生害命的鬼。这就叫善恶到头终有报，只是早晚不相同。"太宗听他所说，好像字字句句在指摘自己，心里更是又惊又怕。

又往前走一阵，见一伙鬼卒在路旁跪下："桥梁使者来接。"崔珏引太宗从金桥过去。太宗走在金桥上，见并排着还有一座银桥，那些忠孝贤良之人行走桥上，也有使者接引。还有并排一座桥，却是寒风滚滚血浪滔滔，哭声不绝于耳。太宗问："那是什么桥？"崔珏："那叫奈河桥。"太宗暗暗叹气，随判官太尉过了奈河水，到达枉死城。

还没进城，已听见吵吵嚷嚷："李世民来了，李世民来了！"太宗正在心惊胆战，就见无数断腰折臂有脚没头的鬼冲上来拦住他，大喊："还我命来！"太宗想要躲也没处去，只口口声声哀求"崔先生救我"。崔珏告诉他："陛下，这些是六十四处烟尘，七十二处草寇，被你灭的众王子、众头目鬼魂，都是枉死不能超生、没钱度日的孤魂饿鬼。陛下给他们些钱，我才好救你。"太宗为难道："朕孤身前来，怎会有钱？"崔珏出主意："陛下，阳间有人许多金银存在阴司。陛下让小判作保，借上一库金银散发给这些饿鬼，你就能过去了。"太宗问："向谁能借？"崔珏："河南开封府人相良，存有十三库金银在此。陛下先借用，到阳间再还他就是。"太宗怎能不从，只好作出一副笑脸，在阴司银行借金银一库，授权太尉散给众鬼。崔判官大声和鬼魂们说："看，现在你们有钱可领了，让大唐皇帝过去，这是阎罗王命令，等他还阳回去就开水陆大会超度你们。众鬼分到钱财都退散开，太宗才得以离开枉死城，上平阳大路而去。

在路上，太尉又叮嘱太宗，崔珏也说："陛下回阳，务必办水陆大会超度无主冤魂，千万不要忘记。只有阴司里没有报怨声，阳世才能享太平。把不善不好处改过了，让世间人人为善，才能保你福寿绵长江山永固。"闻听此事关系国运家运，太宗哪敢怠慢，一一点头答应，别了崔判官，随朱太尉入还阳门。

见已备好了马，太宗便乘上到了渭水河，正见水面上有对金色鲤鱼嬉戏，他看入了神，太尉催他："陛下抓紧，趁早进城。"太宗不答话只是贪看不走，冷不防太尉提住他的脚喊道："还不走等什么！"随即把他头朝下扔下渭水河。

此时，大唐文武重臣和太子、后宫嫔妃都在白虎殿哀悼太宗，准备传诏天下让太子登基。魏征阻拦："这消息震动天下，不能发布，再等一天陛下就还阳了。"许敬宗道："魏丞相荒谬，从来都是泼水难收人死不复生，你怎么说这话？"魏征道："不瞒众位，下官从小得授仙术，保管陛下能不死还阳。"

正说着，就听棺材里大叫："淹死我了！"把文武百官、皇后嫔妃吓得面无人色，四散而逃。徐茂功、秦琼、尉迟敬德上前问："陛下有什么事放不下心，和我们讲，不要吓着后宫。"只有魏征高兴地说："这是陛下还魂。"便命人取器械打开棺盖，果然太宗忽地坐起来，大叫："淹死我了，谁来救我？"众人上前扶起他："陛下别怕，臣等都在护驾。"太宗这才睁眼："朕骑马看渭河鲤鱼戏水，谁知朱太尉把朕推下马掉入河，几乎淹死。"魏征命太医院给太宗服安神定魄汤，等他慢慢清醒。

第二天一早，文武众臣都知道皇帝还阳，大家兴奋地脱去孝衣，全部换上红袍乌帽，在朝门外等候上朝。

启示之一：权力所到之处，可以令诸多不可能成为可能。

西汉刚成立之后，还没有设立朝规，也就是建立一套君臣觐见的礼仪规范。刘邦手下的骄兵悍将们，个个是脾气火暴的大老粗，且毫无人臣之礼。

在宫廷饮宴时还动不动为一点小事大吵大闹，甚至敢当着刘邦的面拔剑乱砍宫殿的铜柱。为改变这一局面，刘邦趁长乐宫落成之际，请儒生叔孙通制定朝仪。叔孙通召集鲁地儒生，参照《周礼》制定了一部朝典。刘邦命令文武大臣听叔孙通调派，整整训练了一个多月。之后他去检阅，对训练成果很满意，但又很担心地问叔孙通："他们上朝议规这么麻烦，朕该怎么办？"叔孙通答："您作为天子，只要接受他们朝拜就可以了。"刘邦非常高兴。在长乐宫落成仪式上，群臣第一次按照叔孙通制定的朝仪，举行了朝贺仪式。整个仪式庄重典雅、仪仗宏大，朝堂秩序井然，官员恭敬有礼。感慨万分的刘邦发自内心地说："我今天才知道，天子原来这么尊贵！"

（一个成为死人的唐太宗到了阴司，居然受到地狱掌案使的跪接，在惊喜的同时，他就已经知道魏征的承诺绝对是可心相信的，自己在阳世的皇帝日子还将继续。唐太宗重回阳间再掌天下，继续皇帝梦，眼前这个地狱的官吏就能让他梦想成真。）

启示之二：欲将取之，必先予之。想从他人手中得到所需之利，须肯下本钱，先做好铺垫。

燕国自子之之乱后，被齐国趁火打劫几乎亡国。继位的燕昭王卧薪尝胆立志使燕国强大，下决心物色治国人才，听说郭隗有见识，就亲自登门拜访，请教强国之策。郭隗认为燕国国力弱小，目前无法报仇雪耻，必须吸引各国贤者来相助。为此，他给燕昭王讲了一个五百斤金子买千里马马骨，之后便得到许多千里马的故事。最后，郭隗幽默地说："大王一定要征求贤才，就不妨把我当马骨来试试吧。"燕昭王大受启发，马上派人造了一座精致的别墅给郭隗住，还拜郭隗做老师。各国有才干的人听到燕昭王真心实意招揽人才，纷纷赶到燕国来求见，其中最出色的人才是魏国人乐毅。燕昭王拜乐毅为亚卿，请他整顿国政训练兵马，燕国果然一天天强大起来。

（十殿阎罗王面对一个死了且已在自己管辖区内的的唐太宗，其态度谦恭、语言良善不能不让人想到之前孙悟空来阴司时的往事。为了迎接唐太宗,整个阴曹地府进行了翻天覆地的改造,而名义上请他来仅仅是为三曹对证,也不过一句话就轻松掀了过去。一切都说明,根本不是因为泾河龙王告状才把唐太宗请到阴司,而是另有原因。至于崔判官,障眼法做得不仅唐太宗高兴,就连阎王们都感到十分欣慰。如果他不添这两笔,怎么找理由送太宗回阳,可真是大费周章了。)

启示之三:要让人重视一件事、尽全力解决这件事的最好办法,就是把这件事和其本人联系起来,接下来的一切自然顺理成章。

　　战国时秦国出兵攻打赵国,包围了赵都邯郸。情况危急之时,赵相平原君要前往楚国求援,准备在自己门下食客中挑选二十个文武全才的人同往,但只选出十九个,怎么也凑不齐二十人。这时,有个叫毛遂的人主动自荐,请求前往楚国。平原君问他来了几年,答三年,平原君:"说一个真正有才能的人,就像一把放在袋子里的锥子,随时能显露出锋利的锥尖,你在我门下三年,我却没听说过你有什么表现。"不同意他去。毛遂说:"现在我自荐,就是请你把我放进袋子里,如果早有这样的机会,那我就不只是露出锥尖,而是连锥柄也露出来了!"平原君听他一席豪言壮语后,就答应让他同往。到了楚国,平原君和楚王会谈,从早上谈到中午都没有结果。毛遂于是持剑走到楚王面前,说起楚国在历史上被秦国一再欺侮,一再被迫迁都,连先人陵墓都被秦人焚毁。解释出兵首先是为楚国自己报仇,而不仅仅是为救赵,极力说明赵楚联合抗秦,才能抵御强秦,共同生存。楚王在他又打又拉下终被说服,答应出兵援赵。于是当场歃血为盟,誓守联合抗秦盟约。毛遂不仅帮平原君完成任务,也为国家立下功劳,让大家对他刮目相看,平原君自此后再不敢说能够识人了。

　　(明明有孙悟空走过的旧路,就是不能让唐太宗照此再走一回,而必须让他亲眼目睹地府阴山、十八层地狱和奈何桥迹,为的就是刺激他的神经。一个帝王最关心什么?无非是自己千秋万代、帝国能江山永固。那么好吧,想人间太平首先就要地狱无怨,所以水陆大会也就顺理成章地举办了!)

启示之四：人很容易被眼前美景所迷惑，时间一长，往往就会忘记曾有的初心，即使英明者也难免陷于窠臼。

公元前 655 年，晋献公为让心爱的小儿子奚齐接位，开始排挤另外八个儿子，以致晋国内乱。享有贤名的公子重耳被迫逃亡，颠沛流离辗转多国，好容易到了齐国，受到桓公盛情款待，并赐给他宗室女做妻子。此时重耳年过半百，再也不愿流离失所了，拥着美丽的妻子，重耳一下子陷入温柔乡中无法自拔。一晃五年过去了，重耳始终不愿远行，远大志向也渐渐消磨掉。为了振奋他，跟他一起逃亡的五贤臣秘计将其灌醉，然后把他放在马车上带他离开了齐国。等重耳醒来时，齐国已很远了。重耳大发雷霆，但已覆水难收，只得接受现实，继续逃亡之路。后来，在秦穆公帮助下，他终于返回晋国即位，成为历史上赫赫有名的晋文公。"老骥伏枥，志在千里"，他靠多年积累的从政经验和良臣贤者辅佐，终于成为继齐桓公后春秋时代又一位霸主。

（身在地狱的唐太宗，得到十阎王的以礼相待、得到崔判官的迎接跪拜，慢慢地消祛除了恐惧，悠哉悠哉地欣赏起地狱的风光了，最后面对朱太尉的催促已经完全不以为然了。虽然事实上是朱太尉送他还阳，亲手把他从地狱推向人间，但唐太宗对地狱里大小头目感恩戴德的同时，却对朱太尉愤愤难平，认为其对自己分明是不敬。）

启示之五：任何强者都应有清醒的自知之明，万不可认为自己无可替代。

隋炀帝三征高丽而亡国，唐太宗三征高丽均无功而返。到唐高宗乾封元年，恰值高丽内乱，高宗命李绩为辽东道行军大总管，薛仁贵为左武卫将军，出征高丽。总章元年二月二十八日，李绩攻占扶余城，斩俘万余人，扶余川中四十余城望风归降。唐军进至平壤城下围攻月余，九月十二日，破城平定高丽全境。唐分其为九都督府、四十二州、一百县，并于平壤设安东都护府以统之，任命薛仁贵为检校安东都护，领兵两万镇守。

（为了欢迎唐太宗来地狱游历，地府本钱可说是下得十足。不仅无条件托生了泾河龙王,还对供唐太宗观看的场所都做了精心修缮,对人员也做了充分部署,力求万无一失。为什么费这么大力气,原因很简单,只有唐太宗才是此次事件的主角。为了打动他的心,确保水陆大会开办,进而推动西天取经计划,所有投入都是切中要害、入骨三分。)

第十一篇 水陆大会终于开办了

一、时间:唐贞观十三年

二、地点:南瞻部洲大唐长安城

三、事件起因:唐太宗起死回生,为答谢阴司地府放生,更为超度地狱怨鬼,以保国家长治久安,按照当初崔判官叮嘱,以国家名义在长安开办水陆大会。

唐太宗虽然还阳,但阴曹地府一日游历大耗真气,需要一番休养。第二天早上,他精神抖擞,穿上全新皇袍准备上朝。几位忠臣问其龙体是否安泰,唐太宗坦然中透着安然、随意中有着得意,把参观地府所见所闻仔细讲述一遍,着重指明几个关键点:一、朕还有二十年阳寿;二、朕答应送南瓜以谢阴司几个官吏;三、朕亲眼看到阴司狠狠整治在阳世有不忠不孝、非礼非义、作践五谷、明欺暗骗、奸盗诈伪、淫邪欺罔的人;四、当年被剿灭的六十四处烟尘、七十二处叛贼之鬼找麻烦,幸亏朕从阴司银行借到河南老相一库金银买路钱摆平。地府头头们说了,一定要轰轰烈烈办一场水陆大会,才能把无主孤魂打发了。

众人听完,不住地祝贺皇上,于把一篇鬼话润色成大唐最高檄文广颁天下,各地方官员收到最高指示后,争先恐后上表,所言皆是天朝大幸、我皇万福云云。

唐太宗大喜后传一旨:赦免天下罪人。把四百多名判处死刑的重犯放回家,缓期一年执行;大唐对孤寡老人老有所养、老有所依,实行包干;清查后宫三千宫女,放其出宫,令回家出嫁。

皇旨一下,各地称颂之声不绝。唐太宗听在耳喜在心,又烈火添油亲撰一篇通告,其文道:天地宏大自有日月照鉴,能容一切却不忍奸党小人,谁敢玩心眼抖机灵,必将受报应,多做好事才会福报后世儿孙。做个心慈行善的好人,比努力念经诵佛更有意义!以此文号召全国人民行善积德,然后落实派人送瓜果到阴司和给开封相良还款两事。

通告一出,还真有不怕死去阴司送瓜果的。这人叫刘全,也是个有钱人,因他几句责骂,老婆李翠莲一怒上了吊,留下一儿一女整日整夜哭,刘全也觉得生无可恋,干脆把一条命卖给皇帝。

服毒后,刘全头顶瓜果到了鬼门关,把门鬼使喝叫:"你是何人敢擅闯这里?"刘全毕竟是因公而死,胆气豪壮:"奉大唐太宗皇帝钦派,特来进奉瓜果给阎王享用。鬼使不敢怠慢,引他觐见十王献上瓜果:奉唐王旨意进奉瓜果,以答谢洪恩。"众王大喜,夸赞道:"这皇帝还真有信用!"对太宗举办水陆大会更有信心。

众王收了瓜果后问刘全为什么敢来,他据实回答后,十王命手下查验他老婆李氏。一会儿鬼使把李翠莲找来和刘全相会,阎王法外施恩,派鬼使送他们还阳,鬼使为难:"李翠莲死得太久,尸体无存,把魂往哪送?"阎王指示:"皇帝之妹李玉英今天正该命绝,就借她的身体吧。"

鬼使领命送回刘全夫妻,皇帝御妹李玉英被鬼差抓魂后一命归天,后宫报告了太宗,他摇头叹息。太宗亲去看时,见公主又开始微微喘气,叫醒后,公主却一个人都不认识,只口口声声说自己和刘全的往事。正此时,更怪的事发生了,有人报告说刚才送瓜果的刘全又活了来复命。太宗大惊,招来一问,刘全把阴司之事一一汇报,太宗又惊又喜,才知道又是一出借尸还魂的大戏。于是,为感谢刘全宁死为皇帝效忠的精神,就把公主的衣服首饰全部赏赐了刘全夫妻,让他们还乡。

尉迟恭带了一库真金白银去河南开封查访相良，原来那老头儿和老伴儿做了点小生意，赚了钱只留下够吃穿用度的，其余都布施斋僧，或买金银纸锭焚烧。看不出阳间一个常做好事的穷人，居然是阴间数一数二能开银行的大富豪。尉迟恭把无数金银送到他家，只把老两口吓得魂飞魄散，一个劲儿磕头求告。敬德说明来意，老头儿依旧战战兢兢否认，等告知他阴司借款的事，老夫妻只是朝天礼拜，无论如何也不接受。完不成差事令尉迟恭没有办法，只好请示皇帝。太宗听说了，称赞之余更是高兴，传旨命把一库金银用来修寺院盖生祠，抵顶借钱一事，建好后命名为"敕建相国寺"。

这些事情办妥，最后一件大事就是开办水陆大会，超度地府孤魂野鬼。不到一个月，全国各地有名有望的和尚都汇聚到长安。唐太宗先派太史丞傅奕办理此事，谁想傅奕是个无神论者，一向反对尊佛崇教，并向太宗请示："佛法是西域之法，无君臣父子，以三涂六道，蒙诱愚蠢。追既往之罪，窥将来之福，口诵梵言，以图偷免。且生死寿夭，本诸自然；刑德威福，系之人主。今闻俗徒矫托，皆云由佛。自五帝三王，未有佛法，君明臣忠，年祚长久。至汉明帝始立胡神，然惟西域桑门自传其教。实乃夷犯中国，不足为信。"

唐太宗无奈，只得召开御前大会讨论，宰相萧瑀与傅奕展开辩论，最后唐太宗一锤定音，以皇帝身份亲自决定，要求国家法律增设一条：毁僧谤佛的人，要处以断臂的惩罚。

做出这一重大决定，第二天，就在众僧中选出一名有德高僧——玄奘法师，专门负责水陆大会开办事宜。此人出身不凡，自出娘胎就持斋受戒做了和尚，外公是当朝一品官员殷开山，父亲陈光蕊状元及第官拜文渊殿大学士。玄奘法师不爱荣华富贵，只愿出家修行，千经万典无所不通。唐太宗欣喜之余，赐其为天下群僧之首大僧官，定大会主会场为化生寺，选定良辰吉日开办水陆大会。

玄奘大法师走马上任后立马去化生寺选僧备事，于九月初三这一良辰吉日，聚集了众高僧开办大会。皇帝率文武百官来寺上香，拜了佛祖参了罗汉。玄奘法师献上自己亲笔所写的开办水陆大会公告，太宗看后十分满意。

此时,观音菩萨来长安秘密访查取经人,却始终没有查证到有德行有水平的高僧,突然听说唐太宗海选全国高僧,要开办水陆大会,坛主就是声名远播的玄奘和尚,那正是当年灵山上贬下的佛子,还是她自己亲自送来的。

得到这个消息,菩萨总算有了底,就把佛赐锦襕袈裟、九环锡杖拿着当街叫卖。菩萨和惠岸虽然衣衫褴褛,但是手上袈裟却光艳夺目,于是有人问价,她回道:"袈裟五千两,锡杖二千两。"只惹得众人嘲笑:"这两家伙是疯了还是傻了,如此两件破东西居然敢卖七千两,除非穿上长生不老,就算能成佛也不值这么多!"菩萨与惠岸也不答话,走到东华门,正遇到宰相萧瑀,便引他们师徒入朝见驾。太宗听过介绍,也惊讶为何如此昂贵,观音一番高论后,唐太宗龙颜大悦,当即表示要买下送给玄奘。

再看观音更是出乎所有人意料,竟一分钱不要,要求无偿送给太宗,太宗乐不可支,觉得自己获得天下人爱戴,这是上天赐福,便顺水推舟收下佛宝。赐给玄奘穿起,果然两件法宝正合其身,如量身定做一般,披上袈裟手拿锡杖,玄奘摇身一变,俨然呈现出地藏王派头。

启示之一:深刻的思想看似平淡无奇,却内有天地,具有极强的前瞻性。有时候,貌似无足轻重的几句话,却能决定团队的发展方向和兴衰荣辱。

周武王分封列国后,周公受封鲁国,儿子伯禽代他去治理,伯禽三年后才回朝报告施政情况,周公问为什么用这么长时间,伯禽答:"改变那里人民的习俗和礼节,要等三年才能看到结果。"姜子牙被封到齐国仅五个月就向周公报告,周公问为什么这么快,姜子牙答:"我简化君臣间礼仪,统统顺从那里之前习俗。"就此,周公感慨道:"唉,鲁国后世必然会向北为臣事奉齐国!政治不简约不平易,百姓就不会亲近;政治平易近民,百姓必然归附。"

(魂游地府的唐太宗回了阳间,兴之所至讲了许多自己的所见所闻,所有见闻均出于其口,没有任何人证和旁证。面对这一切,大唐重臣虽半信半疑,但都明白一件事,皇帝亲自坐镇,那么推动超度冤魂的事业已成为当前工作的重中之重。而由此引发的废佛尊佛之争,看似激烈,其实早已有了最终结果。)

启示之二:团队生命力体现在创新力上,为了发展壮大,需要不断创新思路、创新方法。所有这些体现的,恰又是团队的综合素养。

公元 1206 年,铁木真统一蒙古各部。他善于发掘人才用人所长,在他带领下,郭宝、玉耶律楚材以及各地人才都得到其合理利用,为打造出一个军事力量空前强大的蒙古帝国奠定了坚实基础。

(在唐太宗的努力下,朝堂上下统一了思想,规范了行动,全国人民一心向善,一心行善,呈现出一派欣欣向荣、尊佛崇教的景象。为兑现承诺,太宗又连续做了几件令黎民百姓觉得无比喜悦的事情,甚至有人舍生忘死效忠皇帝。最高统治者以身示下,榜样的力量可想而知。)

启示之三:没有什么成绩是必然的,只有为之不懈努力,才有可能取得并不令人满意的成绩。

魏晋南北朝时战乱不休,各方力量在分裂、对峙了二百余年后,最终统一于隋朝。漫漫数百年,也不知经见过多少英雄豪杰、发生过多少功亏一篑的统一之战后,随朝得以建立,一统中国。

(已经历时 500 多年的布局和设计,观音师徒在长安城又是查访又是卖东西,最后,卖东西成了送东西,送东西成了送信息,直到把大唐皇帝引导到佛派召唤的理想目的地。其实,所有这些不过是铺垫,为的就是实现西天取经的计划。)

启示之四:事业的成功必须要付出代价,而付出代价的多寡,也能从侧面证明团队的优劣。

马拉松之战,希腊联军以不到 200 人的伤亡代价歼灭波斯帝国 6000 多人,取得大胜。相比之下,阿拉伯帝国挑战大唐帝国军威,怛罗斯一战却以数万军队伤亡的代价取得了对唐军对一万余人的惨胜。唐军虽败犹荣,也显示出统帅高仙芝强大的指挥能力。

（因为家庭琐事而致家破人亡的刘全,遇上需要以死相报的唐太宗,最后不仅捞了个御妹老婆,而且一家团圆皆大欢喜。但他在服药自尽时就付出了代价。不仅如此,作为唯一可以旁证皇帝金口玉言的人,他的未来更加不易,因为需要永远管住自己的嘴,看住自己的心。)

第十二篇　取经计划始开张

一、时间：唐贞观十三年

二、地点：南瞻部洲、两界山

三、事件起因：大唐为落实最高首脑指示，又行善事又选高僧，国家制定法律给予佛教极高地位，正当开办水陆大会超度亡灵之际，忽听观音说所使用佛经已全部过时，必须用十万八千里外西天佛祖大乘佛法才有超度亡魂的效力。为此目的，身受皇帝重视的唐僧自告奋勇，开始踏上漫漫西行取经路。

大唐第一僧官陈玄奘高踞法台，用尽生平所学展示各种解数，念一阵这经谈一会儿那经，演讲才能却也了得。观音一看时机已成熟，正是将军好时机，当时就冲到宝台前高喊：你这小乘教法了解甚熟，大乘教法不知如何？

玄奘一听顿时就震惊了："怎么又出个大乘教法来？还真没听说过。"忙忙下台请教："何谓大乘教法？"观音一语惊心："那大乘佛法三藏，才是真正超度亡魂升天的教法！"他们的对话，却打断了水陆大会正常进程，闻报后的唐太宗，命人把观音带来一见，却认出了正是前几天白送袈裟禅杖的和尚，就问："你为何与我法师乱讲，扰乱经堂误了佛事？"

菩萨开口释然，果然也震动了唐太宗内心："你们法师讲的是小乘，根本度不成亡魂。只有大乘佛法才可以超度。"太宗忙追问：哪里有大乘佛法呢？

菩萨："大乘佛法在西天大雷音寺，佛祖如来那里，只有那部真经才能解百冤消无妄灾。"太宗："你会不会讲呢？"观音肯定的答复让他很高兴，于是请观音登台讲经。

见目的已达成，观音和惠岸当即现出原身飞上九霄，唐太宗和众文武大臣惊喜交集、跪地焚香朝天礼拜。菩萨祥云渐飞渐远之际，空中缓缓落下一张简帖，写得明白："告知大唐王，西方有妙典。一路十万八，大乘佛法在。取经回上国，能超鬼升天。若有人愿去，可得正果身。"

唐太宗见现在进行的这场水陆大会已没有再继续下去的意义，就命休会，当时发问："你们谁愿代朕，去西天拜佛求经？"话音刚落，陈玄奘站出来应道：贫僧愿效犬马之劳，为陛下求取真经，保佑我王江山永固。唐太宗极是感动，他自己有的是争权夺位的亲兄弟，谁知今日却有这样善解人意的和尚，太宗又是兴奋又是欣慰：法师这样忠贤，不怕路途遥远跋涉山水，为国为朕，朕就和你结拜为兄弟。果然金口玉言之下，大唐皇帝之尊和大唐高僧当着寺佛拜了四拜，唐太宗站起来就称玄奘为"御弟圣僧"，这一声呼唤令玄奘感激涕零当场发愿："臣何德何能，蒙陛下天恩眷顾，一定捐躯努力直至西天，要是到不了西天取不到真经，就让我死不回国永沉地狱。"

等回到洪福寺，徒弟们已听说圣僧师父要去取经，都来问候："师父发誓要去西天是真的？"玄奘："真的。"徒弟们都劝："师父，一直就有人说，西天路远且多虎豹妖魔，这一去怕是有去无回，连命都保不住。"玄奘心想："我被封第一僧官，又用了皇帝御赐佛宝袈裟锡杖，我不带头谁带头？"他没办法开口讲这个话，沉吟半晌和众人说："我已发下誓言，取不回真经就永沉地狱。我受了大唐恩宠，又怎能不忠心报国？不过，这一去真是前途未卜吉凶难测呀！"他想了想，又撂下一句话："徒弟们，我这一去也许要二三年也许是六七年，你们就看山门里的松树，什么时候枝头向东，就说明是我回来了，不然绝不归来。"大家把他这句偈语牢牢记在心中。

第二天一早，唐太宗准备好取经文牒，盖上大唐通行宝印，交给玄奘，又赐紫金钵盂以在中途化斋。为他选了两个随从和御马一匹，玄奘谢恩领物就要远行。唐太宗与众官送到关外，太宗问道："御弟可有雅号？"玄奘摇头："贫僧出家人，不敢擅自称号。"太宗："菩萨说西天有经三藏，御弟既是去取真经，就以此为号，朕赐号三藏可好？"唐僧谢恩。

太宗敬过一杯酒，唐僧接在手中，为难地解释："陛下，酒是僧家第一戒，贫僧从出生就未喝过。"太宗道："今天和平常不同，这又是素酒，就喝一杯以尽朕心。"唐僧只好破例端杯，太宗又从地上捻一撮土弹在酒杯中，唐僧不明其意茫然无措，太宗笑道："御弟，你这一走何时能归来？"唐僧答："三年就回。"太宗这才说出自己本意："我是怕山遥路远时日绵长，请御弟喝过这杯酒，朕之意，是嘱你宁恋本乡一捻土，莫爱他乡万两金。"唐僧这才了解皇帝之心，把酒一饮而尽辞行西去。

唐僧西行两天到了法门寺，住持长老领众僧接待。大家议论西天取经之事，有的说水远山高，有的说路多虎豹，有的说峻岭难渡，有的说魔怪难降，只有唐僧闭口不言，以手指心连连点头。众人莫名其妙，问道："大法师指心点头，有何深意？"唐僧答："心生就魔生，心灭即魔灭。我在化生寺对佛发下宏誓，已无回头路可走，这西去一定要见佛求经，让我东土佛派法轮回转，让我圣主皇图永固。"众僧连连赞叹。唐僧第二天一早便出发，走了几天到了巩州城，又几天到了河州卫，已近大唐西界。

走到河州卫福原寺向西几十里，路过一个崎岖山岭，他们几人忽然失足掉在陷坑里，唐僧和二从者正心惊胆战，就听见有叫喊声："把他们抓起来！"只见五六十个妖怪把唐僧几人揪上去捆了起来，唐僧偷看到领头的竟是只虎精，骇得魂飞魄散。正在这时，又有小妖报告，说熊山君与特处士来了。果然一个黑汉、一个胖汉先后进来和虎精寒暄，三个魔王互相招呼后，把唐僧两个从人剖腹剜心剁碎尸体，然后头和心肝给来客，四肢归虎精自用，其余骨肉分给众妖，开始了群妖大聚餐。片刻后二从人被吃了个干净，只把唐圣僧吓得昏死过去。

过了好久，众妖都散去，剩下唐僧昏昏沉沉不辨东西南北，忽然一个老头儿来解开绑绳并唤醒他，唐僧跪谢道："多谢老公公搭救贫僧。"老头儿告诉他："此处是双叉岭虎狼穴,特处士是野牛精,熊山君是熊精,寅将军是虎精,因你身份特殊妖怪吃不了。"

　　救他出了虎穴,老头儿化阵风走了,留下一张简帖,说自己是太白金星,告诫他只要努力向前,接下来会有人相助。玄奘自出娘胎也没经见过这般苦楚,一个人孤苦伶仃独自前行,谁知上了双叉岭又遇到要命事,前有两只猛虎后有几条长蛇,把他夹在中间。

　　唐僧正准备听天由命时,却见众蛇兽四散奔逃,原来有一人手执钢叉,腰悬弓箭走来。唐僧慌得跪在路旁高叫："大王,大王救命!"那人扶起他安慰："长老不要怕,我是镇山太保刘伯钦。"唐僧一听忙自我介绍："我是大唐皇帝钦派去西天拜佛求经的,来到这里被蛇兽围困,幸亏你救了我。"伯钦:"我是本地人,专靠打猎为生,所以蛇兽怕我。这里还是大唐地界,我也是唐人,你就跟我去家里,明天早上再上路吧。"

　　唐僧满心欢喜,长吁口气后牵马跟着他。刚过了山坡就听见风响,刘伯钦知道来了猎物,手握钢叉迎上,果然是只斑斓猛虎,刘太保追上去大喝一声："畜生往哪儿跑!"顿时人的钢叉和虎的利齿斗在一起,眼见一个时辰过去,老虎气力不足,让刘太保一叉穿透心肝,血流如注而死,三藏见老虎死了才放下心,连连夸赞："太保真是山神啊!"伯钦:"太过奖了,这是长老洪福,我们回家,剥皮煮肉好款待你。"

　　回了山庄,唐僧正式拜谢刘太保救命之恩,伯钦母亲妻子也和唐僧以礼相见,晚饭时间,刘家把几盘烂熟虎肉热气腾腾地摆好请唐僧吃,唐僧不敢吃荤,婉拒不用,刘伯钦无奈,不知如何是好。刘母想了办法,让儿媳把小锅取下,用火烧了油腻,刷洗多遍,然后煮饭煮菜请唐僧用斋。

　　第二天一早,全家起来备素斋管待过唐僧后,请他开经超度伯钦亡父。唐僧先念净口经,又念净身心经,再念《度亡经》《金刚经》《观音经》,吃过午斋念《法华经》《弥陀经》《孔雀经》,当晚献了香火,化了纸马,烧了荐亡文才安歇。果然圣僧有灵,刘太保亡父魂灵当晚回家托梦,给全家人讲："我在阴司受苦不能超生,今天圣僧念经为我消除罪业,阎王已经派人送我去中华富地托生了。你们一定要好好答谢长老,万不要怠慢。"

到了早上,一家三口说起昨夜梦境,都对唐僧千恩万谢,唐僧见自己能回报刘太保,心里也非常高兴,别无所求只央求他多送自己一程。刘伯钦只好给他准备了粗粮,陪着西行。没过半天,就见前面一座大山横亘,伯钦停住不走招呼道:"长老请自己前行吧,我就送到此为止了。"唐僧依依不舍,求他再送一程,刘伯钦答:"长老,这山叫两界山,东边属我大唐,西边就是鞑靼。那边狼虎不归我管,我真不能过界,只好请你自走了。"

唐僧听了这席话只感心惊肉跳,拉住刘太保难分难舍,就在此时,猛听山脚下一个声音喊起,好像平地一声雷:"我师父来啦!"

启示之一:出其不意的方式可以吸引他人的关注目光,如此行事,也往往能够事半功倍。

公元前 496 年,吴王阖闾得知越王勾践之父去世,于是出兵攻打越国。在檇李对峙中,越王勾践突出奇兵,准备了一批敢死队,整整齐齐列队,喊着响亮口号,雄赳赳气昂昂地走到吴军面前,然后快速拔出腰刀,齐刷刷拿刀往自己脖子上抹,开始成批地自杀。这出其不意的气势和速度让吴军心生恐惧,又目瞪口呆摸不清头脑,看傻了眼。就在这时,勾践率越军突然发动猛攻,像潮水一样冲杀过来,打得吴军阵脚大乱,一溃千里连连败北。吴王阖闾本人脚指也被砍掉,只得被迫撤军,心情郁闷加之伤口感染,他没过多久就在忧愤交加中死去。

(通过引起大唐皇帝注意,把大乘佛经在他认为最需要的时候推荐上去。观音对唐太宗的所思所想可以说了如指掌,在皇帝的推动下,西天取经计划必然能够开展得轰轰烈烈,并落实到底。)

启示之二:亲近和赏识,往往意味着士为知己者死的奉献。

春秋时期,楚庄王大宴群臣,令爱姬把盏。部将唐狡见王姬美艳动人,忍不住出手相戏,结果王姬手快,一把摘掉他的盔缨,还告知了楚庄王。得悉此事的庄王却往开一面,没有当场查看是谁冒犯爱姬,反而开了场摘缨会,把秘密继续保持为秘密,结果换来唐狡以死相报。在一次恶战中,他以救驾之功回报了当年庄王对自己的宽容。

(西天取经计划即将提上日程,没有几个人注意所谓"求正果金身"的许诺,却有诸多人看到一路的艰难险阻、虎狼妖怪,仿佛西行取经简直就是不可能完成的任务。这样一件事对于已功成名就、显赫当世的高僧玄奘而言,又是何等的艰难。唐太宗欣慰他的自告奋勇,满意他的及时补台。但只有这些还不够,一顶"御弟"的高帽送上后自然就没有了回头路。唐僧心知肚明,这顶帽子必须感激涕零地接过戴上,还须指天发誓誓死以报。僧官位子得到了,御赐佛宝得到了,又多了一个"御弟"名份,除了舍生忘死西去取经,完成皇帝最关心的水陆大会,已经没有其他路可供选择了。)

启示之三:个人之于团队的意义始终是有限的,绝不应把团队的安危系于一人,否则,就是不合理不明智的。

隋朝炀帝三征高丽,唐朝太宗三征高丽都打着御驾亲征的牌子出现,却都失败了。一个被历史认为无能懦弱的唐高宗李治上台后,却仅派大将苏定方出马,就一举平灭高丽,见证了大唐帝国不断扩张下的强盛。

(唐太宗钦派唐僧出使西天求取大乘佛经,这关乎自己地位稳固、关乎大唐江山源远流长,只能成功不能失败。为此,他对唐僧以位许之、以宝动之、以德化之、以情感之。唐太宗戎马一生而得享天下,他太清楚人世间的诱惑有多可怕。虽然看到唐僧面向观音承诺并佛前许愿,但唐太宗仍感不够,将"御弟"帽子实实在在安到唐僧头上,又一张感情牌打出去,虽不指望果真能"真爱本乡一捻土",却希望他"莫爱他国万两金"。)

启示之四:无论是生存能力还是抗争命运的能力,关键人物都要强于其他个体,这并非偶然,而是因为其所处环境和基础决定的。

史记项羽本纪所载,项羽和叔叔项梁起兵后,巨鹿一战歼灭秦军主力,成为威震天下的上将军，从此登上人生顶点。此后，面对刘邦竞争，虽每况愈下，但即便到了最落魄时刻，在乌江畔最后幸存的依然是项羽，因为他不同寻常的个人能力，更因为他所处的领导地位，所以自然也就成为那个最后的幸存者。

（唐僧在南瞻部洲大唐境内遇到的妖怪就是双叉岭三妖。这三妖看似能力一般，却是有眼光有见识有城府，在对唐僧从人分尸大嚼的同时，却始终没碰唐僧。太白金星的话说得隐晦，但意思非常清楚，这时如果有妖怪想要唐僧的命，恐怕首先他自己就会一命呜呼。）

启示之五：有时候，明知某些豪言壮语是假话空话，但为团结为大局实现既定目标，也必须装聋作哑。

东汉末年，曹操率军南征，恰逢军中缺水，他急中生智，告诉全军前面有青梅，以心理的望梅止渴缓解了生理的口渴难耐，最后找到水源后，谁也没有再去追问梅子下落，而军队却实实在在免除了人心大乱陷于崩溃的可怕后果。

（唐僧在刘伯钦提请超度其亡父伊始便陷于两难。明知自己小乘佛法无济于事，还要装模作样示假于人，已经违背了佛家道义，但直言相告却会引起不必要误会，无奈做了一番功课，最后结果却让他大吃一惊——刘父已经超度成功。这个消息同时说明一是佛派高层说了违心话，明明小乘佛法也可超度亡魂；二是佛派自命清高，明明被贬低的一无是处的南瞻部洲大唐，才是众亡魂心中的宝地福地。但是，面对取经的安排他毫无办法，只能欣然接受。）

启示之六：没有万事皆通的人才，只有善于发挥所长的智者。自知为明知人为智，然话虽如此，又有几人能够做到。

隋炀帝杨广个人综合素质在历朝历代帝王之中其实也是非常突出，可说天文地理、琴棋书画、诸子百家都广有涉猎，正因此他极度自信兼自负，对其他人的聪明才智嗤之以鼻，只要求大臣做到听话就好。结果是奸佞雀跃于朝堂，正言消失在身边，推动他得以短短十五年时间，就摧毁了看似坚如磐石的隋帝国。反观有自知之明的汉高祖刘邦，除了会问"如之奈何"，还知道自己在作战、运筹、后勤等方面比不上韩信、张良、萧何，群策群力集人所长，结果因知己不足，反而建立起强盛的汉王朝。

（刘伯钦知道进退、明白取舍，到达两界山就不肯越雷池半步。因为他知道，那里不是自己地盘、不是发挥自己战斗力的场所，因而不能冒险，这正是保全自己一生名声的高明之处。）

第十三篇　猴子刑满释放了

一、时间:唐贞观十三年农历九月末

二、地点:两界山

三、事件起因:刘伯钦送唐僧到了两界山,遇到被压在山下已五百多年的齐天大圣,说起观音的事先安排,唐僧决定放出猴子,由他保自己西行取经。

山脚下这声大叫,别说唐僧,就连太保刘伯钦也吓了一跳。几个小跟班倒是淡然,断定是山下石匣中那只老猴在叫,唐僧好奇地问:"什么样的老猴?"刘太保道:"这山原名五行山,后来大唐征西在这里定下国界,改名两界山。早年听上辈老人说,当初王莽篡汉时天上飞下一座山,山下压着个神猴,不怕寒暑,不吃不喝,还有神祇监押,方才喊叫的一定是他,长老不用怕,我们去看看。"

几人走到山脚下,果然见石匣里一只猴子露出脑袋,使劲招手:"师父,你怎么才来? 这下可好了,你把我救出来,我保你去西天。"刘太保大胆问:"你想说什么?"猴子答:"我没别的话,让师父过来,我问他。"唐僧奇道:"你问我什么?"猴子:"你是不是东土大唐派往西天取经的?"唐僧点头。猴子:"我就是当年大闹天宫的齐天大圣,因犯了天条重罪让佛祖压在这里。观音菩萨劝我皈依佛法,保护取经人拜佛求经。我在这里日夜企盼,生怕错过师父。现在好了,你把我救出来,我给你做徒弟,保你西天取经。"

　　唐僧十分高兴:"你蒙菩萨教诲,愿入佛门极好,只是我没有斧凿,怎能救你出来?"猴子连连摇头:"不用斧凿,只要你愿救我,我就能出来。"唐僧:"我该怎么做?"猴子:"山顶上有佛祖金字压帖,只要揭去,我就能出来了。"唐僧请刘伯钦同去,二人登上山顶,果见金光万道、瑞气千条处,有块四方大石上贴着"唵嘛呢叭咪吽"金字帖子。唐僧上前朝拜:"弟子陈玄奘奉旨西行取经,这猴如真是我徒弟,就让我揭了金帖救他出来,要是个凶顽妖怪,只为哄骗我救他,就让帖子揭不起。"

　　拜完上前轻轻一揭,一阵香风已把帖子刮在空中,并有声音传来:"我等是监押大圣的,今日他灾难已满,我们回见如来缴封帖去了。"这声音把唐僧和太保吓得连连礼拜,过后下山道:"压帖揭了,你可以出来了。"猴子无限欢喜:"师父,你走远些我才好出来,别吓着你。"刘伯钦领着唐僧往东走了六七里,还听见猴子嚷"再走远些"。几人又走出几里,只听山崩地裂一声巨响,震得众人毛骨悚然,再看猴儿赤身裸体已飞跪在唐僧面前:"师父,我出来了。"他对唐僧感念救命之恩,四拜行了拜师礼,又谢过伯钦,就准备收拾行装上路。

　　唐僧看他姿态,一举一动正是佛门中人,就问:"徒弟,你姓什么?"猴子:"我姓孙。"唐僧:"我给你起个法名吧。"猴王:"不用师父费心,我原有法名叫孙悟空。"唐僧更高兴:"正和我们宗派一样。看你长相身材真像个小头陀,我再给你起个混名叫行者吧。"悟空点头称好,从此他又称孙行者。

　　刘太保和唐僧辞别道:"恭喜长老收了好徒弟,我回去了。"唐僧施礼相谢而辞,上马西行,行者身背行李在前探路。刚过两界山就见一只猛虎冲来,唐僧恐慌起来,行者倒高兴地安慰:"师父别怕,它是给我送衣服来了。"

　　他从耳里拔出一根针,迎风一晃变成碗口粗铁棒,拿在手里笑道:我这宝贝几百年没用了,今天开荤拿来挣件衣服穿。冲着猛虎大喊:"畜生往哪儿跑!"再看威风凛凛的猛虎见他上来,竟趴下一动不敢动,被行者当头一棒打得脑浆迸出,把唐僧骇得滚下马来惊叫连声:"天呀! 前天刘太保打虎还斗得半天，今天悟空一棒就把老虎打得稀烂，真是强中更有强中手，能人后面有能人！"

行者把虎拖来，拔根毫毛变成牛耳尖刀，剥下四四方方一块虎皮围在腰间，又用藤条做腰带系住，随后说："师父走吧，等有人家借针线缝吧。"二人向前继续走，唐僧忍不住问："悟空，你打虎用的铁棒怎么不见了？"行者笑起来："师父，我这宝贝是东海龙宫定海神针铁，又叫如意金箍棒。当年靠了它才能大闹天宫。这宝贝随意变化大小，现在已经变成绣花针放进我耳朵里了。"唐僧惊喜不已，又问："怎么刚才那只老虎见你一动不动，乖乖让打呢？"悟空："师父，别说是只虎，就算是条龙见了我也不敢放肆，我能降龙伏虎翻江倒海，打只虎算得了什么？等真正到了为难处你再看好吧。"唐僧让他几句话说得心里无忧，放心前进。

当晚在路边一家庄院投宿，行者上前叫门，一个老头儿出来开门，让他的模样吓得直喊，唐僧搀住："老施主别怕，他是我徒弟，不是鬼怪。"老者见唐僧面貌清奇，才心安道："你是哪座寺的和尚，咋领这恶人到我家来？"唐僧解释："我是唐朝去西天拜佛求经的，现在天晚想借宿，明一早就走。"老者："看你是唐人，那个丑的肯定不是。"行者怒道："你这老头儿没眼力，这唐人是我师父，我是他徒弟——齐天大圣！你别装孙子，我可认识你。"老头儿奇道："你在哪见过我？"行者哼一声："你小时候在我面前扒柴、挑菜难道忘了？"老头儿看了半天才醒悟过来，行者又把菩萨劝善，唐僧揭帖的事说了一遍，老头儿相信了，问行者："大圣，你有多大年龄？"行者反问："你多大？"老头儿："我今年一百三十岁。"行者冷笑一声："顶多算我重子重孙，我的生辰自己也记不清了，但在山下已压了五百多年。"老头儿连连点头："我记得我祖爷爷说那山从天降落就压着个神猴。只是你看看自己，瘦小干枯，腰间又围了块虎皮，还不像鬼怪么？"几人都哈哈大笑起来。

用过斋饭，行者问他姓什么，老头儿答姓陈，行者："老陈头儿，再麻烦一下，我都五百多年不洗澡了，你烧点热水让我们师徒洗洗吧。"洗完，行者又借了针线，把唐僧一件白布小衣和虎皮缝在一起，穿起来问师父："这样子比昨天可好？"唐僧点头："好，好，这才像个行者。"

第二天在老陈头儿家用过早饭，师徒二人就上了路，正走着，忽然路旁闯出六个人，手执刀剑把二人围住："和尚往哪跑！赶紧留下马匹行李饶你不死。"唐僧吓得摔下马说不出话，行者倒是毫不在意，扶起他道："师父别怕，这些家伙是给我们来送盘缠的。"唐僧惊讶："悟空，你耳朵有毛病？他们是让咱留下马和行李，你怎么倒问他们要盘缠。"行者："你守着衣服行李马匹，等我和他们理论。"唐僧担心："双拳不敌四手，他们六个大汉你独自一人，怎是对手？"行者也懒得解释，上去问："拦住我师徒什么意思？"六人道："我们是拦路山大王，赶紧留下值钱东西，说个不字就让你们粉身碎骨。"行者嘻笑道："我也是祖传的山大王，怎么就没听过你们的名号？"六人道："我们是眼看喜、耳听怒、鼻嗅爱、舌尝思、意见欲、身本忧六大王。"行者笑得更欢畅："原来不过六个毛贼，不认得爷爷厉害就敢来拦路，快把打劫的珍宝拿出来分我一半，就饶你们。"六贼发怒乱叫："和尚可恨，不给钱财，还想和我们分东西。"抢着刀剑一齐上来，冲悟空劈头乱砍了七八十下。行者稳稳站着不动，群贼吃惊道："好个硬头和尚。"行者："现在你们累了，该我玩了。"

六贼吓得四处逃窜，哪逃得脱，让行者轻松追上后便被一个个打死，夺了衣服盘缠回来，笑嘻嘻地说："师父走吧，这些贼已被我搞定了。"唐僧眼见尸横遍野，摇头叹息："他们虽是强盗也没犯死罪，你有本事赶走就好，怎能都打死，这样伤人害命怎么做和尚？出家人讲究扫地怕伤蝼蚁命，爱惜飞蛾纱罩灯。你却不分皂白全打死了，没有点慈悲心。"

行者气恼交加地反问："师父，我要不打死他们，他们就要打死你。"唐僧道："出家人宁死不行凶，何况我死才一条命，你却一口气杀了六个？"行者忍不住反驳："不瞒师父，我大闹天宫前在花果山称王为怪，也不知杀过多少人，真像你说的，我怎么能当上齐天大圣。"唐僧哼了一声："就因为没人约束，你才犯了重罪，被羁押几百年。今天既入了佛门，若还像当年行凶伤人，就不能去西天、不能当和尚！"

猴子听师父絮絮叨叨没完没了地埋怨，忍不住怒火爆发："既然你说我当不成和尚,去不成西天,也不用这么讨厌我,我走就是。"于是,没等唐僧反应过来,嗖一下飞了个无影无踪,只剩唐僧孤零零哀怨不已:"这家伙一点不受教诲,我才说了几句,他怎么就跑了? 唉,是我命里无缘有徒弟,还是自己走吧。"

唐僧独自凄凉向前,遇见一个老太婆问道:"你是哪来的长老,怎么一人赶路?"唐僧:"我是东土大唐差往西天拜佛求经的。"老太婆惊奇道:"西天佛祖大雷音寺在天竺国,离这里足有十万里。你单人独马怎么能去?"唐僧:"我刚收了个徒弟,因为行凶说他几句,就扔下我走了。"老太婆:"我有一件衣服一顶花帽,原是我儿子用过的,他做了三天和尚就死了,既然你有徒弟,就把这衣帽送他吧。"唐僧:"多谢了,可是我徒弟已经走了,用不上了。"

老太婆安慰他,说也许是顺道去了自己家,告诫唐僧:"我还有一句咒语叫定心真言,又叫紧箍咒。你要暗暗记熟,千万别泄漏,我让他还回来跟你,你把衣帽给他穿好,以后若再不服管教,你就默念此咒,保证他不敢不听话。"唐僧记住咒语低头拜谢后,老太婆后化成一道金光向东而去,他才明白这是观音菩萨来助自己,便赶紧把衣帽藏在包袱中,又把定心真言反复念熟牢记。

孙行者扔下唐僧向东飞到东海,不回花果山却拐弯先去水晶宫做客,龙王迎到宫里:"刚得了信说大圣脱难,可喜可贺! 应该是要重整花果山了吧?"行者摇头:"我原有此打算,只是现在当了和尚顾不得了。"敖广很惊异,再细问究竟,行者答:"南海菩萨劝我随唐僧去西天拜佛,所以皈依了佛门。"敖广:"这真是可喜可贺,从此改邪归正惩恶扬善,可大圣为什么不往西反向东?"行者笑了:"唐僧不通情理,几个毛贼抢劫被我打死,他就没完没了,实在让人恼火,我一怒扔下他,因回花果山,便顺道看看你。"

敖广连称可惜,行者却也不告辞,见龙宫后墙挂着幅画儿,就问:"这画的什么?"敖广道:"这叫圯桥三进履,黄石公在圯桥上把鞋掉到桥下,故意让张良去取。张良取来跪献,连续三次都没有丝毫怠慢之心,黄石公觉得他勤谨有为,就授其天书,后来张良运筹帷幄之中决胜千里之外,助汉高祖平定了天下。我劝大圣，你要不保唐僧取经，不受教诲，最终还是个妖仙，无法走上正路。"行者低头沉吟，敖广又道："大圣自己好好拿主意，千万别误了前程。"悟空这才后悔道："你不用说了，我继续护送他就是。"敖广："既然大圣想明白了，就赶紧去找你师父，别耽搁了。"

孙行者辞别了东海龙王，往西寻找唐僧，正遇见观音："孙悟空，你怎不好好保护唐僧？"行者慌忙施礼："蒙菩萨劝诫，唐僧揭去压帖救了我，我就给他做了徒弟，可他责怪我行凶，我不过戏弄了他一下，马上就去护送他。"菩萨："赶紧去，千万别打错主意走了邪路。"

行者返回后，唐僧问他去了哪，行者说自己到东海龙王家喝茶，唐僧摇头："徒弟，出家人不能说谎。你这没一个时辰，怎么可能去龙王家喝茶？"行者夸耀自己筋斗云的本事，唐僧就接话："我刚才话说得重了点，你就使性子跑了，做徒弟的有本事喝茶，师父只能忍饥挨饿。"

行者心里愧疚，要去化斋，唐僧："也不用去，我包袱里还有刘太保母亲送的干粮，你取给我。"行者解开包袱，见有几个粗面烧饼，先递给师父，又见有新崭崭的一件衣服、一顶花帽，问是谁的，唐僧也不顾佛家教义，顺口说是自己小时候用的，且都是宝物，帽子戴上不用教就会念经，衣服穿上不用学就会行礼。行者央求师父送自己，唐僧半推半就地答应了，猴子乐滋滋地穿衣戴帽，尺寸居然像是量身定做的一样。

唐僧见他已戴上帽子，便顾不上吃饼，默默一念紧箍咒，果然猴子叫疼，他连念几遍，猴子疼得满地打滚抓烂了花帽。行者伸手在头上一摸，帽子抓下去却留下一条金线紧紧勒在头上，摘不下揪不断。心急火燎的孙悟空忙取出金箍棒，插入箍里拼命撬，唐僧怕猴子把金箍撬断，赶紧念咒，猴子又疼得乱翻乱滚脸红耳赤，等停下不念他又不疼了。

直到此时，行者才发现缘故：我的头疼原来是因为师父念咒得。唐僧摇头："我念的是紧箍经，怎么会让你头疼？"行者让他再念，唐僧念动果然疼得无法忍耐。唐僧见灵验无比，便板着脸开始训话："你以后听不听我的教诲？""听。""你再敢不敢放肆？""不敢了。"行者嘴里应着心却不甘，举起金箍棒准备对唐僧下手,吓得唐僧连念几遍,疼得猴子打滚哀求:"师父别再念了。"唐僧喝问:"你怎敢打我?"行者:"我不敢,只是想问师父,这法子是谁教你的?"唐僧:"是一个老太婆传授我的。"行者忽然想明白了:"不用说,老太婆定是那观世音,她怎么害我? 我这就去南海打她。"唐僧劝他:"这法子既然是她教我的,她肯定更熟。你去了她念起咒,岂不是完了?"

行者一思索确是这么回事儿,只好跪下表态:"师父,这是她整治我的办法,为的就是让我保你西天取经。我也不去惹她,你也别没事念咒,我愿保你西天取经,再不反悔。"

自这时起,孙行者便一心一意开始陪护唐僧西行取经。

启示之一:某些事情的发展变化,是无法预知的,正确的态度是接受变化并及时进入角色。

南宋初年,文武双全、战无不胜、被朝廷非常倚重的岳飞,在宋高宗最需要的时候,因对自己职务安排有意见,意气用事,作出撂挑子的举动,且以辞职要挟。此事对宋高宗刺激巨大,防范武将拥兵自重的心理进一步加强。之后岳飞又多次就皇权继承人问题反复上书,严重刺激了已经丧失生育能力的宋高宗,最终,不可避免地埋下皇帝借刀杀人的严重后果。

(面对可以任意摆布的猴子,放出来后到底是变成神还是妖,唐僧完全没有把握,只因为观音这样安排,他就必须去执行。事实上,面对无数明岗暗哨,又有谁能未经如来许可就放出猴子呢? 事前事后,猴子多次埋怨当年好友不来看自己,试想没有特别通行证,谁能活着接近两界山?)

启示之二:直言不讳其实便于沟通,反倒是暗暗较劲更难理顺关系。

官渡之战时,面对袁绍大军层层重压,身为统帅的曹操表面不动声色,心里实则焦虑异常。忽然收到袁绍谋士许攸投靠的消息,曹操兴奋地重现了吐哺倒履的场面。借助许攸的卖主求荣,曹操火烧乌巢粮草,奠定了消灭袁军的基础。此战之后,得意洋洋的许攸口无遮拦,在曹操面前也狂傲无礼,终于引起众怒被杀。心里满意的曹操却摆出一副可惜可叹的样子,以厚葬的方式表达了自己对"人才"的重视。

(面对猴子的神奇本事,唐僧的内心是舒适而满意的,但当遇到矛盾问题需要处理时,面对意见相左的猴子,自己的反对又显得极为无助又无奈。没有紧箍咒,就不能有效维持取经队伍的统一团结。可想佛祖赐予的法宝多么不可或缺,虽然令猴子吃了不少苦头,却因此成就了西行取经大业。)

启示之三:为了更好的前途和未来,意志坚定者往往会主动改变甚至不惜牺牲个性,去达成所求。

先投奔吕不韦后投靠秦始皇的李斯,在自己求学之时,看到厕所耗子和粮仓耗子的巨大区别时,触景生情联想及己,立志要出人头地。为此,他主动迎合多方奔走,还以非凡文采写出了《谏逐客书》而名垂史册。但当自己身居高位,为防止昔日同窗又是政治上的对手韩非为始皇所用,从而冷落自己,不惜设计害死韩非,剪除异己。

(紧箍咒是观音亲手交给唐僧,由唐僧亲自使用,以不惜违反佛家不得说谎话的教义为代价,骗孙悟空戴上。但当孙悟空听了东海龙王敖广的话,深深打动他的是:自己的前途在于保护唐僧西行,不然顶多还是个妖仙。龙王说得好听,将地比做一个妖仙,其实对话双方心知肚明就是妖怪,孙悟空仍就上天无路入地无门,没有属于自己的一片天地。观音和唐僧一起配合做了局,表面好像是骗了猴子,但如果明明白白告诉他,他又如何不乖乖戴上?)

启示之四:没有接受批评乃至批判的度量,可能会遭到更大的打击和伤害。有时候,接受批评恰恰是在自我保护。

三国时,镇守襄阳的蜀汉大将关云长,面对已登位自立的汉中王刘备的封赏,他竟说出"大丈夫不与老卒同列"的伤人之语,既得罪了刘备,也得罪了黄忠,更得罪了许许多多入川的将领。而东吴孙权的求亲,他也粗暴拒绝,说出"吾虎女岂能嫁犬子"的话,在狂傲自大的性格下,他攻取樊城未果,被东吴偷袭,导致兵败被杀。

(猴子一连杀了六个强盗,自己沾沾自喜,以为是救了唐僧劳苦功高,不料却引来一通批评。如果这时他有所觉悟坚忍为上,认错服软肯于低头,又何必戴一个让自己丢面子没尊严,反复受到折磨的"头套"?可惜,猴子还是猴子,就算坐了六百多年牢,仍然没有练就强大的内心。由此更可见佛祖如来远见卓识,做到有备无患,以一个"头套"介入的方式,不仅挽救了孙悟空命运,也挽救了刚刚步入正轨的西行取经工程。)

启示之五:选择和使用人才要有的放矢,不能避重就轻,有时候,人才欣赏的就是他人对自己的欣赏。

默默无闻投靠项羽的韩信,在项王帐下干了许久仍然是默默无闻。不得志也不甘心的他又投靠了刘邦,谁知在刘邦帐下再次重复了这一过程,他仍旧要打算溜之大吉去寻找理想主人。听到消息的萧何大吃一惊,不顾天黑路险月下追赶,终于把他劝回,刘邦表示可以提拔他做将军,萧何摇头,认为诚意不足,韩信还会不辞而别,直到刘邦表示要请他做汉军"总司令",萧何才高兴起来,认为用人所当,汉军要无往不胜了。后来韩信战必胜攻必取,果如萧何所料,助刘邦建立起西汉王朝。

(面对逃之夭夭的猴子,有观音正面批评,有龙王循循善诱,还有唐僧套路桥段,但其实根本在于孙悟空自己。他通过深入思考发现,这个世界唯一向自己敞开大门肯于接纳自己的,就剩佛家了。三界之各门各派都对自己敬而远之。要想生存下去,除了投靠佛家,已没有第二条路。溜回花果山是愚蠢的;迎难而上才是明智的。虽不可避免在看似无能的唐僧手下受气,但不受气又怎能成就大事?最后,猴子实际上是想通了,欣然戴上了金箍。)

第十四篇　宝马座驾初入手

一、时间:唐贞观十三年冬

二、地点:蛇盘山鹰愁涧

三、事件起因:戴上紧箍儿的孙行者保护唐僧西行,到了鹰愁涧,皇帝御赐白马却被小白龙吞食。原来,观音早就给唐僧备好宝马专门等候。她亲来处理此事,并训话猴子,督促他坚定西行进取之心。

数九寒冬,烈烈寒风冰天雪地,路上是数不尽的悬崖峭壁迭岭层峦。唐僧乘马西行,隐隐听到水流声,问道:"悟空,哪里有水响?"行者:"此地是蛇盘山鹰愁涧,应是涧水之声。"等到了涧边,没容唐僧停马细看,突然啵的一声从水里钻出条龙冲他扑来,幸亏行者反应快,把唐僧一把抱在岸边坡上。那龙也不追,张开大嘴把白马连鞍辔囫囵吞下去,又钻进涧里不见了。

安顿好唐僧,孙悟空再去找散落的东西,可只找到行李,却怎么也不见马的踪影,行者断言:"师父,马肯定让龙吃了。"唐僧不信:"那家伙有多大的嘴,能把一匹马连鞍辔都吃了?"悟空:"你不知我的眼睛,白天千里内蜻蜓展翅也能看见,何况是一匹马?"唐僧忍不住嚎啕大哭起来:"我没了马,可怎么走路? 这千山万水可怎么办?"

行者看他哭得狼狈,忍不住急躁道:"师父,别这么脓包相行不行? 你在这儿坐着,等我我到那个混账,一定让它还我们马。"唐僧一听猴子要离自己而去,更吓破了胆揪住他不放:"徒弟,你去哪找它? 万一它来个回马枪,那不是连我也完了?"行者左右为难却无可奈何,更急得怒发如雷:"你又要马又不让我去,难道坐在行李这儿守着等死?"

师徒二人正吵得不可开交,就听见附近有声音搭话:"孙大圣别着急,唐御弟也别哭,我们是观音菩萨派来暗中保护取经人的。"唐僧吓了一跳,忙对一边礼拜,行者坦然而问:"你们是谁,报名点卯。"众神道:"我们是六丁六甲、五方揭谛、四值功曹、十八护教伽蓝,已排好日子轮流值班。"行者:"今天该谁值班?"众神:"丁甲、功曹、伽蓝轮班,金头揭谛24小时值守。"行者:"好,我知道了。不值班的退下,六丁神将、日值功曹和揭谛护我师父,我去找那孽龙,让它还马。"

听见身边早围定一众神仙,唐僧这才放心,又恢复了圣僧体面坐正了身姿。

孙行者飞到涧水上高骂:"死泥鳅,还我的马!"龙吃了白马正在消化,听见有人叫骂,忍不住跳出:"谁敢出口伤我?"行者大喝:"还我的马。"抢棍就和小龙斗在一处,没几下,小龙力软筋麻抵挡不住,只好钻进水里不露头,任凭猴子破口大骂也不理睬。

行者骂了半天没人接声,也蔫了吧唧回去了,和唐僧说:"师父,这家伙被我骂出来,结果打不过又躲进水里不出来。"唐僧:"是不是它吃了马?"行者:"看你说的,不是的话它还会出来和我比划?"唐僧沉默一阵,突然扔出一句:"你前几天说自己能降龙伏虎,怎么今天降不住这龙?"行者最怕这样刺激,当时就撑不住怒道:"别说了,你等着,我再去和它见个高低。"

猴子怒气冲冲跳到涧边,用金箍棒把鹰愁涧一涧清水搅得像黄河泛滥一发而不可收,小龙在涧水里坐卧不宁,实在受不了咬牙出去喝骂:"你是哪来的妖魔,这么欺人太甚?"行者:"你乖乖还了马,饶你不死。"小龙:"你的马我已吃下肚,怎能吐出来? 就不还你能怎样?"行者:"不还马就打死你偿我马的命。"俩个又斗在一处,小龙实在抵挡不住,只好变成水蛇钻到草里藏起来。

孙行者找了半天，目标依旧无影无踪，直气得七窍烟生，念动咒语召唤本地土地山神问："鹰愁涧这条龙哪来的？"为什么要抢我师父白马吃？二神惊奇地问："从没听说大圣有师父，怎么又会有师父的马？"行者："我在五行山下受了几百年苦，蒙观音安排唐僧救我，给他做徒弟去西天求经，结果到这儿白马让龙吃了。"

二神这才明白，忙答："涧中玉龙是菩萨去寻找取经人时救下的，让它在这里等候取经人。它饿了上岸来吃些飞禽走兽，怎么敢惹大圣？"行者："这家伙第一次还出来和我比划几下，然后钻进水里怎么也不出来。我翻江倒海把它逼出来，结果没打几下，他变成水蛇不知逃去何方。"土地："大圣，这涧里万千孔窍相通，钻进去根本找不到，大圣不用发火，只需把菩萨请来一切都妥了。"

行者领着山神土地一起见唐僧，他发愁道："去请菩萨得多长时间？悟空走了谁来照顾我？"金头揭谛搭话："大圣，你不用去，小神去请菩萨。"行者大喜："多有劳累，你赶紧去。"

金头揭谛驾云到南海，菩萨问有何事。揭谛答："唐僧到了蛇盘山鹰愁涧，马被吞了，孙大圣听说是菩萨救的孽龙吞的，就派小神来请菩萨。"菩萨："它是西海敖润之子，因被告忤逆，天庭判他死罪，我亲自去求玉帝救它，让给唐僧做脚力，它怎么反倒吃了唐僧的马？"

观音亲自出马，到蛇盘山正见猴子正在涧边叫骂，菩萨命揭谛叫他过来，行者一过来就大发脾气："好你个七佛之师慈悲教主，怎么想方设法整治害我？"菩萨喝道："好个撒泼的蠢猴子，我费尽心血找取经人去救你性命，你不谢救命之恩，竟然还敢埋怨我？"行者愤愤道："你真把我害惨了，既然救出来，就让我逍遥自在多好，前几天在东海，训斥我不说，怎么又给唐僧一顶破帽子，骗我戴在头上。结果这鬼东西就好像长在我头上。又教他念什么狗屁紧箍咒，结果那和尚念了又念，我的头疼了又疼，还说不是害我？"菩萨轻笑："你这猴子一贯不听教令，没有这法子管着，谁知干出什么出格事。再惹出以前那样大祸，谁能救你？必须有这东西，才能让你服服帖帖，做我佛门好弟子。"

行者嘟囔了几句，知道观音说的是实话，便又说："这事儿就算了，你怎么又安排了条孽龙放在这里，结果吃了我师父的马？你还不算有纵放歹人为恶之罪吗？"观音："那龙是我救下来给取经人做脚力的。东土凡马怎能走万水千山？怎能去灵山佛地？必须是龙马才可以。"行者："它怕我躲着不出来，现在怎么办？"

观音命揭谛把小龙叫来，揭谛在涧上叫了两遍，小龙果然出水变成人，对观音礼拜："蒙菩萨救命，在此久等，不见取经人来到。"菩萨指着行者："这就是取经人的徒弟。"小龙："这是我的对头，昨天因饥饿吃了他的马，这人有些本事，我打不过只好闭门不出，只是他从头到尾没提一句取经话。"行者："你未曾问起我，我凭什么告诉你？"小龙道："我不是问你是哪来的妖怪吗？你口口声声只让我还马，什么时候说过取经的事？"菩萨手指行者："你这猴子自认高明，哪会高看别人？告诉你，再往前还会有这样的情况，搭话时先说取经之意，自然就归顺。"行者不说什么了。

菩萨把小龙脖子下的明珠摘了，把它变成白马模样，吩咐道："你好好用心，大功告成后就超越凡龙，得金身正果。"小龙领诺点头。菩萨把马交给行者，让带去见唐僧，自己就要返回南海。行者拦住她："我不去了，西方一路崎岖，保个凡人和尚，谁知什么时候能到？别说有多少磨砺艰险，说不定连我的命也难保全，还说什么成正果？"说完连连摇头。观音明知他是趁机讨价还价，又好气又好笑地斥责："当初你没修成仙道还能尽心尽力，怎么脱了天灾倒懒惰了？佛门寂灭成真，只要有信心就能成正果。如果你难以应付时，我答应你叫天天应叫地地灵，实在太过艰难我会亲自来救你。"她又把杨柳叶摘下三个，变成行者脑后三根救命毫毛，告诫："到了无依无靠天地不灵时，这三根毫毛可为你随机应变，救急救苦。"行者被这番许诺顺了气，才同意西行，让观音回普陀山去了。

孙行者揪着龙马顶鬃回来："师父，马有了。"唐僧见白马奇道："徒弟，这马怎么比以前更肥壮了？你从哪找到的？"行者道："师父，你以为这是原来那匹马？金头揭谛请来菩萨,她让洞里的白龙变成白马,外形看似一模一样。"唐僧:"菩萨在哪？我好去拜谢。"行者:"菩萨现在已回了南海。"

师徒二人到涧边准备渡水,见上游一个渔翁撑着枯木筏子顺流而下,行者招呼其过来,渔翁靠岸请他们登上,摆渡过河后却不要钱。唐僧过意不去合掌称谢,行者道:"师父别和他费事,这是洞里水神,我没揍他就够便宜了,还敢和我们要钱？"唐僧似信非信,继续向西行进。

当晚,二人在途中庄院借宿。第二天早起,主人家却送了副全套鞍辔,装在龙马上就好像量身定做一样,唐僧正要感谢,连庄院带人都消失了,半空有声音响起:"圣僧多有怠慢,我等是落伽山山神土地,是菩萨派来送鞍辔的。"唐僧慌忙下马礼拜,惹得行者哈哈笑,随后搀扶师父起来。唐僧问:"徒弟,我做师父的这么诚心诚意磕头,你怎么就不拜拜他们,还站在一旁看笑话？"行者:"像他们这样藏头露尾鬼鬼祟祟的,我就该抓住狠揍一顿,看在菩萨面上饶了他们就可以了,他们还敢受我拜？我自来是好汉,不会给人磕头,就算见了玉皇大帝、太上老君也不过唱个喏。"

唐僧惊得连连咋舌,只得嘱咐他少说大话,师徒二人收拾好行装,往西而去。

启示之一:事关团队发展进步的重大事件,必然需要投入全部力量予以推动。

清康熙初年爆发"三藩之乱",入关时间不久的清王朝面临巨大考验。是坐稳中原君临天下还是统治崩溃退回关外,在吴三桂为首的三藩进攻中,局势显得变数多多。但年轻的康熙皇帝临危不乱、指挥若定,由战事初期的步步后退到中期相持再到后期节节胜利,在战争中学习战争,在战争中发现并大胆启用人才,逐渐抓住并牢牢掌控了战争主导权。在这期间,他发现并大胆启用图海、岳乐、杰书、赵良栋等能征善战的军事将领,为平三藩立下功劳。而康熙皇帝虽在帷幄之中,也通过全面了解战争进程的情报、分析各战役的详细经过,很快学习到指挥战争的真谛,成为一个上马武下马文的全才皇帝。

(当在蛇盘山鹰愁涧突遇恶龙吃马,孤掌难鸣的孙悟空面对只会哭天喊地的唐僧无可奈何时,陡然发现自己身边竟有那么多暗探。39个神仙轮流值守,一方面是保障了唐僧绝对安全,但另一方面可想而知的是,自己师徒哪还能有隐私空间? 由此,也让孙悟空更加了解取经计划的重要性,以及对取经对佛教的重大意义。之所以向观音撒滑耍赖讨价还价,就因为他已经清楚了一件事,这个计划太重要,而自己是个绝不能缺的角色这让猴子有恃无恐,从观音那里大大捞了一票。)

启示之二:建立信任需要对承诺全力以赴,做到万无一失、言必得中。否则,可能丧失来之不易的信任。

诸葛亮率领蜀汉军队一出祁山,没有采纳魏延提出的"子午谷奇谋",而是稳扎稳打缓缓推进,又有孟达表示要投诚,眼看局面一片大好,结果善出奇谋的司马懿再次出山,迅雷不及掩耳之势擒杀了孟达,兵逼蜀汉屯粮重地西城。自认才华盖世、腹有良谋的马谡以立军令状方式取得带兵权,却刚愎自用、纸上谈兵,导致蜀汉首出祁山兵败街亭。为稳定军心、兑现军令,诸葛亮在自贬三级情况下不得不痛下决心斩了马谡。当他留下泪水,有人劝慰他马谡是咎由自取时,诸葛亮说出当初刘备嘱咐的话,就是马谡"言过其实,不可大用",而自己没有认识到这点,导致徒劳无功,损兵折将。

(狂傲了一百多年的孙悟空在被羁押了几百多年后,改不了的依旧是口出狂言、放浪形骸的老毛病。自己轻松打死一只老虎,唐僧赞许几声,就自吹能降龙伏虎,结果到了鹰愁涧发现,原来降起龙来是如此困难,神通广大的齐天大圣却怎么也搞不定打不过就跑的一条小龙,最后不得不求助观音解决难题,又发现观音不举刀兵,只是喊了两嗓子便轻易解决了问题,这才认识到自己的差距,也才开始明白世上许多事不是举起金箍棒就能搞定办成的。)

启示之三：设定的纪律和规则，必须得到普遍执行，才能确保团队利益不受侵犯。

在伍子胥引荐下，吴王阖闾亲自拜请《孙子兵法》的作者孙武出山并执掌吴国军队。在听了孙武对兵法讲解后，吴王感到理论应该联系实际，半认真半开玩笑地问孙武宫中美女能不能训练成军队，孙武斩钉截铁地做出肯定回答。君臣之间当时约定，由孙武开始训练吴王交给自己的女兵。第一次训练，面对嘻嘻哈哈不当回事的女兵，孙武认为错在自己，又认真讲解了行军变化之法后，再次训练，仍然一片混乱。孙武当即就要军法处置担任队长的两位吴王的爱姬，任吴王亲自求情都没用，决然杀了二人。吴王阖闾气愤难耐，经伍子胥耐心劝导，明白了一将难求的道理，放心大胆把军队都交给他指挥训练。后来，孙武训练的新军连战连捷，无一败绩，很快攻下楚国首都，实现了吴王多年前征伐强楚的梦想。

（紧箍咒作为一路克星，在见到紧箍咒的幕后设局人观音菩萨时，猴子发了许多牢骚，结果，观音几句话就让他哑口无言。为什么猴子乖乖认了账？原因在于他自己也明白，有了紧箍咒这个东西，虽然会让自己感到不自在，但没有这个东西，他自己就有可能再次闯出大祸甚至性命不保。只要按要求做按规规矩办，头自然不会疼。当头疼的时候，则就是自己踩红线犯错误的时候。有了这个提醒，虽然不得不付出一定的自由为代价，但绝不会犯下大错不可收拾。）

启示之四：凡事总有例外，定好的规则也并非不能突破。但，前提是，要打破常规，得具有非常规的能力。

长征期间，红四方面军领导人陈昌浩反复和全体红军战士强调："禁酒令一定要执行，除了许世友。"当有人提出异议时，他的回答是："你有许世友的酒量吗？你喝了酒能和许世友一样不误事吗？"对此，提出异议者心服口服。许世友征战一生、喝酒一生，却从没有因喝酒误过打仗。这样为他破例的事在他身上还有一件，就是新中国成立后国家开始提倡火葬，所有高级干部都签了字,只有许世友打报告要求死后葬在老母身边,说自己是"生前尽忠,死后尽孝",并得到毛主席同意。后来,在许世友去世后,考虑到这一特殊性,时任中央军委主席邓小平亲自签署命令批准同意,由王震代表中央去南京向许世友将军遗体告别。王震讲:"许世友同志是一位具有特殊性格、特殊经历、特殊贡献的特殊人物。许世友这次土葬,是毛泽东同志留下的、邓小平同志签发的特殊通行证,这是特殊的特殊!"

(小白龙为了不让凡马鞍辔用在自己身上,免于接受更大耻辱,把御赐白马一口囫囵吞下一了百了。观音深解其意,专门给他准备了属于它的新鞍辔,并派身边土地山神专程送去,不仅褒其功还慰其心。《西游记》中有地位崇高的观音居然能够关注到这些细枝末节,也难怪观音神缘好,在小节处就能看到端倪。)

启示之五:彼此的不团结,最终必将影响到团队整体的把控。

秦赵长平之战后,赵国元气大伤,面对又一次卷土重来的秦军,所有赵国人都惶惶不可终日。为提振士气、抵御秦军,赵王派人请廉颇将军回国主政,率军抗秦。但赵相郭开与廉颇有矛盾,为防廉颇回国夺取自己权柄,他秘密安排特使回奏时,务必向赵王说廉颇人老不中用。去请廉颇的特使虽亲眼看到廉颇吃下米数斗肉数斤,舞动大刀威风不减当年,却迫于压力在回报赵王时编造假话,说廉颇一顿饭要去三次厕所,使赵王不得不遗憾放弃了再次启用廉颇的打算。也让廉颇空等多年,烈士暮年壮志难酬。

(孙猴子的毛病在于性急、莽撞,但对于西行取经计划,他却目光如炬,此时就已经看得清楚。虽然没有这个计划,他就没有翻身的机会,但他摸清了底牌自然心里明白,没有自己参与,这个重大计划根本无法实现。于是,虽然装模作样,却毫不犹豫提出了条件,还从观音那里捞到好处、得到承诺。此后,他步步为营,又不失时机提出了一些新的要求,也实现了既定目标。)

第十五篇　精明的黑家伙

一、时间:唐贞观十四年春

二、地点:观音禅院、黑风山黑风洞

三、事件起因:护卫唐僧到达观音流云别院后,性喜显摆的孙悟空当众展示师父的锦襕佛衣,结果引起观主和尚的觊觎之心,引火烧身反烧己,观音禅院化成一片焦土,佛衣却让黑熊怪趁乱顺走。为找回佛衣,孙悟空几经斗智斗勇都无法成功,最后不得不再请观音出面。

　　已是春回大地,这天眼见太阳西沉,师徒到了观音禅院。唐僧上殿叩拜,吃过晚斋,院主金池又来和他攀谈。唐僧说从长安到国界五千里,过两界山收了徒弟又走了五六千里才到这里。金池自谓坐井观天,让人献茶,唐僧见茶器精美,不由夸奖几句,金池连连自谦道:"圣僧从上国来,有什么宝贝能观赏呢?"

　　唐僧谦虚谨慎,只推没有,行者却怕被人小看,忍不住插了一嘴:"我们包袱里那件袈裟不就是宝贝吗? 拿出来给他们瞧瞧。"众和尚一听他说的"宝贝"是袈裟,都冷笑起来,笑得猴子莫名奇妙,反问他们。一个和尚悠悠道:"袈裟算做宝贝实在可笑,我们这里的哪个随便没有二三十件? 祖师爷在这里二百多年,挣下的袈裟足有七八百件!"

　　金池命人抬出柜子,把袈裟一件件挂起请唐僧师徒观看。行者见都不过是些花锦绣金的玩意儿，就要拿自己的宝贝显摆，唐僧拦住他悄悄说："徒弟，万不可和人斗富，我们孤身在外，太过招摇容易出事。"行者不服："看一下袈裟能出什么事？"唐僧还是劝告："古人说珍奇宝物不能让贪婪奸伪之人见到，看到就会动心，动了心就会盘算，人家索要就得答应，不然怕会引起灾祸，这还算小事吗？"行者不以为然："师父放心，都包在我身上！"坚持要拿出宝贝，报复一下刚才的冷笑，便不听唐僧劝阻，把袈裟拿出抖开。果然，这宝贝红光满室彩气充盈，众和尚顿时被震惊，都交口称赞。

哪知金池和尚见了宝贝，果真就起了歪心思，马上给唐僧跪下，求借去所赏一夜。唐僧心里暗惊并埋怨猴子："看，弄出了状况。"行者自恃轻松："怕什么，让他拿去看，有我在他能如何。"唐僧拦不住，只好看着行者把袈裟递给金池。

老金池把袈裟骗到手，刚拿回自己方丈房中就号哭起来，哭得徒子徒孙慌忙来问原因。金池竟说是因自己无缘得到宝贝。见祖师起了贪念，广智就出主意把人杀了，留袈裟做传家宝。金池不仅不怒，反而满心欢喜。广谋又认为动手风险大，不如以火烧之法对付师徒，才能神鬼不知。众和尚一商量，都认为后面这个计划不留后患，决定搬柴火做准备。

不成想孙行者机灵，听到动静后发现和尚们搬运柴草，要围住自己住处准备放火，也佩服师父有远见。他却另有小九九，打算将计就计，好好整治贪心的和尚，也趁机报复一下观音，于是亲去南天门，借了广目天王的辟火罩，只严密地护住唐僧，等和尚放起火后，他反而作法招风，顿时把整个观音院都引燃了。

观音院正南二十里有个黑风洞，洞中妖王正在睡觉，忽觉窗外透亮，以为天亮，起来才发现是观音院失火，他马上赶去准备相助灭火，意外发现方丈屋内霞光万丈，原来有件宝贝袈裟，顿时动了心，顾不上别的，便悄悄顺走溜回了洞中。

一夜大火烧光观音院，孙行者还了辟火罩，而后叫醒了唐僧。唐僧突见周围变成残垣断壁，不禁大吃一惊。行者告知他昨晚之事后，那些和尚陡然看到他们，都骇得魂飞魄散，大叫冤鬼来了。行者喝道："哪来的冤鬼，赶紧把袈裟还我们！"众和尚跪倒求饶，发觉二人住处没有一点火迹，才知道唐僧是神僧，行者是护法，自己一干人落了个害人反害己的下场。

金池这时眼看师徒来要袈裟，自己找遍方丈房也没袈裟影子，又把几百年积累的财产烧了个精光，又气又愧之下撞墙自杀。行者给师父吹了牛，却到处找不到宝贝，喝令禅院二百三十名和尚一一搜检，又把抢运出来的东西也查一遍，依旧没有袈裟影子。

唐僧恼火起来，怨恨行者不听劝告自作主张，现在果然弄丢了佛宝，恨恨之余念开咒语，顿时疼得他抱头哀求，众和尚跪地求情，又再次细细查找，还是一无所获。

孙悟空觉得事出蹊跷，就查盘众和尚："这附近有什么妖怪吗？"众和尚道："正南二十里黑风洞有个黑大王，死鬼金池常和他讲道。"行者听说两地只有二十里路，当时心里有底，就对唐僧说："师父放心，定是这妖怪趁乱偷走了，我去找找。"

行者到了黑风山，恰好听见草坡前有人说话，偷偷一看，是一黑汉、一道人、一白衣秀士三个妖怪。黑汉正说自己生日将到，得了件锦襕佛衣，准备庆祝一下。一听这话，行者忍不住跳出来，吓得其中俩妖怪一溜烟逃了，打死白衣秀士，发现原来是白花蛇精。

行者随即沿路找到黑风洞，大声讨要袈裟，黑熊精毫不示弱当即出战，结果交手几十回合，二者不分胜败。黑熊见天色已晚收兵回洞，行者只得回观音院。唐僧问起袈裟下落，行者说确是让黑熊妖偷走了。

吃过饭行者又去查探，正巧遇见黑风洞小妖给观音院金池来送请帖。他趁机打死小妖，打开帖子一看，居然是邀请已死的老金池赴宴，先是哈哈大笑，接着灵机一动变成金池模样，打算去骗回袈裟。到了黑风洞，黑熊出来迎接，正在上茶寒暄，有巡山小妖来报，说送帖小妖被打死，金池是假冒的。黑熊顿时醒悟过来，二人又斗在一处，一直打到日落西山，还是不分胜败。

行者回到观音院说起战况，唐僧好奇地问熊怎能成精。行者得意起来："我也是兽类，还做了齐天大圣，不和他一样吗？世上只要有九窍的，都可修成仙。"唐僧又发愁起来，打不赢对方怎能拿回袈裟，行者只是拍胸脯保证，一定有办法取回佛宝。

第二天一早，行者正要出发，唐僧就问打算去哪，行者答："说起这事都是观音的错，她有禅院受人间香火，却找个贪财院主，又靠着妖精做邻居，我就去南海和她理论，让她亲自去向妖精要袈裟。"

行者到南海，菩萨问有什么事，行者耍滑头把事情掐头去尾后，质问道："路过你的禅院，黑熊偷了师父袈裟，我专程来向你要。"菩萨斥道："猴子真是放肆！既然熊怪偷了袈裟，你怎么跑来向我要？别以为我不知道，还不是你胆大包天故意卖弄，让小人看见宝贝引起贪心，你又存心不良引风助火，烧了我留云下院，反倒恶人先告状，上门说我的不是？"

猴子一听这话，才发觉菩萨已知事情原委，再不敢犟嘴，赶紧磕头乞求："菩萨恕罪，真如你说的一样。只是妖怪不还袈裟，师父就要念咒，我实在没办法，才来麻烦菩萨，只望大发慈悲助我降妖。"观音见猴子惶恐认错，才和颜悦色道："那妖怪本事不比你差，既然如此，看唐僧面子就和你走一趟。"

二人到了黑风山，遇见一个道人捧着两粒仙丹走路，行者一棒便打死他，观音大惊道："你怎么这样混账！他既没偷袈裟，又不认得你，更和你没仇，怎么就打死了他？"行者解释："菩萨，他是黑熊朋友，这是要去给黑熊庆寿的。"

再看这妖怪现出苍狼原形，他的盘子底下写着"凌虚子制"，行者猛地有了主意："运气不错，这次我便宜，菩萨也省力，就让妖怪今天了账。"观音不知他什么意思，行者摇头晃脑地解释："菩萨，这叫将计就计，就是不知菩萨依不依我。"菩萨让他讲清楚，行者道："我的计策是，菩萨变成道人，我变成仙丹，去给那妖怪祝寿，等他把我吃下，要敢不拿出佛衣，就让他好看。"

观音笑着依从了他，瞬间化身成凌虚子，行者大赞菩萨变得好，打趣道："你到底是妖精菩萨还是菩萨妖精？"菩萨点化道："菩萨妖精都是一念，要说本源全归空无。"

这句话说到佛门寂灭之道本源，行者顿有所感，也变成一粒仙丹，让菩萨捧着。到了妖洞，妖怪迎入"凌虚子"，彼此同享仙丹，却不料送到嘴边的"仙丹"竟顺喉滚下，悟空便钻进黑熊的肚子。行者放开手脚一通折腾，疼得黑熊死去活来，在地上打滚。直到菩萨现出原身，取回佛衣，行者才从他口中出来。

借着机会，观音顺手把个箍儿戴在黑熊头上。黑熊肚子不疼了，就又要提枪反抗，等观音念起咒语，他疼得丢枪乱滚。见状，观音喝道："孽畜！皈依我佛吗？"黑熊连连答应，行者要举棒再打，菩萨阻止道："别伤他。"行者："这种怪物不打死留着干什么？"菩萨："我落伽山无人看管，可让他做守山大神。"行者笑道："真是救苦救难的菩萨，我要会念这咒，就一口气念一千遍，不管有多少黑熊，都一齐完蛋！"

菩萨给黑熊摩顶受戒，吩咐行者："悟空，你回去好好照看唐僧，再别生事。行者捧着袈裟拜别观音，而后进洞查看，见小妖都已逃走，就一把火烧了黑风洞。"

回到观音院，行者把请菩萨降妖之事给唐僧说了一遍，第二天大早，师徒俩继续上路西去。

启示之一：超常的阅历见识，往往会带来极强的洞察力和预见性。尤其对人性的深刻洞察，是扬长避短、发挥人才特长的基础。

东汉末年天下大乱，群雄并起逐鹿中原，为求脱颖而出实现跨越式发展，曹操一扫东汉之前的门阀制度，提出"唯才是举"的用人思路。他对自己麾下的人才如郭嘉、程昱、荀攸、荀彧等扬长避短，使他们各尽其才，最终战败群雄，统一北方。反观初始实力更强大的袁绍，手下虽也称得上人才济济，有田丰、沮授、许攸等人，但由于做不到量才使用、合理搭配，结果彼此拆台，内耗严重，导致众叛亲离，使其集团在和曹操集团对抗中不断失败，最终崩溃。

（面对观音院大小和尚贪婪的目光，唐僧敏锐地看到问题实质。孙悟空所依仗的，是不惧暗算的超凡能力，唐僧所依靠的，却是对人性的深刻洞察。事实残酷地证明了唐僧的高明和孙悟空的目光短浅。如果没有猴子故意显摆，那么观音院还是观音院，老院主还是老院主。佛家讲因果循环，孙悟空种下了引人为恶的因，才因此得到了头疼欲裂的果。他理直气壮地指责，观音轻描淡写几句话，就令他不得不拜服。）

启示之二：决策所忌讳的，就是对情况一无所知，乃至在与实际相左下仓促决断。没有全面准确的信息为基础，任何决策都是盲人摸象、难得要领。严重时，有可能造成无可挽回的致命后果。

明朝崇祯末年，李自成攻入北京，得知山海关总兵吴三桂不肯投降、继续顽抗的消息后，在既不了解吴三桂底细，也没有防范清军偷袭的情况下，大怒之下就亲率大军去攻打吴三桂。在山海关，李自成和吴三桂正打得势均力敌不分胜败时，睿亲王多尔衮率大清铁骑突袭，导致李自成大顺军兵败，最终李自成丢了性命。

（观音院住持和尚垂涎佛宝锦斓袈裟，为了得到它不惜一切代价，打算烧死唐僧师徒，夺取佛宝。孰料孙悟空神通广大警觉性高，其实正等待他们动歪心思，一把火烧掉观音的流云别院。然而令孙行者始料未及的是，身边早有耳目把所有情况事无巨细地汇报给观音，因此当猴子来撒泼耍赖时，观音一针见血地指出实情，使猴子再次拜服。）

启示之三：对对手的故意示弱，应谨慎分析，判断其真实意图，正确进行应对和处置。

诸葛亮一出祁山后，听到司马懿官复原职领兵前来的消息，选派马谡领兵去阻击。哪知马谡刚愎自用，自认熟读兵书言出必中，就连诸葛丞相都常请教自己，把大军置于险境，本想玩个"置之死地而后生"，怎料司马懿识破意图，只围不攻断其水道，结果军队自乱阵脚，又遭围山火攻遂至一败涂地。

不仅自己损兵折将,也导致全军覆没。

(黑熊拿到锦斓袈裟,不仅没有秘密收藏,反而高调示人,甚至给金池和尚都下请柬,同时引来孙悟空与其连续几次交手不分胜败,以证明所谓齐天大圣是个天大的笑话。最后孙悟空搬请观音亲自出马,结果黑熊很快投诚倒戈,坐上守山大神的宝座。看起来黑家伙丢了面子又丢里子,却不知他的根本意图就是要接近大神,最终在观音面前大显身手,成为神仙一员。黑熊貌似憨笨,其实工于心计,孙悟空、唐僧和金池长老被轮番利用,却始终不知早已沦为他手中的棋子。)

启示之四:何谓优秀的团队? 虽然难以勾勒描绘出其全部特征,但至少有一个共同特征,就是这里的个体必然有所专长、智谋机变,善于根据情况变化调整对策。

汉高祖刘邦中了匈奴冒顿单于示弱在先之计,最后陷入"白登之围",几乎全军覆没。在危机时刻,他实施陈平所献反间计逃出包围圈,且终其一生再没想要报仇雪恨。之后,其子孙休养生息,经历了长达几十年的"文景之治",终于在汉武帝时期展开战略反攻,和匈进行长期战略决战,解决了困扰汉朝多年的北方边患。

(请来观音帮助自己降妖,孙行者在打死苍狼怪凌虚子后,又忍不住大抖机灵、耍小聪明,在观音菩萨面前卖弄,采取偷梁换柱的方法逼迫黑熊投降。观音居然折节下纡,采纳了猴子主张,也很快达成目的。不过,观音变化凌虚子的全过程,其水平之高、能力之强,使自诩善于变化的猴子也不由连声惊叹,特别是对菩萨出言戏谑,观音却并未大加呵斥,反而接过话头启迪于他,春风化雨不动声色地震慑了猴子。)

启示之五:若要人不知除非己莫为,企图玩小聪明捞取好处,往往会搬起石头砸自己的脚。

鲜卑北魏末年,尔朱荣河阴之变大杀权臣,一览朝纲。魏孝庄帝设计引他入宫,伏兵杀之。面对随后来攻杀报仇的尔朱家族军队,孝庄帝居然天真地认为可以用丹书铁券来挽救自己的命运,结果很快被擒杀,也由此导致北魏更加动荡衰败,为进一步分裂形成北周北齐埋下伏笔。

(面对孙悟空的横加指责,观音虽然反驳并批评,却始终有理有利有节,没有恼羞成怒,更没有挟私报复。虽然是她传授给唐僧紧箍咒,唐僧但没有动辄动使用令猴子畏惧的"大杀器"。面对观音反问,猴子也才知道观音所以是观音,是因为自己师徒动态,都有属下报告。从此,他只能规规矩矩努力向西,收起一切歪脑筋。)

第十六篇　天上掉下个猪八戒

一、时间:唐贞观十四年春末

二、地点:乌斯藏高老庄、涪陵山云栈洞

三、事件起因:孙悟空护卫唐僧到了高老庄,得知老高家有个妖怪女婿。为降妖除魔以安正道,孙悟空答应庄头首富高太公帮他收降妖怪女婿。在和妖怪较量中,得知他居然是观音菩萨劝化投诚归顺的徒弟,于是就把他带来见唐僧。

唐僧师徒离开观音禅院后已西行六七天,天色晚时远远见到前面有个村庄。二人打算进庄投宿,见一少年急匆匆像要出远门,行者拽住他问:"这是什么地方?"那人不肯答只是气冲冲地要走,却怎么也挣不脱,急得爆跳如雷又无可奈何,只好答道:"这是乌斯藏国高老庄。"行者:"看你像是要远行,说实话,要去干什么?"那人答:"我是高太公家高才。他女儿三年前让妖精霸占,太公自觉败坏家风,又害得没亲戚来往,总想把妖精赶走。那妖精不肯,把他女儿关在后宅半年,不让家里人见面。太公就给我几两银子,叫寻访法师捉妖,我这阵子前后请了几人,却都是些废物和尚道士。太公刚又骂我一顿,给五钱银子路费,让再去请厉害法师,谁想撞着你,又耽误我不少功夫。"

行者笑道:"这次真是你走运,我来了买卖,你不用再跑,我就是有本事

123

会捉妖的和尚，回去和你家主人说，我们是东土大唐派去西天拜佛求经的，最会降妖。"

高才喜滋滋回家转告太公，太公赶紧出门相迎，待听了唐僧借宿请求，他当即脸色一变老大不高兴："你们是想借宿，怎么说会捉妖？"行者打个哈哈："借宿也是借宿，顺便抓几个妖怪玩玩，你府上有几个妖怪？"高老吃惊道："天呀！还几个？一个妖怪女婿就让搞惨了！"行者让他细说缘由，老高这才说道："我庄上从古至今没有过妖怪，自己命不济，只有三个女儿，小姑娘翠兰在家想招个上门女婿。三年前来个汉子，相貌也过得去，说是福陵山人，姓猪，无父母兄弟愿做上门女婿，我见他没牵挂，就同意了。哪知这家伙刚来挺勤快，干活儿又快又好，后来就变成个长嘴大耳的呆子，整个像头猪。一顿能吃四五斗米，单是早点也要一百多个烧饼，还好是吃素不吃荤。后来，他又云来雾去飞砂走石的，既把邻居们吓得要命，还把翠兰关在后宅不让见面。所以定要请法师降他。"

行者满口应承，拍胸脯保证自己一定能拿下妖怪。

吃过晚饭，老高问行者需要什么协助，他一概拒绝，只要几个人陪唐僧聊天。等老头儿安排好了，他就用金箍棒捣开后宅门扇，让老高带翠兰出去，他变成翠兰模样等妖精。

没一会儿，果然飞砂走石刮起大风，来了个丑陋如猪的妖怪。行者和他顺着搭话，说自己命不济走霉运，妖怪不服气："你怎么就倒霉了？我来你家，虽吃得多但干得更多，扫地通沟搬砖运瓦，筑土打墙耕田耙地，种麦插秧创家立业，全都我一人。几年来，你穿金戴银，四时八节各种享用一样不少，怎么不趁心，还说什么走霉运的话？"

悟空套出他心里话，不由暗暗好笑，就顺着说自己被家人打骂，是他们嫌败坏门风，招个妖怪做女婿，连根底都不知道。妖怪老实，说自己家住福陵山云栈洞，姓猪叫猪刚鬣。行者故意唬他，说老高要请法师来降他，妖怪却不担心，反而轻松自在笑起来："别听你老子咋呼！我有天罡变、九齿钯，就算他诚心，能把九天荡魔祖师请来，也是我老相识，怎么不了我。"

行者道："这次可不一样，他请的是大闹天宫的齐天大圣。"妖怪一听，心里打鼓，果然有点害怕，于是打算溜之大吉，正和"翠兰"商量，却见行者现出原身。妖怪怕啥来啥，惊慌失措之下，扯破衣服化狂风逃走。行者追到福陵山，他举九齿钉钯来战，二人从凌晨一直打到天亮，妖怪抵挡不住败回云栈洞。

行者见他龟缩起来，就回高老庄，和师父说起昨夜情形。老高在旁边一听没逮住妖怪，慌得跪下乞求悟空一定要斩草除根，花多少钱他都愿意。行者看他窘迫的样子笑起来："你这老头儿不够意思，那妖怪可说了，他虽吃了不少东西，但活干得更多，你这家产都是人家挣下的。何况他本是天神下界，给你家做了长工兼女婿，又没害你女儿，也算门当户对，怎么就这么绝情。"

老高愁眉苦脸，又转身乞求唐僧。唐僧就劝行者既然帮忙，就好人做到底。行者二次去到云栈洞，开口大骂，用铁棍打碎洞门，妖怪躲无可躲，只好出来交手，还吹嘘手中九齿钯是无坚不摧的至宝。行者表示不服，把头当场伸过去试，妖怪一钯砸在猴头上，只激起星星火焰，脑袋竟一点没事，吓得妖怪手麻脚软，连声称赞。

两人便聊起当年闹天宫的往事，妖怪问行者跑到高老庄所为何事，悟空才说起西行取经之事。听他这么一说，妖怪大喜，忙扔下钉钯，请行者引见师父，说他也是观音菩萨度化的徒弟。行者大为意外，他却赌咒发誓，应悟空要求，一把火烧了云栈洞，甘愿让绑缚起来，回见唐僧。

二人到了高老庄，他跪下高叫唐僧师父，并说起菩萨当年劝善之事。唐僧又惊又喜，便让他称行者为师兄，又要给他起法名，他说菩萨已起了法名，自己叫猪悟能。唐僧连声赞好，又给悟能起个别名，叫猪八戒。

老高见自己心腹祸害总算得以解脱，也十分高兴，摆酒请唐僧师徒饱餐，而后又拿出二百两碎银子给师徒做盘缠，唐僧婉拒不接，八戒却不客气要了身新衣服，收拾好行装，师徒三人向西前行。

走了一个月，前面见一座高山，唐僧警觉地停下马，心中有点畏惧。八戒却告诉他不有担心,说此山叫浮屠山,有个乌巢禅师在修行,自己曾和他打过交道。师徒三人再往前走,果然见到山脚香桧树下的乌巢禅师。

唐僧上前奉拜,禅师挽起他,猛地见八戒跟随着,不禁惊问:"你是福陵山猪刚鬣,怎有这么大的福缘,能跟随圣僧?"八戒说过缘由,禅师大为高兴,连说三个好字。问起行者,悟空心里不大满意,佯笑道:"你怎么能认得他,反倒不认识我?"唐僧说是自己大徒弟孙悟空,他才曾恍然。

唐僧问起大雷音寺远近,禅师并未名言,而是说:"路途虽远,终有到达之日,怕的不过是心魔难消,我有篇《多心经》,一旦遇到魔业,念了可保平安。"唐僧拜伏求授,禅师即口诵传了他《摩诃般若波罗蜜多心经》。

禅师便要回巢,唐僧仍拽住他,不住地问西去情况,禅师遂做偈语道:"千山千水深,多瘴多魔处。若遇接天崖,放心休恐怖。行来摩耳岩,侧着脚踪步。仔细黑松林,妖狐多截路。精灵满国城,魔主盈山住。老虎坐琴堂,苍狼为主簿。狮象尽称王,虎豹皆作御。野猪挑担子,水怪前头遇。多年老石猴,那里怀嗔怒。你问那相识,他知西去路。"

听到后面几句,行者冷笑起来,对师父说:"我们走吧,别问他,问我好了。"

禅师再不言语,化成金光进了乌巢,唐僧忙向巢拜谢,孙悟空眼见师父依旧恭恭敬敬,忍不住举棒乱捣,只见巢外莲花万朵祥雾保护,根本伤不了乌巢丝毫。

唐僧见他无理,忙阻拦问其缘由,猴子气哼哼地说:"他骂完我们兄弟就跑了。"唐僧茫然不解,行者才解释:"他说野猪挑担子,是骂八戒,多年老石猴,是在骂我。"八戒倒是并不气恼,反而劝道:"师兄息怒,这禅师确有真本事,能知过去未来,他说水怪在前头,我们不妨去验看吧。"

于是,师徒三人下了浮屠山,并力西去。

启示之一:对未知美好前景的好奇心,并孜孜不倦进行探索,是确保事物发展的动力源泉。

公元 1206 年,在整合了蒙古高原所有力量的基础上,兵强马壮的成吉思汗开始了令人叹为观止的扩张战争。兵锋所指、战无不胜。在战争中,铁木真没有自恃骑兵强盛、不屑其余的思想,而是在和不同对手交锋中,不断学习敌人的优点长处,继续壮大自己。通过扩张战争,蒙古军队学习到火药和火炮制造。所有这些因素结合,使成吉思汗及其后代几世子孙都得以牢牢掌握战争主动权,推动蒙古帝国不断扩张。

(没有孙悟空的多事,没有唐僧的最后默许,就遇不到老高头儿,也就没有和猪八戒的相遇,西游队伍的发展壮大就可能出现变数。这也从反方向证明猪八戒和取经队伍的缘分,师兄的好奇心使得双方没有擦肩而过,而是阴差阳错碰了个面对面。)

启示之二:提前掌握完备的信息资料,是战之能胜的基础,所谓知己知彼百战不殆。反之亦然。

毛泽东在转战陕北的过程中,长达半年时间里,几乎天天身后跟着几万敌军。在这样险恶的环境中,他能从容应对,一个重要原因就在于对胡宗南各部动态、手下各级将领性格的谙熟,由此有针对性地进行应对。结果不仅党中央稳如泰山,而且遥控指挥一野彭德怀部连续在青化砭、羊马河、蟠龙镇战役中三战三捷,逐步扭转了战局,并形成全国形势上的战略反攻态势。而毛泽东本人的非凡胆略和从容不迫的革命家气度,也是常人难以企及的。

(当孙悟空反客为主,借助化身翠兰了解了对手猪刚鬣情况后,就已经可以从容不迫予以应对了。因为他已完全了解对手,所以敢于直接在猪八戒面前显现原形,并进行决战。果然,一个惊慌失措一个乐不可支,显示的正是猴子在战略战术上取得对老猪的压倒性优势。)

启示之三:拥有符合自我特长的平台,才可以充分展示才能,而优秀团队的职责,就是为不同的人才搭建不同的舞台。

唐太祖李世民上马带兵下马治国,能文能武。之所以能有"贞观之治",

就在于对不同人才的有效使用。所谓房谋杜断、魏征诤谏,都是各有所长各有突出。反观之前的隋炀帝,其个人能力之强、综合素质之高并不一定在李世民之下,但他的缺点是认为自己精通一切,又不容别人指摘自己错误,一意孤行肆无忌惮的结果便是,仅仅十几年一个坚如磐石的王朝就被其亲手摧毁了。

(没有猪八戒的卖命,不会造就高老庄首富老高头儿的庞大产业。当腰包鼓了家境好了,之前老猪不被关注甚至可以忽略的缺点,渐渐就成了白璧微瑕,他就越来越被嫌弃不受待见了。即便猪八戒个人能力奇强,对付一般和尚道士都游刃有余,但心情可想而知。老岳父是典型的端起碗吃肉放下筷子骂娘,过了河就拆桥。但金子总会发光,最窘迫的时候恰恰是获得新生的时候,找到了取经团队这个组织,猪八戒毅然决然西行而去,只是临走还不忘挖个坑,把老丈人威胁一下,让他在自己走了以后也时时刻刻揪心不已。)

启示之四:精准判断、算无遗策,并非是掌握了过去未来,而是因为有单向透明的信息情报,加之对事态变化的有效掌控。

汉末魏初,随着魏王曹操年事渐高,立储已成为一个现实问题。在夺嫡过程中,曹操长子曹丕审时度势,不惜屈尊降纡去结交请教谋士贾诩,经其指点,以此赢得了最后夺嫡胜利。贾诩谋事重在谋人,多次出计言无不中,其对人性的深刻理解和把握,在整个三国时代无人出其右。由此,不仅避开祸乱得享荣华,还能荫及子孙,实在是令人叹为观止。

(在浮屠山遇到乌巢禅师,可谓最特异的一幕。取经师徒的命运被他一眼洞穿,对行进过程即将发生事件的准确预判,使他显得弥足神秘。但见其长也暴其短,他的预测在某些方面准得惊人,某些方面却模糊不清,证明这些根本不是预测,而只不过是提前的安排和设计。取经计划不是顺其自然的过程,而是必然要完成的目标。虽然期间有曲折、有艰险、有难题、有危急,但就好像是台上的大戏,所有安排在如来眼里不过是掌上观图一般。)

　　启示之五：只有方向正确，付出才能有所回报，否则只能是南辕北辙、越错越远。

　　曹操北征乌桓时，身在荆州依靠刘表的刘备曾多次建议他趁许都空虚偷袭许都，但都被不思进取的刘表予以拒绝。而这一切，其实也正在郭嘉对刘表的正确分析和算计之中。不过，当曹操取得此战胜利，北方统一之势已无可逆转后，马后炮的刘表才深感后悔，因为他已经看到自己将成为下一个猎物。面对此情此景，刘备安慰刘表，称国家动乱之际，机会并未丧失，下次把握住就好。其实，每个清醒的人都心知肚明，那样千载难逢可以改变历史进程的机会只有一次，一旦失去就很难再来。事实是，随着曹操南下，荆州很快陷于战火，最后在纷飞硝烟中被一分为三，刘表希望子孙独享荆州的美梦也随之破灭。

　　（对于浮屠山这位高人，猪八戒虽然礼敬有加，却始终没有答应他的修道邀请，而当观音抛出橄榄枝时，八戒则毫不犹豫投诚。这显示了老猪的独具匠心、眼光不俗。乌巢禅师得知猪八戒居然能有幸加入取经队伍，跟上唐僧，反应竟然是先惊又喜。惊他居然有这样运气，喜他从此一定会有个好结果。如果跟随自己修道，即使本领再高能力再强悟道再深，也终难修成正果？）

第十七篇　让人风中凌乱的妖怪

一、时间：唐贞观十四年仲夏

二、地点：黄风岭、小须弥山

三、事件起因：走到黄风岭遇到黄风怪，唐僧被掳走，孙悟空无法战胜这个会刮风的妖怪，后经指点，请来灵吉菩萨收伏妖怪。

已是这年唐贞观十四年夏天，一天晚上师徒三人走到一村，打算借宿化斋，敲开一户门后，老头儿却一个劲儿劝唐僧别去西方。唐僧心中疑惑不说话，惹得孙悟空忍不住道："我们远来借宿，你瞎咋呼，什么意思？就算你家窄没处睡，我们在树底下坐一夜，也打搅不到你。"当着老头儿自夸自己本事超群，听得老头儿哈哈大笑，点头说道："要是你真有说的这些本事，便能去西方。"

唐僧这才问起为什么说西天难去，老头儿正色讲道："此地向西三十里，有座八百里黄风岭，许多妖怪守在那里，因此说过山太难。"师徒一夜无话，第二天一早出发，走不到半天，果然见一座山高耸入云，十分险峻。猛一阵风刮来，有股浓重的腥气，师徒几个正在狐疑，就见山坡下跳出只斑斓猛虎，吓得唐僧魂飞魄散，浑身发软摔到马下。

八戒一马当先冲上去大喝："孽畜！往哪跑？"没想到这老虎竟直直站起，脱下虎皮高叫："我是黄风大王前路先锋，奉命巡山，你是哪来的和尚，敢和我较量?"八戒骂:"好个孽畜! 我们是大唐西天取经圣僧,赶紧滚远,饶你不死。"妖怪也不多说,拿两口赤铜刀和八戒斗在一处。行者守护着唐僧,眼看八戒武艺卓绝,妖怪不敌败走,也忍不住上前一齐去追。不料那虎妖智计颇高,危机之下用起金蝉脱壳计,把自己的皮盖在路边卧虎石上,他的真身返回去抓住了唐僧,顺利回妖洞缴令。

黄风洞妖王听先锋说抓来唐僧,异常吃惊,详细问起战况,虎妖得意洋洋细说一遍,就恭请大王享用唐僧。妖王却并未答应,让先把唐僧收监,对虎妖的不解,他的解释是:"防备唐僧两个徒弟上门搅扰,等过三五天他们退走了,就能安心享受这胖和尚。"

再说行者八戒围住了老虎,金箍棒、九齿钯接连落下,打得火星乱进,才发现是块卧虎石盖了张虎皮。两人大叫不好,忙回去查看,果然师父早不见了踪影。哥俩忙着四处寻找,好容易找到黄风洞,就在洞外高喊,让妖怪送还师父。

小妖进去传报,妖王不料这么快就让人找上门,不免有些惊慌,指斥虎先锋:"我只让你巡山,你却把唐僧抓来,惹他徒弟来搅闹,现在该如何是好?"虎妖不以为意,要去迎战二人。结果他率领小妖出战,没几个回合就抵挡不住,想逃跑,可是当着大王的面把话说得太满,不好意思回洞,只得往山坡上逃,恰巧让八戒截杀了。

行者连夸八戒,拖着死虎再次回到妖洞前叫骂。虎先锋被杀的消息传进去,妖王又被激起怒火:"这些家伙可恶,我没吃他师父,他却杀了我先锋!"

妖王以怒壮胆,就决心给虎先锋报仇,仔细穿好了盔甲,拿了三股钢叉出洞迎战,看到传说中的孙行者居然不过是个瘦小干枯的猴子,不禁便小瞧了他。

二人话不投机,各施本领斗了三十回合,不分胜败。孙悟空久战不下也是心里焦急,当即使出身外法,变出百条个孙行者,把妖怪团团围住。妖怪双拳难敌四手,顿时慌乱了,赶紧使出自己看家本领来抗击,他在巽方连吸

131

三口气，而后猛吹出去，刹那间，一阵凶猛的黄风刮起，把毫毛变化的小行者刮得满天乱飞。

　　见事不济，想倚多取胜的行者只好收了毫毛，单枪匹马举棒来斗妖怪，妖王趁他不防备劈脸一喷，再次吹出更大的黄风，把行者的眼睛刮得睁不开，只能败阵逃走。

　　八戒见师兄败回，迎上问："猴儿哥，好大的风！从哪来的？"行者只是连连感叹："好利害！从没见过这么可怕的风。那老妖看我用身外法围攻他，就唤出这股风，实在是然厉害，刮得我眼睛挣不开，只能逃回来。我也一贯能呼风唤雨，可哪有这妖精的风可怕！八戒，我被风吹伤了眼珠，只感酸疼流泪，不能再战了。"

　　八戒便扶着行者向南找寻，找到一家庄院，请求借宿。那院主把他们请进来，行者问哪里有卖眼药的，由此和户主说起与黄风怪打斗之事。户主大吃一惊，给哥俩解释说："那妖怪名叫黄风怪，吹的是三昧神风，能吹天地暗可刮鬼神愁，人让吹着了必死无疑！"

　　行者感慨不已："果然不错，我虽性命无忧，但眼珠被吹得又酸又疼，吃了大亏！那户主就说自己曾患眼病，遇到神仙给了种三花九子膏，能治所有的眼病。行者忙求药，上好药后闭眼睡下，第二天天亮睁眼，赫然觉得比原来目力更觉明亮，不禁连声称赞好药。再一看周围，却发现昨天的房子和户主人都不见了，原来是暗中护卫唐僧的护法伽蓝专程带来仙药，给悟空治好了眼睛。

　　兄弟二人商量对付妖怪的法子，行者决定先去查看动静，再做计划。他到妖洞口变成蚊子钻进去，意外找到了师父唐僧，赶紧安慰了一下，又去看老妖动静。正厅上，黄风怪正在点卯，这时，巡防小妖回来报告说："在外面碰见猪八戒，却不见了孙悟空。"老妖判断孙行者要么是被风吹死了，要么就是去找救兵了！众小妖们担心来了救兵无法对付，黄风怪却得意的说："怕什么，随他请来什么神兵，都不在话下。想对付我，除非灵吉菩萨亲来，其余人谁都无能为力！"行者偷听到妖怪的命门，异常高兴，便赶回去和八戒商议，怎样找到灵吉菩萨，请他来收妖。

哥俩正愁不知灵吉驻地，就见有个白胡子老头儿走来。行者打问灵吉菩萨的道场在哪儿，老头儿告诉他在正南方小须弥山，就是灵吉菩萨讲经的禅院，说完就化成一阵清风不见了。行者惊异不已，追上去查证，才发现这是太白金星专程来给他们通风报信。心中有底的孙行者驾云向南飞过二千里，眼见有座高山，山中的禅院钟磬悠扬、香烟缥缈，知道这必是灵吉道场之所。进了禅院面见菩萨说明来意，灵吉便道："我尊奉如来法令镇压黄风怪，佛祖赐我一颗定风丹一柄飞龙宝杖，我曾用法宝降伏黄风怪，命他再不许伤生造孽，谁想这家伙此次竟敢害大圣师父，违背诺言，我现在就和大圣去降他。"

二人赶到黄风岭，菩萨嘱咐道："大圣，这妖怪怕我，你去挑战引他出来，我就可以施法降他了。"行者随即前去挑战，黄风怪果然出来应战，打了没几回合，他就要故技重施召唤神风，灵吉菩萨见状，当即掷下飞龙宝杖念念有词，那宝杖瞬间化成一条八爪金龙，飞上前一把抓住妖精头顶，在山石上连摔几下，摔得妖怪现出原形，原来是只黄毛貂鼠。

行者正打算斩草除根打死妖怪，灵吉菩萨拦住了他，解释说："大圣不可伤他，此妖是灵山脚下的得道老鼠，因偷了琉璃盏清油，逃到这里做妖怪，我必须抓他面见如来，当场处治，才算这场功绩正果。"行者不敢造次，就让灵吉带走了黄风怪。

送走菩萨，行者八戒攻入黄风洞，将洞中所有小妖剿除干净，救出师父，又找大路向西而去。

启示之一：酒香也怕巷子深，面对激烈竞争，善于自我推销，是脱颖而出的捷径。

秦孝公接掌初期的秦国闭塞弱小，在当时魏国的压力下举步维艰。为振兴秦国，孝公发布求贤令，招揽各国人才来秦。当时魏国丞相府一个名叫公孙鞅的办事员，眼见自己无望在魏国被重用，便毅然投奔秦国。经和秦孝公三次长谈后,引起秦孝公关注,特别是他的法家王霸之术深深打动了孝公,由此,他被任命为左庶长,力行改革强秦,这就是历史上著名的商鞅变法。仅仅不到二十年,西部边陲之弱秦就因改革一跃成为战国时最强大的诸侯国,为横扫六国奠定了坚实基础。

(黄风岭是唐僧一行在西行中首次遇到真正的妖怪,也是极有实力的妖怪。面对老庄主质疑,孙悟空豪言壮语,既是自信更是为唐僧壮胆和消除疑虑。在面对强大妖魔之敌时,孙悟空树立战而胜之的决心和信心,尤其对于心里已经产生焦虑畏惧的唐僧,坚定他的信心、坚强其意志、坚决前进是西行计划必须坚定不移的。)

启示之二:指向性重大规划,必须深入研究吃透,切实理解其中意图,才能事半功倍、事业进步。

严嵩之子严世蕃,通晓时务精通国典,特别擅长揣摩他人心意。对于嘉靖皇帝所写一些语焉不详的东西,唯独他能一眼洞穿,摸清其真实意图,回拟条陈件件符合皇帝心思,由此成为其父严嵩不可或缺的助手和倚靠。严嵩在他协助下,势力日渐扩大从而权倾朝野。后来,严世蕃恃宠而骄因犯罪被杀,失去了关键要人的帮助,严嵩便因把握不准皇帝心意,招致不满而渐渐失宠。

(黄风怪派出先锋虎妖巡山,意图是让其提前做好防范。但虎妖任务完成得太好,不仅做了这些,还顺手抓来了唐僧。结果使局面失去控制,丢了自己的命不说,又连带着使自己首领被抓,同僚被灭。)

启示之三:盛名之下无虚士。应对强大对手,要未雨绸缪,扬长避短。如果懵懵懂懂又无知无畏,必将付出巨大代价。

战国初期,魏国在魏文侯和魏武侯精心治理下,迅速强大起来。魏惠王时就萌发了灭赵的意图,在大将庞涓谋划进攻下,魏军兵围邯郸,赵国危在旦夕。赵王求助于齐后,为削弱魏国打击其战略企图,齐王派田忌为大将孙膑为军师,采取观敌消耗而后围魏救赵的战略,连续两次在桂陵、马陵大败魏军,对魏国造成惨重打击。

（在已经知道黄风岭妖怪的独门绝技后,不以为意的猴子一经交战,才真正领教了敌人的厉害与可怕,自觉神乎其神的火眼金睛在神风面前都无法抵挡。最后,请到灵吉菩萨出手擒获了妖怪。）

启示之四:适当的斗而不破,反而有利于增进团结,提升战力。团队内部的彼此制衡,不仅可有效维持权威,更能让个体意识到自己能力的局限性。

明朝建立以后,为防止宰相权力坐大,朱元璋借李常善和胡惟庸两案,屠杀了许多功臣,又借机废除了宰相制度,整合皇权相权,设立六部制度,把权力机构变成了皇帝协办机构。由此确保了明朝二百余年时间里,能始终有效统揽最高权力,无论是宦官还是外戚,都无法真正在体制内威胁到皇权。

（当灵吉菩萨收伏妖怪,孙悟空要消灭使自己吃了大亏的敌人时,灵吉才不得不说出背后实情。妖怪本就是佛祖之物,下界为妖不过是事前安排,利用它考验唐僧。怎么能让猴子伤害呢? 只要这个妖怪在,就足以令猴子牢记一个事实,佛祖手中有你无法战胜的劲敌。）

启示之五:没有攻不破的堡垒,也没有无弱点的对手,保持虚怀若谷,才是对垒王道。取得成绩后,应尽快忘记,否则,过去的成功就可能成为下次成功的绊脚石。

1973 年第三次中东战争期间,借助苏联援助的地空导弹,叙利亚取得了空前的胜利——击中以色列空军数十架飞机,沉重打击了以空军。战后,以军在国防部长沙龙带领下卧薪尝胆,不断发展科技。反观叙利亚,总统阿萨德沉浸在胜利战果中不能自拔,不思进取,把一件苏式防空武器视为打败以军的唯一依仗。结果 1982 年第四次中东之战中,以军在国防部长沙龙精心策划下,以一架无人侦察机被击落的微小代价,开启了攻击贝卡谷地的序幕,使叙利亚空军和防空军遭受巨大打击。

（黄风妖在没有面对孙悟空时,为猴子威名所摄小心翼翼,结果一战得手后,志得意满口出狂言,竟然当众说出自己的短板死穴,从而被孙悟空一击得手。最后导致被擒不说,还连累全洞部下个个惨死。）

第十八篇　取经团凑齐了

一、时间:唐贞观十四年初秋

二、地点:流沙河、南海落伽山

三、事件起因:来到流沙河遇见水妖,孙悟空不下河,猪八戒赢不了,最后还是观音派惠岸来,招引妖怪投诚拜师,这妖怪就是唐僧三徒弟——沙和尚。

这年初秋,唐僧师徒走到一条大河,看着波澜汹涌河宽浪急的水面,连一贯乐天派的孙行者也感棘手,认为肉骨凡胎的师父要想渡过是千难万难。师徒几人看到岸边立着块石碑,上写"流沙河"三个篆字。正在这时,就见流沙河水浪涌波翻,突然从水中钻出个红发青蓝脸的妖怪,冲着唐僧杀来。行者慌忙护卫,八戒上前和妖怪斗在一处,大战二十回合不分胜负。

见八戒九齿钉钯使得精彩,但又一时胜不了妖怪,孙悟空忍不住上去助战,抡起金箍棒照头一下,妖怪当时就撑不住,赶紧逃进了流沙河,把猪八戒气得乱跳乱叫:"哥呀,谁让你来的?那妖怪已经顶不住,再有几回合我就能抓住他了,你上来捣什么乱。他见你棍子太凶,逃回河里,可该怎么办?"

行者自知理亏,忙陪笑道:"兄弟你知道,自从下了黄风岭,咱都一个多月没要棍子打斗了,刚才见你打得痛快,我实在忍不住,谁知妖怪不识逗,居然跑了。"

　　两人说笑着回见师父，唐僧问二人该怎么办，行者觉得妖怪深通水性，只要活捉，就能让他送师父过河。八戒一听，马上请师兄出头，行者就自嘲自己下水实在不便，不是要念避水咒就是要变鱼虾，不如八戒精通水性。

　　经猴子一番褒奖，老猪不禁得意起来，随口自夸：我当年总督天河时，掌管八万水兵，确实深谙水性。不过，只担心水里妖怪有狐群狗党，万一被一拥而上，怕抵挡不住。行者安慰他："你和他交手，许败不许胜，引他出来我自然助你。"

　　八戒心理有了底便欣然脱衣下水，那妖怪逃回老巢，刚喘口气就听见水响，再一看居然是八戒打上了门，便和他斗在一处。二人从水里打到水面，足足战了两个时辰不分胜败。眼见无法战胜，八戒就诈降往东岸引他，妖怪随后追到岸边，却不上岸。行者忍耐不住，从空中落下劈头一棍，妖怪正有提防，不敢抵挡便忙钻进了河。

　　八戒见辛苦白费，气得直嚷："你这弼马温，真是个急猴子！再多等些时间，让我把他引到高地，你后面截住让他逃不回去，不就能抓住了。这下他逃走了，别想再引出来。"

　　唐僧见久久无功，着急地问有什么过河之法，八戒便出主意，让师兄背师父飞过流沙河，行者一听，反问他为什么不背师父飞过去。直到这时，二人才说出秘密："唐僧是凡胎肉骨，对驾云的人重如泰山，背着根本飞不起来。"孙悟空又指明一点，唐僧须亲身经历路途的艰难，才能超脱修成正果，哥俩只能助他保命，替不得其受苦。

　　到了第二天，行者仍然动员八戒下水，自己协助他降妖。师兄巧言相劝后，八戒又雄赳赳地下了水，再次和妖怪从水底打出水面，斗了三十回合，依旧不见高下。八戒佯输，打算再引他上岸，妖怪却只追到岸边，就识趣地不追了。八戒心急，骂道："妖怪你上来，脚踏实地好较量。"妖怪也骂："你这猪家伙想骗我上去，让你的帮手来对付我，想得美。你下来，咱们还在水里斗。"行者见妖怪始终不上岸，越发心焦，猛地跳在半空，打算来个恶鹰扑食。

妖怪更是机灵,早就眼观六路耳听八方,察觉到动静立刻钻进河去。

唐僧眼见无法过河,急得忍不住流泪,行者劝慰:"师父别急,妖怪钻进水底虽然没办法,不过只要八戒保护好你,我去趟南海就一定能解决。"八戒不解道:"师兄去南海干嘛?"行者说请观音亲自来处理。

到了南海,悟空拜过观音,菩萨问有什么事?行者就说出流沙河被妖怪拦路,无法通过。菩萨责怪道:"你这猴子一贯自高自大,又没说保唐僧取经的话吧?"行者忙说是八戒几次出马,并非自己和妖怪交手。

观音这才说起流沙河妖原是卷帘大将下凡,也是取经人徒弟之一。如当面和他说出是来自东土大唐的取经人,一定不用打斗早早归顺。行者问现在应怎么办,观音就把袖里红葫芦拿出来,递给徒弟惠岸,又如此这般交代了一番。惠岸奉师命,和行者前去流沙河,预备收降妖怪。

到了流沙河,惠岸手捧葫芦,踏云在水面上高叫:"悟净,悟净,取经人早已来到,你为何还不归顺?"

妖怪在水里潜伏,听见有人叫他法名,虽然惧怕行者,也不敢怠慢,忙钻出来迎候惠岸。惠岸告诉他师父唐僧已经来到,妖怪才恍然,上前以徒弟身份大礼参拜师父唐僧。唐僧问他是否诚心皈依,沙悟净回答:"弟子蒙菩萨教化指沙为姓,起了法名沙悟净,岂有不诚心道理?"唐僧便给他落发,又起了诨名叫沙和尚,他拜了师父,又拜了二位师兄。

惠岸见沙悟净已归顺,就按照师父所嘱,命其制作法船。沙悟净忙取下脖子下僧人的九个骷髅头,用绳子结成九宫格布局,把惠岸带来的红葫芦安放在正中,便请唐僧登船。

这葫芦法船看起来小,却能化成一艘大船,师徒几人上去绰绰有余,又轻快又稳当,不多时就到了流沙河西岸。此时,惠岸收了葫芦,那九个骷髅头也化成九股阴风,瞬间消逝不见。

唐僧谢过并辞别了惠岸行者,师徒四人便又向西而去。

　　启示之一：面对困难或对手，没有正确地运筹，即便拥有压倒性优势，往往也难以转化为成功。

　　第二次世界大战爆发后，美国孤悬海外远离主战场，向双方下注，坐收渔翁之利不亦乐乎。但总统罗斯福已预见到，当时美国所持的孤立主义是不适应国际发展形势的，如何引导国民，使之积极参与到世界格局中，是确保美国今后继续发展壮大的基础。为此，他积极运筹，多方争取美国利益最大化，和日本军国主义形成了事实上的对立，并由此迫使日本孤掷一注，发动了珍珠港偷袭。此后，全体美国人同仇敌忾对日作战，美国迅速进入战时体制，强大国力转化成强大军事实力，在欧洲和亚洲战场对法西斯形成彻底碾压，助推了世界反法西斯战争的胜利。

　　（流沙河之战看似疑难实则简单，只能勉强猪八戒和战成平手的沙和尚，绝无法同时对抗孙猪联手。但协调不匹配、合作不友好，使得孙猪两人徒具强大实力却无法发挥出应有效果，明明可以实力碾压战而胜之，却反而畏首畏尾无可奈何最终只能求助于观音。）

　　启示之二：解决问题，舍末逐本，是较为高效便捷之法，但是，需要首先判明，为是末，何为本。

　　诸葛亮五出祁山，司马懿亲率大军与之对峙。诸葛亮派人送女人的衣物刺激司马懿出战，面对众将群情激愤司马懿老谋深算，装模作样按照程序请示圣上。看到请示，皇帝曹睿不免感到好笑，深解其意的近臣告诉他，这不过是司马懿做样子给手下众将看，为得就是借助皇帝压住众人舆论，以防贸然开战最后战败。据此，曹睿便顺水推舟，下达不得交战的命令，帮助司马懿唱了出双簧。

　　（面对妖怪，唐僧和八戒不知就里，而唯一知道前面还有入伙者的孙悟空却采取避而不战、战而不说的方式，把降妖问题复杂化，还摆出问题上交的态度，好像是不得不请观音菩萨亲自出面似的。面对观音质问，他推诿扯皮，拿出猪八戒做挡箭牌避开指责。其实他心知肚明，在他和八戒说出自己两人是护法,指明谁也无法代替唐僧身受苦难时,就已经说明问题了。可以说,他才是真正明白观音本意,为唐僧一路受难贡献智慧的最有力执行者。)

启示之三:争取有利舆论,是赢得先手的一个基本套路。

唐朝天宝后期,志得意满的唐玄宗日渐骄奢淫逸,朝野已成内有奸相外有权臣之势,这给了表面看似没有什么心机的安禄山一个可乘之机,他靠着向李隆基表忠心、和杨贵妃拉关系,竟然取得了明皇无限信任,使之作出置帝国安危于不顾,违背原则的人事安排——让安禄山一人执掌三镇节度使,渐至尾大不掉。同时,却又没有妥善处理内外关系,使安禄山和杨国忠产生矛盾并日渐激烈,种种因素下,导致"渔阳鼙鼓动地来"的安史之乱发生,直接敲响了大唐帝国衰败的丧钟。

(观音菩萨派惠岸到来,引见了流沙河对峙双方,顺利解决了问题,平息了矛盾。面对气鼓鼓的猪八戒,孙悟空态度要平和得多,他是笑着看待这一过程。为什么,因为他看清了问题实质,也看清了沙和尚故意作秀的苦衷。)

第十九篇　一次非正式面试

一、时间:唐贞观十四年深秋

二、地点:西牛贺洲"莫"家庄

三、事件起因:唐僧师徒四人一马汇聚,西行来到一家富贵无比、金碧辉煌的庄园,女庄主要求取经人留下,放弃西行。结果表示要留下的八戒受到了惩罚,也对其余人进行了警示。

凑齐人的取经队伍一路西去,这日天晚时,便发现有户大庄园在前,师徒们正打算借宿,孙行者却猛然看到半空中有庆云瑞霭,知道必是大人物到来,兼有重要意图。他心知但不敢泄露天机,于是就在唐僧等人面前揣着明白糊涂。

师徒四人在门楼等了好一阵,见一个半老徐娘出来迎客,自我介绍说这里是西牛贺洲,她娘家姓贾夫家姓莫,公婆早亡便和丈夫继承了祖业,拥有家资万贯良田千顷,只是没有儿子,生了三个女儿。前年,她丈夫又过世了,守孝刚刚结束,白白留下许多田产家业没人照看。

这番表述后,妇人有意和唐僧道:"我母女四人正好坐山招夫,你们师徒四人正对我母女四人,不知圣僧是否有意?"唐僧乍听之后,当时便呆住。妇人却不厌其烦,又说自己家里有水旱田和山场各三百顷,黄水牛一千多头,骡马成群猪羊无数,庄堡草场六七十处,家有八九年吃不完的米面,十几年穿不完的绫罗,一生花不完的金银,何不留下自在享受,岂不比去什么西天取经要强得多?

唐僧仍是默默无言。

妇人又拿出美人计,说自己大女儿真真二十岁,二女儿爱爱十八岁,三小女怜怜十六岁,都是长得美艳动人,又会女工,还能读书识字吟诗作对,只希望师徒四人留下。

唐僧听她说着,始终不答话。

这期间,老猪却是听在耳里动在心上,别有用意地上前提醒师父,要他和妇人搭话。唐僧大怒,对八戒一通呵斥后,半是认真半是得意地说起出家人的好处,表示自己要修行功果。

妇人听毕勃然大怒,指摘唐僧道:"就算你自己受戒发愿,你手下徒弟我也好赖能招一个做女婿。"行者、八戒和沙僧是各怀心思,三人推来推去,没出什么结果。那妇人由此更是不满,直接把四人留在客厅,回房不出来了。

八戒已是动了额外的心思,他无比心焦,一个劲儿埋怨师父不会应和,至少该先含糊答应那妇人,等吃了饭填饱肚子再说。沙僧没好气,当即接过话反讽老猪,让他留下做女婿。行者也推波助澜,又提起高老庄旧话,说得八戒恼羞成怒,反口驳道:"胡说,大家都有这心思,唯独把我推在前面出丑。常言说,和尚是色中饿鬼,谁笑话谁?"

这句话说出,众人都不说话了。八戒话锋一转,又要借口出去放马。见呆子走得猴急,行者告诉师父,八戒必定是动了歪心思,于是变成蜻蜓跟随查看,果然见老猪鬼鬼祟祟溜到人家后门,去和妇人搭讪,表示希望留下做女婿,还顺口叫开了"娘"。

看到老猪丑态百出,行者回来转告了唐僧,唐僧还似信不信,等八戒回来一问,果然他前言不搭后语,大有文章。过一会儿,那妇人带了三个女儿出来,果然个个美艳绝伦,令人心动。这时,唐僧合掌低头不再看,孙行者佯装不睬,沙和尚背过身子也无二话,只有老猪色心大起,上前迎和。等妇人再问起四人决定谁留下,沙僧、行者连哄带讥把老猪往前推,八戒也乐得半推半就，跟着妇人进了房。

老猪跟着"丈母娘"转弯抹角、磕磕绊绊，不知走了多久才到了内室。八戒急不可耐地问自己娶哪个女儿，妇人却说她也左右为难，让他撞天婚选配。等呆子把手帕顶在头上，妇人三个女儿出来后，只盼望娶美女做老婆的老猪却无比尴尬，虽摔得头青嘴肿，却怎么也摸不着一个。老猪累得气喘吁吁气急败坏，就问妇人："娘，我捞不着怎么办？"

那妇人又出了个主意，说女儿们心灵手巧，一人做了一件珍珠汗衫，让老猪试穿，能穿哪件就让哪个招他。八戒一听乐不可支，连忙点头，哪知刚把一件汗衫穿在身上，就扑通一下摔倒。他仔细再看，原来这根本不是汗衫，而是几条绳子把他紧紧捆住动弹不得，呆子疼痛难忍大喊大叫，刹那间，妇人母女四人都消失不见了。

唐僧、行者和沙僧三人饱睡醒来，发现昨天美轮美奂的华堂全都不见了，师徒三人竟是睡在森林里。唐僧心慌沙僧害怕，只有行者心里明白怎么回事，四处一查找，发现柏树上挂了张帖子，清清楚楚说明，是黎山老母联袂观音普贤文殊来试探师徒四人，真相大白之时，树林深处传来八戒杀猪一样的惨叫声。

师徒三人赶紧顺着叫声找进去，见老猪被牢牢绑在树上，遭受折磨。行者不停嘲笑，八戒哑口无言，只得咬紧牙关忍着。沙僧上前解开绳子救下二师兄，呆子连连朝师父磕头，自觉羞愧难当。行者打趣地问："八戒，你认出那母女是谁？"老猪连连摇头："我自己眼花缭乱，被折磨得好苦，哪认得清是谁。"

行者递给帖子让他自己看，八戒接过一看，简直又羞又愧，恨不得找个地缝钻进去。沙僧也笑道："二哥，你可真有面子，竟烦劳四位菩萨亲自来给你送老婆。"八戒被哥俩讽刺得头也抬不起来，连连摇头指天发誓："俺老猪再不敢胡思乱想了，今后就是累断骨头，也要随师父西去。"

看他洗心革面，唐僧抚慰一番，师徒四人又收拾行装上路了。

启示之一：各种外部因素会不同程度影响事物发展进程，如果没有坚定信念和一往无前的勇气，很难走到终点。

隋朝末年，天下大乱民不聊生，各地起义此起彼伏，其中山东瓦岗军异军突起，成为隋末农民起义军中一颗闪亮的星辰。义军首领李密、翟让等人团结一致，在很短时间内就成为在相当区域乃至全国都有影响的一支武装力量。然而随着力量壮大，其内部矛盾却开始日渐滋生，终于因为权力争夺引起彼此自相残杀——李密谋杀了翟让。从此，其将领离心离德，起义军迅速溃散。后来，李密被王世充击败，走投无路投降唐朝，之后又企图反唐自立，终被杀。

（面对金钱、美色的诱惑，身为取经团队领袖的唐僧态度耐人寻味、意味悠长。他连续三次沉默，直到在猪八戒刺激之下，才突然回过神来，慷慨激昂义不辱命，把取经意义、修道收获和个人追求一并表达，其实正是因为失去第一时间的坚定表态，才为之后反复被考验埋下伏笔。）

启示之二：能够以一己幼为他人排忧解难，无论其真实目的是什么，往往都能获得青眼。

安史之乱后，大唐帝国烽烟四起，眼看国家要陷于崩溃。值此危难之际，郭子仪挺身而出，为大唐东征西讨，竭尽全力维护国家统一，使得当朝皇帝都由衷讲出大唐虽是朕之家国，实由卿之再造的话，成为"权倾天下朝不忌，功盖一世主不疑"的一代权臣，而且得以寿终正寝。即便如此，他在小结上始终非常注意，往往大开家门，让来往众人都能看见家中情形。家人子女认为没面子，他才语重心长地讲出这是避祸之道、保命良方，可以保证不被皇帝猜忌、不被他人中伤。

（由于猪八戒自告奋勇背锅，使得唐僧脱离了尴尬境地，而且借此看清了师父的目的意图。在此考验过程中，猪八戒无知无畏，虽然轻易入局，但减轻了师父所受压力，使唐僧得以避开直接威胁，功大于过。虽然八戒又急又气，喊出了所有人想说不敢说的实话，但从此往后，唐僧对他依旧关爱有加、信任如初，即便犯了错误仍多有宽赦，甚至多次在悟空面前为他巧妙周全，其中原因皆出于此。）

启示之三：对个体能力、水平、信念、理想的检验，一定要有所限度，万不要挑战人格极限。

官渡之战胜利后，曹军缴获了袁绍大量的私人物品，其中发现有许多本阵营人和袁绍往来的信件。面对铁杆部下提出的按图索骥、各个处理的意见，曹操力排众议，一把火烧掉了所有信件。这招大智若愚，使曹操阵营人心趋稳，人人自危的思想状态得以消除，为下阶段全面消灭袁氏集团、统一中国北方打下坚实基础。

（对于取经团队，猪八戒其实是唯一可供试探的人，唐僧无论如何不能以身犯险，否则就没有任何补救余地。孙悟空无法接受测试，因为这意味着临场作弊，毫无意义。沙和尚地位低、功劳小，一旦失误只能被开除出队伍。只有猪八戒，既适合正面教育又可为反面教材，即便出了问题也便于以退为进。）

启示之四：在他人需要得到支援和帮助时没有及时出手，要尽可能保持沉默，而不是展现高明和前瞻。否则，只能证明自己的肤浅。

曹操最后一次率军出征，是与刘备在汉中定军山对峙，许久无法战胜刘备，于是他心生退意。一晚，军士问他当天巡营口令，他正喝鸡汤，见到鸡的肋骨就顺口说了"鸡肋"。结果自作聪明的主簿杨修明白了其意，称鸡肋食之无味弃之可惜，现在战不能胜退可自保，不久必退兵。听闻此话的营中将士随之开始准备，结果曹操巡视军营，发现了这个情况，问明缘由后勃然大怒，以扰乱军心的名义杀了杨修。

（孙悟空是个聪明机灵的猴子，但有时却表现出一种不聪明的小机灵。面对众位菩萨留下的纸条已足够唐僧警醒，他偏偏自作聪明，说自己早就看出是观音到了。听得这话的唐僧可想而知其心情，虽然嘴上不说，心中何等愤怒——你不提前暗示提醒,莫非是想看为师笑话?还是不怀好意想坑害于我?可以说,之后诸多矛盾冲突,都有此次事件伏下的影子,耍小聪明者当引以为戒。)

第二十篇　好吃难消化的人参果

一、时间：唐贞观十四年秋末

二、地点：西牛贺洲万寿山五庄观

三、事件起因：唐僧师徒到了镇元子的地盘，因孙悟空偷吃人参果引发冲突，猴子被激怒推倒宝树。镇元子出差回家，施展大法力迫使师徒无法离开，孙悟空和其达成协议——救活果树。

这天，师徒四人走到一座高山，放眼望去心旷神怡，到处是彩云红雾青山绿水。

原来，这是万寿山，山里有座五庄观，观主镇元子有件异宝，叫草还丹也称人参果，那树三千年开花，三千年结果，三千年才熟，近万年光景只结区区三十个果子。那果子外形好像刚出生的小孩，人闻闻就能活三百六十岁，吃一个能活四万七千年，实在是世上奇珍。

这天清早，镇元大仙受邀去上清天弥罗宫参加天庭高级论坛，他率四十六个徒弟走了，只留下两个小徒弟清风、明月看家。临走前，大仙反复叮嘱俩徒弟，自己的故人大唐圣僧来时，务要好好款待，尤其是强调了人参果的享用标准——两个。

于是，等唐僧师徒到达五庄观后，两个童子热情地把他们迎进去，而后清风、明月候着孙悟空师兄弟三人走开后，悄悄给唐僧献上自己的仙家至宝人参仙果,让他享用。

不料,唐圣僧看到大吃一惊,既而惊恐万状,只以为是妖道让自己吃刚出生的小孩儿,吓得哪敢享用,连连拒绝。清风、明月只好把仙果收回去,却也没谦让孙悟空哥仨,居然就各自享用了。

机缘巧合的是,他们的小动作让八戒察觉了。听到俩童子享用人参果的动静,老猪贪馋不已口水直流,但自己身重体笨,显然没有偷取的本事,只好招呼师兄来商议。悟空听说两人私自享用仙果,对自己弟兄招呼也不打,分明是向防贼一样防备三人,再加上八戒从旁煽风点火,更是恼火非常,就索性打定主意做回贼。

他偷到专用的金击子,潜入后园找到人参果树。怎知刚敲下一个果子,它就钻进土里不见了,行者以为本园土地神搞鬼,马上召唤土地神出来质问,经土地老头儿解释后才知道,这人参果有种特性,遇金落、遇木枯、遇水化、遇火焦、遇土入。了解缘由后,孙悟空连打下三个果子,拿回房和八戒、沙僧一人一个,享用了一番。

可是八戒吃得并不满意,还怂恿师兄再去偷几个,争争吵吵的,结果偷果之事很快被发现。清风、明月愤怒之下,先是去责骂唐僧,唐僧不堪其辱,把三个徒弟叫来问缘由。

行者见事已败露,师父又劝他做错事认个错就好,就挺身承认是自己干的。哪知清风、明月没有谅解,反而对师徒几人更加辱骂,指斥师徒是贼。勃然大怒忍无可忍的孙悟空怒火中烧之下,一不做二不休,使出分身法,他的真身次潜入人参果树园,一棍打倒了宝树。

两个道童骂得深感疲惫才心满意足,再去检查宝树时,赫然发现大祸降临,师父千叮咛万嘱托要他们好好看守的仙家至宝,现在已成了断根买卖。

惊慌失措的俩小子也是急中生智,一通商议后,就决定趁唐僧师徒吃饭时用锁锁住门,困住四人,给师父有个交代。奈何行者根本不以为意,就在当晚,他用瞌睡虫"安排"俩童子稳稳睡好,又从容使出解锁法打开全观的门,带领师父师弟顺利逃离五庄观。

不巧的是,镇元子也正好回到五庄观,等救醒憨憨昏睡的徒弟,得知了事情来龙去脉,便亲自驾云去拦截唐僧师徒。和他们一照面,镇元子只用一招"袖里乾坤",就把四人用袍袖全部笼回来后,一个个子捆了起来。

可是等全观人都熟睡以后,孙悟空再施神妙法术,用树根变成自己师徒模样,又带着师父师弟连夜逃走。结果第二天,当道童鞭打这些替身时,四个树根原形毕露惊呆了众道童,也令镇元子不由称赞行者法力高强神通广大。不过,镇元子绝不容他们逃脱,于是再次追赶,又把四人轻松抓回观里。镇元子要油炸孙猴子,以此为自己的宝树报仇,结果孙悟空也不示弱,使出替身法把石狮子变成自己,砸了镇元子的油锅。

这一番较量,可谓是棋逢对手,他承认孙悟空确有真本事,但又明确告知他,宝树被毁,要不给个交代,就是有再大本事,哪怕告在如来佛祖面前,也休想离开五庄观。孙悟空直到此时,才明白关键是要复活人参果树,于是做出保证。镇元子毫不含糊地答应:"你如果能救活宝树,恩怨一笔勾销,我和你结拜为兄弟。"

为了这个目标,孙行者马上寻仙方于海岛,他找遍蓬莱岛、方丈岛、瀛洲岛,都没有办法,直到去了南海,才得知菩萨有妙方,曾救活被太上老君八卦炉烤焦的树枝。

在孙悟空恳求下,观音亲赴万寿山五庄观,动用玉净瓶内的甘霖神水,施展妙法复活了人参果树。为祝贺这事,镇元大仙请到场的几位神佛和唐僧师徒举行一个人参果会,又拿出十个人参果,请观音、蓬莱岛三星和唐僧师徒同享。

送走观音等客人后,镇元子践行前诺,和孙悟空化敌为友、结为异姓兄弟。如此在五庄观一连住了五六天后,唐僧西行之心日益强烈,坚决和大仙辞行,率徒弟继续上路西去。

启示之一:善于孤立对手或化敌为友,才能不断扩大团队的发展空间。

齐桓公姜小白在接受鲍叔牙建议后,宽大为怀,任命企图置自己于死地的仇人管仲为相,采取"尊王攘夷"战略,并联合齐国周边的众多小国北御戎狄、南抗强楚,终于建立起不朽功业,成为春秋时期开创霸业的第一位君主。

（镇元子作为地仙之祖,面对即将到来的取经团队,其实早已深入掌握了对方信息,搞清了身为如来二徒弟、兼大唐取经队伍领袖唐僧的基本情况,也掌握了曾经的齐天大圣孙悟空个人情况。此后,通过巧妙布置精心安排,以一系列看似巧合的事件,使自己成功和这个团队建立了友谊拉上了关系,为进一步扩大自己五庄观影响力、增进万寿山综合实力打下坚实基础。）

启示之二:再周密的计划也难以尽善尽美,在执行过程中往往会被一些看似无足轻重的因素干扰、影响或推动,因此,要善于提前谋划、未雨绸缪,防止因小问题影响大局。

东晋大将桓温被封为景州刺史后,为进一步扩大自己影响力,就针对性地制定了率军伐蜀、进一步树立权威的计划。不成想,当他亲率大军攻打成都城时,战役之惨烈战况之激烈完全出乎其意料,甚至敌人的箭都纷纷射到桓温面前。这矢石交攻的场景使身为统帅的桓温心胆俱裂,于是下了命令全军撤退。不曾想戏剧性一幕就此出现:敲军鼓的士兵接到命令,但完全搞错了将军的意图,竟把撤军号令发成全军进攻的号令,结果晋军全线出击,开始向成都猛攻,居然一战将对方彻底击溃,桓温乘胜攻入成都,消灭蜀地的成汉政权,破天荒地取得了重大胜利。

（没有清风、明月接人待物的不成熟,没有猪八戒挑唆孙悟空偷吃人参果,就不会促成矛盾,也就不会在矛盾出现后进一步升级,进而发生之后一系列事件,镇元子和孙悟空建立兄弟关系也就无从谈起。所有这些似乎是偶然为之,却在偶然中处处透露出镇元子的精心策划和设计,而且相关环节彼此衔接、精准算计,才得以最终实现他的目的——既确保救活自己的镇观之宝,又和孙悟空拉上了独一无二的关系。）

启示之三：不善于隐藏短板和劣势，如一旦被对手掌握，有再多优势也难以弥补。

曹操统一中国北方后，乘胜进军荆州，并在收降荆州军后，与孙刘联军隔长江在赤壁对峙。联军统帅周瑜根据敌兵远来不习水战的实际情况，制定了火攻战术，突然袭击大败曹军，使曹操遭受到一生最大的失败，损兵折将退兵北还，永远失去统一全国的机会，也由此奠定了三国鼎立的格局。

（面对镇元子的追捕，孙悟空智计百出，却因为有唐僧这个累赘，无论怎样策划都逃不脱镇元子的"袖里乾坤"。而面对镇元子的出手惩治，孙悟空一人代替师父接受处罚，再次展示了自己千变万化下高人一筹的逃命保命技战术，使得镇元子也不得不表示钦佩，并由此和孙悟空达成妥协。）

启示之四：面对他人的不满，依托强大人脉可有效缓和困境，甚至摆脱这样的窘境。

二次世界大战时的美国国务卿马歇尔，早年曾和自己的同学麦克阿瑟在西点军校时结下一点个人恩怨，后来麦克阿瑟公报私仇，借机迫使他由现役转入预备役，其实就相当于逼迫他告别了现役军界。但令麦克阿瑟始料未及的是，马歇尔借助自己和潘兴将军建立的良好私人关系，迂回辗转重新回到军队，并在短短几年时间里，凭借个人的出色表现接连升迁，一跃成为当时美国军界唯一可以和麦克阿瑟相媲美的军界新星。之后，他被罗斯福选中出任美军参谋长，运筹帷幄之中使美军决胜千里之外，又推荐了艾森豪威尔远征欧洲，成功领导诺曼底登陆，为美国在二战获得全胜贡献了力量。马歇尔由此成为美国历史上杰出的人物。

（唐僧声色俱厉只给予孙悟空三天时间外出寻找救活宝树的仙方，孙悟空到蓬莱四处寻找，眼看已经无法在规定时间内完成任务，就延请福禄寿三仙去为自己说情。看到神仙从天而降为自己徒弟求情，唐僧即便有多少火气也只能连说不敢，显得尴尬而又无奈。）

启示之五：没有强大实力和周密部署，不要轻易尝试自己能力范围之外的重大改变。

经过"文景之治"两代皇帝几十年的休养生息，到了汉武帝刘彻当政后，西汉王朝已经积聚起强大的国力，于是汉武帝决定用军事手段代替之前屈辱性的和亲方式，一举解决北方匈奴问题。结果第一次诱敌深入之计由于过于反常，引起匈奴警觉而没能收到奇效。却由此引发了匈奴报复以及之后连绵几十年的汉匈之战，虽然大大耗费了匈奴国力，但也给中原百姓造成巨大损失，人口财力均耗费惊人。中国历史上把刘彻和嬴政称为秦皇汉武，除了说明其赫赫武功外，也专指二人好大喜功给国家造成的巨大损失，实际上是给帝国最终覆灭埋下了深刻隐患。

（在万寿山五庄观，镇元子亲自部署、亲自指挥、亲自参与，不仅成功擒拿了唐僧师徒，使之无法逃走，而且面对孙悟空的百变千幻，也能一一从容应对，更站住了道义制高点——自己是为拯救宝树而迫不得已出手，根本无可指责，由此使孙悟空不得不屈服，还迫使观音菩萨亲自来处理矛盾和解决问题。通过这一系列操作，镇元子终于和孙悟空结为兄弟，实现了光耀本支门派的重要战略目的。这一切看似风云莫测其实风轻云淡，源于镇元子对自己实力的自信和对对手情况的深入掌握，即——无论孙悟空打出什么牌，他都能毫不费力地接住并进行反制。否则，孙悟空若是能轻松逃之夭夭，他的所有努力就将毫无意义。）

第二十一篇　白虎岭的悲催之役

一、时间：唐贞观十四年秋末

二、地点：西牛贺洲白虎岭、花果山

三、事件起因：离开五庄观后师徒彼此猜忌，恰遇到善于变化的尸魔，连续变成三个人企图接近唐僧，都被孙悟空打死。于是，唐僧得了口实，借机赶走孙猴子。

离开五庄观不久，师师徒四人走到一座险峻高山上，意外发生了，唐僧竟突然在半山腰停下，向行者要求吃斋。悟空陪着笑，解释说附近无斋可化，唐僧却一脸冷色，怒气冲冲指责他怠慢自己不肯努力。

悟空心里委屈，忙解释自己一贯勤快，唐僧却立即反问："你既然殷勤，为何不为我化斋？我饿着肚子怎么走？"听过师父前言不搭后语的几句话，孙悟空心中明白，知道他因为镇元子对待自己过于接近，惹动唐僧不满，于是赶紧表示忠心。行者飞上天四处观察，发现正南有桃林，告诉了唐僧，他十分高兴，就让行者赶紧去摘桃。

谁知一番折腾，果然惊动了藏身其中的一个妖怪，她闻讯而至，踏阴风在半空看到唐僧，顿时高兴得手舞足蹈，自言自语道："我的运气来了，这几年就听说东土大唐的和尚去取大乘真经，是金蝉子化身十世修成原身，吃他一块肉就能长生不老，没想到这家伙今儿真来了！"

正要动手，却见其左右有猪天蓬、沙卷帘护卫，无法接近，思索一阵，就变成个花容月貌的美女朝唐僧接近过去。

这"美女"走进一搭话，说自己是要还愿斋僧，八戒兴奋不已，几次让师父享用"斋饭"，唐僧不肯吃，急得老猪气急败坏，不顾师父劝阻，就要动口吃"斋饭"。

这时正好孙悟空赶回，已看出"美女"是妖怪变化，当即要动手除妖。唐僧见他如此，连忙阻拦，行者便给师父解释道："这些都是妖怪的把戏，时想吃人肉就变成金银或美女，把人引到洞里杀死后，煎炸炒烹随意享用。"他看唐僧犹豫不决，便讥笑师父是看妖怪美艳动人，动了凡心才阻拦自己，一席话把唐僧羞得满脸通红，顾不得拦阻。借此机会，悟空一棒打倒"美女"。那妖怪却没真死，用"解尸法"逃脱，只留下一具躯壳。

怎知，没吃上斋饭的老猪却气急败坏，鼓动唐僧，说行者不过是使用障眼法，为的就是逃脱惩罚。唐僧在蛊惑之下念起紧箍咒，疼得悟空无法忍受。唐僧一连念了几遍，就要赶走行者。悟空几度恳求，直到饱含深情说起两界山下让师父搭救的往事，才打动了唐僧，令他回心转意饶恕了自己。

那妖怪逃命后，又想了个接近唐僧的办法，变成个八十多岁的老婆婆，手拄拐杖哭着向他们走去。八戒一惊一乍，有意把问题向师兄身上引，一口咬定说："师父，你看那是老母亲来找她女儿了。"行者指贞呆子胡说："十八岁的女子怎会有八十岁的老妈，人过六十岁怎么能生养孩子？"这话一说，唐僧也不免沉吟。于是孙悟空趁机贴过去，冷不防一棒打倒了"老婆婆"。

这次动手，妖怪还是毫发未损从容脱壳而去，再次留下个躯壳。

唐僧眼里看到的，却是行者不尊己命，又打死了老人。他勃然大怒，二话不说先把紧箍咒连念几十遍，疼得行者满地打滚苦苦哀求。等终于停下不念了，又黑着脸要赶走悟空。

行者恳求留下自己，八戒却在旁讲着怪话，给唐僧掏耳朵："师兄不走，是等着要分行李呢。"他的推波助澜，让唐僧越发恼火，气得行者怒喝八戒，让他住嘴。而后，悟空动情入理，说起缘由："想当年，我号称齐天大圣，在花果山水帘洞无比荣耀，现在入了佛门戴上金箍，混了多年却落得个灰头土脸回家的结果。要让我回去也可以，只是请师父把松箍咒念了，退下金箍我再回去，也算尽了师徒一场心意。"

唐僧头一次听说有"松箍咒"，不禁大为吃惊，自己从来只学过"紧"，从不知如何"松"，怎么办得成？他思前想后，只得狠狠警告了孙猴子，再次网开一面饶过了他。

再说那妖怪，一连挨了行者两闷棍，却对他的本事赞不绝口。见师徒四个走得挺快，眼见要出了自己的控制范围，她不甘心就这么放过唐僧，就再次施展绝技——变成个白胡子老头儿，念珠在手口诵佛经，迎上去和唐僧搭讪。

唐僧看"他"一身佛家打扮很是高兴，就上前攀谈。孙悟空也吸取了前两次教训，迎上搭话有意麻痹妖怪，看"他"明显得意起来，便忍不住指摘其伎俩瞒不过自己。妖怪被震慑地哑口无言，正分神时，行者趁机念咒召唤土地山神助自己盯住妖怪元神，猛然手起一棍，才彻底打死妖怪，让她形神俱灭。

唐僧眼见徒弟形如疯魔连杀三人，根本不听自己训导，气得又要念咒。悟空却连忙让他下马细看，那妖怪现出原形，竟是一堆粉骷髅。唐僧惊问怎么回事，行者才详细释道："这是个成精僵尸，被我打死后现出本来面目，师父不信请看，她脊骨上还刻着'白骨夫人'四字。"

谁知八戒深知师父和师兄已有积怨，自己又私心过重，便趁机进谗道："师父，那妖怪不过是师兄变出的假象，为的是欺蒙师父，逃脱惩罚。"唐僧虽大致明白了问题，但借着八戒所言，便再次念起紧箍咒，疼痛令行者无法忍受。然而，一贯忠厚的沙僧也默默无言，没有为师兄说一句开脱的话。

唐僧停止不念咒后，下定决心要赶走悟空。行者心中委屈，自言自语道："我历经千辛万苦，到今天却落了个鸟尽弓藏兔死狗烹的下场！虽然现在我可以走，只怕师父日后需要我时，会再念紧箍咒，到那时，我的头疼起来，是该来还是不来呢？"

这句话顿时激怒了唐僧,他当场写下贬书,还发誓:"从今往后,我如再见你,就下地狱永世沉沦。"

眼看事情已无法挽回,心情黯然的孙悟空只好告辞,嘱咐了沙僧几句,便驾云打道回了花果山。

过了东海,行者不由感慨万千,可到了花果山,放眼却到处是一片破败景象。原来,他当年遭二郎神擒获之际,花果山就让其手下草头神放火烧毁,数百年尚未恢复。看着洞府的破败景象,孙悟空倍感凄惨,大声招呼一番,才出来几百个小猴,问起他们近况,又得闻一桩怒事:这些幸免于难的儿孙们现在遭猎人追捕围猎,被打死的打死、让活捉的活捉,日子过得很是艰难。悟空满腔怒气窝在心里,正没处发泄,一听猴儿们的话当即大怒,遂命群猴把烧崩的碎石一坨坨堆起了许多,待那些猎人到来时,他下了狠手,作法召唤出狂风。顿时,大风刮得满天碎石飞舞,霎时把一千多猎户打得死伤殆尽。

孙悟空出了气,忍不住哈哈大笑,下令群猴把死人死马处置了,收集起弓箭刀枪用以防身,把那许多杂色旗集中起来,做成一面大花旗,上写"重修花果山,复整水帘洞,齐天大圣"十四字高高挂起。自此,他一面招聚妖魔积草屯粮,一面下力气修整仙山古洞,又开始了称王称霸的妖王生涯。

启示之一:看似无所指的要求,往往暗含深意。对此,应以积极心态,予以小心应对。

为了北御戎狄,西抗强秦,赵武灵王在和大臣楼缓、肥义交流沟通后,经过深思熟虑,决定推行胡服骑射。这样一个新兴变革是前所未有的,也难以被当时赵国贵族所接受。面对国内保守势力的反对,赵武灵王审时度势,和他王叔、保守势力总代表赵成进行了一次谈话,说起赵国国力衰弱外敌入侵致使先君蒙羞,自己改革为的是强大军力,报中山之仇。而叔父只因为迁就中原习俗不愿改变服装,是忘记了先人耻辱,是不愿雪洗前仇。一番入情入理的话最终说服赵成,也带动了国内大多数贵族转而同意支持改革。此后,赵国军力显著提升,不到一年就练就一支强大骑兵队伍。败中山、收林胡、并楼烦,国土在短短几年里扩张了一倍,赵国由此兴盛国力强盛时诸侯国。

（到了白虎岭,在最险峻、保卫工作最不方便的地方,唐僧突然提出用斋要求,而且孙悟空的劝慰无端招至了一通呵斥和大骂。此时孙悟空已经敏锐地感知到唐僧所思所想,但只能忍气吞声,按照他的要求殷勤侍奉,赶紧去南山摘桃。）

启示之二：能够看似无意实则有意的体现出来,至为高明。

铁木真起兵之前被泰赤乌人活捉,后来借机出逃,跑到泰赤乌部落赤老温的家里,赤老温的妹妹合答安机智地把铁木真藏到羊毛堆,并在追兵搜查时说现在是夏天,人怎么能藏到羊毛里,岂不是要热死了。追兵认为有道理就走了,由此救了铁木真一命。此后,铁木真起兵报仇,终于在 1206 年登上汗位,合答安也被铁木真册封为执掌其中一个斡儿朵的皇后。

（面对白骨精的步步紧逼,孙悟空忠心耿耿、殚精竭虑,不惜以身犯险,打死妖怪拯救了师父。但此时的唐僧却因妒成恨一叶障目,不接受这样满意的结果。即使自己有所疑虑,但仍然在猪八戒的谗言下开革了猴子,为此后的西行之路埋下了更大风险。孙悟空殷勤除妖,虽然实现了目标,但代价巨大且惨重,身心受到极大伤害,因此造成回山后的无原则杀戮,成为自己无法抹去的污点。）

启示之三：最危险的,往往不是对手的明枪,而是己方的暗箭。

图哈切夫斯基是苏联军队大纵深理论的创始人,为苏联红军发展壮大和实力增强贡献了聪明才智。为除掉这个可怕对手,希特勒精心谋划,采取反间计,而斯大林由于之前也对其不满,本就打算有针对性地采取一些措施,于是正中希特勒下怀。这样,敌对双方鬼使神差一拍两合,造就了悲剧事件的发生。最后,苏联内务部逮捕并以间谍罪枪毙了这位建立赫赫战功的红色军队元帅,给苏联军队造成了巨大损失。一个敌人梦寐以求希望消灭的对手,一个举世闻名的红色"拿破仑",就这样悲惨地死在自己人手中。

（在孙悟空被反复驱赶的过程中，唐僧作为师父和团队领袖，有些似是而非的理由自己也不好意思拿出来，但偏偏有个猪八戒，次次挑唆、回回进谗，最终导致猴子被赶走。但后来事实证明，他取代猴子的地位纯属天方夜谭。）

启示之四：强大的团队在于团结互助，一旦背离这个原则，再强大的堡垒都会因内部瓦解被攻破，甚至不攻自破。

太平天国在南京建立政权后，东王杨秀清日益跋扈，天王洪秀全忍无可忍，暗命北王韦昌辉和燕王秦日纲发动事变，彻底铲除了杨秀清势力。由此造成太平天国上层彼此猜忌不团结，最后促使翼王石达开一怒之下率领十万人马出走，结果因势单力孤在四川大渡河畔安顺场被清军包围，十万太平军将士全军覆没，石达开父子也未能幸免。

（取经团队建立起来之后，于白虎岭第一次产生分裂，结果师徒几人都落得有害无益。孙悟空狂性大发，在佛门讲究慈悲为怀的前提下，一举杀死一千多人。虽然猎户有过但过不至死，而猴子大发雄威造成无数人惨死，在因果循环报应中又为唐僧添了笔难以消除的冤孽。）

启示之五：不要把他人的短板或把柄作为威胁对方的武器，否则有可能反伤到自己。

曹操南征张绣时，张绣面对强大的曹军不战而降。此时，曹操得意洋洋放浪形骸，居然私纳张绣婶婶为妾大肆作乐。张绣得知真情羞愤交加，和心腹密谋反叛，趁曹操毫无防范时突然发动进攻，曹操大败，不仅儿子曹昂、侄子曹安民被杀，连心腹大将典韦也不幸战死。

（唐僧为树立权威，要求孙悟空对自己服从，不顾妖怪被降的事实，连续三次苦念紧箍咒，使猴子身心遭受了严重伤害。此后，师徒间之前较为密切的关系变得微妙起来，留下的猪八戒、沙和尚也彼此面和心不和，团队内的团结协作至此成为表象。）

第二十二篇　西行队伍再聚首

一、时间:唐贞观二十年秋

二、地点:西牛贺洲碗子山波月洞、宝象国、花果山、天庭

三、事件起因:没有孙悟空的取经队伍走到碗子山,唐僧被黄袍怪所擒,又让他老婆百花羞私放。后来到了宝象国,猪八戒、沙和尚自以为是,不自量力地去和黄袍怪较量,意欲夺回百花羞,结果双双战败,唐僧也被变成老虎。在小白龙恳求下,猪八戒亲赴花果山,请孙悟空再次出山,重归西行取经队伍。

　　没有孙猴子加持的取经队伍也不知在路上走了多久,这一天,唐僧又累又饿,升级为掌门大弟子的八戒只好出面,去为师父化斋。他拿着钵盂往西走了十几里也没遇到一户人家,这才心里暗想师兄在的好处,轮到自己当家时方知柴米贵。八戒又累又困,却找不到斋可化,于是撒起懒来,一头钻在路边草丛里呼呼大睡。

　　眼看等不回八戒又没得饭吃,唐僧心神不安地问三弟子,沙僧也不省油,向唐僧说道:"师父,你还真指望他呢,那呆子指不定在哪儿贪吃,吃饱了才会回来。"说完,请唐僧坐下,他自告奋勇去找八戒。

　　唐僧一个人在树林久坐,不耐烦了起来溜达,这一路向南走去,就见前面有座宝塔,金顶辉煌映着落日放光,自思:"有塔必有寺,寺内必有僧,我何

不自己去化斋?"这么一想,就不由自主走了过去。

万不料意外出现了。唐僧刚进塔门,就见石床上睡着个妖怪,青脸獠牙极度骇人,吓得他转身就跑。可巧的是,这妖怪好像压着他步点醒来,当即命手下小妖把他抓回。一群小妖推拥着把唐僧押到他面前,老妖见此人相貌堂堂绝非凡人,就打算先声夺人,故意装出凶狠模样大声喝问:"你是什么人,趁早说明,否则要你的命。"

唐僧哪里见过这阵势,吓破了胆,乖乖把自己是谁、要去哪里、手下几个徒弟一一说清。妖王一听面前的胖子竟是药用价值极高的东土大唐圣僧,不由大喜过望,立即命手下把他绑起来,准备加工下饭。

再说沙僧向西走出去十几里,到处找不见师兄,正找得辛苦,突然听见草丛里有人说梦话,搂开草一看,果然是呆子,沙僧又好气又好笑,揪着"大师兄"的猪耳朵把他叫醒,气冲冲斥责道:"好个呆子!师父让你化斋,你倒好,竟躲在这儿睡觉来了?"

呆子让沙僧抓了个现行,只好灰头土脸跟着回来,却已经不见唐僧。二人心里惊惶,一番摸索,也找到那座宝塔,见塔门紧闭,旁边六个大字"碗子山波月洞"令人心悸,原来这宝塔赫然是妖魔的洞府。

二人一叫门,妖王见唐僧徒弟果然找上了门,就携宝刀出来,一妖二僧斗了几十回合,不分胜负。不过,此战表面看是三人,其实还有六丁六甲、五方揭谛、四值功曹、十八个护教伽蓝暗中协作,故而三人才能和妖王战了平手。

那唐僧绑在洞里正哭得伤心,忽然有个女人悄悄靠近,自我介绍说,她是向西三百里宝象国的三公主百花羞,十三年前八月十五被妖魔抓来,和他做了夫妻生儿育女,一直无法回国。恳请唐僧给父母捎封书信,以此为交换,可以放了他。唐僧喜从天降,满口答应,说只要能救自己的命,一定帮公主捎信。

公主忙写好家信,就秘密把唐僧从后门放走。然后把正和八戒、沙僧激斗的妖王——黄袍怪请回,花言巧语编起了故事,说梦中有神人训斥,嫁了如此优秀郎君，为何不为当年许下的誓愿还愿云云。因此，为了求得神佛保佑，便自作主张放了和尚，就当是斋僧还愿了。

黄袍怪疼爱夫人，遂依从了她，出门警告八戒、沙僧，不得再犯洞府。八戒、沙僧一听师父已经逃出来，赶紧去后山找到他汇合了，师徒几个像逃离鬼门关一样，一路向西而去。

到了宝象国，唐僧朝上倒换关文，等国王用过宝印签署通关文牒后，就把百花羞所交的家信进献上去。说完前因后果，老国王已是涕泪纵横，等亲自听过信的内容，更令满朝文武都感哀伤。

国王便问文武百官："众爱卿，谁能率军去擒妖救回公主？"结果连问几遍，堂堂宝象国朝廷无一人敢应答。看着尽享高官厚禄的满朝文武，国王伤心中难免愤怒，这时就有一官员出主意道："臣属都是凡人，学的是兵书武略，只能做保家卫国之事，对妖怪神魔无能为力。大唐取经圣僧德高望重，能跋涉远来必会降妖除魔，我国可以请唐圣僧出马擒妖。"

国王觉得有理，便恳请唐僧，唐僧无法推脱，便说有两个徒弟会降妖除魔。

国王命人去馆驿请猪沙二人。八戒、沙僧上了朝，国王问起谁会降妖，八戒见有出人头地的机会，便当仁不让，自吹自擂地说自己会降，还即兴按照国王提议，当场变成个数丈高巨人，让满朝文武开了眼界。

国王恳请他出马降妖，八戒不知高低，早忘了刚才和黄袍怪交手的窘迫，无知无畏兴冲冲地去了波月洞，沙和尚也打算大展身手，随后飞去助战。

二人到了波月洞，挑战黄袍怪，猪八戒质问其为何强占公主，妖怪被诘问得大怒，出手如电，又似龙出水、虎下山。老猪没有了神仙暗中帮协，只有沙僧一个，结果仅八九回合就抵挡不住，为保命扔下沙僧开溜，结果沙和尚没三招两式，就被黄袍怪活捉。

黄袍怪擒住沙僧，根本不解恨，他痛感老婆竟出卖了自己，十三年夫妻感情简直是个笑话，回到洞中，咬牙切齿质问百花羞。沙僧见妖怪怒火中烧，像是打算杀了公主，就接过话道："我师父去宝象国看到公主画像，知道她被劫,和国王说过前因后果,那王请我兄弟降妖,这才来了波月洞。"

妖怪觉得合乎情理,就给百花羞赔罪压惊,然后表示要亲去宝象国认亲,变成个俊俏小伙模样,驾云去了宝象国。

黄袍怪上了朝,国王问起缘由,他就奏道:"臣是城东碗子山波月洞人,十三年前打猎,见猛虎驮着个女子,他射伤老虎救了女子,并和她成了亲,却一直不知那就是公主,老虎逃走后,修炼成精专门害人。"

黄袍怪趁机当众指着唐僧,说他就是虎精所变,随即施展妖法把唐僧变成老虎,关进铁笼。国王感"三驸马"救驾有功,摆宴相赐,怎知黄袍怪吃喝到二更,喝醉后得意忘形,现出原形开始吃人,吓得歌舞宫女四处逃命。

唐僧坐骑小白龙冷眼旁观,眼看取经队伍即将解散,西行计划将要破产,他准备力挽狂澜,就变成宫娥去接近黄袍怪,企图刺杀他。小白龙又斟酒又舞剑助兴,结果出手时被黄袍怪察觉,二人交手八九回合,小白龙抵挡不住被打伤,只得借护城河逃走。

靠舍弃师弟逃了性命的老猪半夜从城外赶回,到馆驿见白马浑身潮湿后腿带伤,不由大为吃惊。不料更为吃惊的是,白马口吐人言叫他师兄,呆子吓了一跳,一问才知道师父遭难,小龙也被打伤。八戒无可奈何道:"妖怪实在太厉害,咱的经是取不成了,大家散伙儿吧。"小白龙却含泪劝他,无论如何不能放弃,认为唯一指望就在大师兄孙悟空,只要去花果山请他重新出山,就能救出师父为自己兄弟报仇。

一听小白龙让自己去请孙悟空,八戒吓得后背都出汗。他太清楚不过,想当初在白虎岭,自己给猴子或明或暗使绊子下狠手,帮着师父整治得他好苦,怎么敢去送死呢?小白龙却夸赞行者,激励八戒:"大师兄有仁有义,绝不会无情对待师兄弟,你只要想办法把他骗来,一切都好办。"

八戒权衡再三,深感自己若是不去,简直还不如一匹马,就硬着头皮上路向花果山进发了。

到了花果山,正巧见孙悟空以群猴首领之尊点卯,应者云集欢声雷动。见识到他称王称霸的气派,八戒才不由感慨,自觉错看了这猴子。他本想上前搭话,又心生畏惧,便和众猴子们混在一起,随众给孙悟空磕头。行者坐得高眼又尖,其实早看到了老猪,让众猴把八戒推出来,故意问:"你不跟唐僧取经,来我这里干什么?难道也是得罪了师父被贬?"

八戒拿出早就编好的瞎话:"师父在路上想念你,命我来请你。"行者不说破也不着急,就领着八戒观赏花果山景致,呆子不敢推辞只好随行,过一阵再催促动身,行者却无论如何也不去,呆子苦劝无效不敢造次,只好告辞下山。

等走出三四里,估摸着行者听不到了,老猪破口大骂:"这泼猴不做和尚倒爱做妖怪,好意请他,他却不去,简直混账。"走几步骂几声,哪知这一路叫骂早让行者派来的小猴探子听见,回报后悟空大怒,命众猴抓回猪八戒。

呆子再次被抓,情知不妙,跪下连连求饶,以师父情面求情无效,只好搬出观音菩萨说情,孙悟空才算回心转意,一迭声质问:"师父到底在哪里有难?"八戒还是不说真话,依旧说师父想你。行者又骂:"你这智商也想欺蒙我?别看我身在水帘洞,实则心随取经僧,师父步步有难处处该灾,你赶紧明说,免得挨打。"

八戒见师兄机灵,实在无法再瞒,便把自他离开后经过说了一遍。孙悟空喝问:"你见了妖怪,为什么不提我名?"八戒眼珠一转,故意激他道:"那妖怪不说你名还好,一说孙悟空的名,他就要剥猴皮抽猴筋,说要油炸猴子呢!"行者气得抓耳挠腮暴跳如雷,当即扬言要去为自己挽回名誉、报仇雪耻。

孙悟空脱了王服,换衣要走,群猴一致恳求他留下,行者告诉猴子猴孙:"这天上地下现在都知我齐天大圣是唐僧徒弟,师父有难,我怎能不救?你们且好好看守家业,我大功告成,就会回来。"

行者到了波月洞,正见两个小孩在洞前玩,他从天而降一把抓住。原来,这俩小孩正是公主与黄袍怪所生。公主见行者提着两儿子,慌得高叫饶命。行者让她把沙和尚放出来,百花羞赶紧从命。

沙僧听说大师兄来到,高兴得三步并两步出了门,请大师兄者搭救自己。行者笑着问道:"当初白虎岭上,师父念紧箍咒时,你怎么不帮着求情?"沙僧羞愧万分,连说君子既往不咎,行者笑着原谅了他。

他命八戒、沙僧把两孩子带去宝象城,务必引黄袍妖回洞,又安排藏起百花羞,他自己变成公主模样,在洞中等黄袍怪回来。

八戒、沙僧带着两小孩,把他们在宝象国金殿白玉阶前摔成一堆肉酱,老猪又厉声高叫:"这是黄袍怪儿子,被我们抓来了!"

黄袍怪已经现了原形,这时朝廷内外都知道了实情。他听到八戒的话,半信半疑回了洞,却见"百花羞"和他嚎啕痛哭,说猪八戒劫走沙和尚,又抢走俩儿子,妖怪顿时气得乱跳:"完了,我儿子被摔死了,我一定得抓住这些和尚,给我儿子偿命。"

"百花羞"又说自己哭得心疼,黄袍怪忙吐出颗舍利子玲珑内丹,要给"她"治病,哪知猴子一个冷不防,把这件宝贝吸进肚,现出原身。

黄袍怪连遭打击怒气冲天,集结了全洞妖怪,要和孙悟空决战。行者不慌不忙,见凑够了人头,就变成三头六臂,抢三根金箍棒一路打去,不一时就消灭了全洞小妖,只剩黄袍怪一个。

二人交手五六十回合不分胜负,行者毕竟技高一筹,他卖个破绽,一棍打在妖怪头顶,当时把他打了个无影无踪。可是四处寻找毫无踪影,行者一怒之下闯入南天门,上灵霄殿请求玉帝查对众神。玉帝下旨查勘,果然发现二十八星宿少了奎星,已经十三天不在位。

玉帝下令收他上界,二十七星宿领旨,出天门念咒惊动了奎星,众星押着黄袍怪——奎木狼拜见玉帝,玉帝斥道:"天庭威仪,你为何私自下界?"奎木狼回禀:"陛下,宝象国公主是披香殿侍香玉女,是臣当初相好,她思凡下界,托生皇宫,臣不负前约下界成妖,与她做了十三年夫妻,算是了了前世缘分。"

玉帝撤了奎木狼之职,罚去兜率宫为太上老君司八卦炉。

行者带公主回到宝象国,公主见了父王母后抱头痛哭。于是到了关唐僧的铁笼前,看他为妖术所镇难以动弹,悟空笑道:"师父,你好好一个和尚,怎么变成这副模样？当初怪我行凶把我赶走，怎么你一心向善，也成了这样？"

八戒见他仍心有哀怨，连声央求道："大师兄呀，救救师父吧，别再挑他不是了。"行者哼了一声："你遇事挑唆，嫌小不嫌大，正是他的得意好徒弟。你救他就是，关我甚事？原来说好的，我降了妖报了仇，就该回去了！"

一听这话，沙僧忙跪下求情："大师兄，你大人大量，揭过这页去，救救师父吧！"行者搀起他，这才动情说道："我岂有不救师父之理？"于是施法念咒，除了妖术。等唐僧现出人身，猛见行者在前，上去一把抓住他问："悟空，你从哪来？"

沙僧把前因后果细说一遍，唐僧感谢不尽，连声称赞："贤徒，多亏了你，这次多夸有你。"行者笑道："师父不必客气，只要你老人家不念咒，就算待我诚心了。

宝象国国王父女相会，安排素宴答谢四人，师徒饱餐后，辞别西去。

启示之一：空有雄心勃勃的计划和坚定不拔的意志，而没有得力能干者可以依靠，无法实现既定目标。

明朝末帝崇祯登基上台后，迅速扑灭了企图阴谋篡位的魏忠贤集团，自认天纵英明，可以雄视天下，必将能挽回大明衰败之气运。但他致命弱点是刚愎自用且又疑心极重，无曹操之才而有曹操之疑，最后在哀叹没有本朝岳飞可以力挽乾坤的同时，痛下杀手亲自下令杀了天赐"岳飞"——袁崇焕。结果，此后东北门户洞开，再无人可以镇守，后金乘机而入，为清朝取代明朝埋下伏笔。

（历时数年之久，唐僧带领猪八戒、沙和尚过白虎岭、到碗子山，不仅路程缓慢而且遇到妖魔就无法前进，印证了孙悟空临走前说的"没有我，到不了西天"的话。唐僧及猪八戒、沙和尚表面虽然不提，但此时确已心生悔意。）

启示之二：面对相同难题的阻碍，若没有新的解决思路和更强实力，也不可能取得满意结果。

在纳粹德国闪电战进攻下，英法联军在欧洲大陆兵败如山倒，几十万大军被德军压制在英吉利海峡东面几十平方公里的狭小地域——敦刻尔克。为免于全军覆没，丘吉尔政府多方施救，紧急启动了"发电机计划"，利用德军停战的短短十几天就抢运出 33 万人到英国，但武器装备辎重全部丢失。后来，随着美国参战，盟军实力大增，1944 年，以美军为首的盟军在艾森豪威尔指挥下，强行登陆诺曼底，在欧洲开辟第二战场，当初大败的那支部队经过重新武装，杀回了欧洲大陆，加速了第三帝国的崩溃。

（猪八戒、沙和尚在众个神仙暗助下才和黄袍怪堪堪打成平手，第一次交手因为黄袍怪的夫人放了唐僧，同时使二人安全离开，即便如此，也让他们有逃离地狱的幸运感。到了宝象国被众人捧上天的八戒居然有胆量再上妖洞找麻烦，历西行全程，这是猪、沙二人最愚蠢、最不自量力的一次自主行动，且也是真正伤害了猪八戒自尊心和自信心的一次行动。）

启示之三：势均力敌的长期较量，成败取决于实力高低。其他外因即便在短时内有影响，一旦进入长期消耗，实力则可抵消一切。

1941 年 12 月 6 日，日本不宣而战，偷袭珍珠港成功，太平洋战争爆发。面对当时可称亚洲最强大的日本联合舰队的威胁，美国转入战时轨道后，马上就爆发出强大实力，仅仅一年左右时间便打造出足以抗衡联合舰队的强大舰队群，并在 1942 年中途岛战役中摧毁了日本四艘航空母舰，予以沉重一击。从那时起，美国步步进击、日本步步撤退，直到本土被美国占领。

（面对黄袍怪，猪八戒、沙和尚联手都无法抵挡，而孙悟空出手却是游刃有余、轻松自在。这显示了猴子的强大战力，也暴露了其实当初收伏猪、沙二人时留有余地、没下死手的内情。）

启示之四:当面承认失误,对于任何人都是不易的,但却更能赢得他人尊重。

汉高祖刘邦经过白登之围惨败后,意识到汉朝无法以军事实力和匈奴抗衡,于是立刻把出兵前因为给自己出主意和亲,结果被关押的娄敬释放出来,封其为侯爵又采纳其与匈奴和亲的主张,以此安抚匈奴,确保国家休养生息,为之后汉武帝时期北击匈奴奠定了基础。

(被孙悟空救醒之后,唐僧连声感谢,不提当初再不见面的话,虽然他的内心未必如此,但知过能改善莫大焉,不失一个师父的姿态。相比之下,猴子还是忍不住小气了一下,说出只要不念紧箍咒就算关爱自己的话,把其乐融融的大好局面又掺了一把沙子。)

启示之五:没有真正的在乎,就没有真实的付出。对于漠视者,无论采取什么方式,都是缘木求鱼、南辕北辙。

秦王嬴政时期,燕国太子丹为秦国人质。之后他秘密逃回燕国,想要刺杀嬴政报受辱之仇,于是四处寻找适合人选。当听闻荆轲的大名后,他诚心诚意亲自登门邀请,最后终以诚意感动荆轲。期间,他凡事恭敬,不惜杀宝马取肝、砍美人手相奉,荆轲无以为报,最后出使秦国刺杀秦王,留下了"荆轲刺秦王"的悲壮绝唱。

(猪八戒前去花果山请孙悟空出山,几经反复,又用了激将法的把戏,最后才得知原来孙悟空时刻都在等这个时候,他不仅知道唐僧时时有难,而且自己也是身在水帘洞心随取经人,路上都不忘洗去妖气,为的是真心实意重归队伍,用实际行动使自己一片赤诚大白于天下。)

第二十三篇　两个背景深厚的妖怪

一、时间:贞观二十一年春

二、地点:西牛贺洲平顶山莲花洞

三、事件起因:金角大王和银角大王为吃到唐僧肉,在平顶山坐地和孙悟空反复斗法,最后孙悟空技高一筹,赢得战斗。

唐僧师徒这天走到一座险峻高山,就听见一个樵夫高喊:"西行的和尚们,别往前走了,山里有伙狠毒的妖怪,专门吃人。"唐僧大惊之下,派行者上前细问。那樵夫说方圆六百里这座大山名叫平顶山,山里有个莲花洞,洞里两个魔头扬言要吃唐僧肉。

原来,樵夫是日值功曹化身,专程来报信的。等他走后,行者装出非常害怕的样子往回走,八戒一看师兄脸色,就喊叫要大家散伙:"师兄是个能上天入地,斧砍火烧下油锅都不怕的好汉,现在就连他都愁得眼泪汪汪,肯定是妖怪狠毒,他都不行,我们更不行。"

唐僧担心起来,忙问情况,行者道:"我势孤力单,没人帮忙,怎么过得了妖怪这关?"唐僧表态说:"只要能对付妖怪,八戒、沙僧可以随便调用。"此时正中悟空下怀,等的就是师父这句话,于是,他分派八戒前去巡山。

看着呆子进了山,行者忍不住冷笑,唐僧这才察觉他是在捉弄八戒,骂道:"你如此巧言令色,自己兄弟都不能互助互爱,怎么克制得了妖怪。"行者见师父不悦,忙解释道:"师父,我非为此,料定八戒一定不肯巡山,必定躲在哪里自在,然后回来骗我们。"

唐僧半信半疑,便让行者去察看八戒动静。悟空变成小虫跟着他,果见老猪向西走了七八里,就回头指手划脚骂唐僧、行者和沙僧,然后钻在草丛里睡下。悟空变成啄木鸟连着啄他,搞得老猪睡不安稳,气愤地只好起来继续走。又向西走了四五里,老猪煞有介事,对着三块青石头编瞎话,说这里是石头山、石头洞、钉钉的铁门内三层,妥妥打算回去搪塞。

行者把看到的给唐僧说个大概,一会儿呆子回来,果然不打折扣拿出编好的鬼话说一遍,悟空当着师父的面就要惩治八戒。老猪连连讨饶,唐僧便向行者求情,指派八戒再去巡山,将功折罪。这次呆子出马,再不敢偷懒搞鬼,一路还疑神疑鬼,看什么都觉得是师兄所变。

再说平顶山莲花洞两个妖王,一个金角大王一个银角大王。这日金角派银角巡山,专门嘱咐要抓唐僧,还告诉他一个秘密——吃到唐僧肉,就能长生不老。银角来了兴致,拿着金角给的唐僧师徒画像,就率小妖去拦截。

等八戒走来,正巧遇到银角和群妖,妖怪们对照画像,认出他就是猪八戒。呆子避无可避,只得抢钉钯和妖怪斗在一处,二十回合不分胜负,银角下令小妖齐上,八戒招架不住,被当场活捉。押着回了洞,谁知金角见银角抓的是老猪,嗤之以鼻,说猪肉没有药用价值,须是吃了唐僧肉,才能长生不老。

这边唐僧见八戒巡山,许久不回,不由心神不宁。行者就带路向西追寻。银角又率小妖察看动静,远远见祥云瑞气过来,便判知唐僧来到。小妖问哪个是唐僧,银角连指认三下,唐僧就连打三个寒噤,自觉心惊胆寒。

为给师父压惊,悟空自告奋勇,轮金箍棒挥舞威慑,看得银角极为震惊,对手下小妖说:"这猴子实在有本事,不能力敌只能智取。他随即遣散众妖,自己变成受伤老道躺在路旁,连连高喊救命。唐僧走来后,他一堆假话搪塞,唐僧就命悟空背他走。"

行者认得他是妖怪，警告道："你这妖怪竟敢来惹我？我知道你是山里妖怪，大概想吃唐僧肉了，我师父岂是随随便便能让你吃的？"悟空背着他走了没多远，就准备动手。银角觉察不妙，便先下手为强，用"移山倒海"法把须弥山调来想压住行者，竟然没得手，再调峨嵋山来压，行者双肩挑着两座大山，依旧向前飞奔。

银角惊骇无比，吓得浑身流汗，于是把泰山调来，劈头落下压住了行者，这才放心，于是把唐僧、沙僧抓回妖洞。

见到了活唐僧，金角高兴异常，又听银角说猴子已被压在山下，他又有些不放心，就派心腹小妖，携紫金红葫芦、羊脂玉净瓶，准备去把猴子收回来。

大圣被压在三座大山下正在犯难，却惊动了五方揭谛，金头揭谛质问三座山土地山神："你们知不知道山下的是谁？"土地山神听说是大闹天宫的齐天大圣，哪敢再造次，忙移山放行者出来。悟空见山里霞光焰焰，问什么东西放光？土地告知那是妖魔的宝贝。

行者遣散周围众神，他变成个仙风道骨的老道，对来的小妖称是蓬莱山神仙，问他们去干什么？小妖倒乖觉，说："我们奉大王之命，拿宝贝来收孙行者，只要把他装进葫芦净瓶，再贴上太上老君急急如律令封帖，一时三刻，猴子就化为脓血。"

悟空心里吃惊表面不动声色，打算施展妙术把妖魔宝贝骗到手，就吹自己有葫芦，且可以装天。当场给小妖一表演，果然天昏地暗效验如神。其实，不过是他求助天庭，让哪吒三太子用仙旗遮住日月星辰，借此蒙骗妖怪。

俩小妖信以为真，就央求用手中两件宝贝换他的葫芦。行者换后溜之大吉，两小妖随后演示，根本不灵，这才知道被骗，狼狈地回到妖洞说了事情原委，金角大怒。银角心中畏惧，派心腹赶去压龙山压龙洞，要拿老妈的幌金绳对付猴子。

行者变身混进洞里，早听得清楚，便跟到半路打死小妖，他冒充接驾小妖去了压龙洞。

等接上老妖婆，带上幌金绳，行者在回程路上打死老妖得了宝贝，变成她后大模大样进了莲花洞。八戒见老妖进来，不仅不害怕，竟哈哈大笑。沙僧很奇怪，问他："二师兄，你怎么还有心情笑？"八戒笑嘻嘻说："弼马温来了。"

正当行者伺机要救师父师弟时，突然几个巡山小妖回来报告："孙行者打死老奶奶，现在这个必定是假扮的。"行者见露了馅，趁俩妖王动手前，化成一道红光脱身出了妖洞。不过，他这招浑水摸鱼却把众妖吓得够呛，金角还道："我也不追究老母被杀之事，送还唐僧以了此事，干脆放孙悟空等人西去吧。"银角却还不服，定要和行者再行较量。他出洞对战，行者自以为是用幌金绳捆他，不曾想银角念了松绳咒，霎时脱出自己，反把猴子捆了个结实，又从他身上搜出葫芦、净瓶。

趁妖怪喝酒庆功，行者变出假身代替自己，他真身却变成小妖，在俩妖王身边伺候，伺机顺走幌金绳。这次得手后，行者胆气又壮，报个假名"者行孙"来向妖怪挑战。银角拿着紫金葫芦出战，结果令人意外，报了鬼名的猴子仍被吸进了葫芦。行者在葫芦里故意叫喊自己被融化了，诱使银角打开葫芦塞子，趁机逃出。又在金角给银角庆功时，偷梁换柱掉包了葫芦。这时他出洞挑战，继续编个鬼名，说自己是"行者孙"。等银角出战时，拿假葫芦斗拿真葫芦的行者，二人比拼法宝，银角战败，被装进葫芦化成了汁。

金角听说兄弟被行者装进葫芦，放声大哭，满洞妖怪也嚎哭不止，八戒此时哈哈大笑，以实情告诉金角：你们见的这些猴子，都是我师兄所变，劝你还是好好款待我们，放了我们为好。

听猪八戒似有讥讽之意，金角怒火冲天，扬言要蒸熟老猪，吃饱了再去报仇。八戒大惊自己弄巧成拙，幸亏此时行者在外叫，金角等不及，就拿芭蕉扇和七星剑，点起小妖出战。

不想这一战，行者分身法大展奇威，众小妖被打得死伤惨重，金角慌了手脚，执芭蕉扇扇出冲天大火，以此逼退行者。行者见状，忙逃进莲花洞，却恰好见到无人照看的净瓶，乐滋滋地又顺走了这件宝贝。

金角连吃大亏,悲痛不已,见孙悟空不见踪影,众手下死伤殆尽,一人回了山洞,不由又气又恨,于是伏在桌上打盹儿。这下让大胆溜进来的行者趁机偷走了芭蕉扇。

金角惊醒,和孙行者大战几十回合,实在抵挡不住,便败逃压龙洞。行者大摇大摆进了莲花洞,从容救了师父师弟。

到了压龙山,金角汇聚群妖,准备前去报仇,又值舅舅狐阿七大王率手下妖兵来助阵,二人合兵一处,杀奔莲花洞。行者师兄弟心壮胆豪迎战群妖,结果狐阿七让八戒一钯打死,金角眼看不妙,行者唯恐他跑脱,飞在半空用净瓶罩住他,喊一声,金角也被装了进去。

灭了所有妖魔,师徒高高兴兴吃过早斋,正准备上路,突然路旁猛蹿出个瞎眼老头儿大喝:和尚去哪?先把宝贝还我。师徒几个大惊,行者看出来人竟是太上老君,忙上前施礼问安。

老君才说:"妖怪五件宝贝全是我的,葫芦是盛丹的,净瓶是盛水的,宝剑是炼魔的,扇子是搧火的,绳子是袍带,俩妖怪一个是金炉童子,一个是银炉童子。"行者恼火费了无数心血,道祖一来,全都鸡飞蛋打,气不过责怪他律下不严。老君笑道:"这是海上菩萨恳求三次,我才应允把手下借出来,为的就是试你们是否真心西去。"

见他说出了幕后秘密,悟空气愤不已却无可奈何,只好还了宝贝。老君收了诸宝,打开葫芦净瓶倒出两股仙气,用手一指,仙气还原成金银童子,相随回向天庭。

启示之一:建立一种信任,需要长期的培植与努力,而毁灭这种信任,却一瞬间就可以。

曹操五子良将之一的于禁,跟随他征战 30 多年,期间不乏功成名就的事迹——曾在张绣造反时讨伐不守军纪的青州兵,而被曹操赞为"虽古之良将不过如此"。故友昌豨降而复叛,于禁不念旧情,以维护大义之名杀之,得到曹操升赏。然而,在关羽围攻樊城时,于禁率军出征,遭水淹七军后屈膝投降,曹操听到消息叹息不已。之后吕蒙偷袭荆州杀了关羽,孙权把于禁释放回魏国。至此,于禁遭人百般耻笑,在拜谒曹操陵墓时,竟发现自己败绩已被曹丕命人画在陵墓之中,于是越加惭愧愤恨,终于一病不起而死。

（再次回归团队的孙悟空借助查探妖怪的名义,动员唐僧派老猪去巡山,并提前判断八戒一定偷懒不去。而后,他全程跟踪,果然用事实证明自己的说法不虚。由此,使唐僧对猪八戒的话从此不得不半信半疑。）

启示之二:表面上强大的对手看似无懈可击,但可以借助其弱点趁虚而进。

岳飞率兵大战朱仙镇之后,乘胜前进,准备直捣黄龙。见事情危急的金国高层迅速做出决策,秘密派人出使南宋,命秦桧策动宋高宗召岳飞回朝,为防止岳飞不尊圣旨还连下十二道金牌紧急召他。之后岳飞回朝后,被诬陷谋反,在风波亭被害身死。

（当着所有下属的面,银角大王称赞对手孙悟空无敌,指明如果面对面硬来,必然遭受失败。于是,他审时度势改变初始计划,遣手下变化成道士,打入取经团队内部,然后抓住机会一举出手困住孙悟空,完成了预设的目标。）

启示之三:难下决心的,是在认清自己,又看清对手后的保全实力、示弱在先。看似愚蠢的行为,却反复被历史证明是英明果断的。

公无 1004 年秋,在辽国大兵压境的情况下,宋真宗经重臣寇准力劝,御驾亲征和辽兵在澶州城下对峙,双方经过一轮交锋又进行深入谈判,签订了"澶渊之盟",虽然这个"不平等条约"使北宋朝廷既损失了里子又丧失了面子,但却由此保证了国家的存续以及几十年的和平。

（当孙悟空混进莲花洞后,充分展示了令敌人无法对抗的广大神通,金角大王已经决定要偃旗息鼓、归还唐僧,不和猴子对抗了。但银角的无知无畏和不服气,使他不明智地和孙猴子再次交手,结果屡战屡败、屡败屡惨,终于以自己被吸入葫芦、变成一堆脓血而告终。)

启示之四：人外有人天外有天，是个既真实又残酷的现实，无论取得多么辉煌的胜利，拥有多么傲人的成就，都并非不可替代。

1950 年朝鲜战争爆发，联合国军总司令麦克阿瑟力排众议冒险抢滩，成功在仁川登陆后，朝鲜人民军被彻底击溃。自此美国政府日益狂妄自大，无视中国警告，连续发出战争威胁，迫使中国不得不卷入其中。为保家卫国抗美援朝，彭德怀带领中国人民志愿军入朝作战，以高超的战争指挥艺术取得了"清长大捷"，一举扭转朝鲜战局，把战争主动权牢牢掌控在中国人手中，并延续了胜利，成功完成了抗美援朝伟业。而麦克阿瑟由于不可战胜的神话被击破，不但被杜鲁门撤了职，且被迫离开军界，再没有取得新的军事战绩。

（当大获全胜，赢到手五件宝贝的孙悟空再次踏上西行之路，遇到太上老君索取宝贝时，赫然发现自己师徒依旧不过是棋子而已，下棋的依然是观音。虽然他气愤地说了几句诅咒话，但宝贝还得还、西天还得去，唯一不变的，不过是在未来征程上付出更多的辛苦和代价。）

启示之五：计划越临近成功，越要加倍小心谨慎，绝不可志得意满骄横放肆。否则，就可能阴沟里翻船。

公元前 203 年，楚汉相争到了决胜阶段。此前，项羽虽多次击溃刘邦汉军主力，但每次借助萧何得力的后勤保障，刘邦都不仅没有被消灭，反而还能发展壮大。面对打不死的"小强"，无奈的项羽不得不答应和刘邦签订"鸿沟合议"，议定双方就此止兵罢战平分天下。就在项羽自以为从此可以休养生息高枕无忧时，刘邦谋士张良、陈平建议立即撕毁合议，集中各诸侯军队合围楚军。结果大将韩信以十面埋伏之计对付西楚军，在垓下一战彻底消灭了项羽，使刘邦成为最后赢家。

（银角施展自己的特长法力，移山压住但没有消灭孙悟空。在把其他三人抓回莲花洞后,就自以为大功告成,和金角举杯相庆、大快朵颐,头脑发昏之下竟派两个小角色前去,妄图不战而终结猴子,结果阴沟翻船功亏一篑。从这时开始,妖怪好运到头,行者连连发威,先杀老妖婆,再收银角,后灭狐阿七,最后拿下金角。妖怪们缚手缚脚,虽有法宝却无能为力,最终以自己的失败成就了行者功劳簿上的又一次记录。)

第二十四篇　又一个皇帝起死回生

一、时间：唐贞观二十一年春末

二、地点：西牛贺洲乌鸡国、天庭

三、事件起因：唐僧师徒西行到乌鸡国，乌鸡国国王托梦给唐僧，师徒们想方设法救活死去三年的国王，又降伏假冒国王的妖怪，令真正的国王重登大宝。

这天天色将晚，唐僧见路旁有座楼台殿阁，是"敕建宝林寺"，就打算在寺内借宿。考虑三个徒弟长相丑说话粗鄙，圣僧决定亲自去求告。

他进了寺先遇到道人，便介绍自己来自东土大唐，前去西天拜佛求经，想借宿一宿。听闻是远道之客，道人忙报告方丈。方丈是该国僧官，听说有来客忙更衣出迎，结果看到唐僧的穿着打扮——光头无帽，一领旧僧衣一双带泥鞋，便气不打一处来勃然而怒，训斥道人："我堂堂僧官，只有皇城达官贵客降香才大礼迎接？现在这么个要饭和尚，竟通报我迎接？"赫然命唐僧站在走廊。

自己出师不利丢了面子，唐僧很不甘心，又忍气吞声，和方丈做最后争取。那僧官方丈一副爱理不理模样，完全不把大唐圣僧放在眼里。听过留宿请求，方丈再次生气起来，讲出心中的不爽。原来，昔日他曾好心，留一群行脚僧入寺，结果引祸入门，那些行脚僧并非良善，连累的寺里败坏清誉。

　　僧官讲过这话，绝然的不肯收留，唐僧只好无果而回，沮丧又委屈。

　　行者见师父没办成事反受辱，义愤之下要去找僧官。看门道人见他满脸凶样忙去报告，僧官怒不可遏，出门看时，行者已闯进寺，果然外貌又凶又丑，吓得僧官忙把门关了，不敢出去。

　　行者上去一棍打破门，大喊："赶紧打扫干净房，我要睡觉。"僧官慌张不敢说话，他当即举棒立威，一棍把石狮子击得粉碎，吓得众和尚们连声告饶。行者再度问话时，僧官浑身颤抖却答得极快极准："宝林寺共有二百八十五间房，五百个有度牒和尚。"

　　行者趾高气扬，命五百和尚穿戴整齐，出门迎接师父，和尚们果真全体出迎，出山门跪下恭声道："唐老爷，方丈有请。"八戒连声赞叹："师父，你进去出来，脸上泪汪汪，嘴上挂油瓶。再看师兄，就能让他们磕头来接。"唐僧心中明白："你这呆子好不懂事，常言说，鬼也怕恶人！"

　　见和尚们给自己磕头，唐僧过意不去，请众人起来。众僧战战兢兢，把唐僧师徒请进，准备素斋款待。用过晚斋，又把三间禅堂打扫干净，请他们安歇。唐僧嘴上不说，心里满意，便让徒弟们先睡，自己温习以前学过的经文，默默看念。

　　直到三更，唐僧有些困倦，就伏在经案上打盹，隐隐听见禅堂外有人叫"师父"，猛抬头，见一人浑身上下水淋淋，已站在面前。

　　唐僧心里惶怕，壮胆道："我手下三个徒弟厉害，能降妖伏魔，你赶快走为是。"那人却道："师父，我是这里乌鸡国国王。几年前，全国大旱危急，钟南山忽然来个全真道人，呼风唤雨救了全国，我就和他结为八拜兄弟。谁知一天，他在御花园八角琉璃井旁，以看宝贝为名，把我推进去淹死，又封住井口，我乃是已死三年的冤鬼。"

　　唐僧见眼前之"人"竟然是鬼，顿时吓得浑身发软，壮胆问："你为何不找后宫宫人和文武百官，反来找我？"这人悲从心起，讲道："那道人已变成我的模样，霸占了皇帝宝座。而且，他神通广大，和阴司阳世各路神仙称兄道弟，我投告无门，只能专程来央求圣僧，为我伸冤报仇。"

　　唐僧很是为难,自觉势单力孤无人相助,无法答应他。那国王就道:"我的太子明早会领人马出城打猎,可借机和他联络。"唐僧只担心太子不信自己,国王就把金厢白玉珪留下,让他做为凭据。正这时,唐僧忽而惊醒,和徒弟们说起梦境,行者细查之后,见门口果然有金厢白玉珪,大家这才知道必是真事无疑。

　　行者和唐僧仔细商量后,确定了引太子来寺之计。第二天早上,悟空驾云察看,果真见乌鸡国城东门出来一支采猎大军,领头小将顶盔贯甲,手执青锋剑坐下黄骠马,正是太子。为引他上钩,行者变成白兔在马前乱跑,太子一箭射来,他假装中箭,引太子向宝林寺而来。

　　到了寺门,太子不见了兔子,却见自己的雕翎箭插在门槛上,异常惊奇。他想起以前皇父曾为宝林寺修佛殿佛象,就进去瞻观。赫然见大殿正中央稳稳坐着个和尚,竟然不搭理自己。太子自觉不受尊重,大怒喝道:"大胆和尚,本太子入寺,就该起身相迎,怎敢坐着不动?"下令校尉动手拿下唐僧。

　　唐僧早被 39 个神仙暗护,旁人根本无法近前。太子眼见无效,只得相问,唐僧便说:"我乃唐朝僧人,随身带宝物。一是身上袈裟,二是个叫立帝货的小人儿,可知过去未来。"

　　他放出立帝货——行者变成的小人儿,太子大奇道:"这么个小人儿,能知道什么过去未来?"悟空侃侃而谈,将乌鸡国国中大事一一道来,直到说出坐王位的是祈雨道人,真皇帝早就一命呜呼,还把白玉珪拿出献上。

　　太子初闻怒极,以为他二人挑拨离间,行者讲起昨夜皇帝托梦之事,太子只觉入情入理,不由半信半疑。行者见他动心,就让他回宫问国母娘娘。太子秘密潜入后宫询问母亲,娘娘流着泪道:"前后三年间,皇上就像换了人一样。"

　　太子惊骇不已,如梦初醒,把遇到圣僧之事和母亲一说,皇后娘娘更加伤心,也说起自己昨夜做了同样的梦。太子深信不疑,急忙回到宝林寺,问行者:"如今该怎么办?"行者嘱咐他:"你不动声色,赶紧回去,我明早自然会去降妖除魔。"

　　当晚，行者向唐僧提议，让八戒跟自己去办事。唐僧答应，他就叫醒八戒，编造说一起合伙去偷件宝贝，虚张声势说自己只图名，宝贝归八戒。

　　呆子高兴地跟着师兄，潜入乌鸡国御花园，找到棵芭蕉树。行者让八戒动手，呆子扳倒芭蕉树，竟然是口水井，就让行者把他放进井里，潜下水去，竟发现有座井龙王的水晶宫。

　　井龙王听巡海夜叉急报，知天蓬元帅来到，就领水族迎候。八戒高兴起来，问有什么宝贝可取，井龙王亲自带他去看死皇帝尸体。八戒笑着摇头道："我当初把这当饭吃，哪算得上什么宝贝？"井龙王道："元帅，你把死皇帝背出去，定有好处。"

　　八戒不见兔子不撒鹰，不见宝贝怎么也不答应背死人，龙王就把皇帝尸体推出水晶宫。八戒爬不上井，只得向行者求告，行者才告诉他，皇帝尸体就是宝，让八戒背上才帮他出井。八戒恼火上了当，气冲冲的怎么也不肯，行者威胁要扔下他回去。呆子又气又恨，无可奈何，只好背死尸回了宝林寺，边走边盘算怎么报复猴子。

　　回到宝林寺，师徒看那死皇帝容颜不变，就好似活人睡着。八戒见唐僧流泪叹息，眼珠一转计上心来，就说："师兄有本事救活，师父只要念念紧箍咒，一切好办。"唐僧发问，行者摇头，他果真开始念咒，行者头疼难耐，忙答应说："我去阴司调取皇帝魂灵，管保让他复活。"八戒继续给师父"添油加醋"："师兄说过，他不用去阴司，在阳间就能救活皇帝。"

　　唐僧一听正中下怀，连连念紧箍咒。行者头疼不已，咬牙一边骂八戒，一边答应说："我去离恨天兜率宫，求见太上老君，请一粒九转还魂丹，管保救活皇帝。"唐僧这才停下不念。

　　悟空去兜率宫，进门就见老君正在炉旁炼丹。老头儿一见贼猴进来，也是心里一阵紧张，忙吩咐众人防贼。行者赔笑道："我早就收手了。"老头儿问："你这猴子有什么事？"行者说起原委，求取九转还魂丹，老君又恼了，正打算把猴子赶出门，忽想这样一口回绝，怕反而逼得他贼性发作，损失更大，于是叫行者回来，给了一颗还魂丹。

行者回到寺里,把金丹给皇帝灌下,不一时,乌鸡国皇帝竟死而复生,于是感激涕零,跪拜唐僧师徒的救命之恩。

第二天一早,师徒领着换了便装的皇帝去乌鸡国,上朝倒换关文。传宣上殿后,行者和唐僧在玉阶前站立不礼,众官员都异常吃惊。那假皇帝询问和尚从哪来?行者一一作答。问到穿便衣的真皇帝时,行者说破前因后果,假皇帝心怀鬼胎,已知露底,就要逃跑。

行者追上去,打了没几合,妖怪就抵挡不住,又逃回金殿,变成唐僧一模一样,跟随赶回的悟空无从分辨,八戒、沙僧也分不清楚,急得行者团团转,八戒倒在旁止不住冷笑。行者怒斥老猪,八戒反笑他蠢笨:"师兄,只有师父会紧箍咒,你让师父念念,不就分出真假了?"

行者想不出高招,只好采纳八戒的主意,念起咒来假唐僧只会胡乱哼哼,顿时真假分明,妖怪只好再次逃走。

三兄弟随后追上,围住妖怪猛攻。行者正要一棍了结他性命之际,就见一朵彩云飘来,有人厉声高叫:"孙悟空,别下手。"

见是文殊菩萨,行者忙上前施礼。文殊说道:"这妖魔乃我座下狮猁王,本是奉佛旨来淹死皇帝三年,以报我当日被其浸泡三天之恨。"悟空既吃惊又无奈,只好让菩萨现了狮子原形,带走了他。

哥仨回到金殿,正好宝林寺僧人送来皇帝袍冠,行者大喜,让皇帝重新穿上皇袍,把白玉珪塞还给他。皇帝不肯登座,哭请唐僧做皇帝,唐僧不肯又请行者,行者笑着劝他归位,皇帝这才重登大宝。

唐僧师徒要辞别,皇帝感激不尽,又苦于难以报答,便请唐僧坐上自己銮驾,令众文武大臣开道,他和三宫后妃太子亲自推车。

四人出了城,告辞后从容西去。

启示之一:正面形象通过适当的反面形象衬托后,效果会更加出彩。

春秋初期的郑庄公为称霸天下,多次和当时的周天子发生矛盾,甚至还出现过偷割周王王田的事件。后来,周王忍无可忍,率兵讨伐郑国,结果一开战天子联军被郑国军队大败,周王本人也被郑国大将祝聃射伤,眼看周王兵败如山倒要被活捉,郑庄公立即鸣金收兵。祝聃回来,埋怨庄公收兵过早,否则自己一定能擒获周王。庄公斥他不明事理,如果真的抓住周王必将无法善后,郑国将成为众矢之遭到诸侯围攻,祝聃和众将才恍然大悟,称赞庄公高明。

(当唐僧在宝林寺受辱出来的时候,身为大弟子的孙悟空当仁不让承担起做恶人的角色,既然恭恭敬敬客客气气不管用,那就凶狠霸道蛮横无理,果然收到了远超预期的效果。唐僧嘴上说,心里对悟空所作所为是暗暗赞叹。)

启示之二:已经明确的方向,也会有人疑惑和不解,有人合作和支持,可想而知,谁应该是倚重的人。

明朝第二任皇帝建文帝上台后,面对藩镇割据的局面,采取了削藩举措手,废周王、齐王、湘王、代王等为庶人。眼看即将大祸临头,燕王朱棣在姚广孝劝说下,起兵反叛,经过四年靖难之役,攻入南京,自己做了皇帝,成为明成祖。

(死去的皇帝托梦,惊醒了温习经文的唐僧,然而猪八戒埋怨、沙和尚不答,只有孙悟空附和,为师父接受的任务多方操持。且不仅是这一次,所以最终孙悟空的地位明显高于八戒、沙僧当然是水到渠成的事。)

启示之三:无端开罪同僚是不明智的,因为无法预知其影响力会造成多少实质性伤害。

宋真宗时,丁谓善于钻营迎合圣意升任了副宰相,但面对宰相寇准他仍然摆出一副毕恭毕敬唯命是从的姿态。有一次几个同僚在一起吃饭,汤饭沾污了寇准胡须,丁谓居然亲自上前为寇准擦拭,遭到寇准斥责。丁谓恼羞成怒,自此对寇准怀恨在心。后来他与刘皇后合谋,对寇准连续三次贬官,直至他被流放到广东雷州任参军。

（经动员请示了唐僧后,孙悟空终于获得了对猪八戒的使用支配权,当晚伙同去捞皇帝死尸,猴子连蒙带骗把老猪送进井里,迫使其背出死皇帝。之后,猪八戒就在唐僧面前说猴子可以把皇帝救活的话,唐僧一方面听惯了悟空的大话,一方面也希望完成对皇帝的承诺,就逼迫猴子救活皇帝。更奇怪的是,面对去阴司要魂魄的方案,在老猪一力鼓动下,唐僧直接否定,强迫孙悟空在阳间救活。为什么? 这其实暴露了唐僧对阴司的真实态度,那就是愤恨。事实上,如果不是唐太宗当初回魂游地府,也就不会有自己的漫漫受苦路。）

启示之四:需要谨防竞争对手借口增加团队利益,而伤害自身利益,达成假公济私目的。

魏国皇帝曹睿死后,宗室曹爽和大臣司马懿为顾命大臣,辅佐年幼的皇帝。曹爽为独揽大权,采取心腹的明升暗降之计,把司马懿升为太傅,渐渐架空了他。司马懿为避免因争权激化矛盾,于是就称病回避韬光养晦。他暗暗部署精心准备,趁一次曹爽兄弟外出游玩之机,突然发动政变一举屠灭曹爽宗族。此后,司马家牢牢掌控住军国大权,为建立晋魏打下基础。

（当妖怪变成唐僧出现在眼前无法分辨,火眼金睛完全失效的时候,猪八戒的冷笑激起了孙悟空更大的怒火,此时的八戒出了一个绝妙主意,让唐僧念动紧箍咒来区别真假。这样既能整治猴子又能解决问题,即便猴子自己都不得不赞成夸奖,最后收到奇效。）

第二十五篇　火烧猴子的妖怪火了

一、时间：唐贞观二十一年冬初

二、地点：西牛贺洲号山火云洞、南海

三、事件起因：唐僧师徒西行到号山，遇上个装神弄鬼的小孩儿，孙悟空、猪八戒和其反复较量都战败而归，最后不得已，观音亲自出马收降，结果红孩儿被提拔做了善财童子。

眼看又一年秋尽冬初，唐僧师徒走到一座惊人高耸的大山下。每当看到高山，唐僧就不由得心惊，行者知他心悸，忙着劝慰，哪知正说着，突然见一朵红云直冲九霄结成大团的火气，悟空大惊之下，也顾不得师父的圣僧形象，把唐僧摔下马来，大叫小心。在呼喊声中，八戒舞钉钯、沙僧持宝杖，一齐把唐僧围在当中。

原来，红光中真是个妖怪。他自得到唐僧肉能长生不老与天同寿的小道消息后，一直在苦苦守候，今天见正主来到，乐不可支，却见三个丑和尚团团护住。妖怪落下云，变成赤身裸体的小孩儿，假装被绳子捆吊在松树上，等着唐僧来解救。

此时，行者见红云四散，就让师父继续上路。唐僧刚刚摔个趔趄，问悟空因何事惊慌，悟空道："我见一朵红云拔地而起飞至空中，必是妖怪所为。现红云已散，妖怪已走，可能是过路之妖。"

八戒听师兄胡诌出的托词,忍不住嘲笑:"师兄说得好,妖怪还分常住的、过路的?"行者一本正经,解释了一番常住妖怪和过路妖怪之别。几人正说着,就听见"救人"的呼叫,唐僧惊讶问:"哪里叫救命?"行者心里暗骂妖怪狡猾,只劝别管闲事,以免被妖怪乘乱所害,随即用移山缩地法越过这段路程,把妖怪甩在身后。

妖怪摆着架子喊叫半天,却一点动静没有,心下奇怪他师徒怎么还不到?忍不住上天一看,才发现几人早已越过这里西去了。妖怪异常恼火,重新赶到前面,再次拉好架势只等唐僧,眼见近前才高喊:"师父救命!"

唐僧见眼前是个小孩光身子吊在树上,责骂猴子搞鬼,然后问:"你是哪里孩子,怎么搞成这样?"妖怪演技了得,装出满脸可怜相,眼含热泪道:"我家遭强盗抢劫,我被吊在树上已三天三夜,求师父大发慈悲,救我一命。"

唐僧哪经得住这般求救,忙令八戒解绳救人,行者按捺不住怒气,喝道:"妖怪别得意,真以为没人认得你!"妖怪一听,立即明白几次辨出自己,坏了好事的必是这猴子,于是表面战战兢兢,心里暗暗防备。

八戒解下妖怪,唐僧选派徒弟背他,怎知妖怪谁都不选,偏偏让行者背。唐僧走在前头,悟空心里窝火,就暗暗要收拾妖怪,要把妖怪假尸摔扁扯碎。妖怪真身早起在半空,眼睁睁见"自己"惨死,怒不可遏,招来一阵旋风就把唐僧抓走了。

哥仨见师父不翼而飞,行者发了火:"可惜师父不听我的,我早已认出那是妖怪,这阵怪风正是树上吊的小孩招来的。"

八戒、沙僧才醒悟过来,但事已至此,只得劝师兄一起去救师父。三人翻山越岭,许久没有找到,行者急躁之间,四处乱打。过了阵,一群如丐帮帮众的山神土地跑来拜见。行者惊讶不已,众神叩头而报:"此山叫六百里钻头号山,每二十里一个山神土地,共三十个山神三十名土地。"行者:"有多少妖精?"众神摇头哀叹道:"一个妖精就已被折磨得凄惨不堪了。"行者:"妖精在哪里?"众神:"枯松涧火云洞,就是妖王之所,我们山神土地常被吆喝着,给他做长工。"行者:"妖精叫什么名字?"众神:"那妖怪是牛魔王儿子,在火焰山修行三百年,炼成三昧真火,牛王派他坐镇号山,小名红孩儿,又称圣婴大王。"

行者一听乐不可支,对八戒沙僧说:"师父有救了,那妖怪是我亲戚。"八戒笑问:"怎么个亲戚?"行者:"我和牛魔王是结拜兄弟,妖怪既是他儿子,我就是他叔叔,侄儿怎敢害叔叔的师父?"沙僧笑着提醒:"三年不上门,是亲也不亲。师兄,你们六百年没见面,哪还会认你?"行者不以为然,认定妖怪定不敢怠慢自己。

三人沿路查找,见松林旁涧水飞流,一座石板桥通着座洞府,正是"号山枯松涧火云洞"。一群小妖在门口嬉戏,行者高叫让送出唐僧,否则就踏平妖洞。妖王把唐僧抓回来,正剥了衣服捆好,让小妖刷洗后准备上笼蒸,忽听手下来报:"大王,一个毛脸雷公嘴和一个长嘴大耳和尚在门前要师父。"

妖怪毫不慌乱,让小妖把五辆小车推出前门,按金木水火土方位安好,他才从容出来。

行者见他,就叫道:"贤侄,我是你老叔,你赶紧放了我师父。"妖怪丝毫不给面子,大怒喝道:"我和你个猴子有什么亲?满嘴胡说,谁是你贤侄?"行者道:"当年,我和你父牛魔王七兄弟,结拜为弟兄,你岂不是我侄儿?"妖怪依旧不信,举火尖枪就扎。行者一番耐心调教,没有任何收获,也怒从心头起,抢棒回击。二人再不论什么亲情,大战了二十回合。

八戒在旁边看得清楚,那妖怪虽没战败,却只有招架没有还击,眼看大师兄就胜利在望了。看有便宜可占,老猪举起九齿钉钯冲了上去。妖怪一个都挡不住,哪能经得起两个对手,忙拖枪败阵,准备动用绝招。

只见他纵身上了小车,一手捏着拳头,在自己鼻子上打两拳,念句咒语后,嘴里就呼呼喷出火,鼻子里迸出烟,五辆小车也烈焰涌出,火光冲天,火云洞四周霎时烟火弥漫。

八戒见势不妙慌忙逃命,行者悍不畏惧,冲进火里找妖怪。红孩儿见他逼近,一连吐了几口火,那火烧得更厉害。火丛中行者找不到路也看不见妖,只得败退。

回去见了两个师弟，行者喝道："呆子你逃了，怎把我丢下不管？"老猪笑道："识时务者为俊杰，妖怪不认亲，你强要认，大火烧来，不跑还等什么？"两人对妖怪的武艺本事评头论足，沙僧倒在旁笑了起来。

行者大奇，问他："有何可笑之处？"沙僧道："那妖怪武艺平常，胜在火厉害，以相生相克之法，降他不难。"行者觉得有理，便请东海龙王敖广助力，敖广招敖钦、敖润、敖顺齐至号山，行者叮嘱："等妖怪放火时，尔等见机施雨。"

行者有了底气，到妖洞前叫门，红孩儿依旧推出小车迎战。没几个回合，他故技重施，燃起大火。行者招呼龙王兄弟下起大雨，谁知雨水遇上妖怪的火，竟像火上浇油越烧越烈。行者无奈，钻入火中找妖怪，红孩儿见他逼近，猛喷出一口烟，熏得行者眼花缭乱泪落如雨，原来他的火眼金睛怕烟。

仓皇之际，行者满身烟火，想潜入水中灭火，岂知冷水一逼，火气攻心，当时昏死过去，吓得龙王们高呼八戒、沙僧二人。二人听闻，赶紧去捞师兄，已是死猴一个。

沙僧不由大哭起来，八戒却笑着劝道："这猴子有七十二变，就有七十二条命，他根本死不了，是在吓唬我们。"老猪亲自动手按摩揉搓，悟空很快醒来。兄弟几人再商量降妖之法，行者坚持请观音前来，只是自己受伤，已驾不成筋斗云，八戒就自告奋勇前去。

哪知红孩儿正命小妖探听他们动静，见八戒向南而行，判定必是去请观音。他立即赶在八戒前面，变成假观音等八戒上钩。果然，呆子被骗进妖洞，被众小妖捆吊起来。红孩儿现出原形，大笑他是个笨蛋，八戒羞怒不已，连声大骂。

行者察觉形势不对，混进火云洞探看，见八戒果然已落入妖精手里，红孩儿正命手下六健将去请牛魔王，开设宴席吃唐僧肉。

悟空暗喜，忙赶在半路变成牛魔王，摆出打猎游玩的阵势。六小妖一见"牛魔王"，忙跪倒相请，回报火云洞。红孩儿闻"父亲"来到，出来迎接，说："我擒获唐僧，专门请父亲来吃唐僧肉。"

但这"牛魔王"煞是奇怪，口口声声说不能吃唐僧，惹不起孙悟空云云。

红孩儿一脸不服气，自豪地说：孙悟空没什么了不起，我用神火打败他两次，又抓住猪八戒，他也没把我怎样。

"牛魔王"又换了理由，说："父王今天正在吃斋消灾，不能吃唐僧肉。"这话一说，红孩儿疑心起来，心想："父王平日吃人，活了一千多岁，怎么开始吃斋积善了？他作恶多端，仅凭几天斋戒，怎么抵消得过？"于是偷偷招问六健将，才知道这"父王"是半路遇到，他更加怀疑，先命众小妖们做好动手准备，又故意问"牛魔王"："父王，我遇见张天师，请他算命，我的生辰八字是何时辰？"

"牛王"推托因年老忘记了，红孩儿当时就翻了脸，行者便化成金光脱身出洞，回去不禁哈哈大笑，得意洋洋，和沙僧说自己占了便宜，做了回爹，只觉神清气爽浑身舒泰，要亲去南海，请菩萨来降妖。

到了落伽山潮音洞，行者说起号山枯松涧火云洞遇上红孩儿，派八戒来请菩萨，结果妖怪变成菩萨样子，把他给骗了。观音大怒："妖怪竟敢变我的模样？"当即把净瓶扔进海里，一会儿，一只龟驮着净瓶浮出水面，观音让行者把净瓶拿来。行者一上手，好似蜻蜓摇石柱，只得承认自己力弱。观音道："此净瓶已从三江五湖中借了一海之水，所以你拿不动。"

观音轻轻托起净瓶，又命惠岸去托塔天王处借来全副天罡刀，把刀变成千叶莲台，亲自坐上去，驾云到了号山。在号山放出净瓶中的水，把这里一番装点，仿若落伽山形状，给悟空左手写个"迷"字，令他把妖怪引来。

行者前去叫阵，斗了不几回合，就放出迷字诀，红孩儿着了迷，被引着追到菩萨面前。红孩儿喝问观音："你是孙行者请来的救兵吗？"谁知连问几声，观音毫不搭理，红孩儿大恼，起手一枪刺来，观音行者都飞在空中，把假莲台丢在了原处。

红孩儿见佛座莲台在眼前，就学着观音样子，在莲台上盘着手脚坐稳。观音见时机已到，手一指叫声"退"，那莲台顿时变成刀尖阵，妖怪下身被刀尖所穿，血流如注，菩萨又念声咒，天罡刀竟变成倒须钩儿，妖怪慌了手脚连连求饶。

观音随即给他剃度受戒，授其善财童子一职，才收起他身上的天罡刀。红孩儿眼见身上不疼不伤，又不服气起来，拿起火尖枪又刺向观音。观音见他野性难驯，动用佛门至宝，拿出金箍儿一化为五，向红孩儿身上一抛，一个套在头上，四个套在双手双脚，念动金箍咒，红孩儿顿时疼得满地打滚。

红孩儿至此才知菩萨法力深厚，与己有天地之别，无奈终服输下拜。

菩萨高兴地带着战利品——善财童子回了南海，行者、沙僧攻进火云洞剿灭群妖，救出师父、八戒，继续踏上新征程。

启示之一：纠正方向性失误，应在维护权威前提下合理进行，否则不仅于事无补，甚至会导致团队遭受损失。

战国时，孙膑被营救回齐国，在看到大将田忌与齐王赛马连败三场后，他就给田忌出主意，约定和齐王赌千金，并确保可以通过谋划让田忌取得胜利。之后，在他运作下，田忌以自己下等马和齐王上等马比赛，输了第一场，又以上等马对齐王中等马、中等马对齐王下等马，连赢两场，最终获胜。孙膑出奇制胜，因此受到齐王关注，并在之后对魏之战中，被齐王拜为军师，指挥齐军大败庞涓，取得了桂陵之战、马陵之战的胜利。

（红孩儿变成小孩儿样子，争取到唐僧的同情和关怀，孙悟空明明知道他是妖怪，却毫无阻止之法，结果被他轻松打入内部，让红孩儿赢得先机，趁乱掳走了唐僧。）

启示之二：在尚未分辨敌友前，应诸事谨慎，先求自保。

春秋末年，五霸之一的晋国已经行将就木。随着国内上百年间互相兼并攻伐，国家大权落到四家士大夫手里，其中又以智家势力最为强大。智氏首领智瑶急于想一统国家，就勒令其余三家向自己纳贡称臣。魏家、韩家都照办了，只有赵家赵襄子不肯就范。智瑶大怒，联合韩魏进攻赵家。眼看赵家城池一一陷落，只剩两个城池，已是危在旦夕。紧要关头，赵家派遣使臣秘密联络韩魏，反戈一击后，三家一齐攻灭了智家，最终三分晋国，拉开战国时代的序幕。

（通过山神土地,孙悟空得知妖怪是牛魔王儿子,就由无比沮丧变得成竹在胸,自以为事情可迎刃而解。沙僧却明智冷静,道出人走茶凉之理。孙悟空六百多年都没有和牛魔王联系,今天你是僧他是妖,你是正他是邪,何况还是他那从未谋面的妖怪儿子。孙悟空不听劝说,完全没有防范之心,上门索要唐僧,结果红孩儿根本不承认这个神通广大的"叔叔",一开始就没有好脸,让孙悟空丢了面子,再拉开架势一打,又敌不过红孩儿,再次丢了面子。）

启示之三:世界之大无奇不有,总有难以了解到的事物。高明者往往谦恭纳谏,善于把别人智慧变成自己能力的延长,如此,才能长久立于不败之地。

在蜀汉南方少数民族首领孟获叛乱后,诸葛亮为平定叛乱,亲自率军深入不毛之地进行征讨。其中一次遇到蛮人野兽兵团和大象兵团后,由于蜀汉军队根本没有这方面准备,导致无法抵挡而战败。对此,诸葛亮召开会议商讨对策,最后群策群力,采取用巨型神兽模型威慑,兼以火攻,一举攻破敌阵,战胜了对方军队。

（孙悟空、沙和尚只知五行相克、水能灭火的道理,却不知凡事总有例外,于是千里迢迢请来龙王灭红孩儿大火。谁知红孩儿的火是三昧真火,普通水不仅灭不了,反而会让其越烧越旺。结果孙悟空遭逢惨败,几乎葬送了一条猴命。）

启示之四:针对性决策作出后,团队须全力以赴,绝不能打无把握之仗,否则将功败垂成。

1812 年是拿破仑法兰西帝国的鼎盛时期。这一年,拿破仑亲率所辖欧洲各国联军 57 万,征伐不肯就范的俄罗斯。大军长驱直入,很快攻入俄国首都莫斯科。结果俄国人采取坚壁清野之策应对,使拿破仑大军事事掣肘、时时受制,最终因为后勤不济加之当年冬天的严寒,导致最终兵败。此役战败,纵横欧洲的法兰西帝国走上下坡路,在之后反法联军的打击下终趋灭亡。

(孙悟空变成牛魔王样子,混入火云洞,可谓处处破绽、漏洞无数。一是他太急迫了,居然在离妖洞十几里的地方等妖怪,耐心太差;二是去了洞里,没完没了夸奖猴子,其实是自夸,必会引起红孩儿不快;三是谎称吃斋,完全没有找好理由,引起怀疑;四是对自己扮的角色完全没有了解,根本没有掌握足够的资料。结果费了大力气白忙乎一番,居然还得意洋洋地认为占了妖怪便宜,充分暴露了猴子喜占小便宜却吃大亏的心态。)

启示之五:强者之所以能够脱颖而出,更多还是因实力使然。冒失的挑战,只能自取其辱。

残唐五代时,石敬瑭决定依附契丹做"儿皇帝",于是把燕云十六州割送给契丹,在付出重大代价后被扶植做了后晋皇帝。他死后,侄子石重贵继任后晋皇帝,自觉羽翼丰满,觉得向契丹称臣是奇耻大辱,就做出对契丹不再称臣的决定。之后引来契丹大军相攻,终在契丹军团第三次南下时全军覆没,最后被迫投降,全家被俘,后晋灭亡。

(观音展示了自己实力,既给红孩儿上了一课,更给孙悟空上了一课,让一贯自高自大的孙猴子见识到自己法力的强大。但初生牛犊不畏虎的红孩儿显然还不服气,好似当初猴子被压五行山下,不反省自己,反说是被如来哄骗了。红孩儿不服气的结果只能是再次被实力碾压,于是头和手脚被套上金箍,彻底使自己成为诸多妖怪们借鉴的反面典型。)

第二十六篇　铁心捞一把的水妖

一、时间：唐贞观二十一年冬末

二、地点：西牛贺洲黑水河、西海龙宫

三、事件起因：到了黑水河，唐僧渡河时被水里妖怪下手抢走，孙悟空多方探察，知道妖怪居然是西海龙王的外甥，于是亲自到西海，迫使龙王派兵降妖。

师徒几人离开号山向西走了一月有余，今日前行就见前面一道黑水河横亘，水浪滔天挡住去路。

唐僧甚是奇怪，这河水怎如此浑黑？八戒沙僧在一旁各自胡乱猜度。黑水河虽不过十几里宽，但对肉体凡胎的唐僧而言，过河也是千难万难之事。哥仨正在商量如何是好，却巧有个艄公撑着小船过来，唐僧大为高兴，招呼他靠了岸，才看到这小船竟是一段木头掏空做成的独木舟，只能乘坐区区两人。

师徒没办法一次过去，八戒就自告奋勇，要护着师父先过，谁知艄公撑船到黑河中间，一声巨响后刮起狂风，顿时河上卷浪翻波遮天迷日，那小船连同唐僧、八戒消失得无影无踪。岸上的行者沙僧眼见翻了船，惊慌失措，沙僧马上要去下游捞人。

孙悟空毕竟见多识广，回想起刚才那个艄公，似乎很不对劲，说不定是船被做了手脚。水怪出身的沙僧当即下水去探察详情，来到"衡阳峪黑水河神府"附近，就窥探到一个妖王对着众小妖在训令："小的们，咱劳苦这些天，今天总算得手。擒获的这个秃和尚就是人所共知的十世修行好人，吃他一块肉能长生不老。"他命小妖蒸熟唐僧、八戒，又派手下去请其二舅，以此庆祝其寿诞。

沙僧见师父要变成盘中餐，忍不住抢起宝杖，破口大骂道："妖怪，赶紧把我师父、师兄送出来！"妖怪穿戴齐整，提竹节钢鞭来战，二人斗了三十回合，不分高低。沙僧眼看自己久战不下，便想引他出去，让大师兄动手，哪知那妖怪根本不搭理，一心惦记着锅灶上的唐僧肉。

沙僧无奈之下气呼呼从水里出来，把所见和行者说了一遍。二人正猜想妖怪二舅是谁，忽而发现下游河湾有个长相怪异的老头儿，远远走过来并跪下，自称是黑水河神。行者警觉道："你鬼鬼祟祟，是不是妖怪？"老头儿流着泪磕头道："大圣，我是河里河神。那妖怪去年五月从西海赶潮，来这儿耍流氓，我年老体衰打不过他，被夺占了黑水河神府，还伤了许多子弟。我气不过去上告，怎知西海龙王是他舅舅，不但不准我状子，还让我把地盘无偿给他。我想上天告状，可惜官职太小没资格。现在大圣来了，只拜请您为我报仇。"

行者见了地盘正主儿，心里舒畅："依你所说，那西海龙王都脱不了干系，他抓我师父师弟，还要请他舅舅共享。好，你和沙僧守在这儿，我去西海把龙王抓来，让他亲自摆平这事。"

河神见复仇有望，忙磕头礼拜，感激不尽。

行者到了西海，正巧撞见黑鱼精，顺手照面门一棒，死鱼顿时飘出水面。他再一查，发现小妖拿的请柬正是请西海龙王光临酒宴的拜帖。本来没有掌握实证的行者，顿时高兴了，收起帖子就闯入龙宫。

敖润率西海众水族迎接，入宫等茶时，行者便道："我没吃你的茶，你倒先要喝我的酒了！"

敖润听着话不对头，惊问行者何意，等把递来的帖子看过，顿时吓得魂飞魄散跪下请罪:"这妖怪叫鼍洁,本是我妹夫泾河龙王九儿子,他父母双亡,我本意令他去黑水河养性修真,谁知这混账竟敢犯下如此大罪,大圣放心,我必抓回严办。"

行者看老龙王诚恳,就宽宏大量道:"我本想以帖为证,上奏天庭向你问罪,既然你自正家规,就饶你这次,赶紧派人去救我师父。"敖润忙命太子摩昂率水兵去擒他问罪。

老龙还生怕大圣见怪,要安排酒席陪礼。行者见敖润胆战心惊,就出言安慰,喝过杯香茶就和摩昂一道出发。到了黑水河,行者发话:"太子,烦你去处治,我就在此等候了。"

摩昂随即派手下通报鼍洁,说自己来了。那妖怪闻报表兄已来,却不进府,心里奇怪,又有巡河小妖报告:"摩昂太子领兵入河驻扎。"鼍洁奇怪之余很是恼火:"这表兄也太狂了,就算舅舅让他代己赴宴,怎么还领着兵,莫非向我示威?"

鼍洁也警觉起来,让手下做好开战准备,他出门礼迎。见了摩昂便问:"表兄为何领兵前来?"摩昂喝问:"你请舅舅有何事?"鼍洁不禁得意道:"我活捉了个和尚,是十世修成的原身,吃了可以延年益寿。我一片孝心,打算给舅舅祝寿,故而相请。"

摩昂怒不可遏喝道:"你个蠢货! 知道那和尚是谁?"鼍洁答是东土大唐而来的唐僧。太子怒骂道:"你只知他是唐僧,不知他徒弟有多厉害。他大徒弟是当年大闹天宫的齐天大圣,现在保唐僧西天拜佛求经。你做什么事不好,偏偏捅出这么大篓子。他夺了你的请帖,去水晶宫问罪我父子,告我们勾结妖怪抢夺唐僧。赶紧把唐僧、猪八戒送出去,我再给他好好陪礼,希望大圣能饶恕。"

鼍洁让表兄大骂之后又惊又怒:"我和你是姑表兄弟,你不帮我反向着别人。依你把唐僧还了,长生不老肉再去哪吃? 天下岂有这么容易的事?你怕他我可不怕,让那什么齐天大圣来和我比划。"

太子大骂:"果真狗肉上不了台面,纯属妖怪胚子,别说孙大圣,你敢不敢和我比划?"鼍洁气不过,当即和摩昂斗在一处,没数回合,摩昂故意露破绽引他上钩,鼍洁不知是诈,被摩昂一下打倒,众海兵一拥而上,将其制服后押上岸请行者发落。

悟空见鼍洁垂头丧气地被押上岸,斥道:"你竟敢违背你舅舅训话,不修身养性,反倒倚势行凶强夺水府,还狗胆包天想吃我师父师弟。本该一棒打死,看在龙王父子面上,姑且饶你不死。我师父在哪?"

鼍洁不住磕头求饶,浑身得意劲儿一扫而光。沙僧与河神进水府查看,水妖们早逃得精光,唐僧、八戒还在水府里捆着,沙僧、河神一人一个,把唐僧、八戒救出水。

见事情总算圆满,摩昂请示行者:"大圣,现已救出尊师,我马上带这小子去见家父,大圣虽饶他不死,但他也难逃活罪。

行者点了头,摩昂拜别辞行。黑水河神感激不尽,再三谢大圣令己重得水府之恩。

唐僧只发愁无法过河,河神宽慰他无需发愁,运起阻水法来把上流水挡住,下游立即开出条大路,师徒们从容渡过河,继续西去。

启示之一:领导者所担负职责往往关系整个团队的生死存亡,即便忽略某些不起眼的小问题,都有可能影响甚至决定团队的前途和命运。

1485 年冬,英格兰查理三世与亨利伯爵在波斯沃斯城郊的荒原上展开一场新的较量。开战后两军刀光剑影。查理三世的军队步步紧逼,对方则是连连后退,眼看要战败。就在此时,查理三世突然马失前蹄,跌翻在地,自己阵营的官兵顿时军心大乱,慌作一团。亨利伯爵见有机可乘,趁势反攻从而转败为胜。这一戏剧性局面因何出现的呢? 原来在决战前夕,马夫给查理三世的战马在换马掌时少钉了一枚钉子,结果就因为少钉了这枚铁钉,蝴蝶效应由此出现,最后导致了一个国家的灭亡。

(走过了大风大浪,没想到一条十几里宽的黑水河成为唐僧、猪八戒倒霉的地方,还几乎被蒸熟吃掉。不仅是他们大意了,连一向机警过人的孙悟空也大意，明明看到艄公有问题，却没有引起足够警觉，导致在小河沟里翻了船。）

启示之二：当个人得益搭上团队利益的便车时，无论曾有多少阻力，都会一一得到解决。

伍子胥的父亲伍奢和哥哥伍尚被楚平王诬陷杀掉后，他不甘就死，忍辱负重逃亡到吴国。后来投奔到公子光门下，并助他做了吴王。以此为开端，他积极动员吴王富国强兵，聘请孙武出山为将征伐楚国。在孙武的率领下，吴国大军连战连捷，直至攻破楚国都城，伍子胥把死去的楚平王尸体挖出来鞭尸，为父兄报了血海深仇。

（黑水河神水府被强占，河神可以说是叫天天不应叫地地不灵，偏偏有孙悟空来了，偏偏又发生了孙悟空师父师弟被强占自己水府的妖怪抓走的事，河神审时度势，求拜大圣，结果在唐僧等人被解救后，自己顺带也实现了夺回水府的愿望。）

启示之三：对于难以言明、只可意会的事，应认真揣测，反复琢磨，此类事往往关乎大局。

西汉初年，异姓王在项羽被消灭后，逐渐成为汉高祖刘邦重点考虑的事。一次，刘邦借梁王彭越一点小事，追究了他的责任，废了他的王位并贬其为庶人。感觉霉运当头的彭越遇到吕后，向她哭诉请她向刘邦求情。谁知吕后不动声色，当着彭越的面还陪他哭，转头就要求刘邦处死他，不能放虎归山。刘邦心有不忍，吕后立刻找人罗织了彭越一大堆造反的罪名和证据，最后彭越被处死并被剁成肉酱。

（西海龙王的外甥鼍洁根本没有理解舅舅的深刻用意，之所以让他守住西行之路，就是暗自希望他在唐僧到来时助其一臂之力，以此为由，就可立功受奖成为神仙。结果他没有做神的心思，竟有做妖的骨骼，完全没有体会舅舅苦心，曲解了老人家意思，还差点把亲戚拉下水。被表兄抓回去不免皮肉受苦,做神的机会也让他白白错过,老龙王岂能不气?)

启示之四:如果无法了解和体会一个人的真实能力,可以参考一下他的身边人,就足以判断其分量和档次。

东汉末年时,匈奴派使者觐见魏王曹操。曹操自惭形秽,认为自己威仪不足以震服匈奴,就想了个办法,让大帅哥崔琰代替自己接见使者,他自己则假装成一旁的史官观察动静。接见完匈奴使者后,曹操派人去问他对魏王的观感,哪知匈奴使者开口评价:"魏王气质高雅不同寻常,但他身旁坐的那个史官看起来才是个真正的英雄。"曹操听后大吃一惊,心惊后怕之余,立即派人追上并杀了这个使者。

(鼍洁做妖怪也不是一无是处,打伤黑水河神又狠狠捞了一票,结果随着野心的增加自己的胆子也壮了,完全没有搞清唐僧是谁?唐僧徒弟是谁?唐僧背景如何?因为无知无畏和诱惑动了手,结果碰了大钉子倒大霉也算实属正常。)

第二十七篇 三个妖怪全军覆没

一、时间:唐贞观二十二年初春

二、地点:西牛贺洲车迟国

三、事件起因:在车迟国,孙悟空出手解救被贬为苦力的和尚,又伙同猪八戒、沙和尚大闹三清观,终于激起三个国师怒火,以本身所学与猴子展开较量。

这天春和景明,唐僧师徒正在路上前行,忽听远处传来一声巨响,好似千万人齐声呐喊。突如其来的声音吓了唐僧一跳,忙问悟空原因。行者飞在空中,见西向一城门外许多和尚在喊着号子拉车,车上装的都是砖头瓦片,看上去十分沉重,那巨响声就是和尚们在发力大喊。

此时,城里摇摇晃晃出来两道士,和尚们见了二人,更是害怕得加倍努力拉车。行者分外诧异,和尚为什么怕道士呢?他化身成游方道人,上前和道士攀谈套话。

原来,此国二十年前遭旱灾时,三个神仙——虎力、鹿力和羊力大仙从天而降。他们呼风唤雨、指水为油、点石成金,在久旱无雨之际,祈雨救了国家百姓。反观和尚们空念经却招不来雨,朝廷大怒,说和尚无用便拆寺毁庙,还以下诏方式,让道士对这些和尚随意差遣,所以,这些和尚已成为道士的奴隶。

行者一听,当下涕泪横流道:"我叔叔当年做了和尚,现在我来探亲,请求道兄帮忙查找。"两道士就让他自去探看。

行者欣然过去,笑话这群受苦力的和尚们:"你们真不长进,竟甘愿给道士做奴仆。"众和尚羞愤交加,讲了不得已的缘由,行者就指点他们逃走。和尚们苦着脸摇头:"逃不了,全国各处都张挂着我等画像,无论是谁,只要抓到一个和尚,有官的官升三级,没官的赏银五十两,凡是秃头都无路可逃。"

行者又道:"那还是死了算了。"和尚们又诉起苦来:"我们二千多秃瓢儿,死得只剩下五百个,却再怎么想死也死不了,每次自杀就有六丁六甲、护教伽蓝护着,劝我们耐心等东土大唐圣僧的徒弟齐天大圣来解救。"

行者听自己名气甚大,暗自得意,就去和两个小道求情,声称五百个和尚都是自己关系户。俩道士吃惊非常,说什么也不肯放这么多和尚,行者连问几声不肯,怒从心起一棒打死了两道士,吓得众和尚只怕遭连累,都上来围住他不让走。

这时,行者才笑着说自己就是齐天大圣,和尚们看他一身道士装扮,根本不信,纷纷把梦里太白金星所道的大圣长相派头描述一遍,行者当即现出原身,众和尚一看果然是他,都跪倒磕头。行者道:"你们赶紧逃散,我给你等一截猴毛,教你们个护身法防身。"

众和尚散去,他回见唐僧,说过缘由后,师徒几人便进城到智渊寺歇脚。当晚二更,行者翻来覆去睡不着,驾云去三清观查看动静,见那里灯火通明,便心有所动,以宵夜为名,率八戒、沙僧齐去三清观。

到了地方,行者施展本事刮起狂风搅散了仪式,道士都散去后三兄弟就进入三清殿。行者动个脑筋,让八戒把三清雕像扔进厕所,三人分别变成元始天尊、灵宝道君和太上老君,大模大样坐在神位上,开始享受供奉,吃得醋畅淋漓。

不想,一个小道士散场时把手铃忘在殿上,回来摸黑找的时候,踩中八戒丢的荔枝核,摔了个大跟头,惹得老猪忍不住大笑起来。

小道士吓得魂飞魄散,忙去报告师父,顿时惊动了全观道士都来三清殿。众人见供品都被吃了，三大仙以为三清降临，便请求赐予圣水。行者开口答应了，让他们取来器皿，等关好门窗后，三人各自在器皿中撒了泡尿。三个老道一喝，发现不对头，孙悟空故意留下自己名号后，率师弟逃走。

第二天，唐僧带徒弟去车迟国朝堂上倒换关文，皇帝正在细看文牒，三个国师恰好到了。皇帝说面前的是东土大唐去西天取经的和尚，三个国师大笑，随即说出他们私放五百和尚、夜闹三清观之事，皇帝大怒，当场要杀四人。

行者毫不畏惧，反和皇帝争辩道："捉贼捉赃，既然污蔑我们有罪，为什么没有当场抓住？要知道，天下冒名陷害的事儿多了去。"

双方正在争执，恰好有百姓来求雨解除旱灾。皇帝便问："尔等敢不敢和我国师比一比祈雨？"行者没有犹豫就答应了，还多留个心眼儿，虎力大仙以令牌为号，他就以立棍为号。

较量一开始，虎力果然出手不凡，令牌一响顿时风起云涌。师徒几人大吃一惊，行者急忙飞上半空，喝止了风婆婆、巽二郎，又截住推云童子、布雾郎君、雷公电母和四海龙王，严令他们不得遵令而行，必须等自己棍子指令发出后，再密切配合。

虎力求雨不来，只好悻悻下坛，行者就和师父联手上台，由唐僧装模作样念经，行者负责用棍子指挥"行云布雨乐"。果然，行者法力更为神奇，在他棍棒指挥下，风刮得更猛、云来得更浓、雷打得更响、雨下得更密。等皇帝传旨停雨时，他把棍子朝天一指，刹那间雨散云收。

皇帝由衷赞叹强中自有强中手，正要放四人西行，三个国师心中酸楚，又仗着面子耍无赖，争论道："这雨是我们请来的，只是让和尚赶巧碰上了。"争执中，行者一锤定音，说道："四海龙王还在天上，谁能叫出龙王，就算谁的功劳。"

结果，三个国师喊破嗓子毫无动静，行者一唤，四条龙现身在金銮殿盘旋飞舞，令皇帝惊喜不已，就要放他们西行。

眼看面子要丢光，三个国师顾不得体面，跪拜奏告皇帝，定要与和尚斗法,以挽回名声,皇帝无奈问行者,他竟高兴地应战了。

第一场云梯显圣,唐僧出马坐禅,屁股坐得稳,又得行者暗助,赢得毫无争议。第二场隔板猜物,悟空依仗变化之能,一连三次钻进柜子,把道士猜对的东西暗中换掉,甚而连进入柜子里的道童,他也给变成了秃头和尚,让三个国师哑口无言。

不甘失败企图孤注一掷的老道们最后把心一横,提出要和行者比砍头剜心、油锅洗澡。皇帝大吃一惊,硬着头皮和行者一说,不想猴子竟哈哈大笑,仿佛为的就是等这场比赛。

砍头比试开始,行者先上去,他猴头被砍后。道士暗中施法,行者连叫"头来",头却不来,心焦之下大喝一声后,又长出了新头。等虎力出场,砍落的头被行者变出的狗叼走,那虎力连叫三声"回",头回不来,顿时鲜血狂喷死于当场,变成一只没头的死虎。

比赛剖腹,行者让刽子手剖开肚子,自己取出五脏六腑,逐一清洗又放回肚子,吹口仙气一捻,依样长好。等鹿力大仙也依样盘弄时,行者变出老鹰,叼走他的心肝五脏,鹿力霎时死在当场,变成没下水的死鹿。

比试油锅洗澡,悟空洗得舒服,忙里偷闲还和众人玩笑,随后变成枣核沉在锅底,众人误以为他被炼化时,行者再次现身,毫发无伤。等羊力大仙进了油锅,行者却发觉滚油不热,立即招来北海龙王敖顺,勒令他收走冷龙,霎时羊力皮开肉绽被烫死在油锅。

孙悟空不辱使命,三战三捷。

见三位国师死个干净,皇帝悲从心来放声大哭,行者指斥:"他们明明是虎鹿羊变化成妖,专等你气数衰败夺你江山,是我们救了你,还不醒悟?"皇帝回过了神,设宴感谢师徒。

第二天,行者释放的五百个和尚都进了城,当面上交猴毛,拜谢救命之恩。行者收了猴毛,语重心长地开导皇帝:"国家应三教归一,敬僧敬道也养育人才,才能源远流长,江山永固。"

皇帝听从教诲,对师徒四人感激不尽,师徒四人从容西去。

启示之一：对于上级精心安排的部署，必须高度重视、认真对待，这不仅是对自身的考验，更意味着对自己的重用。

第二次世界大战爆发后，斯大林一直忧心忡忡，担心陷入德日法西斯的两线进攻。为防止日本军国主义者的冒险，打消其从东方进攻苏联本土的意图，斯大林作出决策，派善打硬仗的朱可夫坐镇远东，防范日军。果然，诺门罕之战中在朱可夫指挥下，苏军以压倒性军事优势取得胜利，彻底粉碎了日本北上的野心，由此消除了苏联被两大法西斯国家夹击的危险，为其调集远东军队回防，全力参加对德卫国战争并取得胜利奠定基础。

（到了车迟国，孙悟空才发现，自己已经被安排下繁重的工作任务，不但要解救500个和尚，还要消除该国佛道敌对的问题。对此难题，他没有回避矛盾，而是迎难向上，开始了针对性的工作，通过巧妙的安排后，对上级布置的任务一一加以落实。）

启示之二：面对敌手，能够知己知彼、主动出击、从容应对，自然将赢得赏识和肯定、欣赏与看重。

1967年，面对周边虎视眈眈、不断发出战争叫嚣的阿拉伯国家，以色列国防部长达扬经过周密策划、精心部署，下定决心集中全国空军所有力量，不宣而战闪击阿拉伯各国。此役伊始，以色列几乎集结了国内所有能够起飞的飞机，甚至连教练机都带弹出动，以全部空中力量突袭阿拉伯国家前线机场，埃及、叙利亚、约旦、伊拉克等国军机大多数在陆地上就遭到摧毁，并炸毁了阿拉伯国家绝大多数机场，一举瓦解了看似庞大的阿拉伯联军空中力量，仅用六天时间就赢得战争，史称"六日战争"，在世界军事史上留下浓墨重彩的一笔。

（挑起三位国师的愤怒后，孙悟空兵来将挡，水来土掩，一连三次对抗都以胜利告终，死死压住国师们的势头，得到皇帝的由衷称赞，更得到佛派高层的肯定。）

启示之三：明知正面不敌，就应审时度势、避其锋芒、扬长避短、择机再战。万万不能孤注一掷，以团队的生死存亡作为赌注去豪赌。

秦献公执掌秦国时期，因国内动荡加之国力不足，河西之地被魏国趁机攻占，他多次率兵出征，都未能夺回。待秦孝公继位后，为确保国家休养生息、以为强秦之计，毅然接受魏国屈辱性休战条件，签订条约割让河东，示弱于魏，加强内政。经商鞅操盘，在秦国力行变法，以近 20 年韬光养晦之道力行变法，使秦一跃成为战国时期国力最强大的诸侯国，为日后秦始皇最终统一六国打下坚实基础。

（眼看孙悟空优势尽显，三个国师不仅没有惊觉问题的严重性，反而变本加厉，就像输红了眼的赌徒，为了声誉、为了面子、为了赢得本派地位，从而走上一条彻底的不归路。然而，在和猴子的比拼中，欲致猴子于死地而后快的他们，却屡屡不幸，被置死地让猴快，不免贻笑大方。若能忍辱未必不可偷生，毕竟其五雷正法得自真传，说明得道于正路，却因为无谓的争面子接连死去，真可说是中了猴子的激将法。）

启示之四：拥有了强大准确的信息支撑，取胜的关键就在于正确决策。

1941 年太平洋战争爆发后，日本联合舰队在山本五十六领导下暂时赢得西太平洋的军事优势，但美国情报部门无论是装备水平还是人员管理都技高一筹，发现在珊瑚海之战后，日军许多情报频频提到一个代号——"AF"，据战局判断此代号代指中途岛，美太平洋舰队司令尼米兹抓住机会迅速决策，采取欲擒故纵、引蛇出洞的战术，诱使日本舰队进入伏击圈，一举击沉 4 艘航母，给予联合舰队沉重打击。自此后，日海军转入防御，美国海军开始战略反攻。

（当第一轮比试结束时，面对并未起杀心的猴子，三个老道却没有自知之明，肆意扩大比拼规模，采取了非生即死的方式，试图和猴子较量，以挽回面子，结果折戟沉沙，不仅自己惨死，更给本派造成不可挽回的后果，彻底毁灭了道教在车迟国建立的正面形象。）

第二十八篇　陈玄奘成了"沉到底"

一、时间:唐贞观二十二年秋

二、地点:西牛贺洲通天河、车迟国元会县陈家庄、南海

三、事件起因:到了通天河东,为救陈氏兄弟儿女,孙悟空伙同猪八戒赶走灵感大王,引起此妖报复,设计阴谋诱骗唐僧入水,八戒、沙僧再三营救无济于事,行者请观音亲来,终救出唐僧。

师徒四人西行,眼见天色将晚,听见前面滔滔水响,行到河边,八戒拿鹅卵石试水深浅,石头咕咚一声沉了下去,他惊讶河水之深。行者远眺,见河宽足近千里。师徒又见岸边立块石碑,刻着几行篆字:"通天河""径过八百里,亘古少行人"。眼看大河难渡,唐僧急得流下眼泪,不知如何是好。

八戒忽听到敲鼓打钹之声传来,师徒向声响处走去,见是四五百户人家的村庄,庄上首户人家门外挂幡,家里灯火辉煌,香烟缭绕。唐僧进门求借宿,户主老头儿将其请进家门,等行者三人一进去,老头儿吓得连叫妖怪,唐僧赶紧解释说是自己徒弟。

等进了厅堂,三个丑家伙把众人又吓得东躲西藏,户主忙说他们并非邪魔,是东土大唐的罗汉。户主老头儿让摆斋上饭,唐僧一卷《启斋经》尚未念完,八戒饿得忍不住,早就吃完几碗米饭。这顿饭师徒都吃得满意,只有呆子混了个半饱。

主家收拾过碗碟,唐僧谢过户主,才问道:"今晚办的什么斋?"户主老头儿哭丧着脸答:"是预修亡斋。"

这个前所未闻的新词儿令八戒捧腹,行者也忍俊不禁,可户主老头儿依旧哀伤,解释道:"我们这里通天河岸旁有座灵感大王庙,那大王虽感应一方保佑黎民,却要吃童男童女,名虽为神其实是妖。"

行者暗想,老头儿如此悲痛,定是轮到他家供奉。一问他,果然没错。他又细说:我们这叫陈家庄,灵感大王须每年祭祀一次,每次必供奉一对童男女,只有让他吃了,才能保风调雨顺,胆敢不祭祀,他就会降下灾祸。

行者问:"你有几个儿女?"叫陈澄的老头儿顿时捶胸顿足道:"我老汉年近六十,只有一女一秤金,弟弟陈清也年过半百,只有个七岁儿子陈关保。我二人对两个独苗是爱如性命,现却不得不献出去,让妖怪享用。"

唐僧流泪感叹,行者反笑问:"看你产业家当不少,何不花钱买两个童男童女代替?"陈澄、陈清更是哭个不住,抽抽噎噎道:"灵感大王独霸一方,在这方地盘常走动探察,每户人家家长里短摸得一清二楚,就要吃各家各户的亲生儿女,就是花多少钱,也没地方买一模一样同年同月生的孩子。"说完,陈氏兄弟又不禁嚎啕大哭起来。

行者让把陈关保抱出来,看那孩子活泼可爱,他当众变成一模一样的陈关保,众人都惊呆了。行者拍胸脯保证,要替陈关保去做祭品,陈清惊喜交集,忙跪地磕头相谢。

陈澄眼见侄子有救,自己女儿却依旧不保,更是哭得伤心,行者就指点他去求八戒。八戒见一顿饭吃出这么大代价,竟要代一秤金送死,只推托自己不会变化。

行者掀他老底:"你有三十六般天罡变化,怎说不会?"唐僧也希望他能救一秤金,陈澄把一秤金抱出来,行者让八戒照模样变,呆子只好念咒变化,果然头脸变成一秤金,只有肚子太大。行者让他再加把力,八戒无奈地摇头:"随便你怎么打,我实在变不了了。"行者吹了口仙气,八戒大肚子瞬间消失,他变得和一秤金一模一样。

见万事俱备，行者就叮嘱沙僧好好护卫师父，他和八戒被放在红漆丹盘上，又把盘子放在八仙桌，四个小伙子一组抬着去上供。陈家两老头儿跟在后面，装作哭哭啼啼的模样，一齐奔去灵感大王庙。

到了庙里，众人把供品摆好，祷祝后便都走了。八戒忐忑不安，正和行者落话，就听风呼呼响，紧接着进来个凶恶丑陋的妖怪，进门喝问："今年是谁家祭祀？"行者笑嘻嘻答："是陈澄、陈清家。"妖怪见童男居然对答如流毫无畏惧，倍感吃惊，又问童男女名字，行者答："童男陈关保，童女一秤金。"妖怪被童男的淡定震惊，不敢先吃童男，改为先吃童女。

八戒见妖怪准备动手，顿时慌了手脚，现出原身，举钉钯劈头就打，听见当的一声，妖怪回身逃走。行者也现出原身，赫然见被钉钯打落的，竟是冰盘大小的两片鱼鳞。

二人忙去追赶妖怪，那妖怪并不害怕，反喝问："你们是哪里和尚，敢到这里破我香火坏我名声？"行者："我们是东土大唐圣僧徒弟，路过陈家庄，听说有妖魔假托灵感之名，年年吃童男童女，故而我们慈悲为怀。这些年你吃了多少童男童女？一个个算请，饶你不死。"

铁棒钉钯齐下，妖怪手无寸铁无法招架，化成狂风钻入通天河。行者八戒也不追赶，把祭祀之物都搬回陈家。唐僧问起缘由，行者便把事情经过说了一遍。

那妖怪逃进老巢独个生闷气，群妖见他不悦都上前问候。妖怪把遇见唐僧徒弟，自己被伤之事一说，有个鳜鱼妖无比兴奋，给妖王出谋划策："大王，你只要冰冻通天河，再派能变化的小妖变成人，在冰面上横渡，以此引诱，那唐僧取经心切，定会踏冰过河，就可把他们一网打尽。"

妖怪大喜，连称妙计。

唐僧师徒在老陈家安歇，不到天亮就觉寒气逼人，起来一看，户外白茫茫一片，正在下大雪。见陈家哥俩来了，唐僧就问："你们这里天时怎如此奇怪，秋天便就有飞雪？"陈澄道："这里已过白露，八月有霜雪，也不为奇。"

眼看雪越下越大，平地积有二尺，唐僧焦急无法尽快赶路，陈家兄弟不住安慰。唐僧正在担心行程恐被延误，当晚就听有人说通天河冻住了，次日一早到河边观看，果然见有人在冰面行走，唐僧放了心，让徒弟们收拾行装准备启程。

沙僧谨慎，劝师父安全为上，唐僧不听。八戒便去试冰层薄厚，他双手举钯全力一凿，结果冰面只留下九个白点，手被震得生疼，呆子笑称走路没问题。

师徒收拾上路，在冰面上马不停蹄走了一夜，天亮时，冰底下突然传来一声巨响，唐僧大惊。八戒坚持说没问题，唐僧又放胆前行。哪知，妖怪早冰下潜伏跟踪，听见唐僧马蹄声越来越近，他猛地击开冰面，白马和唐僧、八戒、沙僧都掉进水，只有行者身手灵活，跳在空中得以幸免。

妖怪只想把吃了能长生不老的唐僧抓回水府，准备剥皮剐肉。鳜鱼妖见状，忙阻止道："大王不可，须等他徒弟不来打搅，才好从容享用。"妖王觉得有理，便依从了。

八戒、沙僧本是水里行家，虽落水却游刃有余，捞住行囊带住白马游上东岸。行者问："师父在哪？"八戒答道："师父现在已经沉到底了。"三人同回到陈家庄，陈澄问："圣僧何在？"八戒眼泪横流说："我师父已淹死了。"行者笑道："不妨事，我师父定可保平安，不过，要救师父，一定要先消灭了妖怪，才能永绝后患。"

师兄弟三个到了河边，行者问八戒、沙僧谁先下水，八戒只担心斗不过水中群妖，行者道："我水里功夫差些，不如二位师弟，还是你二人前去为好。"沙僧道："大师兄不如变化了，跟着我们为妥。"于是，八戒自告奋勇背着行者，暗自想整治猴子，趁机把行者甩在深水中。不想行者早有防备，甩丢的其实是假身，他真身躲在八戒耳朵里，忽然开口震他，吓得老猪连连告饶。

三人到了河底中央，竟见有一座"水鼋之第"的水府。沙僧、八戒在门口等候，行者就变成长脚虾精混进去打探动静，果然很快找到一个石匣，听见里面传来唐僧的声音。

悟空出了妖府，就让八戒、沙僧挑战，佯败再引妖怪出水，自己在岸上助其二人擒妖。

八戒一叫阵，妖怪便披挂整齐执铜锤迎战，八戒、沙僧齐上，和他斗了两个时辰，不分胜败。眼见难以取胜，八戒给沙僧丢个眼色，二人败走，妖怪紧追不舍赶出来。

行者见波浪翻腾，八戒沙僧先后出来，妖怪也跟着蹿出来。他一露头，行者劈头一棍，妖怪忙用铜锤招架，可哪里挡得住金箍棒的厉害，没过三招两式就转身逃走了。

败回的妖怪和众小妖说："有个毛脸雷公嘴的和尚，没出三招就打败了我。"鳜鱼妖闻言打了个寒噤，说："那是五百年前大闹天宫的齐天大圣，现在叫孙悟空，万不可再和他交锋。"

八戒沙僧再次来叫阵，半天没动静，老猪壮胆用钉钯破门，赫然见露出泥土石块，原来众妖已封了门。二人回到岸上，把情形和师兄说明。行者见妖怪避而不战，自己反而没有应对之法，就决定去南海找观音解难题。

到了南海，众神说菩萨一早去了紫竹林，已预知他今天必来，安排其在外等候。等了许久，行者实在忍不住，闯进紫竹林后，却见观音没有梳妆打扮，只着贴身内衣在削竹子。

行者向前礼拜，观音仍命他在外等候。又过一阵儿，她手提编好的紫竹篮出来，让行者随自己去救唐僧。悟空不敢催促，跪请菩萨更衣登座，观音也不多说，驾云而走，行者只好相随。

到了通天河，观音浮在河面半空，拿根丝绦拴住竹篮，随手扔进河里，口念咒语道："死的去，活的住！"一连七遍之后，提起篮子，见里面躺着条金鱼，不断眨眼扑腾着。

观音命行者去救唐僧，行者大奇，忙问："没抓住妖怪，我等怎救师父？"菩萨这才说道："篮里金鱼就是妖怪，他原在我南海莲花池每天听经修道，还把一枝莲花骨朵炼成武器，有一天海潮泛涨，这家伙趁机逃走，成了这里的妖怪。我今早看潮，见他不露头，算到其成妖害人，就编了篮子来收伏他。"

行者暗自心惊，忙请观音稍待，速招陈家庄众人来参拜活菩萨。霎时，全庄老小都涌来,黑压压一片人群都跪下磕头朝拜,其中有善画图者,画下了鱼篮观音图。

八戒、沙僧放心大胆去找师父,只见水府中水怪鱼精全死光烂透。二人救出唐僧,正想办法过河,就听河里有声传来:"圣僧,我送你们师徒过去。"众人吓了一跳,以为又来了妖怪,再看水里,竟钻出个粉盖癞头鼋。

行者抡起铁棒喝问:"你慢上前,可是妖怪?"

老鼋道:"我本是水鼋之第主人,蒙大圣相救,也使宅第得以物归原主,全家老小团聚,深感重恩,愿亲送你师徒过河。"

行者唯恐有失,忙令他起誓,老鼋果然朝天发誓,师徒这才放心,都登上他的后背。老鼋稳稳渡水,不到一天就过了八百里通天河。

唐僧登岸称谢,老鼋只请求:"圣僧,若到西天请问问佛祖,看我什么时候能修成人?"唐僧点头答应后,师徒上大路奔西而去。

启示之一:执行计划中遇到意外情况难以避免,高明者善于随机应变,把握有利时机,在克服问题的过程中推动团队发展进步。

一战期间,德法两军在凡尔登对峙交锋。面对强敌,法军打得异常艰苦。而德军为强化前线进攻,冒险秘密把 60 万发炮弹储存在距离战场不远的斯潘库尔森林。一天,法军一个从未上过战场却被调到炮兵部队的战士,由于紧张和不熟练把炮弹打歪,结果炮弹没有落在德军阵地,反而飞向斯潘库尔森林。炮兵们正担心长官训斥,却见炮弹落下发出一声巨响后,接着竟足足爆炸了一个多小时,原来正是碰巧引炸了德军 60 万发炮弹。法军统帅贝当元帅抓住机会,趁德军缺少弹药之际无法有效反击,一举攻占德军阵地,取得凡尔登战役的大胜。

(被通天河拦住的唐僧师徒,无意间发现通天河妖怪吃人的情况,毅然决然出手拯救,不但最终得到了善果,而且还树立了观音菩萨的正面形象,消除了对佛派的不利影响,为西行取经计划增了光添了彩。)

　　启示之二：面对急于求成的任务，完全服从乃至盲从，而不是积极说明问题并纠正错误思想，是不正确的。

　　公元前491年的马拉松战役中，波斯皇帝大流士企图毕其功于一役，一战统一希腊各邦国。于是派遣使者前去劝降，却遭到希腊半岛的雅典和斯巴达的拒绝。恼羞成怒的大流士不顾部下众人反对，于公元前490年亲率波斯军队入侵希腊，双方军队在马拉松平原展开激战，结果波斯军队虽突破希腊中线，但希腊军队却攻破波斯军队两翼，两面夹攻致使波斯大军溃败，大流士雄心壮志化为一枕黄粱。

　　（唐僧看着冰冻河面，在明知妖怪没有被消灭，随时有可能反扑的情况下，一意孤行，完全不听沙僧苦劝。唯有孙悟空心知肚明，知道多说无用，等到唐僧沉了水，就明白真正考验自己的难题出现了。于是经过几番努力，最终铲除了妖怪，完成了这一阶段的修行。）

　　启示之三：事关身边人、心腹事，所谓原则、纪律都是可以突破的。例外的关键在于，这样做是否有意义。

　　蒋介石爱将张钟灵怀疑自己妻子红杏出墙，在没有核实情况之下，就无端枪杀了妻子。事发后，遭到妇女界一致声讨，被南京国民党政府判入狱十年。然而尚未及一年，为重新启用他，蒋介石煞费苦心，让他改头换面，以张灵甫身份重新出山整编74师。在之后抗日战争正面战场上，张灵甫多次因抗日作战立功受奖。

　　（得知宠物小金鱼遭受猴子威胁，甚至有生命危险时，一向大气稳重的观音菩萨第一次慌了，并最终将其救下。不但没有追究其伤人害命的事，而且为了严防不利消息扩散把其余妖怪全部杀了灭口。）

　　启示之四：知道关键机密其实意味着危险，应该尽量躲避。如果无法做到，那么必须装作看不见的"瞎子"和听不见的"聋子"，才可能保证安全。

　　春秋时期中后期，南方吴国逐渐开始崛起，吴国公子光在伍子胥的帮助下,找到刺客专诸以鱼肠剑杀了王僚,自己登基做了吴王。但王僚儿子庆忌领兵在外,且其本人力大无穷,武艺高强,多次扬言要回国报杀父之仇。阖闾忧心忡忡,与伍子胥反复密议,终于又寻访到刺客要离担任除掉庆忌的重大任务。为保成功,要离采取苦肉计取得庆忌信任,并成为庆忌的贴身心腹。当庆忌率领大军回国报仇时,要离趁庆忌不备,猛然出手杀了他。

（面对质疑,观音说出妖怪是自己部下时,孙悟空再未多嘴,而是询问如何处置妖怪,并召集全体陈家庄人来叩拜菩萨,请众人做证人,让大家见证妖怪被消灭就足够圆满。至于陈家庄众人,留下一副菩萨画像已如获至宝,哪知道吃了庄上众多男娃女娃的妖怪,居然是被敬仰的菩萨的一只宠物呢!）

第二十九篇　这只牛儿难对付

一、时间：唐贞观二十二年冬

二、地点：西牛贺洲金兜山金兜洞

三、事件起因：猪八戒沙和尚偷东西，亲自把自己师徒三人送上门，让妖怪把他们一同抓住。为救唐僧，孙悟空用尽招数、请遍神仙都毫无办法，最后，在如来暗示下，才找到妖魔根底。

师徒四人走到一座大山，唐僧又饿又冷，见前面似有座道观，就想进去化斋。行者细观此地，隐然有凶云恶气，便极力劝师此地父危险，千万不能进去。于是，行者用金箍棒在地上画个圈，安顿师父坐好，就去化斋了。

唐僧三人在圈子里坐了许久，不见行者回来。老猪大为不满，自以为被猴子耍，从旁煽风点火，结果唐僧被说动，三人就出了圈子，沿路走到那处道观。

八戒进去查看，四处不见有人，却找到几件纳锦背心，一时贪心不听师父劝告，和沙僧都穿起背心。不成想这是妖怪所设的局，穿好的背心霎时变成绳索，把八戒、沙僧捆得结结实实。

等妖王现身出来，质问唐僧，得知他就是赫赫有名的大唐取经和尚，大徒弟就是齐天大圣孙悟空，又惊又喜，便决心和传说中的孙大圣较量一下。

行者得了斋饭，回来不见师父，经山神土地指点，找到金兜洞。和妖怪一交手,五十回合不分胜负,双方惺惺相惜。妖王见久战不下,便令小妖一拥而上包围了他,悟空将金箍棒化出成千上万,打得妖怪们落花流水,妖王却丝毫不惧,拿出个亮白圈子,刷一下把金箍棒套走,行者赤手空拳,只得驾云而逃。

不甘心的孙大圣上天庭筛查妖怪根底,查遍天宫也没发现哪有缺位,玉帝便派托塔天王与哪吒太子去助战。哪吒一出战,妖王把六件法宝一件不落套走。行者又接连请到火德真君、水德真君,以水火之法相攻,怎奈妖王一圈在手,百事无忧,水火都奈何不了。

看着众多神仙各自兴叹,行者不禁怒火中烧,赤手空拳上前挑战。妖王也爽快,二人不用武器,拳脚相加斗了几十回合,打得精彩纷呈异常激烈,围观众神诸妖连连喝彩。斗至分际,悟空分身变出数十个小猴,一拥而上缠住妖王,他慌了手脚,赶忙拿圈子一套,猴儿都变成猴毛被收走。

见此,众神一起商量克敌之道,一致认为魔王好降服、圈子难对付,只要能拿到圈子,妖王根本不在话下。说起偷,众神公推善偷的孙大圣亲自出马。悟空推辞不得,变成苍蝇钻进妖洞,试图一显身手。

果然,他一进去就捞回金箍棒,妖王闻报大怒,出来和行者斗了三个时辰,依旧难分胜败,只好收兵回洞。趁天色已晚,行者又变成蛐蛐钻进洞去,试探偷妖王宝圈,不料他防范甚严,将宝物随身携带,行者无法得手。行者只能另谋出路,把哪吒太子法宝、火德真君火器偷出,顺带烧死了洞中大半小妖。

次日,妖王来为小妖报仇,众神也大发如雷,上前围攻他,不防妖王一亮圈子,把众神刚拿回的各种法宝套了个一干二净。眼看黔驴技穷,行者看着大家沮丧的样子,连声抚慰道:“诸位莫慌,待我亲去佛祖处,查清妖怪出身,再对付他不迟。”

于是,行者直上西天雷音,面见如来。听过行者所述,佛祖没有告知其根底,只让十八罗汉领了金丹砂,去助他降妖。临走之际,又暗暗留住降龙、伏虎,嘱咐他们几句话。

罗汉们到了妖洞，孙悟空再去挑战，和妖王斗到激烈处，罗汉们扔下金丹砂，几乎快要埋住了他，妖王见势不妙抛出圈子，十八粒金丹砂无一幸免，全部被收走。见此情此景，降龙、伏虎才转告悟空："如来有令，若金丹砂降妖无效，可找太上老君。"

行者恼火自己又被佛祖耍了，白兜了圈子，只好上离恨天兜率宫，见了老君也不搭话，只是在他的地盘满世界找寻，太上老君大为惊异。行者忽见牛棚的牛不见了，牛栏边牧童也酣睡不醒，这才高声嚷嚷牛跑了。

老君大惊，再检查自己手中法宝，发现金刚琢已不翼而飞。老君赶紧带了降妖专用法宝——芭蕉扇，和悟空去降妖。行者出马引诱妖王刚出洞，就见太上老君高叫："牛儿还不回家，更待何时？"

妖王一看主人来了，感叹猴子的摸排功夫了得。这时，老君一边念咒，一边用芭蕉扇连扇几下，妖王顿时现出原形——一只青牛，老头儿乐滋滋跨上，骑着回归离恨天。

孙悟空会同天王众神大展神威，攻进洞里把小妖全部剿灭，取回各自法宝，师徒四人重新上路西行。

启示之一：团队应建立有效的管理架构，弱干强枝对团队而言，往往意味着灾难。

三国时期，蜀汉大将关羽为东吴擒杀。刘备一为复仇，二为重新夺回荆州，亲率大军进攻东吴。陆逊临危受命率军抗刘。初始，陆逊帐下诸多战功赫赫的宿将不服其指挥，认为他不足以对付刘备，但在之后的用兵中，陆逊指挥若定、料敌如神，很快得到大家拥护，最后在猇亭大败刘备，取得夷陵之战的胜利。

（对孙猴子原本正确的决策安排，唐僧不声不响予以否定。之后，对八戒的错误做法唐僧劝阻不力，由此导致了严重后果。这一失误不仅使孙悟空几番奔波，还造成如来重大损失——十八座金山贿赂了道祖，才买了一条路走，唐僧难辞其咎。）

启示之二:调兵遣将用之所长、率先垂范公示以人,证明的是一个强者与众不同的能力。

1948 年,许世友作为总指挥部署济南战役,提出"打下济南府,活捉王耀武"的口号,计划分两线同时进攻济南城。东线聂凤智九纵助攻,西线宋时轮十纵负责主攻。当领受任务后,聂凤智向所率九纵发布命令时,却自作主张把"助攻"改成了"主攻",一字之改激得九纵士气大振,抢在十纵前率先攻破济南,抢下了济南第一团的荣誉。

(面对妖魔无法克制的法宝——金刚琢,孙悟空绞尽脑汁四处求助,始终无法奏效。但他最后不得不拿出王牌,请求佛祖支援,在付出金丹砂的巨大代价后,换得太上老君出手,轻而易举摆平障碍。)

启示之三:任何人都不是全能全知的,明智者不仅知道山外有山人上有人的道理,还会在实际中贯彻。只要有弱点和短板,就有被别人击败的可能。而看似强大的力量,在专门克制它的力量面前,也不堪一击。

在庞贝、凯撒等人的苦心经营下,罗马帝国日渐强大,逐步扩张成横跨欧亚非三洲的大帝国,在地中海范围内一家独大,可谓战无不胜攻无不克。之后,为了对付条顿人的入侵,时任帝国奥古斯都的屋大维派出帝国 14 个兵团的 3 个出征北方,却因为地理限制——罗马兵团的优势在于平原地带,结果瓦卢斯贸然率军进入条顿森林,使自己的军队无法发挥战力,条顿人的优势得以全面呈现,最终导致全军覆没。

(无论是哪路神仙到来,只凭着一个宝贝圈子,青牛就可以无往不胜,慢慢觉得任谁对自己都无可奈何。结果太上老君一来,牛儿战无不胜的神话立刻被打破。原来,没有圈子,没有老君的默许和支持,他不过是老君屁股底下的那头牛而已。)

启示之四:团队精神的养成至为重要。没有攻不破的堡垒,只有无法战胜的精神。多少战无不胜的团队,当团结一致、一往无前的团队精神消失

后,随之而来的便是团队的崩溃。

后金大汗努尔哈赤,以一十三副甲胄起兵开始,先后统一女真各部,逐渐壮大成为可以和大明朝分庭抗礼的政权。自起兵以后,他智计百出战无不胜,直到在宁远之战中,面对一介书生的袁崇焕,既不知己更不知敌,轻率出击,结果被袁崇焕打败,遭遇到一生从未有之大败,郁郁而终。

(从遇到青牛怪开始,孙悟空始终处于下风,无论如何想方设法,都难以抵挡金刚琢的威力。但猴子始终没有气馁放弃,而是迎难直上多方奔走,终于坚持到收伏妖魔、取得胜利的一刻。)

启示之五:名正言顺,名不正则言不顺。默许并不等于首肯。

明末李自成造反起事之后,多次被官军打败,难以形成真正有影响力的声势。后来,在手下大将李岩的造势下,流传起所谓"开了城门迎闯王,闯王来了不纳粮"等口号,感召力大增,各地望风而降。但身为首领的李自成没有能够自我约束,而是带头腐化、带头享乐,结果身经百战屡战屡胜的军队在极短的时间内就被腐蚀得失去战斗力,由此在山海关一战被满清军队消灭了主力,迅速导致了政倾人亡。

(唐僧作为师父,一是没有坚持正确的路线,二是在徒弟犯错误时,明知其错而没有力戒纠偏,结果致使自己团队陷于危难,还几乎造成佛家道家两派迎头相撞。虽然猪八戒偷盗行为不属于唐僧本人所为,但他作为师父和取经队伍领袖,对此事责无旁贷。)

第三十篇　可怕的美女世界

一、时间:唐贞观二十三年春

二、地点:西牛贺洲西梁国、毒敌山琵琶洞

三、事件起因:师徒四人走到一处奇怪地方,这里所有的人都是女人。唐僧猪八戒喝了这里的河水竟然怀孕,孙悟空设法取到落胎泉解救。之后,唐僧又被女皇帝看上,准备发展他做老公。对此,猴子运筹帷幄、假装答应,借机逃脱了女王纠缠。结果,唐僧又被母蝎子精半路截胡。

春回大地的这天,师徒四人走到一条河边招呼摆渡,奇怪的是,那撑船人却是个半老徐娘。见河水清澈,唐僧、八戒忍不住口渴,各喝了半钵。怎知过阵子就都觉得肚子疼,渐渐肚子也大起来,似乎里面还有了动静。

过河到了一家村舍,那家人全都是老小不一的女人,听说唐僧喝了河水,个个笑个不住。行者大怒,勒令给师父烧热水解痛,几个女人见他凶起来才害怕,于是吞吞吐吐讲出肚子疼的原因。

原来,这里是西梁女国,那河叫子母河,国内女人年过二十,才敢去喝河水,喝过就腹痛有孕结成胎儿,去迎阳馆驿照胎泉照影,喝过河水三天后,有了双影就要生孩子。

唐僧、八戒听闻大惊失色,忙问:"可有法处治?"那老婆子答道:"正南解阳山破儿洞有眼落胎泉,喝口泉水就能解胎气,只是如意真仙在那建了聚仙庵,需拜求仙水。"

行者哪顾得上准备礼品,当即驾云去找如意真仙,意外发现竟又是冤家路窄,那真仙是牛魔王之弟,因侄子红孩儿一事素来对行者耿耿于怀,岂肯给仙泉水。

二人一言不合,各持兵器打斗,真仙不是对手,没几回合就败走。可是他并不远遁,只等行者打水时就来捣乱,行者连吃两次小亏,始终无法取得泉水,左思右想便把师弟沙僧带来,他敌住如意真仙,让沙僧趁机打水。

哥俩回去,赶紧给唐僧、八戒喝下,仙泉果然效验如神,两人顿时肚内绞痛,不停地解手,很快消了胎气。

次日,师徒上路西行,不到四十里就到了西梁国,那满城妇女见有四个男人入城,无比稀罕兴奋,一齐鼓掌笑喊:"人种来了。"女人们把大街围得水泄不通难以通行,唐三藏哪见过如此场面,惊骇得面无人色。

见状,行者授意八戒吓唬一下,老猪当即摇头晃耳,撅着猪嘴狂喊,这副猪妖扮相把女人们吓得四散而跑,师徒们才总算闯开条路。到了迎阳驿馆,馆内女官引入看茶,问:"客从哪里来?"行者答道:"我师徒去西天拜佛求经。"驿丞请四人在馆内等候,她即入金殿启奏:"东土大唐御弟唐僧,带三个徒弟去西天拜佛取经,请求倒换关文。"

女王闻听此讯,大为高兴,与群臣道:"朕昨晚好梦,果有喜兆,我西梁女国从来不曾见一男子,朕愿以一国之富,招御弟为王,朕为王后。"众官闻言皆纷纷称颂,女王即命太师作媒、迎阳驿丞主婚,去驿中求亲。

太师、驿丞领旨,见面对唐僧报喜,把女王心意道过,唐僧顿时呆住了,不言不语,太师几次催问,他实出无奈,就问行者该如何是好。行者不与师父商议,自作主张答复太师:"我等留下师父和女王成亲,待倒换关文后,我三人代师去西天取经。"

驿丞与太师见行者答应了亲事,欢天喜地忙去回奏女王。唐僧却怒气冲天,大骂悟空竟敢欺心,答应女王婚约,行者暗暗道:"师父我这是将计就计,等那女王把通关文牒用印画押后,她必出城相送我们,到时,我使出定身法定住她们,走远后再解除法术,这样,既不伤其性命,也可不损师父元神。此谓假亲脱网之计,方可一举两得。"

唐僧听此妙计如梦方醒,连连向行者称谢。

太师与驿丞回奏女王,称御弟允诺成亲。女王大喜,当即摆驾迎阳馆驿,迎唐僧入城,在东阁开设大宴,准备成亲。众人吃饱喝足,唐僧便请女王登殿,给三个徒弟倒换关文。女王不知是计,上殿看过关文,又把孙悟空、猪悟能、沙悟净三人姓名添上,取御印盖过画上押,然后摆驾出城,送到西关门外。

行者、八戒、沙僧辞别师父、"师母"时,唐僧随即也下了龙车,作势要西去取经,女王闻言大为惊惶,不顾天子体面一国之尊,忙上前扯住"老公"不让走。八戒又拿出一副丑凶样子撒泼,吓得女王放开了唐僧。

就在一群人拉拉扯扯之际,路边突然蹿出个女人抓走了唐僧,霎时无影无踪。行者三兄弟骇然,紧跟着追赶到一座山洞,见洞口写着"毒敌山琵琶洞"。行者让师弟们守候,他变成蜜蜂进去打探,果然见有个女妖逼迫师父与她成亲。

行者唯恐师父抵不住诱惑,忙现出原身,和她斗在一起。不料那女妖武艺非凡,一柄叉运用得出神入化,还扬言道:"莫说你个泼猴,就是那西天如来佛祖,都畏惧老娘。"

斗至分际,八戒也上前助战,女妖招数一变,更如疾风骤雨一般,二人哪攻得过去。冷不防,她寻个破绽,用兵器在行者脑袋上扎了一下,悟空顿时叫苦,战败而逃。

八戒见师兄不敌,怎敢逞强,只好跟着撤退。就见行者抱头痛苦,好似中了紧箍咒,那伤处却怪,不红不肿。老猪笑道:"师兄,你整天吹嘘自己的头修炼过,如何如何厉害,怎连妖怪的一刺都扛不住?"

行者遭逢大败,不由连连叹息,道:"想当年,我偷蟠桃、仙酒、金丹,独自大闹天宫,被擒后,几经刀砍斧剁雷劈火烧,在八卦炉也炼了四十九天,都安然无恙，今天这女妖不知用什么兵器，我这脑袋竟承受不住。"

那女妖得胜回洞，又去和唐僧纠缠。结果磨缠到深夜，唐僧始终不为所动，女妖怒起，便命手下把他捆起来。悟空、八戒再次摸上门探察，行者变成蜜蜂进洞去，见师父捆在房廊下，他就上前询问。

不想，师徒二人说话声惊动了女妖，行者赶忙逃出妖洞，命八戒打破石门，准备营救师父。女妖早举三股叉攻出来，和二人斗在一处。没几回合，又使动独门兵器，在八戒嘴唇上扎了一下，呆子负痛捂嘴而逃，行者刚吃过亏，也有些畏备，只得随同败走。

师兄弟连连战败，左思右想正无计可施，就见个老太太提竹篮挑菜而来。沙僧正要上前打听，行者已看出是观音菩萨，忙跪拜下去。菩萨见他认出自己，现出了鱼篮形象。行者问女妖来历，观音道："那妖精是个母蝎子，她的兵器三股叉是两只钳脚所化，扎人的是她尾上的倒马毒。当初，她在雷音寺听佛谈经，曾把佛祖左手中指扎了一下，如来也疼痛难忍。据我所知，普天下能降伏她的，只有一个神仙。"

行者忙问是谁，观音随即指明："乃是东天门光明宫昴日星官。"

行者立即直上光明宫，正巧遇见昴日星官。星官问："大圣有何贵干？"行者便把西梁国毒敌山琵琶洞遇妖之事说过，星官闻言，即刻跟随他到了毒敌山。正见八戒哼哼唧唧疼痛难忍，星官用手摸摸痛处，再吹口气，八戒马上复原。行者也告求，星官把他头摸了摸吹口气，也解了余毒，再不麻不痒。

二人这番胆壮气粗，重到琵琶洞挑战，女怪悍然抢叉出来，发誓要给他们厉害瞧瞧。行者见妖怪又要故技重施，忙叫昴星，只见昴日星官占据山坡之山现出原形，正是只双冠大公鸡，昂头对妖怪高啼一声，妖怪立刻浑身酥软现出原形，是个琵琶大小的蝎子精，星官再叫一声，妖怪已一命呜呼死在坡前。八戒趁机恨恨上前把母蝎子捣成一堆肉酱。

哥仨谢过星官，进洞救出师父，收拾好行李马匹，又一把火烧毁琵琶洞，从容上路西行而去。

启示之一：为实现必须实现的目标，全力以赴、倾斜人力物力财力，都可以获得首肯。

二战时期，在以爱因斯坦为首的一大批科学家的力推下，美国政府秘密启动了研制原子武器的"曼哈顿计划"。此项国家工程，总统罗斯福亲自过问，各项人财物加强保障，动员 10 多万人历时 3 年耗费 20 多亿美元，终于在新墨西哥州洛斯阿拉莫斯成功研制出世界上第一枚原子弹。

（为取得落胎泉水，孙悟空原本完全可以用分身法达到目的，但他机智应变，在唐僧身值危急之时，又动员沙和尚参与这场看似激烈实则风轻云淡的营救行动，不仅提供给沙僧一个立功机会，而且使唐僧感到自己的重要和徒弟的全力以赴，最后达成目标，皆大欢喜。）

启示之二：为实现既定目标，适当突破规则与底线，往往也不会受到惩罚。

庞统跟随刘备进入西川，为夺取益州献上中下三策，又企图在宴席上安排魏延刺杀刘璋。刘备制止后，私下和庞统说出自己的担心所在，就是他一贯行事与曹操相反，现在突然杀人夺地恐人不服。庞统的解释是，现在不取益州，曹操必取。我们得了后，可以封刘璋为官。庞统以这样的混账逻辑，居然掩盖了刘备心里的不安，最终，他们果然以莫须有借口挑起争斗，刘备的荆州集团也趁机夺占了西川。

（为了逃脱西梁女国国王羁绊，唐僧在听了孙悟空将计就计的计划后，对徒弟大加赞赏、连连称谢。甚至在已经昭告天下，与女王成亲后，唐僧不顾出家又入世的现实，依然继续西行取经，华丽完成了入世再出家的转身，完全没因为佛法教规受丝毫批评或惩处。）

启示之三：当完成了需要完成，却无法明示的目标后，即便得到批评斥责，也未必有害无益。

秦国立国之君秦襄公历尽千辛万苦，护送周平王东迁洛邑。为奖励他这一贡献，周平王开了张巨额的空头支票——把周人世世代代的发源圣地岐周封给秦襄公。名义上的拥有不等于实际领有，为实现真正当家作主的目的，秦襄公带领自己儿孙杀回去，和当地戎狄部落浴血奋战，历经几代人的不懈努力，终于在岐山站稳脚跟，兑现了周王朝给予自己的承诺，成为称霸西戎的一方诸侯。

（当孙悟空得到观音送来的绝密情报，借助公鸡昴日星官"一物降一物"的能力克制了蝎子精并除掉她后，没有谁对母蝎子的死感到一丝惋惜。这让孙猴子立下的功劳得以彰显。事实上，他已经为维护佛祖不可战胜的神话立下汗马功劳，既然消灭了威胁如来的潜在隐患，自然也奠定了他在佛派中的地位。）

第三十一篇　哪只猴子是真的

一、时间:唐贞观二十三年夏

二、地点:西牛贺洲、东胜神洲花果山、南海、天庭、阴司、西天雷音寺

三、事件起因:路遇强盗,孙悟空出手击毙,招致唐僧再次驱赶,孙悟空无奈去观音处暂住。就在这个时段,另一个孙悟空出现了,他打伤唐僧抢走佛宝,并和南海赶回的孙大圣斗了个惊天动地,自南海一路打到天庭、鬼府,直至西天如来佛祖面前。最后,佛祖亲自出手摆平此事。

又是一年盛夏日。这天,师徒四人边走边谈,说起白马非马其实是龙的往事,为给八戒、沙僧当场验证,行者拿出当年弼马温的架势,惊得白马撒开性子,驮着唐僧向前猛跑。不料,白马蹿出二十里地,突然一声锣响,路边闪出三十多人,拿着刀枪棍棒,拦住唐僧逼要财物。

唐僧拿不出钱,被强盗们捆起来吊在树上,行者远远看见情况不妙,就变成个小和尚,上前施以解救,满口许诺,说只要放了师父就有金银送上。

强盗们听说有金银财宝,个个乐不可支,当即放了唐僧。唐僧被一顿打,获救后,顾不得什么,骑上马就开溜了。行者见师父已脱险无事,放下了心也要走,众贼急忙拦住向他要钱,行者不但不掏钱出来,反过来竟要和强

盗们坐地分赃。

情知被小光头耍了，众强盗都勃然大怒，动刀动枪围着他一通乱打。行者自然毫发未损，被打得不耐烦了，于是舞动金箍棒一连打死俩强盗，其余强盗惊骇之下都慌忙逃命。

谁知，唐僧听说两个强盗被打死，对行者大为不满，脸色也难看起来，并不停地絮絮叨叨，让八戒把死强盗埋葬了。

行者救了师父反被一通斥责，心中不高兴，听着唐僧在强盗坟前祷告，居然把自己和八戒、沙僧撇得一干二净，只让死人去告他的刁状。悟空心下更是不满，随即恨恨地口出狂言："该死的强盗，我随你们去哪告，就算告到玉皇大帝、西天佛祖处，谅也奈何不了我。"

唐僧知其所指，心中顿生凉意。怎知师徒二人这番指桑骂槐、明褒实贬，彼此都不高兴，也窝了一肚子火没发泄。

当晚，师徒到一户杨姓人家借宿，不料老杨儿子恰是强盗之一。群盗半夜回家，发现唐僧师徒在自家借宿，就合计准备夜袭四人。老杨心地良善，偷听到消息，赶紧放走了师徒。强盗们闻讯，就在老杨儿子带领下追来，悟空正有气没处撒，眼看强盗追上，所幸迎上去又打死几个，还把老杨儿子的头割下来拿到唐僧面前。

唐僧怒不可遏，当场祭出大杀器——用紧箍咒狠狠制裁行者，而后毫不顾忌他过往的功劳，下定决心要赶走悟空。

行者让紧箍咒折磨得死去活来，眼见若是不走，就可能性命不保，只好狼狈地摆出要走姿态。然而飞起在半空，他却发现根本无路可走：回花果山水帘洞，定被自家孩儿们嘲笑；投奔天宫，绝不会让自己久居；投海岛去龙宫，也丢尽齐天大圣颜面。左右为难之际，只好再次回见唐僧，向师父求情，希望留下他。

谁知唐僧这次更狠心，见他回来并不答话，直接念诵紧箍咒，疼得行者抱头打滚。唐僧直到展现了师父权威后，才停止诵咒，声色俱厉地警告行者快走，否则再念起来绝不会停，必定要了猴子性命。

行者见师父主意已定,且又头疼难忍,无奈之下,只好去南海求告观音。

到南海见了菩萨,行者把这桩委屈事说过,观音告诫:"你师父马上就有大难临头,一定会用到你,你可先在南海等候。"行者遵命留在南海。

剩下的师徒三人团向西走了不到五十里,一失去孙悟空支持,后勤供给很快出现问题,唐僧又饿又渴,只好派八戒去化斋。等了许久,不见回来,又派出沙僧去找,唐僧由此基本处于解除护卫状态,一个人口干舌燥毫无防范地候着。

突然身边一声大响,吓了唐僧一跳,定睛看时,竟是行者跪献一杯水,要他解渴。唐僧依旧板着脸,怒斥道:"我一个清白和尚,宁渴死不喝你送的水。"还一个劲儿赶着他离开。

谁知这次,猴子不似之前,在他暴风般的骤雨怒斥喝骂中突然翻脸,喝骂道:"好你个狠心的秃子! 这么轻贱待我,我岂能容你!"

冷不防出手一棒,把唐僧打晕,顺便抢走通关文牒和佛宝,扬长而去。

沙僧找到八戒,见他已化到斋饭,二人高高兴兴回来,却见满地狼藉,顿时大惊,救醒师父一问,才知道是孙悟空杀了回马枪,他们重要的东西被一扫而光,尤其要命的是,丢了可以证明他们身份和来历的通关文牒。

师徒几个商量来商量去,也不知该如何是好,八戒只好先找了户人家,安顿好唐僧,然后决定去找行者索要东西。唐僧鉴于老猪和猴子一贯有隔阂,阻止他前去,沙僧就自告奋勇,承担起去花果山讨要行李物品的重大职责。

沙僧连飞了三天三夜,才到了花果山水帘洞,就见无数猴精围着孙悟空,听他一遍遍念着通关文牒。沙僧见状,硬着头皮求告归还,行者却冷脸拒绝,且扬言:"我要自己去西方拜佛求经,把真经送到东土,以成佛后万世留名。"沙僧忍不住讥笑道:"没有师父唐僧这旗号,根本不会有佛祖给你传经。"

谁知,令人震惊的一幕出现了,孙悟空当场从水帘洞请出一列人马:"先是唐三藏出来,随后跟着猪八戒挑着行李,后面沙和尚拿着锡杖,还有白龙马跟着。眼见出现翻版取经队伍,沙和尚按捺不住怒气,猛冲上去一了结了那"沙和尚"后,赫然现出原形,竟是猴精所变。

孙悟空见他冷不防出手,令自己颜面扫地,勃然大怒之下,率众猴包围了沙僧,准备给他点颜色。沙僧怎敢和大师兄硬碰硬,见势不好忙冲出重围,就此去南海求告观音菩萨。

沙僧到了南海见观音下拜,正要说话,猛然发现行者已站在旁边,他感觉遭受戏弄,不顾失礼,跳起来抢杖就打,还怒骂猴子可恶。菩萨喝止后,沙僧不敢继续动手,气冲冲地把来龙去脉说了一遍。观音道:"悟净不可胡言,悟空已来南海四天,自此从未离开,此中必有隐情,你可同悟空齐去花果山,辨明真相。"

二人遵命离开南海,孙悟空筋斗云快,就要先走,沙僧惟恐他预设机关,拽住要求同行。行者见他坚决,便果真慢悠悠一同驾云而行。到了花果山,赫然见水帘洞前还有个一模一样的孙悟空在耀武扬威。行者怒不可遏,上前和其交手,二人斗在一处不分高下,果然无法分清真假。

两个孙悟空吵嚷着,要到南海观音面前辨真假。到了落伽山,观音念动紧箍咒,谁料两个行者一齐喊疼,观音分辨不了,只好指示他们去天庭。到了天界,二人拜过玉帝,玉帝命托塔天王拿照妖镜来辨,镜里却依旧是两个猴影,真假依旧无法分辨。二人嘻嘻哈哈,又去见唐僧,唐僧能有什么高招,仍是诵念紧箍咒,两猴子一齐叫疼,分辨不出。俩行者又打斗着,去找阴司阎王分辨。

再看八戒见沙僧空手归来,奇道:"师弟,你为何没拿回行李?"沙僧道:"我四处寻过,根本不见水帘洞洞门,哪找得着行李。"八戒笑道:"那水帘之后,就是他的洞府。"呆子仗着去过花果山水帘洞,立刻驾云前去。

这边两个大圣打斗到阴山背后,一时间地府众鬼吓得四散而逃。十殿阎王飞报地藏王,又在森罗殿点齐兵将以作防备。二人翻滚着打上森罗殿,十阴君提心吊胆问道:"大圣,为何来搅闹幽冥界?"两个大圣把前因后果说过,阎王即命查生死簿,发现猴子名录早被他当年大笔勾掉,无从查起。

　　众人正彷徨无计,地藏王菩萨忽而想起一法,就命坐骑谛听分辨真假。谛听是地藏王手下一只神兽,善能伏地听真,可遍查天地人鬼神,分辨善恶贤愚。他当即在森罗庭院伏下身子仔细听,一时三刻后报已查清。地藏问起,他却不敢明言,答道:"这假悟空法力高强,与大圣一般无二,不能当面说出,地府众神法力低微,也无法助力擒拿。遂指点二大圣去佛祖处分辨。"

　　两个孙悟空又打上西天,面见如来。

　　此时,雷音寺里佛祖正在讲经说法,远远见二猴翻滚打斗而来,对满殿神佛言道:"尔等都是一心一意,看那二心二面俩猴子来了。"两个孙悟空拜在如来座前,把事情全程说了一遍。众神佛各呈法力,也无法甄别真假。观音适时赶到,如来问:"大士,你可知谁真谁假?"观音自称不能分辨。如来于是当众罗列周天之物之种,说到天地间四种奇猴,判定道:"以我观之,那假悟空必是六耳猕猴。"

　　假悟空听如来说出要义,胆战心惊之余,忍不住要逃,却被如来扔起金钵盂,准确罩住。众神佛揭开钵盂,果然是个六只耳的猴子。孙悟空忍不住上去劈头一棒将其打死,不一时,尸体消失得无影无踪。

　　如来连连称善哉,令真悟空赶快回去保护唐僧,继续来西天取经。哪知这悟空以唐僧拒收为由,不肯回去,大放悲情,请求摘下金箍,还俗归洞。

　　如来斥道:"猴儿莫要放刁,我派观音亲去送你,不怕他不收。你要好生在意,功成之日,必可成佛坐莲台。"

　　观音领命,送悟空回去归队,并向唐僧传佛祖口谕:"妖怪乃是六耳猕猴,已被悟空除去,佛祖言明,须让悟空保护,你才能达灵山见佛取经。"

　　有观音亲口聆训,唐僧岂敢不从,虽白挨一棍,却只得当场叩头遵命。

　　此时,八戒正好从花果山取回包袱,师徒们春风化雨,合为一心,便又重登大路,向西而去。

启示之一:团队不但需要优秀能干的个体,也需要英明果敢的决策者。

　　王莽建立新政权后,不顾实际强推各类改革,结果接连失败,导致天下

227

大乱,各地豪强并起。马援开始作为陇右军阀隗嚣的属下,极得信任倚重。但马援却认为他志大才疏、发展不大,自认为"当今之世,非但君择臣臣亦择君",于是深思熟虑后归顺了光武帝刘秀,为此后刘秀统一天下立下了赫赫战功,官至伏波将军,功封新息侯。

（当孙悟空认为自己花了一番心血,却难取得相应地位,于是依托真假孙悟空之事,大闹天地惊动乾坤,直到最后惊动了佛派最高领导人如来。在如来亲自处理,圆满解决了假悟空问题后,孙悟空竟以退为进提出辞职,果然逼出了高层的底牌,得到如来亲口承诺,不但让观音亲自送回,而且告知他完成目标即可被封为佛,坐上莲台。）

启示之二：大象打架,小草遭殃。最无奈的,就是势均力敌而又难以团结协作的两方明争暗斗。

唐朝开元后期,由于朝内新旧贵族产生了矛盾,作为彼此代表的李林甫和杨国忠彼此争斗,祸乱朝政。李林甫"口蜜腹剑",杨国忠"恃宠而骄",搞得大唐帝国乌烟瘴气,直接催生出了致使帝国由盛而衰的"安史之乱"。

（面对二猴相争,打上家门,在芸芸众生面前一贯趾高气昂的幽冥地府众王皆低声下气。地藏王座下谛听心知肚明猴子把戏,却根本无法说出原委,一肚子实话最后凝练成一句"佛法无边",轻巧地把矛盾上解,才使地府一场大难得以化解。）

启示之三：以更强者为后盾,这往往是某些人敢于蔑视权威的根本原因。

汉武帝晚年迷信巫蛊,奸弄之臣江充素与太子刘据不和,便趁机诬陷太子谋反。刘据惊恐之下走投无路,逼不得已起兵诛杀了江充。武帝却误信谎情,以为刘据果真要谋反,于是发兵镇压,刘据兵败逃亡,最终因拒捕为防受辱而自尽。

（孙悟空在这场博弈中一箭双雕,一举数得,不但狠狠报复了唐僧,还直接和佛祖拉近了关系。得到提拔重用的承诺不算，还借助观音压制了唐僧，告知他没有自己的相助就不能完成西天取经，使猴子取得了在西行取经团中的特殊地位，以此为契机，此后孙悟空再没有受紧箍咒锥心刺骨之苦痛。）

第三十二篇　再见大哥成仇人

一、时间:唐贞观二十三年秋

二、地点:西牛贺洲火焰山、积雷山

三、事件起因:当走到八百里火焰山,师徒一行人无法通过,孙悟空得知唯一的可能就是牛魔王老婆铁扇公主手里的那把芭蕉扇才能灭火,他感到无比棘手。但事情必须处理,于是他先求罗刹女后找牛魔王,最终借助天庭佛派共同合力,收伏牛魔王,迫使罗刹女交出宝扇熄灭山火。

已是秋高气爽时,唐僧师徒却越走越热。四人不知何故,正在胡乱猜测,便走到一处庄院。询问过庄主老头儿,得知此地叫火焰山,一年四季都极热。

唐僧问火焰山位于何处,庄主道:"向西六十里,就是火焰山,是西去必经之路,方圆八百里寸草不生,要想进山,就算铜头铁身,也会化成汁。"唐僧闻言大惊失色。

此时,行者见有人卖热糕,很是奇怪,就问做糕的面粉如何得来。原来,火焰山西南翠云山芭蕉洞有个铁扇仙,这里的人家每十年一次,准备各式礼品去拜求,请她拿芭蕉扇做法,一扇息火,二扇生风,三扇下雨,然后布种收割,就可得五谷养生。

行者当即驾云前去,到那山里遇到樵夫,仔细打听方知,芭蕉洞主铁扇公主又名罗刹女,是牛魔王老婆。忽闻此言悟空大惊,自知因红孩儿结下仇怨,怎能轻易借到宝扇?

樵夫指点他:"你只求扇,别提他话。"行者谢过便去登门拜访,却反其道而行,自报家门是孙悟空和尚。罗刹女一听,好像火上浇油一般,手执青锋宝剑就出洞,质问道:"泼猴,为何害了我儿红孩儿?"

行者满脸陪笑,说道:"红孩儿做了善财童子,已成正果。"罗刹女只恨不能母子相见,双手抡剑,照他头上连砍十几下,行者倒好像没事人。

罗刹女害怕,正要回洞,行者拦住不让走,二人激斗起来。眼看快天黑了,罗刹女取出芭蕉扇,对行者一扇,霎时狂风把他吹得乱飞,在天上飘荡一夜,直至天明才落在小须弥山。

行者不由叹息:"好利害的女人!怎把我吹到这里?"他见灵吉菩萨道场正在跟前,就去求见,讲过原委,灵吉笑道:"罗刹女手中芭蕉扇,是昆仑山后开天辟地生成的灵宝,属太阴精叶,故能灭火。扇中人要飞八万四千里,此去火焰山仅五万里,是因你有停云的本事。"

行者自感无方可治,灵吉当即把如来所赐定风丹转赠。行者精神大振,立刻赶回翠云山再上芭蕉洞。罗刹女一见他,也不禁惊叹猴子本领,二人再次相斗,没几个回合她就招架不住,拿出扇向行者一扇,这次却怪,任凭怎么扇,行者都巍然不动。

罗刹女惊慌失措逃回洞里,行者随后变成蟭蟟虫跟进去,趁其大口喝茶之际,飞入茶沫钻进她肚子,连踢带打一番威胁,疼得罗刹女讨饶叫饶命,乖乖把芭蕉扇交了出来。

拿到宝扇,行者回见唐僧,师徒又上路西行近四十里,渐觉酷热逼人。于是,行者举扇向火焰山尽力一扇,山上顿时大火冲起,他又一扇,火势更胜,第三扇过后,火腾起千丈高,四人连忙回逃。

这时,行者方知上当受骗,手中必是把假扇。他正在怒骂罗刹女,一个道服老者自称火焰山土地,前来献斋饭。行者说起被骗之事,土地就指明:

"要借芭蕉扇，须找牛魔王。"行者问："这山火是不是牛魔王所放？"土地才告知火山来历，原来这是孙悟空大闹天宫时，被二郎神擒获，送入八卦炉烧炼。开炉时落下几块火砖，在人间化成火焰山。土地原是兜率宫守炉道人，因此被贬为火焰山土地。

行者道："何处可找牛魔王？"土地道："牛魔王离开罗刹女已两年，现在积雷山摩云洞，做了玉面公主招赘之夫，只有通过牛魔王，才能借到真扇。"

行者赶到积雷山，正巧遇见一美貌女子，他自称是铁扇公主派来请牛魔王的。美女当即发怒，大骂铁扇公主。行者料定她必是玉面公主，故意拿金箍棒吓她，二人一追一逃，待玉面公主逃回摩云洞，在牛魔王面前撒娇大哭。

牛魔赔笑安慰良久，等玉面公主平静下来，他才一身装束，拿混铁棍出门查证。孙悟空唱喏问候，牛王喝问牛圣婴之事，悟空说明缘由，牛王又问他欺侮爱妾之事，悟空再次解释，牛王便打算息事宁人，一了百了。

眼见风轻云淡，行者说起借芭蕉扇之事，牛魔王一听，勃然大怒，道："泼猴必是以借扇为名，先欺我妻又赶吾妾，绝不能恕。"牛王执混铁棍，孙悟空持金箍棒，二人相斗百余回合，不分胜负。

斗得难解难分之际，忽有人来请牛魔参加酒宴。牛魔王休战后，和玉面公主招呼过，便骑避水金睛兽去乱石山碧波潭赴宴。行者一路跟随，见牛魔在潭宫中喝酒，就趁机偷走避水金睛兽，变成牛魔王去芭蕉洞，在和罗刹女一番推杯换盏你侬我侬后，借其酒醉把宝扇骗到，还套出宝扇口诀。行者大笑着现出原形，罗刹女羞愧欲死，哭天喊地。

此时，碧波潭酒宴已散，牛魔王发现避水金睛兽丢失，猜度必是猴子偷走。赶到芭蕉洞，果然见罗刹女正在捶胸顿足。牛魔王咬牙切齿，立即去追赶行者，远远见他扛着芭蕉扇。牛魔计上心来施展变化，扮成八戒模样，上前热情招呼，轻松从行者手中接过宝扇，把扇子变成杏叶放入嘴中，这才现出原形。

孙悟空上当受骗，暴跳如雷，二人顿时打得难解难分。恰此时，唐僧派八戒去给师兄助战，正好见二人激斗，行者气狠狠说出刚才之事，八戒怒从心起,冲上去就打。牛王以一敌二招架不住,且战且退到摩云洞,玉面公主闻报,即派群妖助战,行者八戒寡不敌众,败退而逃。

二人回到火焰山,土地劝道:"大圣、元帅,定要坚持到底,才能修成正果。"行者和八戒鼓足勇气,率土地、阴兵前去攻打摩云洞。牛魔王率小妖奋勇迎战。这一番,三人斗有百余回合,八戒势如疯虎举钯乱筑,牛魔王遮架不住要逃回,被土地、阴兵拦住,只得变天鹅逃走。

行者遂命八戒和土地攻打摩云洞,剿灭群妖以断其归路,自己变成海东青去斗天鹅。二人变化无穷相互克制,所变之物越来越大,最后,逼得牛魔王现出真身,是只千丈长八百丈高的大白牛,对行者高叫:"泼猴,你能把我怎么样?"行者变成身高万丈的巨人与之对抗。一个用棍打,一个用角顶,撼岭摇山,惊天动地。

这一下,惊动各路神仙前来助战,牛魔王敌不住,恢复本相逃向芭蕉洞,行者也随后追袭,率众把山围得水泄不通。这时,八戒与土地、阴兵大胜而回,说已剿灭玉面公主和满洞妖怪,摩云洞已烧毁。

行者说过方才战况,呆子抖擞精神,一钯筑碎洞门。牛魔王正和罗刹女诉说来往诸事,眼见敌将攻入,赶紧把宝扇交给她,就要出门迎战。罗刹女流泪劝道:"大王,把扇子送给猴子,让他退兵吧!"牛魔王气恨难消,不肯答应,仍出来争斗,当即遭众神围攻。

牛魔王拚命又坚持了五十回合,实在抵挡不住,只好向北方败逃,却遇上五台山秘魔岩神通广大泼法金刚,向南,有峨眉山清凉洞法力无量胜至金刚阻拦,向东,有须弥山摩耳崖毗卢沙门大力金刚拦住,向西,又遇昆仑山金霞岭不坏尊王永住金刚挡道,他四下无路可走,又见行者率众神赶来,只得向天上逃窜。谁知,正好撞上托塔天王和哪吒太子率天兵天将前来,牛魔王变成大白牛向天兵猛冲,哪吒太子用斩妖剑一剑砍下牛头,牛身上又钻出一个头。

哪吒一连砍十几剑,牛魔王一连长出十几个头。哪吒用风火轮挂在牛角上,用真火灼烧,把牛魔王烧得乱吼乱跳。正想变化逃走,却被托塔天王用照妖镜照定，再无计可施。

众神押着他到了芭蕉洞，老牛连叫夫人献扇救命，罗刹女不敢怠慢，双手捧芭蕉扇跪献，行者从容接过宝扇，重上火焰山。这次他扇一下，火焰平息，又一扇，清风徐来，再一扇，细雨霏霏。

罗刹女便跪求归还宝扇，八戒喝斥她，罗刹女又再拜乞求，土地指点道："大圣，此女深知根绝火根之法，可借机永绝火患。"行者问："如何根治火根？"罗刹女只得实话实说："只要连扇四十九下，山火就永远不再发。"

行者尽全力连扇四十九下，果然火焰山有火处下雨，无火处天晴。行者遵守诺言，把扇子还给罗刹女，兄弟三人保唐僧西行而去。

启示之一：为了取经伟大前程，为了获得赏识，利用甚至出卖曾经的伙伴，是身处江湖做出的无情抉择。

辽东土匪头目杜立三和张作霖是结拜兄弟。后来张作霖主动接受招安，做了清政府武官。与此同时，杜立三的势力却也发展得越来越大，各方深受威胁。于是，清政府就采取"以毒攻毒"之法，准备派张作霖剿灭杜立三。张作霖联合张景惠、汤玉麟等人一起谋划，决定诱杀杜。杜立三没有答应张作霖的邀请，张作霖便请到杜立三同宗叔父杜泮林写信劝说，声称清政府要招安杜立三，机不可失。杜立三收到叔叔亲笔信，便信以为真，就下山赴约。虽然如此，他仍然做了周密安排，以防万一。谁想张作霖布置更加细致，设了场鸿门宴，宴席结束后，杜立三刚走出大门，就被突然从外冲进来的几个大汉按倒，直接将其杀死。

（孙悟空当年得道做妖王，和牛魔王称兄道弟不亦乐乎。今天再见，已是物是人非，一个佛派正道，一个妖派邪路。如牛魔王能审时度势，当即拿出宝扇借给孙悟空，虽然丢了面子，却反而能免除一场腥风血雨的大祸，也不至于被孙悟空纠集众多神佛攻打老巢，最后落得自己被擒、老婆被迫出家、小妾死于非命的下场。可谓乐极生悲，不胜凄惨。）

启示之二：解决棘手问题，可以变换思路曲中取直，看似费力迂回并非捷径，却能得到最大收益。

第二次世界大战开始后，日本逐渐成为亚洲地区战争策源地。但当美国利益受到威胁时，美国总统罗斯福就采取了禁运的方式逼其就范。罗斯福判断很精明，如果日本屈服，则美国利益得到保护，且是不战而胜；如果日本反抗，则美国就以压倒性军势实力取得自己利益，且连本带利能得到更大利益。面对生死关头，日本军部和政府、海军和陆军却始终无法弥合矛盾，难以形成一个清晰的战略方针，只是被现实推着步步向前。终于在 1941 年爆发了太平洋战争，在赌国运中把日本送入彻底的失败，而美国成为二战最大的获益者。

（为了取得芭蕉扇灭火过山，只需要针对性地对付罗刹女就足矣了。但由于火焰山土地建议，由此使孙悟空得出新的判断，即需要充分参详佛派高层基本意图，此役的关键在收编牛魔王势力，以为己用。于是借机放大问题激化矛盾，不惜挑起更大规模的争斗，最后以收伏牛魔王平复火焰山而告终。这一过程，既壮大了佛派实力又使佛派扬名，一举多得，孙悟空分析问题和解决问题的见识水准也渐入佳境。）

第三十三篇　偷宝的老龙全家覆没

一、时间:唐贞观二十三年冬

二、地点:西牛贺洲祭赛国、乱石山碧波潭

三、事件起因:祭赛国的秃和尚们因为丢失国宝之罪被处罚。唐僧在金光寺还愿扫塔时,巧被孙悟空发现了偷宝之妖,于是猴子、老猪一齐去碧波潭讨回佛宝。

秋去冬来,日月如梭,唐僧师徒这天来到祭赛国。但令他们吃惊的是,大街上许多和尚披枷戴锁,境况凄惨。一打听,才知是金光寺和尚,因寺中佛宝丢失,被国王定为死罪,随时有被处决之险。

师徒们到了敕建护国金光寺再看,赫然一派破败景象,满寺和尚纷纷向唐僧磕头乞求,众人述说梦中有神人告诫:"尔等待东土大唐圣僧来时,就可救命伸冤。"

问起所失佛宝,和尚们说:"本寺佛宝功效非凡,祭赛国不动干戈不用征讨,就能令四方各国尊奉为上国,其根本在于金光寺有此佛宝,能白天喷彩气夜晚放霞光,远近闻名万里可见。三年前七月初一夜半子时,下过一场血雨,随后便丢了佛宝脏了宝塔,金光寺失去之前光泽。现在,周边国都不来朝贡。有大臣给皇帝进谗,污蔑是寺内僧人偷了宝贝,于是全寺和尚都倒了霉。"

　　三藏连声叹息,而后要趁夜扫塔,兑现当年西行上路前见塔扫塔的誓言。他沐浴更衣,便带悟空一起进塔。只是做师父的毕竟一贯养尊,扫到十层便腰酸腿疼,只好让行者代劳。

　　行者续扫到十二层,突然隐约听见有动静,悄悄摸上去,竟一举擒获乱石山碧波潭万圣老龙秘派来的小妖——鲇鱼怪奔波儿灞、黑鱼精灞波儿奔。俩小妖让行者一唬,一五一十招了供。

　　原来,碧波潭万圣老龙之女万圣公主召回一个九头驸马,这家伙和老丈人联手下了场血雨,顺走塔中佛宝舍利子。万圣公主又窃取王母娘娘九叶灵芝草,在潭里温养佛宝。碧波潭一时间名声大噪、远近闻名。后来,这些家伙听闻孙行者在取经路上专找他人麻烦,于是派哥俩不时来巡探,以好有所防范。

　　次日一早,唐僧、行者上朝倒换关文。皇帝见他国和尚为国出力、自家和尚监守自盗,感慨之余便谈起金光寺失宝之事,愤愤不已。唐僧道:"陛下,你错怪了金光寺众僧,我等现已擒获偷宝之妖。"皇帝又惊又喜,忙命押送小妖进殿。

　　问起盗宝起末,俩小妖仔仔细细老老实实把万圣老龙和九头驸马翁婿联手盗宝之事讲明,皇帝恍然大悟,赦免了众僧的罪,设宴款待唐僧师徒。宴席尽兴之际,皇帝动问:"你们谁敢去降妖?"唐僧主动推荐行者,八戒一看师兄又将出人头地大露脸面,也忍不住要和师兄齐去降妖。二人喝过皇帝敬的送行酒,就兴冲冲带着小妖向碧波潭而去。

　　到了碧波潭,八戒利落地割了灞波儿奔耳朵和奔波儿灞下唇,斥命:"你们赶紧让万圣老龙把宝送出,可免一家不死,稍有迟疑,等着大难临头吧。"

　　俩妖血淋淋地逃进宫,报告万圣龙王和九头驸马大事不好。老龙听说收伏牛魔王的孙大圣来了,不由惊慌失措,九头驸马却笑不当事,披挂整齐前去迎战。

　　到了地面,孙悟空和九头虫斗了三十多合,不分胜负,八戒看师兄一时难以取胜,忙举钉钯从背后猛攻。不料,此妖九个头,四面八方都是眼睛,早就察觉老猪偷袭。见二人前后夹攻，九头虫现出凶恶原形，伸出头把八戒咬中，擒回潭内。

行者落了单，心有余悸，只得避其锋芒退走，尔后变作螃蟹，悄悄混进水晶宫，把八戒救出来。被营救后，老猪胆壮起来，就要领衔杀入水晶宫，让师兄在岸上接应。

行者见八戒主动请缨，大喜过望。于是，八戒抢钉钯一路攻入碧波潭，杀得老龙与九头虫措手不及。呆子闯入水晶宫，一气儿把宫里各式宝物打得稀烂。九头虫见势不妙，忙安置好老婆，出来和八戒交战，老龙也领龙子龙孙上前围攻。八戒见事不妙返身就跑，老龙率众紧紧赶来。

行者正眼巴巴在岸边等候，突见八戒水下出来，后面追兵也次第而出，他跃起迎头一棒，把老龙脑袋打烂，死在水面，九头虫只好收尸回去。

这一下士气大振，行者八戒哥俩正筹备该如何降妖，却巧见二郎神率梅山兄弟打猎路过。行者心中一动，何不请其相助？只是当年是小圣伏了大圣，行者自感羞臊，不好意思相求，便支使八戒去请。

八戒欣然出马招呼，说齐天大圣有请，二郎神果欣来见，行者趁机以求助之意相示，二郎神慨然应允。

于是，行者哥俩和二郎神兄弟七个，当晚就在碧波潭边幕天席地举杯叙旧，众人拾柴火焰高。天一亮，八戒一马当先下水邀战，正好老龙发丧无人拦阻，他冲进水晶宫又打死龙太子。

九头驸马大怒，率兵杀来。八戒且战且退，引着众妖出水，见他们都上了岸，行者与二郎神七兄弟截住退路，一拥而上，把龙孙剁成几段。九头虫一看不妙，现出原形就要对二郎神下毒手，却冷不防被哮天犬一口，鲜血淋漓被咬下颗头，九头虫重伤下逃向北海，生死不明。

见状，行者心生一计，忙变成九头虫模样，假装败回水晶宫，却让八戒在后追赶。"九头驸马"进了龙宫，让万圣公主藏好宝贝。万圣公主哪里辨识真假，在后殿取出佛宝和九叶灵芝递来。"驸马"不慌不忙，从容收好宝贝，这才现出真身。

公主一看驸马成了猴子，又惊又怒上来要夺，恰好八戒赶到，起手一钯筑下，公主一命归阴。不多时，偌大一个龙宫，只剩下万圣老龙婆，被行者活擒。

行者谢过二郎神，两拨人马互相辞别。悟空拿着佛宝、八戒押着龙婆，回到祭赛国，把经过细说一遍，三藏满意，皇帝和文武百官也大喜过望——宝贝寻回不说，居然还有新彩头——九叶灵芝。

皇帝喝问龙婆偷盗详情，她战战兢兢详述一遍，只求保命。行者把龙婆锁在金光寺佛塔中央，令其永留佛塔守卫佛宝，又命祭赛国土地城隍和金光寺内伽蓝，每三天一餐给她续命，众神凛遵。

行者把芝草安在塔中，温养佛宝舍利，那佛塔再次射出霞光万道瑞气千条，光景之盛远超昔日。行者又告诫皇帝："陛下，金光寺寺名不好，流动而不能长存，可改称伏龙寺，方能永葆常存。"

皇帝非常信服，御赐新寺名为——"敕建护国伏龙寺"。为表谢意，皇帝大设御宴款待唐僧师徒，把四人画影图形，悬于五凤楼，供国人瞻仰。又赠金银无数，岂知唐僧师徒一概不受，皇帝难以报答，只得亲送四人至城西。

那伏龙寺众僧更是感激涕零，一些和尚跟着西行，纷纷要同上西天取经，伏侍四人。然西行大业，岂能任意而为，眼见众僧如此，行者不得已出奇策，变出许多斑斓猛虎拦住去路，不住翻滚跳跃，摆出吃人架势，这才拦住他们，师徒四人悠然西去。

启示之一：匹夫无罪怀璧其罪。没有深厚背景、显赫能力和过人德行，而居高位，往往会引起觊觎，为己招祸。

春秋时卫国君主卫懿公，毫无进取之志，常常不理朝政不问民情。但他有个特别癖好，就是喜欢养鹤，整天与鹤为伴如痴如醉。他让鹤乘高级豪华的车子，比大臣所乘的还要高级，为了养鹤，每年耗费大量资财，由此引起大臣不满，百姓也怨声载道。后来北狄部落侵入国境，卫懿公命军队抵抗，结果将士们都气愤地说，既然鹤享有很高的地位和待遇，就让鹤去打仗吧！懿公没办法,只好亲自带兵出征,与狄人战于荥泽,结果全军覆没战败而死,卫懿公本人被敌人砍成肉泥。

(当牛魔王已经被孙悟空率领佛兵天将收降,身为狐朋狗党的万圣老龙居然不自量力,在孙悟空即将前来时悍然招惹。自以为未雨绸缪,有九头虫庇护,实则根本看不清形势之严峻、问题之棘手,结果一战而败,国破身死,家败人亡,只留一叹。)

启示之二:无论多么高明的决策,多么周密的计划,多么精心的安排,没有可靠地推进执行,都不过是缘木求鱼。

1814 年 3 月 25 日,英、俄、普、奥、意等国组成第七次反法同盟。为此,敏锐的拿破仑迅速组织部队抗击,按照战略部署,他要求法军在俄奥大军到达之前先解决英普联军。接受命令的是法军元帅内伊,但他行动迟缓,先期导致占领布鲁塞尔要地计划失败。更不幸的是,在后来的争夺战中,内伊手下的戴尔隆军团奉拿破仑之命,应按照计划朝普军后方开进,然后与主力部队一起围歼敌军,但戴尔隆却因没有正确领会此命令意图而走错地方。当他重新返回普军后方时,本可配合进击,成为一支可以左右战争胜负的力量,令人感到奇葩的情形却再次出现,元帅内伊在这个关键时刻竟调开了他的军团。就这样一而再再而三错过战机,拿破仑只能孤军奋战而致此战功亏一篑。最终,军事天才拿破仑在滑铁卢遭遇了一生最惨重的失败。

(九头虫自视甚高,一战捉了猪八戒就飘飘然,让万圣老龙倚仗其为泰山之靠。但在他领导下,碧波潭武装部队完全不是常胜之师,领导体制完全没有章法,完全没有应对任何情况的有力防范措施,胜了一拥而上败了一哄而散,结果被孙猴子一而再再而三成功打击,直至消灭。)

启示之三:为了共同目标,对付共同敌人,彼此对立者可以打破窠臼,联合起来。

在近代欧洲历史上,法德是一对宿敌,彼此恩怨情仇难以讲清说明。但二战后,随着铁幕降临开始美苏争霸,两国高层政治家经过深入研究思考,痛感彼此争斗从而导致使渔翁得利,于是一致开始对一系列历史遗留问题磋商解决。1963 年 1 月 12 日,法国总统戴高乐与德国总理阿登纳在巴黎签订《爱丽舍条约》,旨在清除德法两国历史宿怨,促进两国实质合作。从此,政治上法国牵头、经济上德国支持的"法德合作"模式开始运行,并作为欧洲联合的发动机推动着二战后整个欧洲的进步发展。

　　(当年二郎神代表天庭对孙悟空宣战,进驻花果山围剿孙悟空时,可以说出手既刁钻又狠毒,孙猴子无数儿孙成为牺牲品,本应是不共戴天的仇敌,且难以化解。但为了顺利西行,消灭九头虫,孙悟空虽然自觉丢面子特别不好意思,还是果断伸出友谊之手和二郎神一笑泯恩仇。同样,二郎神也是心有灵犀,主动接过抛来的橄榄枝。最后双方联手,迅速消灭了碧波潭妖怪势力,双方皆大欢喜,各有所得。)

第三十四篇　东施效颦的花木们

一、时间：唐贞观二十四年春

二、地点：西牛贺洲荆棘岭、木仙庵

三、事件起因：师徒四人路过荆棘岭，唐僧被假扮土地的木妖掠到了"木仙庵"。附庸风雅的"木仙"在这里大肆论道，唐僧以诗明志舌战群木，最终逼得这些花花草草不得不最终玩起"美花计"。

这年早春，师徒四人走到八百里"荆棘岭"，看着满世界荆棘丛生，根本无从下脚的天然阻障，唐僧不禁怀疑是不是走错了路。

关键时刻，八戒倒是兴奋异常，终于找到大显身手之机，他自告奋勇，变成个二十丈高的巨人，手搂钯子横扫荆棘，在团队前开路。如此一路走到荆棘岭核心区域，见一块不知曾几何时竖立的石碑，上有两行小字"荆棘蓬攀八百里，古来有路少人行"，八戒得意之余，忍不住随口诌添了两句："自今八戒能开破，直透西方路尽平。"

于是，八戒开路，三人紧随其后，走到荆棘岭西缘一座古庙，方停下歇脚。师徒四人见松柏凝青，桃梅斗丽，景致不俗，大感舒心。

突然，一个老头儿自称荆棘岭土地，前来进献蒸饼。不速之客来访让行者很是警觉，观察量久觉得不对，大喝一声就要出手，谁知那老头儿先下手为强，卷出一阵阴风，唐僧霎时间无影无踪。

眼睁睁丢了师父,惊慌失措的三兄弟忙开始四处搜寻。

这老头儿掠走唐僧,将他轻轻放在木仙庵前,说道:"我乃荆棘岭十八公,此专程邀请圣僧前来,以文会友消遣情怀。"

听闻并非为自己肉体元阳而来,唐僧暂时放下心。过一阵,接连三个老头儿来拜会,饱经风霜的叫孤直公,绿头发的叫凌空子,高个的叫拂云叟,十八公自称劲节。

四个老头儿赋诗自介,个个都号称历经千年。唐僧万分惊喜,猜问四人是否就是赫赫知名的汉初四皓,十八公笑着自嘲是"深山四操"。

老头儿向唐僧请教佛门禅法,说到本门正业,唐僧底气十足,侃侃而谈,越讲越觉玄妙。四个老头儿都摆出副好学不倦的样子,笑眯眯应承,夸奖唐僧之讲演声情并茂、足见高论。

此时,拂云叟却大有不屑,指责唐僧:"修道之术本源于中华,汝等一伙儿费尽心机,辛辛苦苦去西方,能有什么好结果?"此言一出,唐僧犹如当头一盆冷水浇下,半晌说不出话,良久才不得不虚与应和。

四人邀圣僧进木仙庵小坐,眼见庵内一尘不染,布置得清虚雅致,唐僧一时情乐怀开,忍不住卖弄,脱口而出来了句七言,四个老头儿各自连句,凑成一首。说到兴致上,老头们又连和七言一首,令唐僧也连声赞叹。

见已至妙境,四人请唐僧赋诗道情,他无法推辞,便借景生情赋七律一首:杖锡西来拜法王,愿求妙典远传扬。金芝三秀诗坛瑞,宝树千花莲蕊香。百尺竿头须进步,十方世界立行藏。修成玉像庄严体,极乐门前是道场。

诗中借机把佛法和向佛之心宣讲一番,老头们也各自和诗一首,各尽其妙。论道至此,双方仍不分轩轾旗鼓相当,唐僧见机而言:"现夜已深沉,我三个徒弟不知所归,贫僧应回去了。"

正在这时,就见庵外有人到来,几个女童开道之后,闪亮登场的竟是个美艳绝伦的女子,只求会会唐圣僧。几个老头谈起刚才诗句,美女满面春风,随同和诗一首,极夸自己容颜之美风姿之艳。

而后,美女请唐僧再赋诗一首,言辞中已渐露爱意。唐僧见其言行不免轻佻，唯恐又陷入脂粉阵中，怎敢再应和。谁知见此情景，四个老头儿乐不可支，个个争先恐后大包大揽，拂云叟与十八公要做媒，孤直公与凌空子打算保亲，当即成就好事，把这位美女——杏仙，光明正大嫁给唐僧。

唐僧一听这话，大惊失色，这才看出其不怀好意，原来依旧是冲自己十世修成好人之身而来。他当时变脸指斥道："你们不是好人，都是些妖怪，如此所作所为，岂是谈玄论道之举？莫不是想用美人计陷害于我！"

老头们见方才尚风度翩翩的圣僧竟变得声色俱厉横眉怒目，都惊呆了，只有杏仙的护驾暴躁如雷，大骂道："你这和尚瞎了眼，我姐姐看上你，是你今生大幸，你若不娶我姐姐，让你和尚做不得，老婆也娶不得。"

此言一出，唐僧下定决心，死活不依从，和他们拉拉扯扯起来，一番挣扎，眼看天将透亮。

这时，隐约传来三个徒弟的呼唤，唐僧喜出望外连忙应答，等悟空三人闻声寻来，那四个老头儿和美女、女童、护驾一时间都消失不见了。

唐僧把自己昨晚经历之事说了一遍，行者问起在场之人各叫什么名字，唐僧也一一说过，四人赶忙寻查，果然在附近找到了那座木仙庵。

奇怪的是，木仙庵附近还有一株桧树、一株老柏、一株老松、一株老竹、一株丹枫，旁边崖上还有一株老杏、二株腊梅和二株丹桂。师徒们不知所以，唯有行者灵性，又加持火眼金睛，早见全部角儿都在场，就笑问师父师弟："你们可看到了妖怪？"

唐僧和八戒、沙僧都莫名其妙时，行者方言道：昨日之妖怪，便是眼前这几棵树成精作怪，见师父师弟依旧茫然，他又仔细释道："那十八公就是松树，孤直公是柏树，凌空子是桧树，拂云叟是竹竿，小鬼是枫树，杏仙就是杏树，女童是丹桂腊梅。"

八戒听师兄说过，再和此情此景对照，认定行者说得有理，当即大发神威，不管三七二十一，抢起钉钯，刨倒了那几棵老树。果然，就见其树根处如人体受伤一般，鲜血淋漓，煞是令人惊骇。

唐僧不忍，忙拦阻八戒道："他们并未伤害于我，八戒不可如此，放过他们便是。"见师父发慈悲心怀,行者却道:"此类妖怪现在虽不能害人,然养成其后难保害人不浅,不如除之以防后患。"

闻言,唐僧不再拦阻,于是呆子奋起神威,运用钉钯刨倒所有树妖,方请师父上马,继续顺大路西行而去。

启示之一:当运用常规优势依然无法取得理想结果时,难免会经不起诱惑,采取最直接最现实,也是最具阴谋的路数达成目标。

上海滩斧头帮领袖、暗杀大王王亚樵自蒋介石发动"四一二"反革命政变后,二人关系就变得颇为微妙。之后,随着王亚樵把老蒋确定为汉奸意欲除之而后快,他针对性派遣手下展开多次暗杀行动,蒋介石差点丧生于王亚樵所派刺客的枪下,都因机缘巧合屡屡侥幸逃过。对于王亚樵的暗杀,蒋介石如芒在背,责令戴笠立即除掉他。在多次受到斥责后,戴笠不得不精心谋划对付王亚樵,派遣手下巧妙接近并暗杀了他,终于清除了令蒋介石头疼不已的敌手。

(四棵老树把唐僧用非法手段"请"到自己地盘,又是谈禅又是论道,指望用以理服人的方式说服唐僧,结果各持一词各有千秋,见事不谐又用美人计加以诱惑,却不想这样事件唐僧多次经见并受到考验,根本无从下手,最后几个家伙悲剧了,被孙悟空看破原形,让秀才遇见兵有理说不清的猪八戒一顿钉钯,白白死于非命丢弃了千年功夫,可惜又可笑。)

启示之二:任何时候,美人计都是应对敌手的一张王牌。关键在于,所谓美人必须是被针对者认可的美人,才真正有效力。

卫子夫的生母是汉武帝姐姐平阳公主的女奴,卫子夫作为女奴的女儿自然也是公主的家生女奴。平阳公主虽是皇帝姐姐,但她明白,自己这个姐姐要想一辈子荣华富贵,必须得时常拍当皇帝的弟弟马屁才妥。于是公主下大力气精心选拔了十几位如花似玉的美女,教她们琴棋书画歌舞,在皇帝驾临后为其表演助兴。卫子夫身世低下长得也并不入公主法眼,当时并未入选第一梯队。但一次,光临做客的武帝刘彻对成群结队的美女毫无兴趣,唯独在卫子夫上前表演时两眼放光目不转睛,当时就要求进尚衣轩"更衣",卫子夫也被叫进去"协同更衣"。自此,卫子夫被收入皇宫,并日渐受宠,最后竟坐上了皇后宝座。

(四棵老树对付唐僧没辙了,就自作聪明自以为是地玩起美人计,把老杏推出来引诱唐僧。却完全没做过调查研究,不知道唐僧沿途之上因这类事件多次被打过预防针,早就在佛派高层监控之中,绝没有误入歧途之可能。于是,自认美貌绝伦的老杏出场后,虽搔首弄姿秋波暗送,但所谓美人计在唐僧身上完全失效,根本没形成什么杀伤力,反而赔了夫人又折兵,让自己千年修成的身家性命在猪八戒无情挥舞的钉钯下,都极其可怜地免费搭了进去。)

第三十五篇　有胆量冒充佛祖的妖怪

一、时间：唐贞观二十四年春末

二、地点：西牛贺洲小西天

三、事件起因：唐僧师徒到了叫小西天的地方，居然遇见个敢于变成佛祖如来，以假冒伪劣赝品欺骗唐僧四人，自称黄眉老佛的妖怪。这家伙身手不凡神通广大，猴子先被其法宝金铙制伏，好容易逃脱后，又被另一件法宝人种袋拿下，搬请几处救兵都无济于事，事到临头以致无法解决，终于，弥勒佛亲自出马了。

走出荆棘岭不久，唐僧师徒见到一座直插云霄的雄伟高山，过了山岭走到缓坡，一座楼台殿阁出现在眼前，隐隐钟磬悠扬，目及之处祥光蔼蔼彩雾纷纷，赫然是个好地方。

唐僧见此处犹似佛地，便问："这是什么地方？"孙悟空火眼金睛看过好久，仍然难以判别，在师父追问下回道："这里像是寺院，不知为何又有凶气。虽像雷音却路径有别，我们可千万不能进去，以免遭毒手。"唐僧忙问："看着像，难不成就是灵山？你可别误了我头等大事。"行者头摇得拨浪鼓一般，咬定绝非是西天雷音。

师徒四人走至山门，映入唐僧眼帘的匾上，竟有"雷音寺"字样，慌得他滚下马鞍，如捣蒜般边磕头边骂猴子害自己不虔诚不尽心，冒犯了佛祖。行者陪笑道:"师父,你看清寺名再责怪我不迟。"

唐僧听他话里有话,磕了无数响头心惊胆战爬起来,见匾额上写的是"小雷音寺"。眼看磕错了头,唐僧自然不能失了师父颜面,仍然嘴硬不服软嚷嚷:"就算这只是小雷音寺,也必定有个佛祖,我师徒须好好入内参拜。"

行者心知又要来事,苦口婆心规劝:"入内一定凶多吉少,千万不能进去。"可唐僧执意不听,换上一身礼仪行头,便率众正式入寺了。

哪知刚一进门,就听见有人训斥:"唐僧,你从东土前来,为的就是拜见我佛,怎么还这么怠慢?"唐僧一听这口气,再看这气场,怎敢怠慢,忙下拜叩头,八戒沙僧跟着跪下,和师父一步一拜进了大殿。

只有行者似乎知道要发生什么,不仅不拜还毫无恭谨之意,听正面坐的佛祖厉声斥责:"孙悟空,见了如来怎敢不拜?"

行者细盯着"佛祖"观察好一阵儿,仍摸不清深浅,但倒是可肯定,此人绝非是真正佛祖,于是半真半假拿出金箍棒试探,大喝:"大胆妖怪,竟敢假借佛祖名义,败坏如来清德,我岂能容你!"

双手抡棒就作势要打,说时迟那时快,半空猛地落下副金铙,咣当一声把行者囫囵包扣在里面。一看出了事,八戒沙僧恍然明白,自己师徒又上了当,忙跳起要还手,早被周围那些阿罗、揭谛一拥上前,连同唐僧一齐捆了个结实。

直到这时,"佛祖"现出原形,原来竟是个妖王,那些阿罗、揭谛,尽为小妖所变。

孙悟空被金铙合在里面,密不透风不见一丝光亮,憋得满身大汗无法逃脱。他想用金箍棒打,根本抡不开。待欲捻诀变高撑破金铙,谁知金铙也能随之变大;欲捻诀缩小身体多腾开些余地,谁知金铙也随着他身体一同变小,依旧紧紧包着他,多不出一丝腾挪辗转的空间。

行者急中生智,把金箍棒变成撑竿撑住金铙,又用毫毛变出五瓣梅花钻,对着那金铙足钻够千下,只听钻得直响,却始终不见能钻出个窟窿。行者实在黔驴技穷没咒念后,只好召集护卫唐僧的三十九个神仙近前听令,让他们助己脱身。

　　哪知这些神兵神将齐上手合众力,那两片金铙却像长在了一起,根本分不开。

　　这伙神仙反复折腾都能为力,金头揭谛迅速赶去天庭觐见玉帝,讲过唐僧师徒困境,特别言明孙悟空已危在旦夕。玉帝闻言急忙传旨,派出二十八宿去救助并协同降妖。

　　众星宿来到小雷音,各显神通各展所长,连扛带撬用尽心机,折腾到三更时分,金铙仍旧纹丝不动没一点损伤。亢金龙突发奇想,用自己头上尖角顺两片金铙顶入,指望有些许缝隙。谁知两片金铙居然顺着他的角紧紧吻合,没一点空子可钻。

　　行者急中生智,用钻在他角尖上钻个小孔,自己缩小身子藏进孔中,亢金龙又费了九牛二虎之力,总算才把角拔了出来。

　　九死一生后的行者对这金铙是既恨又畏,出来后怒火交加,也不管不顾是否惊动妖王和众妖,抡棒照金铙一棍击下,山崩地裂一声响过,金铙被打成千百块碎片。

　　老妖惊醒赶来,见行者已脱困,周围都是碎金片散落,大惊失色,手执短软狼牙棒就要和悟空交手。行者喝问他来历,妖王才洋洋得意起来,答道:“谅你不知我的名声,这里是小西天,我修行成黄眉老佛,听说你有点本事,就诱你师徒来和我比划。你要能赢我,就让你们走人成正果,赢不了我就统统打死,我去见如来我成正果。”

　　行者至此方明白妖怪是冲自己而来,二人一交手,五十回合不分胜负。二十八宿和五方揭谛见大圣久战不下,就要倚多为胜,各执兵器把妖王围在中间,黄眉老佛毫无惧色,从腰里从容解下个白布搭包,往天上祭起,哗啦一声把行者、二十八宿并五方揭谛众神一包装个干净。回洞解开搭包,见一个捆一个,包里众神个个毫无反抗之力,让小妖们挨个捆了个结实。

　　当晚妖怪们熟睡后,行者趁机使遁身法褪下绳子,先去放了师父和师弟,又把二十八宿、五方揭谛解救了。等众神逃出妖洞,行者才发现行李和通关文牒、锦襕袈裟、紫金钵盂都没有带出，情急之下，他变成蝙蝠进洞，找到了包袱正要拿走，不巧碰见巡夜小妖。

这一声喊动，惊动妖王再次追来，二十八宿与五方揭谛、猪八戒、沙和尚见跑不了，便一拥而上大战诸妖。妖王也命手下四五千妖怪上前掩杀。孙悟空也赶到参战，双方杀得天昏地暗，趁乱之际，黄眉怪又取出搭包，作势要施展法宝。

行者交战之时便防备着他这招，一见他手搭布包，便大叫不好要提前逃走，其余众神都傻呆呆的，不知悟空为何狂喊，结果没等反应过来，就让黄眉怪一包又装了个干净。

脱身之后，行者左思右想，记起北方有真武荡魔天尊，就去武当山求见天尊讲明来意，真武祖师倒也爽快，即派龟蛇二将和五大神龙助战。行者率众神到小雷音寺宣战，黄眉怪出战，和行者、五龙、二将斗了半个时辰不见高低，他解下搭包又要故技重施，行者已是惊弓之鸟，但见妖怪在解搭包，立即如临大敌，提个醒就溜之大吉，龙神和蛇龟还没搞清怎么回事，就被一搭包装了进去。

孙悟空彷徨无计，这时日志功曹提醒说："盱眙山泗洲有个大圣国师王菩萨，他手下神兵神将众多，可以请求相助。"行者闻言，直奔盱眙山求见国师王菩萨，菩萨派徒弟小张太子和手下四将前去助战。这次到了小雷音，黄眉怪更是不屑一顾，没比划几下就解搭包，只有见机快知权变的行者走脱，小张太子和四大将依就被一包装走。

四处求援尽落个全军覆没，没咒念的行者落了单，无依无靠独自一人正一把鼻涕一把泪时，忽然西南一朵彩云落下，有神叫道："悟空，你认得我么？"

行者细看不打紧，来人竟是载于佛典中的佛派未来接班人——弥勒佛光降了。弥勒笑道："悟空，我来此专为收降小雷音妖怪。"行者请求指点迷津，弥勒佛才说道："那妖怪非是他人，乃我座下司磬的黄眉童儿，他趁我出门，偷了我家传佛宝借此成精，他手里的搭包，乃是我后天袋子，俗称人种袋,狼牙棒是敲磬的槌。"

　　行者至此恍然,才明白自己被二号佛祖心腹整了,忍不住指责埋怨,弥勒佛却笑嘻嘻地说:"你师徒魔障未完,理应受此磨难。"言及至此,孙悟空岂敢和弥勒佛较真儿,只好问:"如何才能收伏妖怪?"

　　弥勒设计让行者把妖怪引到瓜田,命其见机行事,制伏黄眉怪。而后,他在行者手心里写了个"禁"字诀,告诫道:"你与妖怪交战,当着他面打开手心,那怪自会乖乖跟来。"

　　行者独自上门挑战,黄眉怪出来应战,没几个回合,行者就把手心打开,让妖怪着了"禁"字迷,且战且退。这家伙果然再不记得用搭包,一路跟着他追过来。

　　到了瓜田,黄眉怪四处找不见行者,就吆三喝四令种瓜老农——弥勒佛献上西瓜,弥勒佛趁机把行者变成的瓜递给他,黄眉怪张口就啃,悟空乘机钻进肚子,一顿连踢带打折腾,疼得黄眉怪连声求饶。

　　再看此时瓜农已现出弥勒佛原身,一脸笑嘻嘻问道:"孽畜,认得我么?"黄眉怪一看自家主人已来,怎敢有半点脾气,连忙跪下,哀声求饶。

　　弥勒佛也不多言,上前收了后天袋夺了敲磬槌,便令悟空饶过他。行者愤恨难平,又一阵接连地拳打脚踢,狠狠出口恶气,才脱身而出。

　　弥勒佛用搭包把黄眉怪装进去,责骂道:"孽畜! 我的金铙被你弄哪去了?"妖怪哼哼唧唧,说已被孙悟空打碎,堆在莲台后面。弥勒佛仍旧一脸笑嘻嘻,让行者随自己去找碎金。

　　行者见弥勒佛举手投足间,所示法力深不可测,哪敢道个不字,乖乖引弥勒去小雷音。那里众小妖见妖王被擒,正要四散而逃,却让行者截住去路,一顿金箍棒全部打死。弥勒佛找到碎金收在一处,吹口仙气念声咒语,又还原成一副金铙,随即辞别而去。

　　行者这才救出师父师弟,又让八戒打开地窖,救出被捉众神,唐僧一一拜谢其援手之情。

　　师徒四人劳累多日,就在小西天歇了半天。次日一早用斋后上路,临行之际,行者点起一把火,把小雷音寺烧成灰烬。

启示之一:预定计划的执行,难以抵挡团队内部的干扰或阻挠。

成吉思汗西征,命长子术赤为主帅,二子察合台、三子窝阔台为副帅,攻花剌子模国都城玉龙杰赤。术赤统率大军到了城下,私下盘算汗父可能会把该城封给自己,做分封汉国的新都。为此,他极力主张保存都城,以谕降为主。察合台则认为应强攻,以力平之。由于蒙古军主副帅意见相左、号令不一,屡次被守军利用矛盾给予重创,近六个月无法攻克。成吉思汗闻报,改命窝阔台统率全军,限期攻克玉龙杰赤。窝阔台就任后,尽力调和二兄关系,并严格军纪军规,促使军威再振。做好这些基础性工作后,窝阔台下令总攻,当天就攻入外城,巷战七昼夜后终迫使全城守兵投降。其后,为报损兵折将之仇,蒙古军引水淹城,彻底摧毁了玉龙杰赤。

(如来的西行取经计划有许多其他派系的反对者,本不足为奇。但身为佛派二号人物、未来接班人的弥勒佛,尤对该计划在自己尚未深入掌握根底前心存疑虑。这个计划的成败以及有关人士的提拔,是否会影响到佛派未来格局走向、是否会威胁到自己在佛派中的地位,都是弥勒所不得不关心的。适时派出心腹,通过展示实力,显示强大法力,针对性地敲打一下孙悟空四人,一并向其他势力展示本派系实力,巧妙地借降妖之名证明自己做这个继位人是当之无愧理所应当。当他明白实情真正放心后,才默许西行计划继续。)

启示之二:积极争取对手的潜在对手,予以支持帮助,往往可以获得事半功倍之效。

刘邦和项羽签订鸿沟协议后,在张良和陈平极力劝谏下,撕毁合约,突然向楚军发起战略进攻。为保障一击而胜,刘邦约集韩信、彭越率军南下,共同合围楚军。由于韩信、彭越未如约出兵,致使刘邦在固陵被项羽击败,并于陈下被楚军再次合围。面对困境,刘邦问计张良,张良指点他可以向韩彭等人许官封地,刘邦当即采纳,将陈地以东直到大海大片领土封给韩信,睢阳以北至谷城土地封给彭越。在重大利诱下,终于使韩、彭二人挥军南下,又联合英布自淮地北上,各诸侯王几路大军共同发动了针对项羽的垓下之战,敲响了西楚霸王国破身死的丧钟。

(面对小西天所面临的严峻态势,孙悟空巧妙周旋,严防自己团队被动地卷入佛派高层权力之争,几次请求外援,都远远绕开佛派势力,请的都是与佛无关的地方神仙豪强助阵。用这种超然的姿态间接向弥勒佛做出承诺与表态,自己团队绝不会威胁到他的地位。当面也是客客气气极为尊重,终于让弥勒佛放了心、放了行。)

启示之三:选边站队投靠强者,一定要找准定位、表明态度,切忌反复无常、左右摇摆。

阿睦尔撒纳出身显贵,为逃避准噶尔内部自相残杀而投奔大清。对于他的到来,苦于难以解决准噶尔问题的乾隆帝大喜过望,马上下诏厚加赏赐封为亲王。他也不负厚望,向乾隆帝详述了准部内乱的情形,并提出具体出兵建议。据此,乾隆帝灵活调整作战方略,使得清军迅速进军,很快平定了准部。之后,阿睦尔撒纳居然首鼠两端上下其手,企图借助清政府势力,自立为厄鲁特蒙古四部总汗。当未能得逞时,恼羞成怒发动叛乱反清。乾隆大怒,下定决心彻底剿灭准部。听闻这一消息的阿睦尔撒纳逃入哈萨克,又在博尔塔拉会盟准噶尔诸王,企图联合对抗清政府,并派出使团去俄国求援。清政府派定边将军成衮扎布、定边右副将军兆惠率兵,分两路再次进军伊犁。阿睦尔撒纳兵败,逃入俄境病死。乾隆帝据此认为准部反复无常、难以大信,于是采取种族灭绝的方式彻底消灭了准部。

(对弥勒佛恭恭敬敬的孙悟空,慑服于他的强大实力,当面显得无比恭顺。但当弥勒一走,孙悟空立刻把小雷音寺一把火烧光。这样做,既是和弥勒一派划清界限,又给如来佛吃颗定心丸,通过这种方式表明自己态度立场,绝不会背叛佛祖另攀高枝。)

第三十六篇　龙套级别的蛇妖

一、时间:唐贞观二十四年春

二、地点:西牛贺洲小西天陀罗庄

三、事件起因:唐僧师徒被臭烘烘的稀屎稠阻住去路,到陀罗庄暂歇,听说当地有妖怪害人,孙悟空出手消灭了蟒蛇妖,全庄人感谢非常,备足饭食供老猪消耗,助他变成巨猪,拱开稀屎稠打通西进之路。

师徒四人一路向西,眼见又是一年春末。这天,唐僧师徒刚来到陀罗庄,就听当地人讲,向西三十里有条稀柿衕,其外是座方圆八百里大山,满山尽是柿果,由于柿树有七绝雅号,人称七绝山。那里多年柿果反复熟透又淤塞,恶臭难闻,常人无法通行。

师徒四人只得先投宿一户人家,商议过山之法。攀谈起来,户主老头儿就说起当地出现妖怪,恳请行者降妖捉怪。老头儿说道:"三年前六月,我庄里忽起大风,风过后就有人家牲畜家禽被吃了,之后,妖怪越来越大胆,逐渐开始活吞男女,常来祸害。"

行者闻言,故意责怪:"这是你庄上人心不齐,为何不请个能人,制伏妖怪呢?"老头儿一脸无辜道:"前年请过和尚,去年请过道士,都不中用,没降伏妖,反让妖怪都给杀死了。"

见是个出人头地的机会,行者当即答应下来,老头儿非常高兴,赶忙按照他的指点,请来左邻右舍、亲戚朋友,陪唐僧谈天。老头儿问师徒几个:"你们哪位师父去降妖?"行者自荐,老头儿问道:"你们要多少谢礼?"行者笑道:"我们和尚不要钱,你只管招待茶饭就行。"

众人正在说话,忽听呼呼风响,恰似预兆妖怪要来。几个老头儿慌得溜了,唐僧也跟着钻了地窖。八戒沙僧也打算进去,让师兄一把牢牢拽定。狂风过后,半空隐约像有两盏灯飘来,八戒笑道:"这妖怪有做派,出门还打着灯笼,看来是个可交朋友的主儿。"沙僧又仔细看看,笑话二师兄走眼,那灯笼分明是妖怪两只巨眼。这话一出,呆子结结实实被吓了一跳。

孙悟空纵身跳到空中,抢金箍棒就和妖怪斗在一处,他连问几次妖怪来历,那妖怪都置之不理。一番打斗,直至三更虽不分胜负,但八戒沙僧都明白,看似胜败未分,妖怪其实只有招架之功,并无进攻之力。见又有了可以捞功劳的机会,八戒宽心放胆,冲上去帮拳,也免得行者独得功劳。

天渐渐亮起,妖怪便要逃遁,行者八戒紧紧追赶,逼得那怪现出原形,是条巨红鳞大蟒。妖怪钻进山洞,外露出一截尾巴,八戒冲上去揪住,使劲往外拉,却怎么也拉不动。行者见状,上前使棒一捅,妖怪疼痛难忍,猛然蹿出,张开巨口就要吞人。八戒大惊之下忙闪开,行者反迎上让它吞了,正当八戒大呼小叫师兄呜呼之时,行者已用铁棒从蟒妖脊背上戳了个窟窿钻出,那妖怪顿时一命呜呼。

陀罗庄几个陪客和唐僧天明出了地窖,正见行者八戒器宇轩昂,拖着条大蟒得意洋洋归来,全庄男女老少见心腹大患终被剿灭,个个喜极跪拜,感谢唐僧师徒降妖除怪之功。庄上各家东请西邀,轮流酬谢他师徒,一连住了好几天才肯放行。

走的这天,西进至七绝山稀柿衕,无比恶臭中看着淤塞不通的西行路,唐僧问行者如何是好,一贯不惧妖怪的行者见状,居然连连摇头,只说难办,唐僧无奈之下,不禁潸然泪下。

陀罗庄众人见救苦救难的活佛哭了,都来安慰,纷纷表示道:"圣僧不须烦恼,我等可另开条路,送你们西去。"闻听此言,行者笑道:"如此鬼斧神工之事，岂是尔等凡夫所能为？不需多言，但准备两石食粮，让我那八戒师弟吃饱，他就能拱开原路，万事皆休。"

八戒一看行者又安排自己做这没人愿干的活计，大是不满，唐僧道："悟能，你要有本事拱开大路带我过山，头功就是你的。"有师父首肯，八戒方得意起来："列位，不要笑话，我虽不能小巧腾挪，但变大物件也精熟，只是个头变大，吃得更多了。"

众人闻言，忙将所带的各种饭食堆放一处，八戒见状，果然变头大白猪，把那成堆的米饭、蒸饼、馍馍一扫而光，而后以独门绝技上前拱路。如此这般，呆子前面拱，唐僧三人紧紧跟随，足向前拱了两日夜。

呆子正感觉饥饿难耐，陀罗庄人又送来足有七八石饭食，让他再次饱餐一顿，继续拱路向前，终于打开稀柿㖞绝胡衕这条旧路，师徒们从容西去。

启示之一：故布疑阵，渲染弱小对手的强大后，往往能赢来绝佳表现的时机。

20世纪80年代，美苏在全球争霸角力，苏联在北美的桥头堡古巴也逐渐把触角伸向小国格林纳达。时任美国总统里根认为"格林纳达已经成为苏联和古巴的殖民地，用来作为输出恐怖行动和颠覆民主的基地"。美国国防部长卡斯帕·温伯格就此宣称，美国将会为"救出在那里的美国人，使他们不致于被抓起来当作人质，避免再次出现1979年在伊朗所发生的那种事"，命令美国快速部署部队采取突然袭击方式，对格林纳达发动了一场海空联合作战。此次入侵行动被定义为自越南战争失败以来，美国最大的一次军事行动。面对格林纳达微弱的军事防御力量，美国调兵遣将，以压倒性优势取得战役成功。

（当猪八戒看到蟒蛇妖只有招架功没有还手力时，立刻精神大振冲了上去，摆出副要和妖怪一决生死的样子。等孙悟空打死了妖怪，他又一连几钉钯把独门标志印在死蟒身上，最后雄赳赳气昂昂回来，在唐僧和一众老头儿面前为自己增光添彩不少。）

启示之二：认定了对手虚弱，才适时投入战场争功。如此作为虽不失精明，但却绝难获得倚重与信任。

1922年第一次直奉战争中，号称"虎狼之师"的奉系军队被打得大败，不得不退回关内，且使张作霖入关争权的愿望破灭。痛定思痛后，张作霖总结最大问题就出在奉系内部，其统辖下各路奉系军阀，根深蒂固改不了的，就是赢了一窝蜂上、输了一团散沙逃的土匪作风。对此，他痛下决心进行整顿，委任张学良、郭松龄等人受命建立新军，整训军纪、派遣军事留学生、组建海军空军等，大大改变了奉军旧面貌，为之后二次直奉战争取胜奠定了基础。

（猪八戒见荣誉就上，见困难就让，虽然不无微功，而且自我感觉良好，但确实有不少妖怪死在他的钉钯下。但无论是唐僧还是其他人士，都对此完全不置一词，没有给予更高评价。）

启示之三：知人善任、人尽其才，是体现智慧的至高境界。

公元379年，前秦军攻克襄阳，抓获东晋大将朱序，在押送到长安的过程中，朱序就屡次想逃，但到达长安后，前秦皇帝苻坚却认为朱序够气节，不仅没有追究其罪，反而授任他为尚书。四年后，苻坚率军南下攻打东晋，拉开淝水之战序曲。苻坚派朱序去劝说东晋谢石等人投降，朱序却身在前秦心在晋，把前秦军队所有机密都告知了谢石，还和他们约定攻破前秦军队的办法。等开战后，趁前秦军队后退接敌之际，朱序乘机在军阵后高喊："秦军战败了！"结果前秦军闻风而逃，兵败如山倒，前秦帝国由此崩溃，已经统一的北方再次陷入分裂。

（面对稀屎硐，就连自诩无所不能的孙悟空都直摇头，却因此留出了一块新天地，成就了猪八戒在陀罗庄的头功，不仅以实际说明老猪在取经团中是不可或缺的角色，也展现了他独一无二、有别他人的能力和本事。）

第三十七篇　猴子兼职大夫忙

一、时间：唐贞观二十四年春

二、地点：西牛贺洲朱紫国、麒麟山獬豸洞

三、事件起因：在朱紫国因被人藐视，恼火万分的孙猴子计出奇门，揭了医治皇帝的皇榜，而且出手不凡，一举治愈其长达三年难以治愈的怪病。之后，又在皇帝恳请下，亲自出马去麒麟山找掳走金圣宫娘娘的赛太岁，发挥自己善偷特长，盗走他护身之宝紫金铃，由此独自拿下赛太岁。

这年盛夏，唐僧师徒来到朱紫国。国立迎宾馆——会同馆正副馆长所见，师徒几人不过是几个不起眼穷和尚，就草草安顿，并未将其视作尊客，置于正厅歇息。一向惯于高调，到哪里都喜欢为人奉承的孙悟空自觉遭到轻视，内心恼火之余，心中大为不满。

于是，趁师父进朝倒换关文之际，行者就多方思索，极力要找个露脸机会，好扬眉吐气一番。他无事生非，便领着八戒上了集市，恰好见朱紫国皇帝招贤求治，正中下怀。行者弄阵风，迷了众人眼，偷偷揭下皇榜，他不忘恶作剧，悄悄将榜文塞到八戒身上，而后溜回会同馆。

等着美食的老猪却等来众多皇家守卫的围堵，这才发现又被师兄耍了，怒气冲天地带着守皇榜的卫兵太监，去会同馆找行者对质。见来了官方人士,悟空坦承揭皇榜的确是自己,他确有医病国手,不过有个特别要求,须让皇帝亲自来请,才肯出手医治。

消息报到皇帝那儿,病快快的他一听喜讯,马上来了精神,便问唐僧哪位徒弟是神医,唐僧莫名担心,谦逊道:"虽有三个顽徒,却只能降妖除魔,没有擅长医道之人。"皇帝哪里肯信,即派文武众卿以君臣之礼共去邀请圣僧。

朱紫国众文武官领皇帝之命,到会同馆专请行者。眼见公卿满地,以君臣之礼向自己叩拜,心满意足的悟空端足架子,应允入朝去为皇帝诊治病患。

不料,刚一见孙神医尊容,堂堂朱紫国皇帝就几乎被吓昏,屁滚尿流逃回了内宫。孙神医要望闻问切,病皇帝只是一味推托,坚持要打发行者走人。一看露脸之事又要泡汤,孙悟空突发奇想,答复说可以悬丝诊脉——用几根丝线拴在病皇帝手臂,不需当面施展妙手,隔墙就可以诊视。

这一次,神医孙行者果然出手不凡,确诊病皇帝所患乃是双鸟失群症。一看说到病根上,皇帝和众大臣无不钦服,才信服了孙神医的本事,交口称赞神僧确是神医!

当请神医下方开药时,孙悟空令人不解地让朱紫国医官把天下八百零八种药不分种类各备三斤,送至会同馆预备泡制神药。八戒见送来的药堆满屋子,半开玩笑道:"师兄,你莫不是怕取经不成,要在这里开个药铺讨生活?"行者斥他胡说,这才说出本意:"我所以如此,是为让此间芸芸凡人摸不着门道,无法识破我得自仙界所传之神秘仙方。"

师兄弟值夜深人静之际,秘密开始制造仙药,仅以一两大黄、一两巴豆,兼半盏锅底灰,调和着白龙马的尿,便泡制成专治皇帝病症之神药——"乌金丹"。次日,行者献给皇帝,用无根雨水服下,那仙方果然应验如神,不多时,病皇帝就脱胎换骨旧病痊愈。

皇帝感激万分,在东阁设宴相谢,饮宴之时他说出了病根缘由。原来,三年前端阳节时,麒麟山獬豸洞妖王赛太岁降临,劫走正宫金圣娘娘,皇帝因而忧思成疾,落下病根。

行者善解人意，笑嘻嘻问："陛下，你可要金圣宫回国？"并拍胸脯表示，可以降妖除魔，护卫金圣宫回国。皇帝大喜过望，"扑通"一声跪下谢道：神僧若能救回皇后，朕愿出城为民，把一国江山尽让神僧，你登大宝做皇帝。

行者心里得意，脸上却不露声色，上前扶起皇帝。正巧，忽一阵大风刮起，众人都惊呼妖怪来了，皇帝和百官、唐僧忙都躲进地窖。悟空毫不在意，迎上去喝问："来妖是谁？"那妖怪自称是麒麟山獬豸洞赛太岁帐前先锋。二人交手没几回合，妖怪长枪就被行者打断，连忙逃命溜走了。见战战兢兢出了地窖的唐僧和皇帝，行者吩咐八戒、沙僧好好保护师父，独自去麒麟山找寻妖怪巢穴。

行者刚一进山，就接连有火光飞出，毒烟滚滚、黄沙袭人，那沙灰飞入鼻内，连他都禁不住打喷嚏。过了好一阵，烟沙平息火光不起，见有个小妖要去朱紫国下战书，行者变成道童和他搭话，问起金圣宫状况，这个名叫有来有去的小妖道："自前年摄得来，当时有个神仙送给金圣宫一件五彩仙衣，自穿上后，她浑身生满毒刺，赛太岁挨也不敢挨一下，只要碰上就手疼，因此无法沾身。刚才，我先锋又被什么孙行者打败了，大王愤怒，让我去下战书，就要和朱紫国开战。"

情况查个清楚后，孙悟空打死了有来有去，把死尸带回朱紫国，先让皇帝安心，顺带见识一下他的降妖之能。而后，行者向皇帝手中取得金圣宫心爱之物——一对黄金宝串，打算作为信物去联络她。

再次去到麒麟山，行者变化成有来有去模样，正见獬豸洞前妖怪们在排军列阵。他进洞回报赛太岁，编造说："给朱紫国下了战书，国中正在备战。"

赛太岁不由大笑，便指使"有来有去"去劝说金圣宫开怀放心，这正中行者下怀，忙去见金圣娘娘。让她屏退左右，行者才现出真身，拿出黄金宝串，说明身份来意。娘娘得知神僧来营救自己，喜出望外，连连拜谢。

行者想起来时所见的烟火黄沙，问道："那放火、放烟、放沙的，是何物件？"娘娘道："那是妖王的宝贝金铃，能放火、放烟和起沙，每桩都能取人性命。"行者问："宝贝在哪藏着？"娘娘答："赛太岁亲自收藏，从不离身。"行者思之再三,劝金圣宫做局,假意哄骗妖王,只要把金铃骗到手,就可以降妖除魔,尽快解救她。

娘娘三思良久,终于答应了。

行者又化身有来有去,回正厅报妖王:"金圣宫有请。"妖王颇为意外:"往常娘娘总骂不绝口,怎得今日反邀我?"行者道:"我哄骗娘娘,说朱紫国另立正宫,娘娘没了盼望,故而请大王前去。"赛太岁大喜,直夸他会办事。

入后宫,赛太岁和金圣宫攀谈起来。那娘娘摆出副妖娆姿态,迷惑妖王,还故意埋怨道:"妾已来三年,大王虽以礼相待,但闻听有宝贝金铃,却不让我保管,实在外道,不像夫妻间彼此信任。"

赛太岁大笑陪礼,毫不犹豫拿出紫金铃交给娘娘收藏。趁二人推杯换盏之际,行者将金铃偷出。只是,他不知宝贝威力极大,急于一试,便在剥皮亭摇动金铃,哪知顿时迸出烟火黄沙,行者收止不住慌了手脚,忙扔下宝贝就逃。

当时惊动了妖王,他捡起宝贝收在身上,即率手下四处搜查,却找不到行者,只得传令命加强戒备。

这时,悟空变成苍蝇飞到后宫,见金圣娘娘正哭得伤心,只以为救自己的神僧已为宝贝所害。行者忙低声招呼道:"娘娘莫伤心,我不妨事,你就如方才那般,再去哄骗妖怪,待我把金铃拿到手。"

金圣娘娘赶紧拭去眼泪,重设酒宴为妖王庆贺,二人正喝得高兴,在旁侍立的行者——宫女春娇,借机给妖王身上变出许多虱子、跳蚤、臭虫,咬得赛太岁瘙痒难忍。金圣宫让他脱衣来捉,"宫女"见金铃上也密密麻麻爬满跳蚤,就要帮着捉。赛太岁在美人面前丢了人,把金铃连羞带慌递给"春娇",怎知行者早已偷梁换柱,藏起真的,变出个假的还给了他。

得手后,行者胆壮心敞,出妖洞高喊:"赛太岁,赶快送出金圣宫,饶你不死。"赛太岁闻报,持宣花斧出洞,与行者斗了五十回合不分胜负。他见行者武艺高强,难以取胜,自思要回洞取宝,克制对手。

行者也知其意,故意装作不知,让他回洞去了。

赛太岁和金圣宫讨要宝贝，说要去降伏行者。娘娘虽怕伤了神僧，但被催逼又无言搪塞，无奈取给了他。妖王拿宝贝出洞，得意洋洋自夸宝贝，谁知，行者当面也拿出一串一般无二的紫金铃，惊得赛太岁目瞪口呆。

二人各自论说金铃来历，妖王道："我这宝贝，乃是太上老君八卦炉里炼成。"行者顺着他口风，也笑道："当年，八卦炉里共炼出两件金铃，我的是雌的，你的是雄的。"

赛太岁半信半疑，行者倒是坦然，大度地让妖怪先施展宝贝。赛太岁也不客气，忙摇动宝贝，结果晃了半天，三个金铃没一个有动静，当时慌了手脚。行者见状心中暗笑，当即摇动三个金铃，霎时间，红火、青烟、黄沙一齐围住赛太岁肆虐，眼看他就将死无葬身之地。

危急时刻，猛听半空有人嘶声高叫"孙悟空"，行者一看，原来是观音菩萨赶来，洒下甘露，止住了火烟沙。悟空忙把金铃藏起，上前下拜，问菩萨来意，观音道："我此来专程为收伏妖怪。此怪乃是我坐骑金毛吼，为报朱紫国当今皇帝在太子时，射伤佛母孔雀大明王菩萨二子之仇，金毛吼化身为妖，劫走皇后，与皇帝消灾三年。"

孙悟空震惊之余忍不住气恼，口口声声要惩处妖王，观音连连求情，行者才罢手。她又要金铃，行者道不曾见，观音冷笑："若非让你个贼猴偷走此宝，莫说一个悟空，就是千万个悟空，也近不得其身。"行者依旧嘴硬，观音道："果真不曾见，待我念念紧箍咒，你或可想起。"行者大惊，忙叩头赔罪，取出金铃献上，观音将宝贝悬于金毛吼项下，便骑着他回归南海。

行者这才大展身手，打进獬豸洞剿灭群妖，带金圣娘娘回国。

皇帝一见最钟爱正宫回来，喜出望外迎上去，结果刚一沾身便叫苦连天连喊手疼！逗得八戒哈哈大笑。行者告知："三年来，娘娘身上生满毒刺，赛太岁从未沾身。"皇帝正在喜忧参半时，紫阳真人张伯端从天而降，收走他的旧棕衣，毒刺顿时消失，金圣宫复原如前。

皇帝感激备至，重开东阁以酬谢神僧，举国无人也无不称颂。皇帝只要率妻儿出城为民，将帝位让与唐僧。唐僧岂肯如此，只一心西去，皇帝苦苦哀求,他始终不为所动。

皇帝无奈,便请唐僧登坐龙车,自己亲自护送出城西,师徒四人淡然而去。

启示之一:一个肯于顾及尊严荣誉的人是靠得住的。

南朝赫赫有名的白袍将军陈庆之,年少时身体羸弱,武艺很差,陪皇帝在宫中下棋就下了二十几年,但他对战阵一直心向往之。公元525年,在皇帝的突发奇想下,四十二岁的陈庆之生平第一次带兵,奉命去迎接北魏徐州刺史元法僧叛投南梁。结果与北魏一战,陈庆之竟以两千人马击溃敌军二万。之后,皇帝萧衍又派他护送元颢北归,陈庆之身披白袍率七千人,在14个月内领导大小战斗47次,先后击破魏军各路兵马数万,直至攻陷洛阳。

(面对朱紫国朝堂大员初来时的不屑,向来好面子的孙悟空压抑不住怒火,终于借给皇帝治病一事,大显身手而扬威于异域,不仅争回面子,还让师父坐上龙辇风光出城。直到此时,唐僧才知道孙悟空不仅善于对付妖怪,就连职治病救人也是出手不凡、颇有心得。)

启示之二:秘密的真实面目或许与表象大相径庭。但对于常人而言,这些秘密有害无益。

西汉末年的王莽自幼丧父,但也因此促使他从小养成了谦恭好学、节俭勤奋、虚心学习、的习惯。平时殷勤地侍奉母亲和寡居嫂子,负责教育亡兄孩子,还广交朋友,对待掌握朝政大权的叔伯更是恭敬有加。特别是他的伯父,独掌朝政的王凤生病时,王莽无微不至地侍奉,一连几个月衣不解带地陪护,彻底感动了王凤。王凤临死时的请求,使王莽年仅24岁就做了射声校尉。此后,王莽内借姑母——太皇太后王政君的势力,外摆出一副恭谨勤劳,不知疲倦操劳国事的样子,广收人心,朝野皆赞。汉平帝死后,王莽指使同党向太皇太后王政君上书,要求自己代天子临朝,称为"摄皇帝"。公元8年,王莽认为到了水到渠成、瓜熟蒂落之时,终于废了儿皇帝,自己即天子位当了皇帝,定国号为"新"。

(为了掩盖仙方,使自己所得的仙方秘术不至于流散人间,孙悟空让朱紫国遍搜药材,无一遗漏。而后仅仅用了点大黄巴豆,又加上锅底灰,更兼之人间没有的"马尿",就坐实了医国之手的美名,可谓费尽心机,百无遗漏。)

启示之三:正面形象示人者,在不得不运用阴谋诡计时,往往会选择代理人。

朱元璋占领整个长江流域后,已经具有当皇帝的资本。但摆在面前的一个难题是,他名义上一直从属于龙凤政权皇帝小明王韩林儿,自己这个吴王其实是有顶头上司的。为了摘掉这个心腹之患,秘密除掉小明王,朱元璋派出手下心腹大将廖永忠去迎接小明王到南京,结果"碰巧"迎驾队伍在路上出事,走到瓜州,小明王"不幸"船沉被淹死。自此,朱元璋改朝换代做皇帝的所有障碍被完全扫清。

(无论何时,即使在邀请神仙假扮妖怪考验唐僧师徒时,观音菩萨都是正气凛然,但万没想到孙猴子多管闲事,在妖怪没有主动凑上去吃唐僧肉时,他主动出击打到麒麟山獬豸洞,几乎要了自己亲信的命,逼得菩萨不得不亲自出马,连救人带灭火还不顾身份请求从宽处理。虽然总算保住赛太岁一条命,却把许多神佛界的潜规则大白于猴子面前。)

启示之四:人有所好必然有弱点。有弱点并不可怕,可怕的是,弱点被对手掌握,并加以利用,这才是致命的。

明朝末期皇帝崇祯既刚愎自负又性格多疑。皇太极利用袁崇焕和清朝议和之事大做文章,一方面将袁崇焕议和大加渲染广为扩散,并把杀毛文龙描述为袁崇焕向后金讨好的举措,另一方面亲率大军绕道喜峰口,攻破边墙直逼北京城下,致使京师震动纷传袁崇焕通敌。这时的崇祯再也沉不住气,借机将袁崇焕逮捕后绑往西市斩首,一代名将袁崇焕就此陨落。从此,明朝边廷门户再没有得力大将守卫,清兵入关已是时间问题。

　　(赛太岁对于吃唐僧肉是否能够长生不老完全没有兴趣,因为只要跟着自己主人,想活多久就可以活多久。但就是这样一个没有招惹取经团的妖怪,却被孙猴子主动找上了门。找上门也不要紧,有金铃在手,完全可以让猴子望洋兴叹。但他好色如命,招架不住金圣宫几句虚情假话,明明无法亲近却只能画饼充饥,结果连续两次栽在一个女人同样拙劣的手法里,可笑可叹。)

第三十八篇　蜘蛛蜈蚣两拨妖

一、时间:唐贞观二十五年春

二、地点:西牛贺洲盘丝洞、黄花观

三、事件起因:唐僧第一次出马化斋,就失陷于大群美女之手,由此引发了双方对抗层层加码,直到孙猴子在黎山老母指点下,找到问题根源,才再次了麻烦。

这天,是西行路上难得的一个春光好时节,师徒正在前行,唐僧忽然停下马,说道:"徒弟们,我要亲自去路边人家化斋。"行者八戒争先恐后,都要代替师父前去。唐僧很是坚决:"往常路远,你们去化斋一贯辛苦,今天好不容易路近,就该为师亲自去。"

看师父师兄们争得不可开交,沙僧劝行者八戒哥俩:"你们不是不知道师父秉性,就让他亲自去吧,不然,化来斋饭,他也赌气不肯吃。"

二人见状,不敢再坚持,便由唐僧拿着钵盂,去附近一户人家化斋。唐唐僧难得有个亲自出马、躬身示下的机会,便兴致勃勃走去,却看到这户人家有四位美女在做女红,屋旁木香亭边,还有三个美女正在踢球。

唐僧进退两难,自觉尴尬,若止步不前,方才已说过大话,若冒失而入,出家人未免不便。且还怕徒弟们笑话自己,只得硬起头皮,走过去高声道:"女菩萨,请给贫僧化些斋。"

那七个美女一看到他,既不动针线也不再踢球,个个笑吟吟列队迎候:"长老失迎,请屋里坐。"

进入屋中,唐僧赫然发现,此房自外看是茅屋,内里却是洞府,放眼四顾都是石桌石凳,冷气森森,令人毛骨悚然。他心惊肉跳自觉大事不好,欲要回身,却已被七个美女围住,无奈只好入坐。

众美女问起他来历,唐僧依旧知无不言言无不尽,把自己底牌尽数摊开。听过他求斋之意,三个美女留着陪他说话,另外四个去厨房忙乎,不一阵,就摆出丰盛宴席,热情招呼唐僧享用。

谁知,那看似面筋之物,其实是人油炒人肉,那看像豆腐的,其实是煎炸人脑。唐僧战战兢兢刚走近,早就被人肉腥气惊倒,无论众美女如何劝说,未敢破戒。不但当场拒绝,还要告辞走人。

不料,那众美女表面娇羞,却个个有本事,哪能放脱他。她们一拥而上,先把唐僧捆起来,然后都脱去上衣,在唐圣僧胡思乱想中,众女肚脐里冒出胳膊一般粗的丝绳,瞬间就将庄子遮盖的不见踪迹。

这边,师兄弟三人在路旁等候,行者正在树上摘果子,突然见庄院被涌出的如雪似银的东西盖住,顿时惊慌起来,知道师父遭难,必是被妖怪打了秋风。他上前探看,见那些白茫茫的东西,竟是成千上万丝线堆成,用手一摸还有些黏人,也不知是什么。

行者赶紧把土地招来询问,土地老头儿道:"这里叫盘丝岭盘丝洞,那洞里有七个女妖怪盘踞,她们每天此时,都要去正南濯垢热泉洗澡。"

于是,行者变成苍蝇,隐伏在路边草丛等候。不一阵,那七个美女果然路过,他就飞在一个女子头发上,听她们边走边商量:"姐妹们,咱们洗完澡,就回去蒸着吃那个胖和尚。"

到了濯垢泉,七个女子一齐脱衣进去洗浴。一幕春花秋月景,让行者看了个满眼,他自思现在下手,只要把金箍棒在池里一搅,那就是滚汤泼老鼠——一窝都是死。只怕事情虽好做,但不好说,有辱堂堂齐天大圣名声。思来想去,行者变成老鹰,一股脑儿把衣架上搭的七套衣服全部叼走,回来找八戒沙僧商量如何救师父。

呆子见师兄取来堆花花绿绿的女人衣服，不怀好意地问："师兄，这是怎么回事？"行者把事情经过讲了一遍，老猪笑道："师兄，你干事儿总是留根，见了妖怪怎能不打死？她们现在害羞不出来，晚上一定会来追我们。"行者装傻充愣问："既如此，该如何是好？"八戒得意道："先打死妖怪，再去救师父，斩草要除根。"行者不屑去，便让呆子去干。

一听行者这话，八戒顿时来了精神，欢天喜地跑到濯垢泉，果然见七个美女在水里乱骂，呆子春心荡漾，就要下水同洗，众妖见他猪头模样面目可憎，都发怒责骂，老猪却充耳不闻不管不顾，脱衣就跳进水中。众女一齐上前要揪打他，哪知老猪水性极好，施展变化变成鲇鱼，在她们身边乱钻。

等众妖折腾得累倒，八戒也戏弄得够了，现出原身，举着钉钯大喝："你们这些妖怪，以为我是何人，我乃唐圣僧二徒弟，专程前来降妖。"说罢，八戒猪脸一变，不顾方才还和美女们不亦乐乎，面对众美百般哀求，毫不容情便要动手。

女妖们虽个个赤身裸体，但也顾不上脸面，先保命要紧，用手遮拦住身体，忙跳出温泉，故技重施从肚脐喷出丝绳，那些丝绳霎时结成篷，把八戒罩住。

呆子再抬头看时，已是天昏地暗，满地都是丝绳，一动弹就是一个跟头，不是嘴啃泥就是头撞地，也不知摔了多少回，只摔得趴在地下直哼哼。

那些女妖趁机逃回洞，先作法收了丝绳，又召唤出她们七个干儿子——蜜蜂、蚂蜂、蠦蜂、班毛、牛虻、抹蜡、蜻蜓，指使他们阻拦住唐僧徒弟，自己姐妹先去别处躲避。

八戒躺在地下哼哼唧唧，直到周围丝绳消失了，这才敢慢慢爬起，忍着疼回去。见了行者沙僧，把遭遇一说，师兄弟三人急忙向盘丝洞赶去，正好遇上女妖们七个妖儿挡住去路。

老猪本被摔得浑身疼痛，见到小妖更增怒气，发狠举钯就筑。七个小妖见他来势凶猛，顿时现出原形，七只虫一变十，十变百，百变千，千变万，黑压压一片飞来叮咬几人。见状，八戒惊慌失措，沙僧手忙脚乱，只有行者不慌不忙，拔毫毛变出成百上千的鹰，飞迎上去嗛虫子。

不多时，满天飞虫被无数老鹰嘴嗛翅扇，消灭个干净，地下的虫尸积攒了足够一尺厚。三兄弟进洞，见师父正被吊着在哭鼻子，解了绑绳问起妖怪，唐僧说去了后园。师兄弟持兵器在后园遍寻不见，八戒干脆点起一把火，把盘丝洞烧个干净，师徒这才放心前行。

西行走出不远，又见有座楼阁宫殿，到门前见是"黄花观"。师徒进了二门，见东廊下有个道士正在炼药。唐僧招呼一声，那道士赶紧停下，请四人进大殿奉茶。

没承想，盘丝洞众女妖正是道士师妹，刚来投奔道士，正在后殿歇息，见童子上茶，就问来客模样。童子说过后，女妖忙让童子请道士进来讲话。道士进后殿一看，见七个师妹齐齐跪着，把唐僧师徒到盘丝洞所为仔细说了一遍，恳求道士念同窗之情，为自己姐妹报仇雪恨。

道士听猪八戒胡作非为，忍不住发火，当时拿出自己的秘制毒药，在红枣上下毒，出去就给唐僧师徒献茶。先给唐僧，又分别给了八戒、沙僧、行者。行者乖觉，见给自己的是红枣，道士的却是黑枣，就要和他调换。

唐僧见自己徒弟如此无礼，忙劝止他，行者只好作罢，看着他们先喝。再看时，八戒沙僧和唐僧吃下红枣，顿时横七竖八昏倒地下，行者知道大事不好，把茶盅向道士一扔，怒斥："你我往日无怨近日无仇，为何要下毒害人？"道士提起盘丝洞，行者才知道这家伙竟是女妖同伙，当即就和道士斗在一处。

众女妖见状，也一拥而上，再次敞怀胂肚，喷出丝绳要罩住行者。行者见事不妙，忙撞破丝篷独自逃脱，再招土地老儿详询那女妖的来历。土地老儿战战兢兢，不得已说出秘密："女怪乃是蜘蛛精，她们所吐丝绳本是蛛丝。"

行者知道了众妖根底，十分高兴，飞到黄花观外，就变出几十个小行者，把金箍棒变成许多双角叉棒，分给众小行者，令他们在外用叉棒搅那丝绳，喊着号子往出拉。那些丝绳被搅断后，每个小行者都搅出十几斤丝绳，最后，拖出七个斗大蜘蛛，个个高喊饶命。

行者逼她们让道士还回师父师弟，七个女怪高叫："师兄，快还他唐僧，来救我们。"哪知道士出来得意地回绝道："妹妹，我要吃那唐僧肉，也顾不得救你们了。"

孙悟空大怒，下手再不容情，举起金箍棒将七个蜘蛛打稀烂，又来斗道士。道士见自己一句话不慎，令众师妹惨死，也发狠迎战。

如此斗了五六十回合，道士渐渐手软筋酥，难以抵敌，就解开衣带脱下道袍，他两胁下有千眼霎时放射出万丈金光，把行者困在金光黄雾中，难以逃脱。

行者被金光所刺，顿时慌了手脚，撞到金光边缘，竟然无法突破，反摔了个倒栽葱，撞得自己头疼。他急中生智，忙变成穿山甲，从地下打洞钻行二十多里才敢露头，只觉浑身酥软遍体疼痛，忍不住流泪哀叹。

正在悲伤之时，就见一妇人身穿重孝哭着走来，行者问起，妇人说："我丈夫被黄花观观主毒药茶毒死，故而戴孝。"见同是天涯沦落人，不禁大有同情心，行者便说出自己师徒来历，把刚才师父中毒，自己不敌道士金光之事说了。

妇人道："那黄花观道士叫百眼魔君，又叫多目怪，想降伏他，须请紫云山千花洞毗蓝婆方可。"行者想再问，重孝妇人忽然不见，他慌忙查证，才知是黎山老姆专程指点，只要他万不可说出是自己所教。

行者谢过老姆，驾云到紫云山千花洞寻找，果然见一位女道姑坐于榻上清修。行者近前问讯，那道姑正是毗蓝婆。说起黄花观之事，悟空请菩萨出山降妖，毗蓝婆答应了。等行者问起需何种兵器，菩萨道："我有根绣花针，可以破那怪妖法。"

行者闻言，情急之下忍不住埋怨："黎山老姆误我大事，早知是用绣花针，何用千里迢迢来请菩萨？"毗蓝婆摇头笑道："大圣，你那绣花针不过是钢针铁针，绝无法降妖。我的针是我儿子日眼里所炼，故能降妖。"行者问起，方知菩萨之子，正是善能对付毒虫妖魔的昴日星官。

二人驾云同去黄花观，眼见前面金光滟滟，毗蓝婆从容取出一支如眉毛粗细的绣花针，向金光处抛去，不多时一声巨响后，金光便消散不见。二人进了观，见唐僧三人在地上不省人事，毗蓝婆取出三粒解毒丹，让行者给每人服了一丸，不一时，三人先后醒来。

八戒怒不可遏，就要出手除妖，毗蓝婆却阻止道："天蓬元帅，切莫动手，暂且留他性命，我要收伏此物，令他回洞看守门户。"随即用手一指，那道士现出原形，是一条七尺长蜈蚣精。毗蓝婆用小指挑起蜈蚣，驾云回转千花洞。

师徒四人这才安心，安排斋饭饱餐一顿，一把火烧光黄花观，又西行而去。

启示之一：合格的带队者在于运筹帷幄、指挥若定，而并非是亲自上阵、具体实施。

二战时期，美军参谋长马歇尔请助手克拉克推荐作战计划处处长人选，克拉克推荐了艾森豪威尔。但艾森豪威尔此前长期跟随麦克阿瑟，被看作是麦克阿瑟的人，而马歇尔与麦克阿瑟的隔阂却尽人皆知。虽然如此，但马歇尔出于公心，认为个人恩怨不应影响对艾森豪威尔的使用。不久后，他经过亲自考察，任命艾森豪威尔为作战计划处处长。1943 年 12 月，在马歇尔的提议下，艾森豪威尔被任命为盟军最高统帅，领导了举世闻名的"霸王行动"，成功率联军在诺曼底登陆，胜利开辟了第二战场，加速了德国法西斯的倒台。

（唐僧作为西行团队的最高领导，总是习惯于享受孙悟空化来的斋饭。这回终于见到一个自己举步就能到的地方，居然心痒难耐亲自出马，结果这唯一一次例外仍然让唐僧马失前蹄，不出意外又进了妖怪窝，成了送上门的货色。）

启示之二：高明者善于借助对手之敌借力，以此应对难题，可以一举多得，坐收渔翁之利。

1227 年，成吉思汗临终前命大军借道南宋，绕过潼关以灭金。1233 年，蒙古与南宋达成联兵灭金协议，南宋出兵占金寿州、唐州等地，并拒绝了金哀宗向宋借粮的请求。1234 年，宋蒙联军攻破蔡州城，金亡。

（黎山老母借唐僧被困黄花观之机，指点孙悟空请毗蓝婆消灭蜈蚣精，不仅为公更是为私。她的原形真身是蛇，正可以克制鸡而受制于蜈蚣。如果其算计因此促成，她就可时时压制毗蓝婆而再无后顾之忧。但毗蓝婆更加高明，洞悉其计，收伏蜈蚣为自己镇守大门，从此以己之长克人之短，高枕无忧，不仅相助了猴子，而且自保之道确实更显高明。）

启示之三：宜将剩勇追穷寇，绝不能顾及虚名致使放虎归山，一日纵敌导致万世之患，为智者所不为。

邙山之战时，东魏高欢亲自领兵十万据邙山为阵，数日不战。西魏宇文泰趁夜突袭。黎明时两军交锋，高欢大将彭乐以数千骑兵直冲西魏北军，所向皆溃。高欢传令命彭乐乘胜追击宇文泰，宇文泰狼狈不堪，眼看就要被擒，就边跑边在马上苦苦哀求："彭将军，今天你杀掉我，明天你还有用吗？为什么不马上回营，把我丢下的金银宝物拿走呢？"彭乐觉得宇文泰之有理，就放弃追击，返回他的营寨缴获了丢弃在营中的一大袋金银财宝，回去向高欢复命。高欢听到这个消息怒极，几乎想砍了彭乐脑袋。此后宇文泰卧薪尝胆发展国力，再不搞军事冒险，其后世宇文邕终于灭了高欢后人建立的北齐，统一了北方。

（孙悟空面对蜘蛛精坐视不理，结果猪八戒去时已打草惊蛇，等到她们逃脱后，更给自己师徒增添了许多潜在危机与周折。所有麻烦仅仅因他在乎的一个所谓名头。其实，他的所谓名头从来都是自己虚幻出来的。试想，西行中又有哪个为唐僧肉来的妖怪，因为所谓齐天大圣的名儿就吓得放弃计划，偃旗息鼓了呢？）

第三十九篇　拿不下的妖怪如来上

一、时间：唐贞观二十五年秋初

二、地点：西牛贺洲狮驼山、狮驼国、大雷音寺

三、事件起因：师徒四人来到狮驼岭遇到青狮白象和大鹏，孙悟空两战皆胜，青狮白象准备投降认输，大鹏谋划高明暗中算计，把师徒四人引入狮驼国城一举擒拿。孙悟空几番辗转都徒劳无功，最后，佛祖如来不得不带领全部手下，亲自出马。

这年秋初，唐僧师徒又到一处高山，远远听到个老头儿高喊传话，说这里妖魔众多，专门候着吃人。唐僧大为震惊，惊惧之下赶紧派行者去询问详情。悟空变成个小和尚，去问妖怪的来历底细。结果，当老头儿夸耀妖怪如何厉害可怕时，他又忍不住想争面子，当时现出原身，也是个妖怪模样，吓得老头儿目瞪口呆说不出话。

唐僧见行者没问出什么有价值的东西，就派八戒再去询问。呆子也不变化，就老老实实猪头模样走过去，人模人样恭恭敬敬请教，老头儿这才告诉说："这是八百里狮驼岭，岭中有个狮驼洞，洞里三个魔头，手下共四万七千妖魔，个个有名有姓训练有素，组团驻守专门吃人。"

呆子顿时吓得更呆了，赶紧给师父回话。此时，行者忽然见传话老头儿无影无踪了，赶忙四处查看，发现竟是太白金星来报信。

料敌从宽为防万一,行者就先进山查看,正好遇到巡山小妖"小钻风"。悟空趁势扮成其上司总钻风,和他套口风,探听妖洞虚实。有小钻风给露底,行者得知三个妖王各有一套本事,尤以三老妖云程万里鹏更厉害,手中掌有宝贝——阴阳二气瓶,吸入之后可将人化为脓水。摸清大致情况后,行者一棒打死小钻风,自己变成他的模样,便向狮驼洞走去,继续一路探听虚实。

进了狮驼洞,放眼望去,行者也不禁惊心。就见一重门内,无数骷髅骸骨尸山血海惨不忍睹,恐怖程度超过地狱。然而,一进入二重门却大不相同,竟是清秀幽雅仙花翠竹,与以往妖洞大有不同。再进了三重门,终于见到三个主角儿,乃是青毛狮子、黄牙白象和金翅大鹏雕。

当三个妖王问起巡山情况时,孙悟空灵机一动,顺口编造出齐天大圣不可战胜的神话,以震慑众妖,还依据青狮所知的行者善变苍蝇情报,偷偷变出只苍蝇吓唬众妖,大头目青狮被吓慌,全洞妖怪都惊慌失措,满世界乱扑苍蝇。

看着乱成一锅粥的妖怪,行者的猴子天性又发作了,忍不住嘿瑟一笑,恰好被精明过人的三妖大鹏看到他露出的猴脸,当即上前擒住,用绳捆好,又命手下三十六个小妖抬出阴阳二气宝瓶,把行者装进去,等他一命呜呼。

行者在瓶中初始还心中忐忑,提防了好一阵后,却只觉清凉宜人,不免自大起来,以为宝瓶不过赝品,妖怪是在吹牛。结果一开口说话,瞬间便满瓶火焰冲天,他赶紧捻辟火诀对抗。不料半个时辰后,瓶中生出四十条火蛇围咬他,好容易打死了火蛇,又蹿出三条火龙,上下盘旋,对着他烈焰相攻。

眼看火越来越烈,行者也越来越难以招架开始心慌意乱起来,再过一会儿,甚至连踝骨都被烧软。就在他大感狼狈、自觉不支的紧急关头,突然想起观音当年在蛇盘山曾赐三根救命毫毛,伸手一摸脑后,果然有三根毫毛挺硬,他忍痛拔下,变成金钢钻钻破宝瓶,泄了阴阳二气,三妖王的宝贝顿时变成废物,他这才从容逃走。

回报师父时,行者叫起委屈:"妖怪们互相扶助,我一人孤掌难鸣,实在是西天难去。"见他所言有理,唐僧便派八戒随同出战。二人到狮驼洞外一叫阵,大妖青狮见己方虽人马众多,却无人应战,怒不可遏之下,亲去迎战行者。

一照面,青狮举刀劈头砍下,行者竟大胆用天灵盖往上迎,吭的一声响,行者毫发未伤。青狮大惊之下,第二刀又砍下,乒乓一声过后,猴子被劈成两半,变成两个悟空,青狮不禁瞠目结舌。

行者收了变化后,和青狮真刀真枪斗了二十回合,未分胜负,八戒在旁看着眼热,忍不住上前帮拳助战。青狮吃不消两人夹攻,回头就逃,呆子急忙追赶,不料青狮迎风现出巨狮原形,张大嘴就要拿肥猪当点心,吓得呆子,一头钻进荆棘丛躲避。

行者随后赶到,顺着青狮血盆大口钻进肚去。八戒心凉了半截,垂头丧气回报唐僧,说师兄已经挂了,今天死猴子明天就变成狮子粪。听闻噩耗,唐僧泣不成声,老猪趁机又提议分行李散伙儿,各自奔前程。

青狮得意洋洋回了洞,拍着肚皮说把孙猴子吃下了肚,三妖大鹏闻言大惊,但说孙行者吃不得。行者却在狮肚里接话,显得气定神闲。青狮一看猴儿安然无恙,赶紧喝盐白汤,就要灌肠洗胃,结果吐出了苦胆,行者仍在肚中岿然不动。

青狮又要喝药酒药死猴子,结果酒一进肚,都让行者接着喝了,不一时,猴儿酒劲上来撒酒疯,折磨得青狮死去活来,连连求饶,满口答应行者送唐僧过山的要求。

眼见行者不再癫狂,大鹏又出鬼主意,让大哥趁猴子出来时一口咬碎,再咽下肚就能一劳永逸。谁知行者早就听到,用金箍棒先试着探出,青狮用力一咬,反而蹦碎了门牙。

行者借机赖在狮肚里不出来,还扬言要吃狮子五脏六腑,把青狮吓得六神无主。见状,大鹏使出激将法,刺激行者说,出来当面大战才算好汉。行者果然忍不住就要出来与其交手。他思之再三又留了一手,变出绳子,一端系着青狮心肝,一端拿着从他鼻子里钻出。

　　行者前面跑，众妖在后面追，他把绳子一拽，甩得青狮好像风筝一样满天飞，自天而落摔个嘴啃泥。二妖白象、三妖大鹏一看不好，忙上前拽住绳子跪下讨饶，都情愿送唐僧过山。行者这才收了毫毛，回报师父。

　　三个魔头归洞，二妖仍是不服，执意要去和孙行者再比划，点起三千小妖前去叫阵。八戒一看师兄号称的送行变成叫阵，笑话道："师兄，你真是吹牛皮说谎。"行者略觉尴尬，圆话道："这必是青狮已降，白象不服。"话锋一转，又故意大赞："看他们弟兄颇有义气，我弟兄三个，怎就不如妖怪呢？"

　　八戒让行者一席话，也激得坐不住，就要打头阵，不过又想得一招，安顿行者："师兄，你把绳子拴在我腰上，我要赢了就放手，输了可千万要把我拽回来。"行者暗笑呆子滑头，果真就依他把绳子系在他腰里。

　　呆子放宽心，上前和白象交手，不料没七八回合就招架不住，急忙叫师兄拽绳子。行者听到，反把绳子扔出去，老猪被长绳绊倒，白象趁机用鼻子将其卷住擒获。唐僧看到行者小动作，恼火他故意对八戒使坏，说到动情处让行者不免惭愧，只得答应师父去搭救呆子。

　　行者变成蟭蟟虫，停在八戒耳朵根上，一路混进妖洞。呆子被小妖四马攒蹄捆住，扔进洞后池塘里。行者恶作剧，假装是阴司勾死人来吓唬八戒，诈出他藏在耳朵里的四钱六分银子，而后解开绳子放了八戒。孙猪二人使开铁棒钉钯一路攻出去，二妖白象怒极，随后赶出大骂邀战。

　　行者回身相迎，斗了没几回合，白象故技重施，又要拿鼻子卷人，行者眼疾手快，一把捏住他长鼻子，疼得白象乖乖不敢反抗。行者前面拽着象鼻，八戒后面举钯猛打，把二妖白象牵到师父面前，白象不敢再强横，承诺备好轿子送圣僧过山。

　　被释放后的白象心惊胆战，回去把经过一说，青狮就打算安排送唐僧，只有三妖反而大笑起来，连声安慰大哥、二哥不须气馁，随即说出自己计划，如此这般，说的两个妖王连连点头，同意依计而行。

　　于是，他们首先派小妖抬轿去请唐僧，一路过高山走大路，每过三十里招待小斋、五十里安排大斋，伺候得唐僧舒舒服服，毫无戒心。如此向西走了四百多里,一座城池也越来越近,那便是恶名昭彰的狮驼国。

孙悟空放眼看去,不禁吓得几乎摔倒,只见城中无数恶气冲天,满城妖魔鬼怪横行,没一个活人。行者正在心惊胆颤,就听见耳后风响,回头看时,正是大鹏挺方天画戟杀来,他忙使金箍棒相迎。瞬时,青狮举刀对战八戒钉钯,白象长枪对战沙僧宝杖,哥仨对哥仨,只杀得昏天黑地舍死忘生。小妖们借机抢了白马行囊,把唐僧拥簇着进了城,抬上金銮殿献茶献饭,唐僧被众妖侍候得舒爽,对徒弟情况如何也不闻不问。

这一边,天渐渐黑下来,首先抵挡不住的就是八戒,正要败走,被青狮冷不防一口咬住。沙僧也想脱身,早被白象一鼻子卷住。行者见兄弟们已被拿下,狮子白象又来帮拳,只得驾筋斗云逃走。但他始料未及的是,那三妖金翅大鹏雕神通盖世,竟比他飞行神术更为惊人,双翅一扇便是九万里,眨眼间就追上了行者,并将其一爪抓住逃无可逃。

师徒四人凑齐,众妖怪就准备蒸笼柴火,打算上笼蒸熟享用。安放笼屉时,行者早已变出个假悟空,他真身飞上半空,念咒召来北海敖顺,令其护住蒸笼,保住三人性命。行者再用瞌睡虫,放倒十个烧火小妖,搬下蒸笼救下三人,又找到马匹行李,便爬墙翻越逃走。

正在紧要关头,熟睡的三个魔头忽然惊醒,来查看唐僧状况。到地方一看,见笼格满地乱扔,四个和尚已无影无踪。青狮大怒,一声令下,满城妖怪开始四处追查,灯光照如白昼,正看到爬墙的师徒四人。

见状,青狮冲上去拿下唐僧,白象依旧捉住沙僧,三妖大鹏也摁住八戒,只有行者见势不妙,溜之大吉。青狮见唐僧肉失而复得,欣喜的抱住他牢牢不放,只怕孙悟空又潜回来偷人。大鹏想出计策说:"大哥无须如此,皇宫锦香亭内有个铁柜,可以用来藏唐僧,我等再传出谣言,说唐僧肉已被生吃,等那猴子来打探消息时,听了这话,必定死心塌地滚蛋,如此,就可以慢慢享用唐僧了。"

青狮白象闻言大喜,夸奖三弟高明,当即把唐僧藏在柜中,随即放出谣言。

行者一人逃走，不禁又气又恨，便先杀了个回马枪，独自攻入狮驼洞，把几万小妖尽情剿灭，再潜入狮驼国，混在妖怪群里打问，怎知众口一词，都说唐僧已被夹生吃了。行者不甘心，又混进皇城，找到被捆得结结实实的八戒沙僧，二人也说师父被生吃了。

行者信以为真，悲从心头起，想起这西行取经，就是如来吃饱饭没事干搞的，现在师父已经没了，再也没法去西天取经，想到这里，他在愤愤中独自上西天，面见如来哭诉自己师徒遭遇。

如来听过后，反笑起来，说那青狮白象本有主人，便派阿傩迦叶去五台峨眉召文殊普贤来见。等说起大鹏，佛祖亲口承认和其有亲，他回想道："我当年修成丈六金身时，曾被孔雀一口吞下，后来，那孔雀被我带上灵山，封为佛母孔雀大明王菩萨，大鹏正是孔雀一母同胞的亲弟弟。"

行者一听这层关系，便破涕为笑，又恢复了油嘴滑舌脾性，笑话佛祖算是妖精的外甥。如来点齐灵山全部人马，率诸佛众和文殊、普贤菩萨，浩浩荡荡前去狮驼国。到了那里，先派悟空前去挑战，战几回合便佯败，引三妖来追。

三个妖王入了包围圈，霎时被成千上万罗汉、揭谛围得水泄不通。青狮白象见主人亲至，顿时慌了手脚，只有大鹏不仅不惧还给他俩撑腰打气："大哥二哥别怕，我们一齐搞定如来，干脆连他的雷音宝刹也夺了。"青狮白象闻此言，果真举刀枪要动手，文殊普贤念动咒语一声大喝，妖王再撑不住，扔了兵器现出原形，依旧是菩萨身下坐骑。

三妖大鹏仍就不服，现原形腾翅抡爪，要捉藏在佛光中的行者。如来见他惧怕佛光，就把鹊巢贯顶变成一块血肉，引大鹏抓食。果然，妖怪忍不住抢利爪一叼，如来见时机正好，用手一指，他翅膊就好似长在佛祖头上，再也飞不走。大鹏开口责难如来："如来，我若饿坏，是你的罪愆。"如来笑道："我佛门信众遍天下，教众生奉供，先祭你口。"大鹏见事到如今，已无可奈何，只好投降皈依。

行者口口声声说父已让妖怪们吃了，大鹏咬牙切齿愤恨道："你这泼猴,找来这般人困住我。那唐僧在皇城锦香亭铁柜里,谁稀罕吃他?"

行者再入狮驼城,见满城小妖早各自逃命,跑得一个不剩。他救出师父师弟,找到行李马匹,把佛祖亲来降妖之事从头至尾说了一遍,四人举额相庆,在狮驼国宫殿里饱餐一顿,便从容西去。

启示之一:知己知彼是正确决策的前提和基础,反之亦然。

秦赵在长平对峙经年,重兵集团带来的沉重后勤压力,赵王不得不寄希望以一场战役来改变现状。面对廉颇将在外君命有所不受、只防御不出击的策略,赵王几经权衡,终于决定临阵换将,由主张尽快决战的赵括代替廉颇出任前敌总指挥。赵王问起赵括本人,他自负地说,要是秦国派白起来还得掂一下分量,现在是王龁,打败他不在话下。秦昭王得知赵国以赵括代廉颇担任主将后,当即秘调武安君白起为上将军,改命王龁担任副将,并令军中严守秘密,走漏消息者格杀勿论。白起上任后,马上调兵遣将实施运筹已久的战略计划,用计诱使赵括大军追击,在长平困住赵括率领的主力。被围赵军断粮达四十六天,面对秦军的强弓硬弩严防死守,赵军始终不能突围,赵括本人甚至也被乱箭射死。主帅阵亡后被困赵军全部投降,之后又被秦军设计活埋。此役被斩杀赵军前后达 45 万人之多,彻底摧毁了赵国与强秦抗衡的最后力量。

(孙悟空先是在小钻风面前以假乱真,从其口中套话,继而通过现场问答的形式摸透了妖怪的基本底细,再摇身变混进妖洞,面对面了解妖怪真实情况。在交手前期可以说是游刃有余、举重若轻,极好地应对了妖怪挑战。)

启示之二:关系全局的任何危机,都要有充分的准备、细致的安排、周密的部署予以应对。有备无患永不多余。

1953 年 1 月开始,为防备美国可能发动的登陆作战,志愿军围绕北朝鲜东西两岸构筑了坚固的防御工事,出动了包括 17 个军零两个步兵师、9 个炮兵师、2 个坦克师、3 个工兵团的庞大力量参加了这一任务。至 1953 年 4 月底,共挖掘坑道总长达 1250 余公里,堑壕和交通壕长 6240 公里,在东西海岸和正面战线形成了绵亘 1130 公里、纵深 20~30 公里的以坑道和永备工事为主的完整防御体系。通过精心准备,不仅为后来的夏季反击战提供了充足战备资源,而且遏制了美军企图再次利用侧后方战场实施登陆战的阴谋。

(观音菩萨可谓高瞻远瞩,送给孙悟空的三根毫毛果然就在猴子几乎完蛋的时候派了大用场。不仅摧毁了妖怪可以和佛派对抗的法宝,而且鼓舞了猴子降妖除魔的信心与决心。)

启示之三:来自对手的尊敬是难得的。若想赢得其发自内心的尊敬,就必须有靠得住的优势和长处。

建安十八年春,为消灭东吴,曹操再次率大军南下伐吴。此次曹操势在必得,东吴面临赤壁之战后最大的生存危机。对此,孙权亲率七万军队迎战,两军在濡须口对峙。一个多月里吴军虽然居于数量上的绝对劣势,但孙权表现得有勇有谋,没有让曹操占到一点便宜。最后曹操被迫休战,两家各自班师。面对年轻的孙权,曹阿瞒不由得有后生可畏之感,由衷叹道"生子当如孙仲谋"。

(当金翅大鹏雕看到青狮白象先后战败,没有一怒之下继续玩挑战孙悟空的老套路,认为对付孙悟空不能正面强攻,于是以智为先,谋划在狮驼国拿下师徒四人。但交手始终,三妖都把要对付的目标设定为孙悟空,既是对孙悟空实力和能力的认可,更是一定程度上显示了对猴子的尊重。即便最后一刻在佛祖面前,大鹏选定的攻击对象依然是猴子。)

启示之四:为了更好维护己方利益和权威,面对对手应慎重初战、全力以赴、确保全胜。

1979 年,在深入斡旋、做好外交的前提下,邓小平决策实施对越自卫还击作战,采取牛刀杀鸡的方式展开战役,解放军收复了被越军侵占的领土浦念岭和庭毫山地区,攻占越南北方部分重镇,歼灭性打击了越军北部军区部分王牌军,摧毁越北大量军事、政治、经济设施。此战,中国以绝对实力碾压越南,达到预期作战目的,打乱了苏联越南的联合战略部署,摧毁了越南北方工矿业基础设施,对于保护中国主权和领土完整有重要意义。

(为降伏狮驼岭三妖,尤其是三妖金翅大鹏雕,如来佛祖可谓精锐尽出,阵容豪华,以西天灵山几乎全部力量对狮驼国形成泰山压顶之势,最终圆满收官,完成预定收妖计划。作为佛派最高领导人,他对大鹏始终没有一丝轻视,稳扎稳打全力以赴,极为重视这一战,为此不惜亲自出手,直接参与。与此相比,之前佛祖收伏孙悟空一战,只跟随两个尊者,举手投足间尽显轻松,简直有游园观景的意思。由此可见在佛祖心中,大鹏和猴子实力的差别到底有多大。)

启示之五:无论有多么充分的准备、多么精心的策划,没有实力为基础而对敌挑战,就是自取其辱。

2008 年 8 月 8 日,格鲁吉亚萨卡什维利政府在欧美变相支持下,趁全世界聚焦奥运之机,突然以军事手段出击强攻,意图解决困扰自己的南奥塞梯问题。面对南奥塞梯和阿布哈兹的幕后支持者——真正的对手俄罗斯,格军竟以弱凌强,以小欺大,由此招至难以预料的严重后果。针对格军的弄枪舞棒,俄罗斯政府毫不犹豫立刻出兵,完全不给格军机会。在俄军强大火力打击下,格军一败涂地、溃散后撤,指望美军介入的萨卡什维利方寸大乱,面对兵败如山倒的窘境,格政府除了频繁抗议与呼吁外没有任何作为。格鲁吉亚军队以卵击石,得到了无比沉痛的教训。

(大鹏为与佛派一战,长久规划达五百年之久,把狮驼国变成妖魔鬼怪之国,以此作为自己抗衡佛派的基础势力。但如来举众前来,辅一交手就看出实力相差过于悬殊。几百年的精心准备,结果仅几个回合就败下阵来,不禁可悲可叹!)

第四十篇　心狠手辣重口味的妖怪

一、时间:唐贞观二十五年冬

二、地点:西牛贺洲比丘国、清华庄

三、事件起因:唐僧师徒到了比丘国,听说国名被老百姓私下改叫小儿城,之所以如此是昏庸的皇帝竟要用一千多个小男孩心肝做药引,企图长生不老。为救这些孩子,孙悟空施法将孩子转移走,却引来国王对唐僧心肝的觊觎。

这年冬天,唐僧师徒来到了比丘国,但令他们奇怪的是,众多老百姓私下却称其为小儿城。四人进了城,所见景象倒是一片繁华,就是各家各户门口都放着个鹅笼。为搞清原委,行者变成蜜蜂钻进去探察,见笼子里无一例外都是男孩。他给师父回复后,师徒几个探讨了一阵,仍是大惑不解。

到了国立金亭馆驿投宿,唐僧就缠住驿丞问:"你国这里风俗奇怪,为何要鹅笼里养小孩?"驿丞暗里告诫他别管闲事,唐僧一听内有文章,更是拽住驿丞,非要问个明白,驿丞被纠缠无奈,只好把随从和周围人都打发开,低声说出原因。

原来,比丘国之所以被民间谣传称为小儿城,是因三年前一个道人模样老头儿,带着自己十六岁女儿入宫,将其进献给皇帝。那女子美貌无比,宠冠后宫,被封为美后,自此后,皇帝再也不顾其他嫔妃,整天只是和她贪欢。

现在精神疲倦,身体羸弱,即将驾崩,任太医院名家里手都束手无策,只有被封为国丈的那道人老头儿,不知从何处得了秘方,给皇帝吹嘘说可以延年益寿,已去十洲三岛把药采齐。

其他尚可,唯有一事可怕,这长生不老药竟要用一千一百一十一个男孩心肝做药引子。鹅笼里的小孩就是药引子备选之料,孩子父母只怕王法无情连累全家,虽不敢哭闹,却暗地里传谣,咒这里叫小儿城。

听完此话,唐僧惊骇无比,好半天才流下泪来,不由痛惜那些将死孩子。八戒沙僧不住劝慰,只有行者明白他心思,拍胸脯保证能让孩子都保住性命。

唐僧很是高兴,于是悟空当即念动咒语,召唤当地城隍、土地及五方揭谛、四值功曹、六丁六甲与护教伽蓝,令众神把鹅笼里的小孩转移出城外藏好,等自己除妖之后再送回来。众神施展神通刮起阴风,转移走全城一千多孩子。

次日一早,唐僧上朝倒换关文,行者唯恐出现意外,就变成蟭蟟虫随行保护。进了金殿,见那皇帝果然精神倦怠,举止言行已显病势沉重。唐僧献上文牒,他两眼昏聩,看了多时才取宝印画花押。

正此时,那道人国丈临朝,满朝文武施礼打躬,唐僧也行问讯礼。哪知国丈自高自大,端坐不回礼,论起西行之路,听闻唐僧自称"素素纯纯寡爱欲,自然享寿永无穷",国丈指着他的光头呵呵冷笑,斥其满口胡言乱语,把佛派一通贬低,引得满朝文武齐声夸赞,讽得圣僧只感羞愧,赶忙灰溜溜辞朝出殿。

行者便在他耳边悄悄说:"那国丈老头儿必是妖怪无疑,皇帝已受妖气,我在这里继续探察,请师傅独自先回馆驿。"

这时,五城兵马官入殿启奏皇帝:"昨夜冷风大作,所有小孩被刮得无影无踪。"皇帝惊怒交集,忙问国丈如何是好。老头不仅毫不惊慌,却笑着恭喜皇帝:"这些小孩被刮走,正是老天有眼,如今,一个绝妙药引已出现,比那一千一百一十一个小孩心肝更好更强。千个小孩心肝不过能延千年寿,此药引子可延万年。"

皇帝惊喜不已,再三询问是什么药引子,国丈郑重说道:"就是方才东土取经和尚的心肝。"皇帝立即传旨,派羽林卫官军围住馆驿,千万不能让和尚溜了。

行者听得清楚,赶紧飞回馆驿,把即将大祸临头之事说了一遍,唐僧顿时吓得昏倒在地,目瞪口呆好久才苏醒过来,于是忙问行者该怎办,悟空胸有成竹,答道:"想保命,须师父做徒弟,徒弟当师父。"一听能保性命,唐僧连声答应:"只要能救我,别说是做你徒弟,心甘情愿给你做徒子徒孙。"

行者就施展变化之法,把唐僧变成自己模样,他变成唐僧,互相换好衣服。才刚准备妥当,就听见外面锣鼓齐鸣枪刀簇拥,羽林卫三千兵马已把馆驿团团围了。锦衣卫进客房请"唐僧"上朝,行者欣然前往。

进殿以后,"唐僧"坦然问有何事,比丘皇帝涎着笑脸,说要他的心肝,"唐僧"也不推辞,反道:"贫僧别的没什么,就是心多,不知陛下要什么的心。"国丈在旁说:"单要你的黑心。"再看那"唐僧"解衣挺胸,拿牛耳尖刀一刀剖开自己肚皮,从腹腔中骨碌碌滚出一堆心,皇帝与众文武吓破了胆。

血淋淋的"唐僧"把淌出来的心逐个验看,怪的是,除没有黑心,其余各种心倒是琳琅满目。眼见国丈老头儿在旁叽叽歪歪,"唐僧"忍不住怒,当场现出原身,指斥老头儿才有黑心,抢着金箍棒就和他斗在一处。

二人驾起云一交手,不到二十合,老头儿就抵挡不住,忙化成寒光去皇宫内院,把进贡的女儿带走,不知了去向。行者落下云头,满朝文武和后宫都来拜谢,皇帝传旨命内阁太宰去驿中,专门请圣僧来朝。

驿馆躲避的唐僧听说悟空当殿现身降妖,只怕连累自己送命,正吓得魂飞魄散。虽有八戒沙僧左右保护,他还是闷闷不乐,心里暗怨猴子没把师父当回事。直到见皇帝来请,三人上了殿,行者又复了他原身,唐僧才算长舒口气。

行者问起妖怪来历,皇帝面有愧色道:"那妖怪曾说,南方七十里,有个柳林坡清华庄,就是他的老巢。"

行者率八戒到了地方,却四处找不到妖穴,招土地问询,土地不敢怠慢,详告其入门秘籍:"去南岸九叉头杨树根下,左转三转右转三转,两手拍树,再连叫三声开门,清华洞府就会现出来。"

行者找到那树,果然见九条叉枝汇总在根上。他吩咐八戒在外接应,自己依照秘籍打开庄门攻进去,果然见门口石屏有"清华仙府"字样,那里面老妖正和美女回讲比丘国之事,齐声骂猴子可恶。

正骂得痛快,却见行者已杀进来,老妖只好硬着头皮去斗。没几下又抵挡不住,只得向东败逃,行者八戒紧紧追赶,赶巧见南极仙翁气吁吁赶来,将老妖擒住。

寿星说:"这妖怪是我的坐骑白鹿,下界成妖。只望大圣饶他一命。"行者允诺后,老寿星连声感激,正要离开,行者让他回见比丘皇帝再走。寿星只好跟着,先去清华府擒捉妖女。

八戒精神抖擞,气势汹汹杀入清华府,那美人在里面无处躲逃,又手无寸铁,大门让行者拦住,被呆子照头一钉钯,把白面狐狸的原身几乎打烂。行者又命土地寻找干柴,一把火把妖穴烧成火池坑。

行者和寿星、八戒牵着鹿拖着死狐狸回到比丘国,当场让皇帝看他的美后和国丈。皇帝羞愧地无地自容,迭声感谢,在东阁安排素宴,请南极仙翁与众神僧享用。宴席结束,皇帝福至灵至,上前跪拜寿星,恳求祛病延年之法,寿星把随身所带三个枣送给他,而后乘鹿踏云飞去。

皇帝拿出许多金银感谢师徒四人,唐僧坚决不受。无以为报之下,皇帝只得专请唐僧乘自己凤辇龙车,他与嫔后们亲自推送出城西。这时,突然半空中风声响起,路两边落下许多鹅笼,原来是众神按照大圣指令,把一千一百一十一个小孩送回。

行者叫各自人家来认领自己儿子,满城都是欢声笑语,到处听闻感激之声,众百姓抬扛顶着救命的恩人,无论如何不让四人离开,东家宴罢西家请,足足享用一月有余,师徒们才离城西去。

启示之一：智者千虑，必有一失。有时候，高明者也难免会犯糊涂。

大唐李氏开国时，尊老子为始祖，奉道教为国教。唐太宗李世民年轻气盛英风神骨之时，曾嘲笑秦皇汉武迷信金丹至为荒谬，结果自己日渐年老时也开始幻想长生不老，起码能实现益寿延年。公元 648 年，唐军抓获了一个天竺方士，此人自称已活了 200 岁，有长生不老之术。听了这样的鬼话，李世民竟然对其礼敬有加，专门设置官方炼药场所命其造延年药。他还命兵部尚书崔敦礼监督炼制仙丹，下令"发使天下，采诸奇药异石"。唐太宗李世民，因长期服用这些"仙丹"严重损害了身体，非但没有长生不老、益寿延年，反而仅仅 52 岁就结束了自己波澜壮波的一生。

（比丘国对于佛派而言，这是无与伦比的一类上国，却有这样一个昏庸的皇帝坐镇，在坐享美色的同时还期望兼收长寿，更可笑的是，享受长寿的方子是一个道士给信奉佛教的国家的皇帝提供而来，实在是不智。）

启示之二：自恃把持大权，进而得意忘形，如果不能约束收敛，不但会损害权威和信誉，而且将给自己带来灾祸。

清朝同治八年七月，太监安德海奉慈禧懿旨南下办理采购。慈禧命他务必谨小慎微、遇事收敛，安德海却自恃慈禧亲信，号称"钦差大臣"，声势浩大、招摇过市，所率船队沿京杭大运河南下，威风一时无两。沿途一些地方官争先恐后前去逢迎巴结讨好，他以办生日宴席的名义大肆收取红包、中饱私囊。山东巡抚丁宝桢听闻，一面派人携书信入京禀告同治皇帝、慈安太后和恭亲王奕䜣，一面派人跟踪安德海行踪。收到密报后的慈安和奕䜣决定严惩，同治帝钦批"安"字无头。于是，丁宝桢派人在泰安城逮捕了安德海，并在慈禧要求特赦安监的懿旨到达时，采取前门接旨后门行刑的方式杀了安德海。

（寿星放纵白鹿下界为妖不可怕，可怕的是这白鹿恃宠而骄，竟敢祸乱人间，赫然要拿一千多个人心炼制长生不老丹。奇怪的是，事发后，却再没一人过问此事，皇帝和唐僧装聋作哑、孙悟空闭口不提，只有一只现了原形不能说话的白鹿在场,虽然是罪魁祸首,却在清华庄园中指明是猴子坏了事。白鹿分明是代替自己主人来行恶,身为主人的寿星怎么能任其被金箍棒打死,失去敢如此作恶的帮凶呢?)

启示之三:行事应有所为有所不为,切忌心有余而力不足。绝不能好高骛远,超出所能,否则将会带来难以预测的灾难。

公元 1236 年,窝阔台下令"长子西征",术赤长子拔都为统帅,速不台任副统帅,二哥察合台长子拜答儿、窝阔台的长子贵由、四弟拖雷长子蒙哥各统本王室军,万户以下各级那颜长子全部从征。大军抵达伏尔加河后分兵四出,先后把高加索以北的部落及莫斯科、阿速国、基辅、加里奇公国占领。1242 年,拔都分三路向匈牙利进军,先攻下华沙、西里西亚等城。西里西亚王亨利二世退守勒格尼兹,集结波兰、日尔曼、条顿骑士团共 3 万军队迎战。蒙古军诱敌深入尽歼其军,亨利二世被斩首示众。匈牙利国王贝拉四世又集了 10 万大军于帛思忒城坚守,蒙古军以退为进把匈牙利大军包围,而后采取围三缺一的战术大败匈牙利大军,贝拉四世兵败后逃入奥地利。

(身为师父的唐僧面对人祸无能为力,请求徒弟孙悟空解救众多孩童,可谓慈手佛心。但由于自己完全没有自保能力,当祸水引到自身时,求助于猴子保卫安全,不得不说出只要保命就心甘情愿做徒子徒孙的话来。虽然紧要关头事关生死,却是长了猴子志气灭了自己威风。)

第四十一篇　好色女妖执意娶唐僧

一、时间：唐贞观二十六年春

二、地点：西牛贺洲镇海禅林寺、陷空山无底洞、天庭

三、事件起因：经过一片森林时，唐僧师徒发现有个美女被绑在树上，孙悟空几次阻拦师父施救都告失败，最终唐僧救下了她。结果此女大显身手，在寄宿寺庙吃了许多和尚，又趁机掳走唐僧，要和他成双成对。营救唐僧失利的猴子无意中发现妖怪和托塔天王关系后，大喜过望，上天告状，引得天兵天将下凡。

这天，唐僧师徒边聊边前行，忽见前面有片黑松林，多次在类似地方吃过亏的唐僧心悸起来，提醒徒弟小心在意。进入松林走了半日，唐僧感到饥饿，行者便去化斋，行进途中，突然发现树林南一股黑气冲顶。悟空大惊，知道又有妖怪来打师父主意了。

唐僧在林中等待斋饭，隐约听到有人叫"救命"。循声一找，见有个美艳绝伦的少女被绑在树上，还说出一堆令人怜悯的话语以博他的同情。果然，听到动情处，唐僧落下怜惜之泪，还马上勒令八戒把她解下。

适时赶回的行者拦住八戒，语重心长告诫师父："这人看似美女，实是妖怪，千万不可搭救。师父不曾忘了，之前多少妖怪，就是以此法掳走了你。"

唐僧仔细一想，确实如此，只得依了行者，师徒四人便不顾那美女，径直

走了。把费尽心机、演技了得的女妖气得半死，暗暗诅咒贼猴子，竟识破了自己机关。

她不甘失败，又想出一招，施展大法，将足够打动唐僧内心的话语，只吹在唐僧一人耳内："师父啊，你放着活人不救，昧良心拜佛取经有什么用？"

此言一出，果然击中唐僧的软肋，唯恐被如此定性的他，让这几句话一刺激，再次违拗行者的拦阻，一行人转回去，把那女妖解救下来。

这一行人到了镇海禅林寺，入寺借宿吃斋。寺中众僧见这些和尚竟有美女跟随，都惊奇不已簇拥来看。院主老方丈眼见天色已晚，对如何安排那如花似玉美女就寝之事，不免吞吞吐吐，实感为难。

唐僧自然谙熟人情世故，听出老方丈话里有话，心下明白自己师徒带着美女，已惹人起疑，于是忙把路经松林救人之事说了一遍。听完缘由，院主放下心来，便安排他们各自休息。

第二天一早将启程时，唐僧突然病倒，难以起身。行者师兄弟三人轮流伺候，一连修养了三天，没有上路。到第四天时，唐僧略觉舒服，只是感觉口渴难耐，行者忙去打水，却偶见寺里一群和尚满眼通红，还抽噎着像刚哭过。

行者不知其故，故意讥讽道："你们这些和尚们真小家子气，我师徒不过多住得几天，耗费食宿钱粮一定结清，绝不会让尔等有些许损失。"

众和尚见行者误会，都跪下答道："岂是老爷们食宿之事，那有什么打紧，乃是寺内出了妖怪，一连三天吃了我们六个和尚。"行者闻言又惊又喜，当即令他们放心，答应助其除妖。

行者把水送回，让师父喝过，看他有了精神，便将妖怪伤人之事转告。一听死了不少和尚，唐僧便道："兔死狐悲物伤其类，我等皆是同类，不可不过问。"欣然同意他降妖。

行者施展变化，扮成小和尚模样，就在那些和尚丧身之处，独自一个敲木鱼念经，专引妖怪前来。

当晚二更，风猛地刮起，行者心知必是妖怪要来。风熄后，果然有一美女来挑逗他。等把行者引到后园，女妖正要下手吃他，悟空现出原身，这女妖才发现是唐僧大徒弟。

二人斗在一处，行者越战越勇，逐渐占了上风，那怪见势不妙计上心来，把左脚花鞋脱下变成自己，引行者去追，她真身随即溜进禅房，将唐僧擒回老巢。

这里，行者久战不下，急得火烧火燎，好容易寻个破绽，把妖怪一棍打倒，再看却是只绣花鞋。他大惊之下已知中计，忙回去找师父，早就不见踪影。行者气急败坏，便要惩治八戒沙僧。八戒哑口无言，沙僧跪下连连求饶，恳求同师兄一齐去找师父，行者才静下心来。

师兄弟三个先到黑松林寻找，却完全没有踪迹。急火攻心之下，孙悟空拿出当年闹天宫的气势，化身三头六臂抢三根金箍棒四处疯打，这一番果有奇效，不一时山神土地现身，向大圣叩拜。

行者喝问妖怪动向，二神忙道："此处向无妖怪，只在正南千里外，有个陷空山无底洞，必是那里女妖把圣僧掳走了。"

三人闻言，腾云向陷空山而去。

到了地方，八戒自告奋勇去一探究竟。正在查找，就见一口井边有俩女妖打水，老猪毫不忌讳，开口就叫道："妖怪！"两女妖大怒，上前将八戒一顿揍，打得呆子来不及还手，连滚带爬跑回去，和师兄诉苦。

行者听过原委，大笑道："依我说，人家打得还轻，天下人谁不爱听好话，哪像你见面就叫妖怪。以礼相待，客客气气问，必定无恙。"

听了师兄的话，八戒再次变成个黑胖和尚前去打问，果如行者所言，那俩女妖见他有礼，不禁欢喜，就说道："我洞中奶奶抢回圣僧，要和他成亲，让我二人来取水。"

闻听到这个消息，行者三人远远跟着女妖，果然找到无底洞。行者便让八戒沙僧把守洞旁，自己先去探察动静。

入洞后，果然见骗自己师徒的那女妖花枝招展，正兴致勃勃命众小妖安排宴席，预备和唐僧成亲。行者忙找到师父，就见他愁眉苦脸，只担心自己元阳之身不保，成就了妖怪。

行者低声指点道："师父,你顺应那妖,与她互相斟酒敬酒,待我借机钻进她肚子,谅妖怪不敢造次。"唐僧也无他计,只得依行者之言,摆出副悠哉乐样子,和那怪相互敬酒。

女怪斟一杯敬上,唐僧只得喝干,他随之也斟一杯酒回敬,行者趁机变成蟭蟟虫飞入酒中。怎知那妖怪却没有接过就喝,反起劲儿以情话撩拨唐僧,说到情浓正要喝时,忽见酒中有虫,就用小指挑起弹出。

行者见如意算盘竟不能成,忍不住化身饿鹰,把摆好的宴席搅了个混乱。飞出洞和八戒沙僧交代一番,又再去找师父。唐僧苦着脸道："那女怪因老鹰坏了好事,大怒之下,便要强行娶嫁之事。"行者指点他请女妖怪同去游园,然后摘下红桃子给她,只要进了妖怪肚皮,师父就能逃脱妖洞。

师徒二人计议好,唐僧便去邀那女妖怪。妖怪受邀十分高兴,只以为唐僧动情,便和他一齐去园里赏玩。唐僧摘下红桃递上,妖怪心中暗喜,谁知刚一沾嘴尚未等咬,行者早一个跟头翻进她肚中,跳脚抢拳玩儿命折腾,几乎将妖怪置于死地,倒在地上良久不吭气。

行者手脚一停,妖怪缓了过来,命手下小妖送唐僧出洞,行者喝止道："不准别人上手,你亲自送我师父出去。到了洞外,行者从口中出来,又和女妖怪打斗起来。"八戒连声埋怨："师兄不会办事,何必如此费事?在那妖怪肚中,直接来个开膛破肚,多省力气。"沙僧劝八戒赶紧上前帮忙,二人都不顾守护师父,赶上去一齐乱打。

那妖怪抵挡行者一人已是吃力,哪能顶住三人齐上,只好转身逃命。三人紧追不舍,她又故技重施,用右脚绣花鞋变成自己,引三人远远离开,她真身化清风返回,正巧见唐僧无人看守,顺手捞走了他。

这边,师兄弟三个追得千辛万苦,好容易把妖怪打倒,再看时依旧是只花鞋。行者一看上了当,连连埋怨八戒沙僧,知道又中了计,回去一看,刚刚救出的师父果然已不翼而飞。

见一番辛苦付诸东流,行者忍不住流下泪来,八戒倒是心宽劝慰道："师兄,事不过三,你再去一趟,定能救出师父。"

行者无奈,只得再次入洞寻找师父。怎知到了原处,已不见一个人影,周围静悄悄没一点动静。行者心烦意乱怒火中烧,正在这时,忽闻一阵香气。他循烟找去,见有个香堂,供桌上鎏金香炉香烟缭绕,两个牌位一个是"尊父李天王之位",一个是"尊兄哪吒三太子位",行者一身怒气霎时消失,把两牌位和香炉打包拿好,笑嘻嘻出了妖洞。

八戒沙僧见师兄阴着脸入洞,哼着小曲儿出来,奇道:"师兄,因何如此高兴?"行者笑答:"我等不用费力降妖了,只冲牌子要人。"二人不解其意,行者就道:"此妖必是李天王女儿、三太子妹妹,下界成妖把师父抓走。你二人守住洞口,待我携物证去玉帝面前告御状,让天王父子还我个公道。"

行者带着牌位香炉,直上南天门到了通明殿,四天师迎面问候,听猴儿说来告御状,众天师大为吃惊,忙引他呈上状子。玉帝看过,即将原状批作圣旨,派太白金星给托塔天王传达,并吩咐悟空同去。

大圣随金星到了李天王私宅,天王出宫迎接,金星便捧圣旨来宣。不料,李天王对当年闹天宫之事依旧耿耿于怀,原本见了大圣就有气,得知他此次前来竟是告自己的状,雷霆大怒,接旨看明后,气得怒拍香案,大喝道:"我有三儿一女,大儿金吒在如来处做前部护法,二儿惠岸在南海观音处为徒,三儿哪吒随朝护驾。女儿才七岁,人事尚不知,怎能做妖精?"

李靖随即斥责猴子诬告,命手下用缚妖索把他捆起来。金星只劝天王别惹祸,李天王不但不听,还拿起砍妖刀,作势欲杀大圣。

眼见紧急,哪吒忙用兵器架住砍妖刀,口称:"父王息怒。"天王见儿子出手相拦,竟大惊失色,手足无措。

原来,哪吒昔日下海闯祸,踏倒水晶宫,捉住蛟龙抽筋。李天王为绝后患,曾要杀他,哪吒怒极,遂割肉还母,剔骨还父,剩下一点灵魂飘到西天求告佛祖。如来以起死回生真言救活哪吒,哪吒神通更大,降伏九十六洞妖魔,居然要杀天王报剔骨之仇。天王走投无路告求如来,如来就赐他一座玲珑剔透舍利子如意黄金宝塔,命哪吒见宝塔如见佛,以佛为父,从而化解了冤仇。

恰好今日李靖手中没有托塔，以为哪吒又起了报仇心思，所以惊吓不已，忙抽身取塔托在手中，才问哪吒："孩儿，你为何出手护那猴子？"哪吒见父亲托起宝塔，忙叩头答道："父亲，你确有个女儿在下界。"天王不知就里，哪吒便提醒说："父亲忘了，那女儿原是妖怪，她三百年前在灵山偷了如来香花宝烛，我父子拿住她只该打死，如来有命方饶了她。她由此感念恩德，拜我父子为父为兄，在下方供设牌位侍奉香火。这次，定然是她害圣僧，又让孙大圣搜到洞中牌位，来告了御状。"

天王恍然大悟，问起她名字。哪吒说："她原是金鼻白毛老鼠精，自偷吃了香花宝烛，改名叫半截观音，下界成妖后，又改称地涌夫人。"天王听过，赶紧亲手要给大圣松绑。谁知猴子趁机放刁，不让解绑绳，一定要去灵霄殿和李天王打官司。

李靖惶恐无地，只好托求金星方便。金星老头思得一计，正告行者："你若还在天上耽误功夫，再不下界救你师父，别说成亲，怕是小和尚也生下了。"

行者一听有理，赶紧解绳与金星回旨，随同天王父子率天兵包围陷空山。众神涌进无底洞，挨门挨户搜查，竟四处无人。搜寻到东南角一个小洞，赫然发现了所有妖怪和唐僧。哪吒率天兵一拥而入，那女怪无路可逃，只得投降。

行者救出师父，拜谢过天王父子。李靖父子押妖怪返回天庭，听候发落。师徒四人整理好行装，又踏上西行之路。

启示之一：兵贵精而不贵多，对于个体不加甄别引入，却不能善加管理，很可能是取败之道。

春秋时，伯嚭父亲郤宛遭费无忌忌恨进谗而被杀，并株连其全族。他侥幸逃离，赶到吴国投奔伍子胥。伍子胥因其遭遇与己相似，产生同病相怜之情，就将他举荐给吴王阖闾。伯嚭自此得到吴王宠信，屡有升迁直至宰辅。但此人贪财好色、好大喜功，当夫差率兵击败越国时，文仲以美女珍宝偷偷献他，伯嚭收受了贿赂，竭力劝说夫差受降，使勾践免于一死。之后，他为取得独宠，又反复谋害救命恩人伍子胥，迫使其为吴王所逼自刎而死。

（唐僧在接受了孙悟空劝告后，又因为妖怪一句挖心刺骨的话返回搭救，结果，不仅给镇海禅林寺带来一场浩劫，导致多人被杀尸骨无存，连自己也难以幸免被妖怪掳走。）

启示之二：大千世界诱惑无数。但面对诱惑而无法把控，往往就是即将遭遇失败的开始。

英国国王查理一世上台后，由于穷兵黩武，很快就面临棘手的财政危机。面对高昂的军费和王室、王国的巨额开支，查理一世只能靠继续增加税收来解决问题。但由于《大宪章》和议会制约，查理一世不能随心所欲加税，而且议会不仅没有批准其因与西班牙和法国战事而征税的要求，还废除了此前国王可以终身征收关税的特权。愤怒之下，查理动用军队解散了议会，强行开始征收新税。但议会反对派暗中领导民众抗捐抗税，很快就使查理一世处于下风。为了缓解财政压力，查理被迫再次接受了议会条件。但此后，每当他度过危机后就玩反悔的把戏，连续几次饮鸩止渴后，他的个人信用完全丧失，导致王室财政完全枯竭。为彻底解决困境，他孤注一掷，决定用武力达成自己所求。然而，发动内战的最后的结果是，在 1640 年，他成了第一个登上断头台的英国国王。

（当看到唐僧师徒带着一个美女来到寺院时，和尚们出来观摩都是为了过过眼瘾。但却有一个又一个和尚明明看到同门师兄弟身死形灭，依然前赴后继死不悔改，送上去给美女大享口福，真是身在佛门心入红尘。没有孙悟空适时介入，难以想象镇海寺和尚会死去多少。）

启示之三：兵不厌诈是策略，更是和对手较量的永恒技巧。在和对手的比拼中，往往没人在意方式方法，他们总是关注问题的实质——胜负，因为，历史是由胜利者所写成。

1939 年 8 月 23 日，德国与苏联秘密签订了 20 世纪最臭名昭著的协议——《苏德互不侵犯条约》。签约双方都心知肚明——这就是个缓兵之计。之后，德军入侵波兰的同时，苏军也从东面入侵，并在布列斯特会师。在这个狼狈为奸的条约保证下，德军横扫欧洲时，苏军也不甘落后大打出手，连续入侵芬兰、罗马尼亚，吞并了立陶宛、爱莎尼亚、拉脱维亚，直到德国开始入侵苏联，这一游戏才算告一段落。经过五年漫长的苏德战争，苏联赢得了最后胜利，不仅巩固了之前的侵略成果，还完成了新的掠夺，使自己领土向西大大推进。相反，德国领土进一步缩小，本土还被四国分割占领。

（当唐僧终于确定无疑自己所救的美女竟是女妖时，虽然没有进行深刻反省，但大胆采纳孙悟空提出的逢迎方案，一连实施两次，终于获得了一次自救机会。而女妖连续两次运用障眼法，把三个自视甚高的家伙玩弄于股掌之间，也足见能力绝非一般。）

启示之四：利益联盟的形成，会由于利益消失而消失，甚至会因为利益冲突，使之前盟友转瞬化成敌人。

战国中期的齐楚两国是七雄中的两大强国，两强联盟不仅压制了其他国家，更对秦国造成了直接威胁。为此，秦惠文王相国张仪使楚离间齐楚两国，收买了楚国大臣靳尚，然后以秦国商于六百里土地为诱饵，挑拨楚王和齐决裂与秦交好。楚国大臣屈原、陈轸提醒以防有诈，楚怀王就决定断交与收地同时进行，结果张仪施展缓兵之计，心急的楚王没有得到土地就先派人辱骂齐王，和齐断交。再去索地果然被张仪拒绝，告之并非六百里秦地，而是自己的六里地。这样的出尔反尔使得受了愚弄的楚王大怒，当即发兵攻秦，结果楚军大败。

（作为告状人，而不是因得到天庭多次出兵相助、以感谢者的身份出现在自己面前的孙猴子，一出现就勾起李靖的痛苦回忆，想起自己丧失尊严和荣誉的花果山之战的不堪往事，更认为自恃有理可以公报私仇狠狠整治猴子一次，却在事实面前发现被套牢的是自己。面临成为御前被告者和欺君之罪的问责，他在和平大使太白金星推动下，为了实现一个共同目标——擒获妖怪，达到两个目的——孙悟空救出师父、李天王出口恶气，和孙猴子联合起来，果然效验如神而一战成功，能够让孙猴子坦然一笑之余，李靖也暗自侥幸了。)

第四十二篇　灭法国上下尽光头

一、时间：唐贞观二十六年夏

二、地点：西牛贺洲灭法国

三、事件起因：唐僧师徒到了灭法国，得知这里的朝廷要杀尽过往和尚。孙悟空千方百计想方设法，带着唐僧三人混进国内，最后采取让该国所有有层级有头脸的人都变成和尚的办法，伪装成神的意志警告当权者，轻松通过灭法国。

这日，唐僧师徒正在边聊天边赶路，遇见个领着小孩的老太太迎面而来："和尚，不要前进了，赶快回去吧。往前五六里就是灭法国，这里皇帝两年前许下罗天大愿，要杀一万个和尚做圆满，现恰已杀了九千九百九十六个，再有四个正好凑成一万个，你们去了，是白白送命，给人家凑数。"

行者已认出那是观音菩萨和善财童子，在他领衔下，师徒纷纷给菩萨下拜。观音见认出自己，便驾云飞回南海。这时，师徒商量应如何才好，行者一脸轻松劝慰大家："咱之前过了多少龙潭虎穴，都毫发无伤，何况这是一国凡人，有什么可怕？"

为摸清详情，以让师父安心，他便先进城去实地打探。

行者变成蝙蝠，飞进城中一家饭店，把住店客人衣服、头巾偷了几套拿来，一本正经和师父师弟们交代道："各位，要想通过灭法国，就不能再摆出和尚模样，一定要扮成俗家人。"

唐僧几人也没其他办法，只得照行者意思，把僧衣僧帽脱下，换上俗家人衣服头巾。孙悟空又安排大家说："进城之后，就不可互称师徒，师父叫唐大官儿，我叫孙二官儿，八戒叫朱三官儿，沙僧叫沙四官儿，对外就说是马贩子。"

四人进城投宿，在一家店里歇脚。为防被看出倪端，行者千方百计圆话；为不让人家看出身份，在房内不敢点灯；为严守戒律不吃荤，交代店家上素菜；为防睡着无意被发现真实身份，最后四人便藏身在店家一座大柜里。

此时正值盛夏，师徒在柜中又闷又热，好不辛苦。其他三人辗转反侧，好容易后半夜睡着，只有行者故意不睡，反假充大款在房内，自言自语编排，说出哥几个挣了万儿八千的鬼话，不出意外地诱使了那家店内走堂、挑水、烧火的伙计，连夜勾结了二十多强盗闯进来抢劫，把四人藏身的大柜连人带柜都劫走了。

强盗得手后，一路浩浩荡荡，中途惊动了巡城官兵，前来夺取赃物。众强盗被杀散，柜子也被送到官府，等候次日过堂。

唐僧见自己一行躲来躲去，竟阴差阳错，反被送入虎口，天一亮让官府看到，必定会被开刀问斩，又慌又怕之际，连声埋怨悟空坏了事。

行者不断好言安慰，到得三更，他钻出柜子，大施神法，变出无数小行者和瞌睡虫，然后给小猴们分派任务，道："尔等听真，凡灭法国内所有官员和有职级职衔的，一人一个瞌睡虫，让他稳稳睡好。"又分给小行者每猴一把剃头刀，下令道："凡有品阶、睡得稳的，都把他们剃成光头。"

众猴儿漫天散去，不到一个时辰，全都归来。行者一夜之间，计划便大功告成。

次日一早，灭法国皇宫内院众宫娥彩女起来梳妆，才惊骇地发现个个都成了光头，大小太监也个个没了头发。三宫皇后，竟也是无一幸免成了尼姑。众后宫上下人等惊慌失措，寻到龙床边上，却见龙床上从来威仪无比的皇帝陛下，竟分明也成了个和尚。

皇帝惊醒之后，只吓得魂飞天外。一伙儿人你看我我看你，终于忍不住失声流泪，皇帝这才推判道："如此这般，必是老天报复朕杀害和尚之事。"

待上朝之后，满朝文武百官均启奏各自失仪之罪，纷纷说起一夜之间全丢了头发，无一例外都变成和尚。皇帝更加震惊，说起皇宫内发生的不测，君臣们心有所感、痛哭流涕，都纷纷道再不敢杀害和尚了。

这时，巡城总兵和东城兵马使上殿启奏："臣昨夜杀散一伙强盗，夺回贼赃，呈陛下御览。"皇帝闻言，就命把大柜抬上金殿。

眼见大祸临头，唐僧在柜里只吓得魂不附体，八戒沙僧也忐忑不安，只有行者一身轻松，笑道："师父不必担心，我早已安排好，你们尽可放心。"

就在此时，大柜被赫然打开，四个和尚陆续闪亮登场，满朝文武面面相觑，唯有皇帝反应机敏，见了四颗光头，不仅不怒，反而恭恭敬敬，率群臣拜问。唐僧见并未被当殿擒拿，这才放下心来，就说道："望陛下赦贫僧死罪，我乃东土大唐往西天拜佛求经者，因知陛下之国灭法杀僧，故而藏身柜中，以为避祸。"

皇帝随即说道："朕君臣昨夜一夜间，都变成了和尚，如此怪事必是上天警示，为赎前愆罪过，朕诚心诚意拜求，望圣僧收下朕这个弟子。"

唐僧尚未应允，行者便道："我师徒四人皆是有道之僧，只要陛下给我等倒换通关文牒，送我师徒出城，必定能保佑陛下皇图永固。"

皇帝听闻此言，大为宽心，遂在光禄寺安排筵宴，招待师徒四人，席间就办好关文，又请他们为己国变更国号。行者指点道："陛下，你国名后两字之'法国'已是很好，只是灭字差点意思，从今往后，可改称为'钦法国'，我保陛下一定千秋万代风调雨顺。"

皇帝感激涕零，待宴会毕后，亲自摆驾，率众文武送四人出城。辞别了皇帝，唐僧对行者计划赞不绝口，道："徒弟，你此番大大有功，不知如何令其为之一变？"行者便把昨夜安排之事说明，唐僧和八戒沙僧听得笑不绝口，四人轻松自在，从容向西而去。

启示之一：看似无足轻重的小事情，若能吸引特别关注，那绝非无缘无故。正是小处不可随便、细节决定成败。

刘备夷陵战败后，在永安城病倒不起。托孤诸葛亮时，看到他身边跟随着马谡，就屏退左右，问诸葛亮马谡为人处事如何，诸葛亮大加赞赏马谡之才。刘备却特别告诫他说，马谡言过其实不可大用。诸葛亮当面表示同意，内心却不以为然，结果在自己首出岐山率军北伐时，因马谡街亭之失，致使损兵折将，功败垂成。诸葛亮依军法斩了马谡，自己因此痛哭流涕。别人劝他马谡因罪而诛，不必太过难过，诸葛亮这才说自己并非因杀马谡而哭，而是因自己识人不明而难过。回忆当年刘备的话，深为感慨其识人之能、目光如炬。

（面对一国要杀尽和尚的小问题，观音竟亲自出马，屈尊降纡来告诫唐僧师徒，这绝非担心他们的实力无法应付，而是大有深意，希望用最妥善之法收获最大利益。身为执掌门户的大弟子孙悟空心领神会，举重若轻，不仅不动刀兵，而且轻轻松松为佛派争取了一片天地。灭法国国王圆满与否不得而知，佛派却真正得到了圆满的结果。）

启示之二：为了整体利益和长远发展，而深谋远虑宏远通变，敢于突破固有原则和定律，体现的是英明果断，是一种真正的智慧。

蜀汉昭烈皇帝刘备在夷陵之战病死后，丞相诸葛亮积极和东吴修好，为的是联合东吴共同抵抗曹魏。当孙权终于也决定要登基称帝，提议"二帝并尊"时，面对蜀汉满朝杀害的反对之声，诸葛亮冷静分析，劝告蜀汉群臣接受这个现实，和东吴互相承认彼此合法皇帝的身份，坚决把和孙权北拒曹魏的国策贯彻落实下去，为蜀汉政权的稳定打下外在基础。

（面对灭法国只要发现和谐就将杀害的残酷现实，身为师父的唐僧没有固执坚持所谓佛之大体，接受了孙悟空提请的改装易服、混水摸鱼的办法，以一个俗家人的身份进入灭法国，这并非是对佛的不尊。）

启示之三:面对团队和下属,能够勇于认错,不仅无损于名誉,反而会让自身形象更加高大。

1935 年,中央红军在第五次反围剿失败后,被迫转战进行长征。到达贵州遵义后,为总结经验教训,确定下一步的行军路线和目的地,以避免被国民党军合围歼灭的命运,中共中央召开了极具历史意义的遵义会议,重新确立了毛泽东的领导地位。在这个过程中,时任中央最高领导者之一的周恩来认真分析了中共中央执行的错误决定和自己所犯的有关错误,既深刻认识,又具体剖析,得到全体与会者的高度赞扬,不仅没有因此被撤职,反而得到同志们更大的信任。此后,他找到自己的合适位置,辅助毛泽东做好工作,为中国革命的最终胜利做出了不可磨灭的贡献。

(灭法国国王面对举国领导阶层一夜之间变成和尚的现实,没有恼羞成怒,更没有推诿贰过,而是当众承认过错,虚心接受批评,还权宜达变,请求之前最憎恨的和尚给自己国家更换国号。身为一国最高统治者,如此敢于担当,不推诿不迁怒,难能可贵。)

第四十三篇 不自量力的妖怪

一、时间：唐贞观二十六年夏

二、地点：西牛贺洲隐雾山折岳连环洞

三、事件起因：走到隐雾山，唐僧师徒遇到个自吹为南山大王的豹妖。未料，孙猴子遇弱而弱，一时大意失手，把唐僧让其顺手牵了羊。为此，他几经施计大显神通，终于消灭了此妖。

一路顺风向前，唐僧师徒远远看到一座大山，正巧此时，刮过一阵大风。这股风刮得唐僧不禁把心提到嗓子眼儿，还坚决判定此风绝非寻常的风。不一时，又飘来一股浓雾，见状，行者为安抚师父，便上前打探，果然在半空中见有妖怪施展法术，踞于山口在喷云吐雾。

行者心里暗暗称奇，师父竟能预料如此之准。面对妖怪挡道，他自思："我堂堂齐天大圣，若要暗算妖怪，从天而降一棒打死他，岂不是坏了名头？"盘算过后，便决定哄骗八戒，让他先上来对付妖怪。

于是，行者回去就编造了一个瞎话道："师父，这云雾不是因别的，是前面有人家好善乐施、蒸饭斋僧，云雾其实不过是蒸笼气。肚子正咕咕叫的八戒一听，哪忍得住这个，想也没想就着了道，还装模作样和师父打个招呼："既然有人斋僧，待我去化斋，也好让师父饱餐。"

八戒拿起钵盂急忙向前赶，岂知恰恰撞到群妖当中，被包了饺子，这才知道又上了猴子大当，只得提起精神，拼命挥舞钉钯打退众妖，又和妖王交上手。仗着师兄在后坐镇，八戒"猪假猴威"打退妖王，气喘吁吁得胜归来。

唐僧见他样子狼狈，问起缘由，八戒才又羞又愧，气呼呼地说撞见了妖怪。唐僧心知行者戏弄八戒，再问悟空，行者便不再隐瞒，道："师父，确实有个把妖怪，不过档次太低，绝不敢惹我们。"

行者又撺掇八戒说：这次，你在前面开路，打败了妖怪，就算你的功劳。已和妖怪交过手的八戒自估彼此实力，感觉凭本事完全抵得住妖怪，就壮起胆子，一路领头向前。

那妖王败回老巢，守家众妖见其不悦，上前询问。妖王便说起方才遇到劲敌之事，其中一妖听说领衔前来的是西行取经队伍，赶紧给大王把唐僧师徒都详述一遍。原来，此妖从狮驼岭狮驼洞逃得性命，潜来此处，深知齐天大圣孙悟空的厉害。

正当满洞妖怪得知来的正主儿就是人挡杀人妖挡灭妖的孙行者，都不禁害怕时，有个小妖给妖王献上一计——分瓣梅花计，他道："大王，若要应对孙行者，想吃唐僧肉，却也不难。只要大王在洞中群妖海选，优选出三个有本事会变化的小的，令其都打扮成大王模样，穿一样服饰拿一样兵器，在他师徒所过之处埋伏于三处，引开那猪八戒、孙行者和沙和尚，再捉唐僧，就如探囊取物。"

妖王闻言大喜，连连点头称赞，当即便依计施行。

这边，唐僧一行正在前进，突然路旁跳出妖王，老猪看毫不犹豫，当即挥钯迎战。不料八戒尚未归来，师徒三人向前走着，那妖王再次出现，奔唐僧而来，行者忙抢棒上前。谁知八戒行者都久战不归时，竟又跳出那妖王，向唐僧杀来。沙僧大惊失色，怪道："怎的大师兄和二师兄都花了眼，放这妖怪回来。"言罢，忙舞降妖杖迎敌。

如此反复三次，果然将三个神通广大的徒弟调离了唐僧身边，留下他一个人孤零零骑马向西，妖王随即赶上，轻轻松松一把将他掳回老巢。他一进洞就提拔献计小妖做了先锋，命众小妖速速烧火，准备蒸吃唐僧肉。

先锋小妖忙拦阻道:"大王,不可先吃那唐僧肉,莫不如先把他绑在后洞,待孙行者、猪八戒来骚扰一番,讨不得那唐僧离开后,再慢慢享用不迟。"

妖王对这先锋已是言听计从,便点头答应了。

唐僧被妖怪绑在后洞树上,却发现还有一人也被绑在跟前,自称是山中樵夫,早被妖怪抓来,二人同病相怜对哭不已。唐僧苦苦期盼,只望徒弟们尽快赶来搭救自己。

那边,等八戒行者和沙僧打退妖怪回来,赫然见师父已无踪迹,只空落落扔下白马行囊,行者暴跳如雷,深恨大风大浪平安过,小阴沟里倒翻船,道:"我们弟兄中计了,这是妖怪使得分瓣梅花计,师父必定是被妖怪抓走了。"

三人赶忙进山寻找,西行二十里后,就见有座"隐雾山折岳连环洞"。八戒怒发神威,举钯把石门筑了个窟窿,大喊道:"妖怪,赶紧送出我师父,饶你们不死。"

守门小妖急报妖王,妖王不料他们如此快速就打上门,惊慌起来,反责怪先锋小妖给自己招祸。先锋被大王训斥,左右为难,只得又出个主意:"大王莫急,我等拿柳树根做成人头样子,再喷些人血上去,足像死人头,掷于洞外,就说唐僧已被分食,他们见师父已死,必然退走。"

果然,扔出"人头"后,八戒一见,忍不住大哭起来,行者却听出声音有异,打碎一看是柳树根,老猪勃然大怒,再次打上洞府。小妖见状慌忙回报:"大王,别人好瞒,那孙猴子是个行家,识货,瞒他不得。"

无奈之下,于是众妖怪只得再挑了个吃剩下的真人脑袋,又送出去。这一次见是真的,行者也无话可说,八戒哭哭啼啼,当那人头是师父的,就给堆了个坟头。

见师父已被妖怪吃了,怒火中烧之下,行者和八戒要给师父报仇,联手打破石门,就要杀进去剿灭群妖。那妖王见事已至此,只好率小妖杀出,扬言道:"我乃南山大王,已在这里逍遥几百年,唐僧肉已被享用,你们敢怎么样?"

孙悟空一听妖怪不知天高地厚，竟敢自封"南山"，怒骂道："太上老君有开天辟地之德，尚且位列三清之右，佛祖如来是治世之尊，还居于大鹏之下，孔圣人为儒教之尊，也仅不过称作夫子。你区区一妖，狗胆包天恬不知耻，竟有胆妄自尊大？"

骂毕，行者八戒便和群妖斗在一处，眼看众小妖连绵不绝，二人寡不敌众，行者忙使出分身法，变化出许多小行者，一陈风卷残云过后，把众妖打得死伤无数，连那先锋也被八戒一钯筑死，原来是个铁背苍狼怪。

眼见兵败如山倒，南山大王吓得拼命逃回洞中，命余下众小妖挑土搬石，赶紧把洞门封住了，再不敢出头应战。

见此情形，行者四处探察，找到山洞的后门，喜出望外。他变成水老鼠钻进去，才发现师父好好的，根本没死，更是高兴。回到妖洞大厅时，正巧听见群妖议论，但云唐僧肉如何好吃，谈及各种烹饪之方，说得不亦乐乎乐，不可支。

行者大为恼怒，当即变出瞌睡虫，令满洞妖怪个个呼呼大睡。他从容现出原身，救下唐僧和那樵夫，带着两人从后门出了妖洞。八戒沙僧见师父无恙，各个欢欣不已。

行者再次自后门进洞，先用绳把熟睡的妖王四马攒蹄捆结实，用金箍棒挑起来出了门，又让八戒寻到许多干柴，堆在妖洞里，就放起火来。老猪只恐火烧得不旺，动用两耳扇风秘技助风，霎时火势冲天。

行者收了毫毛变就的瞌睡虫，众小妖纷纷醒来时，早已是满洞烟火齐袭，四处火光冲天，没一个能逃得性命。妖王缓缓醒来，也是动弹不得，八戒抡钯照头一下，打得他一命呜呼，现出原形。

这南山大王，原是个艾叶花皮豹子精。

保住性命的樵夫千恩万谢，恳请师徒到家中做客。唐僧四人随他向西南前行，走不多时，远远见有个老太太靠着柴门痛哭。樵夫一见正是自己老母，忙赶上前跪下，把被圣僧搭救经过说了一遍。

母子二人感恩戴德，请师徒们进自家茅舍，而后精心准备了无上珍品野菜,请四人饱餐一顿。

餐罢,樵夫把师徒引上大路,指着西方说:"各位师父,就此向前不足千里,就是天竺国。"

唐僧师徒和他辞别,欣然向西而去。

启示之一:缺乏的从来不是人才,而是善于发现人才、利用人才的人。

战国时期,当燕国主帅乐毅率领联军攻下齐国七十座城时,田单只不过是临淄城一名基层官员,与齐国虽属同宗但关系相当疏远。后来,他逃到即墨,当即墨大夫守城战死后,田单因为之前显示出的指挥调度才能被公推为将,担任新的守城指挥。上任后,田单兢兢业业、精心谋划,先用反间计解除了燕军统帅乐毅的兵权,然后又采取激将法,故意让燕军把投降齐人鼻子割掉,把城外齐人祖坟挖开,激起即墨军民同仇敌忾的杀敌情绪。接着他又施展骄兵之计,使燕军误以为胜利在望,而逐渐松懈了军心。最后他设火牛陷阵,突然猛攻燕军,燕军兵败如山倒,新统帅骑劫也被田单杀死。仅用半年时间,田单就领导齐人再次光复了齐国。

(当南山大王需要执行分瓣梅花计,用于引开猪八戒、孙悟空和沙和尚时,需在几百名小妖中选出装扮自己的小妖。这些小妖不仅要善于变化,而且本事必须足以能在一段时间内抗衡三人打击,否则只能是白送死。猪八戒、沙和尚还好,选择足以对抗孙悟空的妖怪,其实是难上加难,意味着这个小妖的综合素质甚至出超于妖王,可想而知难度之大。但海选这样名不见经传却本领不凡的小妖很快便完成了,进而顺利完成了预定目标,把唐僧抓回洞府。)

启示之二:对待任何挑战都应料敌从宽、谨慎应对。这是保持长盛不衰的真正秘密。

战国末期,秦王嬴政统一六国之战开始后,面对最强大的诸侯国楚国,秦王问手下战将王翦和李信各需要多少军队灭楚。李信年轻气盛,认为只需二十万,王翦老成持重,认为至少要六十万。秦王先嘉许李信,派其出征,结果被楚国大将项燕把秦军打得损兵折将大败而回。当秦王要重新启用王翦攻楚时,王翦仍然坚持必须要六十万军队才有胜算,秦王就答应了他的请求。之后,王翦率大军以逸待劳指挥若定,和楚军对峙数月,在楚军无法坚持,回调军队之时突然发动猛烈进攻,一战灭楚。

(西行队伍一路遇到过多少狠毒妖魔,都未曾感受到真正危机,反而在不起眼的小地方,遇到了个本事能力都有限的妖怪,几乎阴沟里翻船,让唐僧呜呼哀哉。可笑孙悟空因为所谓名头没有先下手为强扫除障碍,更可笑他的火眼金睛犹如全盲真假不分,仅仅一个智商尚可的小妖的几个小计谋,就让超强战力组合出丑露乖。)

启示之三:没有能力支撑的口号,恰如没有实力的野心,除了笑话和一地鸡毛,留不下多少有价值的东西。

公元 328 年,后赵皇帝石勒攻蒲坂,前赵末帝刘曜亲率十万精兵从潼关出发渡河救援,在打败后赵分部军队后乘胜追击,从大阳关渡过黄河进攻金墉城。闻报后,石勒亲率步骑九万驰援,双方主力在洛阳西对峙。临战时,刘曜为显得从容不迫而酗酒,因酗酒而大醉,结果在石勒军攻击下,刘曜大军崩溃,主力丧失殆尽,其本人为石勒俘获,被押解到襄国后斩首。

(孙悟空向来自高自大惯了,这次在隐雾山遇到豹子精,才知道没有最自大只有更自大,区区一只没脱毛皮的妖怪,居然大言不惭自称南山大王,连猴子都忍无可忍。而最后,这个牛哄哄的妖怪就连死都死得万分搞笑,毫无一点大王的血性与气概。)

第四十四篇　玉帝不点头就没有雨下

一、时间：唐贞观二十六年夏

二、地点：西牛贺洲天竺国凤仙郡

三、事件起因：唐僧师徒到达天竺国凤仙郡后，见这里天旱导致民不聊生，孙悟空自告奋勇接了招贤榜，为全郡求雨，但上天后却四处碰壁，难以实现目的。由此，他发现玉帝设置了三个游戏，而完成它却是根本不可能的。

出了隐雾山没走几天，唐僧师徒就见一座大城出现在眼前。进城后，见街道上冷冷清清，遇到了地方官，唐僧问起情况，地方官答道："我这里是天竺外郡凤仙郡，因连年干旱，郡侯出榜招贤，请法师祈雨救民。"

行者闻听来了兴趣，就问榜文在何处。众官赶紧把榜文展开挂起，众人齐上前观看。只见那榜文言辞谦恭、态度诚恳，称凤仙郡上官郡侯愿以千金为谢，召请祈雨之人。

见此情此景，唐僧就问徒弟们："你们谁能求雨，以拯救万民？"行者不屑一顾应道，祈雨有何难。然后自夸道："昔日我大闹天宫，多少神通都曾运用，翻江搅海、换斗移星、踢天弄井、吐雾喷云、担山赶月、唤雨呼风，哪一件不是当年耍过的把戏？"

众官听他口气甚大，祈雨有望，忙去上报郡侯，奏道："今有东土大唐来的和尚,称可作法祈雨。"

郡侯一听格外高兴,即刻整衣步行亲自去请,当街向唐僧叩拜请求:"请圣僧大发慈悲,祈雨救我子民。"随后,把师徒迎接到自己衙中,先让人上茶摆斋,请师徒四人饱餐一顿。斋毕,唐僧问道:"如此天旱有多长时间了?"郡侯愁眉苦脸答道:"我地已三年干荒,寸草不生。全郡三成人,已死二成,剩下一成苟延残喘。"

行者也不多说,随即让八戒、沙僧做护法,他当即念动咒语,招来东海龙王敖广。

敖广老龙霎时间到来,对大圣躬身施礼,行者责问道:"你职在司雨,为何多年不给凤仙郡下雨?"老龙回道:"上天不差司雨,不敢擅自行雨?"行者大命道:"我师徒路过此地,见久旱民苦,招你施雨求济,何以推托?"

敖广难以明言,只好答道:"我怎敢推托,但不见上天御旨,又没带行雨神将,如何能下雨? 再请大圣到天宫奏准,请下一道降雨圣旨,我才好照旨意下雨。"

行者见老敖广此番与他时不同,无论怎样也难以通融,坚持公事公办,自己不可强逼,只好放他回去。回去后,把龙王的话和师父说过,唐僧就命他直接去天庭,奏明玉帝以祈雨。

行者吩咐八戒沙僧好好守护师父,他驾云上天而去。郡侯见这和尚竟能白日飞升,也惊奇不已,对师徒几人更加恭敬,传报令满城军民百姓都侍奉香火拜天。

行者到了西天门,见到护国天王和手下天丁,说起此行为凤仙郡三年无雨而来,不曾想天王熟知此事,告知大圣说:"那郡侯曾冒犯天地,玉帝设下米山、面山、黄金锁三件事,等都完结方可下雨。"

行者不明就里,遂到通明殿,见四大天师迎出,也和他说凤仙郡不该有雨下。行者进灵霄殿启奏玉帝,玉帝示道:"三年前十二月二十五日,朕出行监观万方,浮游三界,驾至凤仙郡,见那郡侯正将斋天素供推倒喂狗,还口出秽言,不敬冒犯。为此,朕在披香殿设下三事,以示薄惩。"

敕命四天师带孙大圣去看三事，若是了结，就可降旨下雨，若是没完结，就让孙悟空莫管闲事。

四天师引大圣入披香殿中，只见一座米山约十丈高，一座面山约二十丈高。米山边有只拳头大小的鸡在嗛米吃，面山边有只狗在舔面吃。正中又悬个铁架，上挂一把金锁，锁柱有指头粗细，下面放一盏灯，灯焰燎着锁柱。

见状，大圣迷惑不解，便问天师何意。诸天师答道："那郡侯触犯上天，玉帝设此三事，深有用意，乃是须等鸡吃尽米，狗舔尽面，灯燎断锁柱，才能给凤仙郡下雨。"

大圣闻言大惊失色，再不敢多嘴，失意地走出殿。四天师见状，不禁莞尔，笑着劝道："大圣，若要此事得解，须以善意解决，善念一生惊动上天，那米山面山就能倾倒，锁柱就能燎断，大圣可劝善世人，则其福自来。"

行者若有所思之下，拜辞玉帝而去。

待得上官郡侯接到行者，问询情况时，行者怒不可遏，喝斥道："你为何在三年前十二月二十五日做下不肖之事，冒犯天地，致祸乱世间百姓？"吓得郡侯跪伏在地，不敢隐瞒当时情形，老老实实说道："那日，下官在本衙内献贡斋天，因妻不贤与我恶言相斗，一时间怒起，头脑发昏，竟至推倒供桌撒了素供，还唤狗来吃。只因此事，两年来始终心心念念，神思恍惚，难以有自证之机，岂想得到因此获罪上天，而遗害百姓？"

上官郡侯哀求孙神僧指点如何才能赎罪？行者说玉帝所设三事，单为施以惩戒，八戒好奇心大盛，待行者详述一遍后，老猪不禁想大快朵颐，笑道："师兄，不妨你带我去，吃光那米面，弄断锁柱，不就好了？"

行者斥呆子胡说，唐僧也问计应如何是好。行者就道："别无他法，只能以善行而为。"郡侯拜伏哀告，一定照办，当时召请本处僧道启建道场，郡侯带头拈香瞻拜，答天谢地引罪自责，满城大家小户不论男女老少，都开始烧香念佛。

见此一幕，行者才高兴起来，又上天庭回奏，玉帝当即问所设三事怎样，披香殿守来报："米山面山俱不见踪影，锁柱也断了。"玉帝大喜，遂传旨命风、云、雷、雨各路神仙去凤仙郡降雨,行者与众神风云际会,甘雨滂沱,足足下了一日。

众神祇正要回天,悟空亮出大圣派头厉声高叫:"诸位留步,让下界凡夫俗子亲眼看看神仙,其必能真心供奉。"他又命郡侯通告全郡百姓都拈香朝拜,半空中,只见四部神祇显出真身,四方百姓见状,尽皆叩拜不止。

师徒四人总算圆满办成大事就要收拾上路,郡侯感激备至,哪里肯放,先筹备宴席答谢四人,而后起建寺院立生祠。

第二天开宴,唐僧高坐,行者和八戒沙僧列坐,郡侯率大小官员殷勤款待,如此天天盛筵,足有半月有余。没过几天,郡侯请四众观看建成的寺庙。到地方一看,见殿阁巍峨,山门壮丽,众人俱称赞不已。

行者乖巧灵至,便请师父题留寺名,唐僧感怀之至,遂将寺命名甘霖普济寺。郡侯广招僧众侍奉香火,左殿立四众生祠八时祭祀,起盖雷神龙神等庙,以答谢神功。

师徒四人启程之日,对谢仪分文不受,上官郡侯感激涕零,率合郡官员张鼓结彩,送师徒出三十里外,目送他们悠然西去。

启示之一:某些事,再小也是大事,而某些事,再大也是小事。

明朝末年,李自成没参加起义军时,曾在银川做驿卒。驿站当时是明朝重要的通信部门,为国家上传下达各项消息情况发挥了重要作用。作为吃皇粮的小卒,李自成薪水虽少,但养家糊口却不成问题。但一个叫毛羽健的监察御史,因为在外包养女人,被自己老婆利用驿站察觉,狠狠教训了他。此人虽然不敢对老婆发威,却迁怒于人,假公济私给崇祯皇帝上奏请求削减经费,建议把全国驿站系统给予取消。李自成自然难逃失业的命运,失业后突然失去生活来源,没有钱又没有挣钱的路子,无异于等死。面对这种人生命运的急剧转变,老李心一横就参加了起义军开始造反。随着起义军的壮大"李闯王"的名号行销南北,最终成长为大明王朝的掘墓人。

(由于凤仙郡郡侯夫妻反目相争,导致上官郡侯失态不自控,做出了出格事,结果惹恼玉皇大帝,最后演化成导致成千上万百姓流离失所、饿殍遍野的人间惨剧,从而让大圣孙悟空真切感受到上天震怒的可怕威力。而此时的他,也从之前懵懵懂懂的状态开始有一个清醒的认识,对猪八戒混进天庭偷吃完米面的提议一口回绝,因为他已经深知上天意志、玉帝意志是自己等人根本无法改变的。)

启示之二:人的年龄、经历是局限要素之一。随着经历丰富,对世事艰难、人情险恶会有更多认识,对自己不足也有更多自查,也就因此畏首畏尾起来。是故,应知人之不足,开拓视野宜当用年轻人、守成则宜用中老年人。

战国时期,赵国首称王的赵武灵王赵雍雄才大略,以胡服骑射改革军事体制,大大增强整体国力,使版图在自己手上扩张了一倍有余。但在他晚年,因为不忍惩处发动政变的大儿子,结果引发沙洲之乱,使自己被叛军软禁,活活饿死。

(当孙悟空满不在乎答应为凤仙郡求雨,在召唤来东海龙王,但被敖广婉拒时,心里就开始郁结。等到上了天庭,了解到凤仙郡之所以连年干旱的原因,不仅没有了当年大闹天宫的万丈豪情,反而顿时大惊到脸色巨变的地步。和天庭多年打交道的阅历,使他越来越深入了解了天庭的可怕,越来越明白了自己当初的无知无畏。也更庆幸玉帝对己的大度、如来对己的包容,否则,自己绝不会比许多本事更大能力更强的妖怪有更好的结局。)

启示之三:不可公然违反团队确立的原则规矩,否则,一旦构成对权威的挑战,便难有妥善结果。

朝鲜战争期间,美国远东最高指挥官、联合国军司令麦克阿瑟出言无状,公然和杜鲁门政府的欧洲优先战略叫板,提出在亚洲加强美国军事实力的要求,并借机实现了仁川登陆,扭转了之前美韩联军的劣势,由此迫使杜鲁门不得不屈从于他的部分意见。但随着中国人民志愿军保家卫国、出兵朝鲜,把联合国军击退几百公里,取得了战略上的主动和胜利后,杜鲁门政府毫不犹豫下达了解职令,麦克阿瑟因而丢脸地退出现役。

（孙悟空知道了凤仙郡连年干旱的原因后,没有采取大闹天宫的处理方式,而是按照指点,以玉帝认可和满意的方式开展了相关工作,最终感动了玉帝,降下大雨拯救了黎民百姓。由此,猴子终于明白了天庭与玉帝权威不可轻慢,也终于感受到顺势而为、按照玉帝要求办理的事半功倍之效。）

第四十五篇　三件吃饭家伙全丢了

一、时间:唐贞观二十六年秋

二、地点:西牛贺洲天竺国玉华州

三、事件起因:在玉华州遇到玉华王家三个小王子,执意要和孙猪沙三人较量武艺,结果一照面就为三僧的神奇武艺所慑服,拜在门下学艺。但照样打造三人的兵器过程中,不幸出现了意外。

这天,师徒西行路上远看前面有座城池,唐僧向路旁老头儿打问,得知此处是天竺国玉华县,那玉华王敬僧道爱黎民,口碑极佳。唐僧入王府求见,王子请上殿验过关文,见各国印信手押齐全,就欣然用宝印押花字,而后和唐圣僧攀谈起来。说过一时,得知圣僧还有三个徒弟,就命人一并请来,请他们在王府用斋。

哪知殿官去请时,被三人的非凡相貌吓得魂飞魄散,进府后,玉华王见过三人,也因其长相丑恶,不禁心中畏惧。唐僧极力宽慰,他仍心惊胆战。

玉华王退殿进宫后,恰好遇见三个儿子,三人看出父王脸色不悦,问究原因。玉华王说过缘由,三个小王子本是练家子,个个好武争强伸拳撸袖,自问:"这些人难道是山里妖怪,变成人样来我州寻衅?"

哥仨各执兵器,老大拿齐眉棍,老二抡九齿钯,老三用根乌油黑棒,雄纠纠气昂昂去见唐僧师徒,大声喝问:"你们是人是妖?"唐僧见状,惊慌不已,忙解释那三人都是自己徒弟,行者沙僧也说自己是人,唯有八戒低头吃饭,顾不上理睬。

典膳官言道:"这是我三位王子殿下。"八戒见三人气势汹汹、手抢兵器,自己又基本吃得满意,把碗一扔,道:"各位小殿下拿着兵器想怎样?难道是要和我们比划一下?"

二王子闻言,舞钯就要和八戒动手,老猪笑嘻嘻地取出自己的钯,顿时有金光万道瑞气千条,把二小子惊得目瞪口呆。大王子抢齐眉棍跃跃欲试,行者就取出金箍棒往地上一竖,笑称送给他了,大王子扔下自己棍去晃动,拼尽全力竟像蜻蜓撼石柱一般。三王子抢乌油棒也要上手,沙僧取出降妖宝杖,也是熠熠生辉,霞光万丈。

三个小王子被眼前一幕惊到,齐齐叩拜口称神仙。行者和八戒沙僧也不多言,即踏起五色祥云飞在半空,舞弄兵器,各展身手。但见玉华州上祥云瑞气满天飘荡,惊动全城黎民百姓,都纷纷磕头礼拜。

三个小王子兴奋不已,忙回宫告奏父王道:"方才半空彩霞,是那取经僧三个丑徒弟在演武。他三人三件神兵,金箍棒、九齿钯、降妖杖,把我弟兄三件兵器简直比得分文不值。他们驾起云在半空演练,竟然满空祥云缥缈。我弟兄十分仰慕,愿拜其为师,学好武艺保家卫国。"

玉华王大为高兴,很是赞成儿子们主张,父子四人便舍弃仪仗,步行前来。唐僧师徒正要收拾启程,见玉华王父子来拜,唐僧还礼不迭,行者三人倒似乎知其所求,并未还礼,只在旁微微冷笑。

待玉华王说起儿子拜师之事,唐僧连忙答应,行者也慨然应允。玉华王命大摆宴席,恭行拜师礼。次日,三个小王子拜求师父,望再瞻仰一番神兵。八戒遂取出钉钯,沙僧抛出宝杖,两个王子上前欲拿,皆难以撼动。问到两件兵器重量,都是五千零四十八斤。

大王子求看金箍棒,行者从耳内取出,告知此物重达一万三千五百斤。三个小王子惊骇之余,恭敬礼拜,求师父传授武艺。行者笑道:"习武之道,在其本心,然尔等力量不足,须先授神力,才能再授武艺,不然,画虎不成反类犬尔。"

随后，行者禀告唐僧，道："我等兄弟之徒，便是我师之徒孙，须禀过师父应允，方好传授武艺。"唐僧大为满意，当即照准。八戒沙僧见师兄做派，也依样画葫芦，唐僧尽欣然答应。

行者就让三个小王子瞑目宁神躺于地上，他画起罡斗暗念咒语，将仙气吹入其肺腑，霎时三人各得了千万斤力气。三人好似脱胎换骨一般一跃而起，个个精神抖擞骨壮筋强，老大能拿起金箍棒，老二能抡动九齿钯，老三能举降妖杖。

玉华王异常高兴，安排素宴谢师徒四人。行者八戒和沙僧在筵前各自授徒神奇武艺，俱有进益。不过，三个小王子毕竟乃凡夫，虽能拿得动神兵，却难以持久。玉华王便令匠人按式样，打造新的兵器，众人称善。

于是，玉华王召集铁匠，购得钢铁万斤，即在王府内支炉铸造。请行者三人把金箍棒、九齿钯、降妖杖取出陈列，照其式样制造。

谁知，这三件兵器是他们三人护身法宝，与凡铁不同，何况原来从不离身，现放在厅院中，夜间发出霞光万道，引来城外七十里豹头山虎口洞一个妖怪。那妖怪在夜间驾云来看，见三件神兵放光，不禁又喜又爱，便一股脑全部掠走。

铁匠天亮准备动工，不见了三件兵器，个个惶惑惧怕。小王子一听师父神兵不见了，也害怕起来，一问三位师父都没有收起，却四处寻不见踪影。老猪大怒，一口咬定是铁匠偷了，铁匠们只是磕头流泪，都道："我等凡人，岂能拿得动如此神兵？"

行者此时暗悔失误，自思宝贝霞光溢彩，若不收起定然惊动歹人。待玉华王得知此事相讯，行者反问道："你这州四周可有什么妖怪？"玉华王道："城外七十里处，有豹头山虎口洞，那里有妖怪存身。"行者闻言，即断定三件兵器必为此处妖怪偷走。

行者随即赶赴豹头山，恰巧听见两个狼头妖对话，他变成蝴蝶跟着偷听。一个妖怪说："大王近来运气好，上月得了美人，昨晚又得了三件宝，明天开庆功会,我等皆有好处。"另一个说:"大王给了这二十两银子,让买猪羊,我兄弟先喝顿酒,再开个花帐,不妨捞几两银子回扣。"

二妖说得高兴,行者早听得明白,使定身法定住两妖,搜检其身,果真发现二十两银子和两个粉漆牌,写着"刁钻古怪"和"古怪刁钻"。

回到王府,行者和师父师弟计议,让八戒变成刁钻古怪,他变成古怪刁钻,由沙僧扮成猪羊贩子,打算混进妖洞,借机抢回兵器。

三人打点好猪羊,向豹头山进发。路上遇见一个小妖,称大王命其带请柬,去竹节山请老大王赴会。行者拿过柬书,见其上写着:"明天备好佳肴美酒,庆贺钉钯嘉会,请祖翁九灵元圣老大人屈尊枉顾。门下孙黄狮顿首百拜。"

和这小妖分手告别后,哥仨说说笑笑,一路把猪羊赶到洞前,洞主黄狮精问:"买了多少猪羊?""古怪刁钻"答:"共计八口猪七只羊,花了二十五两,尚欠五两未付。"指着沙僧说是跟来取银子的,黄狮精便命小妖取钱,打发他走。

"古怪刁钻"又趁机说:"这贩猪羊的朋友想看看钉钯。"妖王大怒,责骂道:"我那宝贝从玉华州得来,若被人看到,传得尽人皆知,主人来要,如何使得?"

"古怪刁钻"一看要坏事,只得说暂且带客人去用饭。三人壮胆进了洞,果然见二厅上三件兵器供奉其中,八戒见了自己宝贝,忍不住上去抢过,现出原身向黄狮精劈脸就筑。行者沙僧也拿回各自兵器。妖王黄狮精慌忙拿四明铲挡住,厉声喝问:"你们是什么人,竟大胆敢来骗我宝贝?"行者大骂道:"你偷人宝贝,却反诬主人是贼,绝难容情。"

三个和尚和一个妖怪只杀到日头偏西,黄狮精抵挡不住,只身逃走。师兄弟三人杀进洞,把百系妖怪尽皆打死,沙僧放火、八戒煽风,顿时将妖洞烧了干净。回城后,行者把前后讲了一遍,玉华王闻听又喜又忧,担心妖怪回头报仇。行者劝慰道:"请贤王放心,我等务必扫除妖患,方上路西行。"

那黄狮逃至竹节山九曲盘桓洞,见了老祖爷倒身下拜,请他拔刀相助为己报仇。怎知老妖王默想片刻，笑道："黄狮孙，你错招惹了人。"黄狮奇道："我惹了谁?"老妖王遂告他："那长嘴大耳的是猪八戒，脸色阴暗的是沙和尚，毛脸雷公嘴的是孙行者。前二人尚可，惟孙行者神通广大，当年大闹天宫三界有名。"

思之再三，便答应为他报仇出气，召集手下猱狮、雪狮、狻猊、白泽、伏狸、抟象各类狮精，由黄狮引路，杀回豹头山。却见满山烟火，眷族尽亡，刁钻、古怪二人哭泣不止。黄狮见辛辛苦苦置办的家当被毁，忍不住泪如泉涌，捶胸顿足就要自杀，雪狮猱狮苦劝才算停歇。

当下，一群狮精就奔州城而来，守城官兵慌忙禀告，行者兄弟驾云迎敌，七个狮子精和三个和尚杀在一处，斗了半日，八戒不支，被雪狮、猱狮活捉。

悟空见自己寡不敌众，忙使分身法变出百条个行者，也擒了狻猊、白泽，把两狮子精捉进城。唐僧担心八戒性命有忧，行者道："我擒了他两个妖精，八戒必定无恙，明早换回便可。"

次日，老妖命黄狮率众对付行者沙僧，他上城偷袭。黄狮率猱狮、雪狮、抟象、伏狸前去挑战，行者沙僧正和妖怪交战时，老妖驾黑云直上城楼，现出九头狮子原形，咬住唐僧、八戒和州王父子而去。

行者听到喊声情知中计，忙又变出千百个行者一拥而攻，活捉了猱狮、雪狮、抟象、伏狸，还打死了黄狮。回到城中，玉华王妃哭哭啼啼前来求拜，行者安慰道："贤妃放心，我弟兄一定捉住妖怪，让州王父子平安归来。"

第二日天一亮，行者沙僧就驾云去竹节山，寻到九曲盘桓洞。那老妖王听小妖报说来了两个和尚，一时低头不语默默推算，过不多久竟流泪叫苦，算出黄狮孙已死，猱狮等被活捉。

老妖愤恨之下，出洞直奔行者，行者沙僧正待抢兵器抵抗，谁知他把头一摇，左右九颗头齐出，把二人牢牢咬住，衔回洞内。令小妖拿绳捆牢后，又让其执柳棍鞭挞行者，为他黄狮孙等妖报仇。

行者一直挨打到天晚，等老妖和三个小妖累了睡着，他就使法脱出绳来，只一棍就把三个小妖打成肉饼。正要上前解沙僧绑绳，八戒急得大叫起来,忽把老妖惊醒。行者见状,忙逃出妖洞。

行者单枪匹马返回玉华州,见神祇与城隍迎空拜接,又有金头揭谛、六甲六丁押着竹节山土地前来,道:"大圣,此老儿深知妖怪根底,但问便知。"

行者闻言大喜,上前细问,土地战战兢兢叩头回话道:"那老妖乃是九头狮子,若想收伏,可去东极妙岩宫,请他主人方可。"行者忽而想起妙岩宫之主,乃是太乙救苦天尊,其坐骑正是九头狮子无疑,当即赶到东天门妙岩宫。

天尊见大圣前来,问起由来,行者道:"路遇九头狮子,请予收降。"天尊忙令人唤狮奴来问,不料他竟还在狮房熟睡未醒,直到被众人揪到中厅,才姗姗醒来。

天尊喝问:"狮兽何在?"狮奴不敢应答,只是垂泪磕头,乞求饶命,招认自己前天在大千甘露殿偷喝了一瓶酒,沉睡至今,故让狮子逃了。天尊也不惩治,只命狮奴随自己去收九头狮。

众神到了竹节山,天尊请大圣去引九头狮出来。悟空到洞口高骂,惊动老妖出来,他便站在高崖上笑道:"妖怪还敢无礼,你的主人来了!"再看天尊已念咒喝道:"元圣儿,我来了。"

九头狮认得主人,伏在地上一动不动,只是磕头。狮奴跑上前,一把抓住他顶毛,抢拳打了百多下,边打边骂,直打得手困了才停下。于是,天尊乘骑九头狮回了妙岩宫。

行者救出玉华王父子、自家师父师弟,把洞里钱物搜罗出来,放一把火将九曲盘桓洞烧毁,大家同回玉华州。次日,行者叫屠夫把六个活狮杀了,连同黄狮剥了皮,一个在州府内分吃,一个给王府众官分吃,剩余五个都剁成肉块,散给全州军民享用。

此时,铁匠报来三件兵器已造成,分别是千斤金箍棒,八百斤九齿钯与降妖杖。三藏命行者兄弟抓紧传习武艺,不几天,三个小王子操演纯熟。玉华王摆起谢师宴,取出金银答谢,行者一概而拒。

八戒笑道:我等衣服被那些狮子弄破,给换件衣服就好。玉华王即命针工照色样,取青、红、褐锦数匹,给神僧各做一件。行者三人欣然领受。

第二日，师徒收拾行装启程，玉华州城内外家家户户焚香点灯，恭送四人离城西去。

启示之一：山高九仞，功亏一篑。越是接近大功告成，越需要小心谨慎。

北宋熙宁二年，宋神宗命王安石实施变法，旨在改变北宋自建国以来积贫积弱的局面。王安石以"理财""整军"为中心，变法内容涉及政治、经济、军事、社会、文化各方面，意在发展生产富国强兵，挽救北宋王朝危机。变法的推行一定程度上改变了北宋积贫积弱的局面，充实了政府财政，提高了国防力量，对封建地主阶级和大商人非法渔利也进行了打击限制。但由于变法部分举措不合时宜和实际执行中的不良运作，使百姓利益受到不同程度损害，更触动了大地主阶级根本利益，遭到他们的强烈反对，结果宋神宗去世后新法就被废止，变法失败加速了北宋王朝灭亡。

（孙悟空、猪八戒、沙和尚面对玉华州三个小王子，兴之所至，把本事展现得淋漓尽致，不亦快哉，以至于得意忘形竟然令从不离身的护身法宝离了身，于是被黄狮妖顺手牵羊。而黄狮也是得了宝贝就忘形，对于偷来的宝贝非但没有秘密收藏，反而大张旗鼓庆贺，结果引来惊天大祸，不但自己死于非命，还连累一洞小妖悉数被杀。）

启示之二：为完成更高层级目标，在权衡利弊后可能牺牲局部利益，才能以此代价赢得整体优势。

1946年6月，蒋介石调集重兵将中原军区团团围住，准备一举歼灭，全面内战就此爆发。危急关头，中共中央和毛泽东急电中原局，要准备牺牲部分兵力，抓紧时间在敌实施总攻前迅速突围。中原军区立即实施突围作战计划：主力分南北两路突围，北路由司令员李先念、政委郑位三、副司令员王震率主力部队，南路由副司令员王树声率其余部队。为成功实施突围计划，中原局命所属第一纵队第一旅大张旗鼓向东突进，造成主力东进态势以迷惑敌人，掩护主力向西，等主力越过平汉路再自行突围。一旅旅长皮定均、政委徐子荣面对险恶后果,坚定接受重任。等中原军区主力转移西进后,面对敌人重重包围,一旅在皮定均领导下,从 6 月 27 日至 7 月 20 日,孤军转战 24 昼夜,横跨鄂豫皖三省,历经 23 次大小战斗,克服各种艰难险阻,行程 1000 余公里,以 3 个团 5000 人的完整建制胜利到达苏皖解放区,创造了震惊中外的突围成功战例。

(在又一次考验了唐僧师徒四人后,太乙救苦天尊带走了九灵元圣。虽然九头狮子结结实实挨了狮奴一顿胖揍,却基本没有什么实质性损失。可拜他为爷爷的七只狮子,却在他光环笼罩下,不但未得丝毫好处,反而丢了洞府、丢了群妖,乃至丢了自己性命,成为被牺牲的一粒粒棋子。)

启示之三:智慧的带队者不可以貌取人,以个人好恶来决定与他人的远近亲疏。

卫国贵族公孙鞅投奔魏国国相公叔座,因能力出众做了他的近侍官。对于这个年轻人的出众才华,公叔座看在眼里记在心里。之后当公叔座病重不起,竭力向魏惠王举荐贤能时,一针见血地说:"要么把国家交给公孙鞅治理,要么就杀掉他,千万别让他成为别国人才从而威胁魏国。"然而,魏惠王敷衍不屑,根本没有听进去公叔座的话。魏王走后,公叔座向公孙鞅解释,自己是先公后私先国后己,让他赶紧逃命。公孙鞅说:"魏王如果不听你的话重用我,当然也不会听你的话杀了我。"此后,面对这个让自己失望透顶的魏国,公孙鞅只感壮志难酬。于是,当秦孝公发布求贤令后,他毅然离开魏国西投秦国。终于以自己才干打动秦孝公,实行了变法,成就了大业。

(玉华州三个小王子看到一猴一猪一怪,自以为身手不凡武艺高强,抱着给老爹出头的心理,准备教训一下三个丑怪,结果一上手就被对方碾压。可喜的是三人知错就改,当认识到三人非妖是神后,连忙拜师伏法,不惜搬动自己老爹屈尊纡贵,以父子四人的面子感动唐僧,得以拜于门下悉心学习,终于使得能力技艺脱胎换骨,更上一层楼。)

第四十六篇　冒充佛祖的妖怪

一、时间:唐贞观二十七年正月

二、地点:西牛贺洲天竺国金平府

三、事件起因:赶上金平府正月十五观灯,唐僧误认妖怪变化的假佛为真佛,上前跪拜被妖怪顺手牵羊,行者三人久攻不下,请四木禽星下界收降。

眼看离西天越来越近,唐僧心情也越加放松。离开玉华州向西没几天,又见一座城,人声鼎沸也还热闹。

城中有家寺院,乃是"慈云寺",唐僧让行者歇马问斋,自己却巧在寺门口遇见个和尚,问他四人来自何方。唐僧答道:"我等自中华唐朝而来。"和尚听毕,恭敬虔诚施以大礼,羡慕道:"老师父来自中华福地,真是有幸。我这里和尚出家念经,所为的,不过是来世能托生到那里。"

而后,他招呼寺里众和尚都来参拜唐圣僧,把圣僧奉唐王旨意,去灵山拜佛求经之事一说,众僧个个欢喜,延请唐僧入方丈奉茶。唐僧问起此处地名,和尚们答,这里是天竺外郡金平府,距天竺国仅二千里。

用过斋后,唐僧正要率徒启程,寺中众僧却纷纷款留,道:"诸位圣僧待过了元宵节再走不迟,我本府太守老爷爱民,正月十五各地高张灯火,彻夜笙箫,还有盛景金灯桥,值得一观。"

闻得此言,唐僧不免心有懈怠,被和尚们一劝,就留下来,打算过了节再走。

上元这天,寺中众僧邀请唐僧进城观灯,他欣然从之,领着徒弟们进城,果然各处彩灯高挂灯火通明,红妆毓秀满城笙歌。近到那闻名不如一见的金灯桥前观赏,见三盏金灯,每盏有缸大,外罩两层楼高的灯罩,都是细金丝编成,内托琉璃薄片,灯亮如月,灯油喷香,四散弥漫。

唐僧大为好奇:"这点灯之油如何这么香?"和尚们抢答道:"我金平府旻天县全县每年派差徭,由二百四十家灯油大户承担,每家每年捐二百多两银子买油。那油乃是酥合香油,每斤需三十二两银子。每灯注五百斤油,三盏灯油缸内共有一千五百斤油,值银四万八千两,只不过点三夜而已。"

唐僧师徒各自讶异,忙问:"此灯何以如此费油?"众僧道:"三日过后,佛祖现身,收走灯油,自可保本地五谷丰登。"正说话着,就听半空呼呼风响,看灯的人吓得四散而走。众僧劝圣僧回避,怎知唐僧闻听佛祖将至,便亢奋之至,不仅未同众人躲避,反独自跑上金灯桥,迎拜佛祖。

眼看佛祖降临,行者猛觉得苗头不对,连忙提醒:"师父,那些不是好人,切勿叩拜。"再看时,灯光已然昏暗下来,一声响过,唐僧早被掳走了。

八戒沙僧见状惊慌失措,唯行者倒显得淡然,吩咐道:"你们不需寻找,师父这是乐极生悲,已被妖怪擒捉。"众和尚一听害怕起来,忙问:"哪里来的妖怪?"行者笑答:"刚才风响时,现佛身的乃是三个妖怪,我师父不认得,故而上桥跪拜,被他们收油抓人,现已化风而逃。"

说罢,他驾云顺妖怪所留那股腥气往东北方赶,天亮时,刚到一座大山,遇见四个人赶着三只羊,一齐吆喝着:"开泰。"行者闪动火眼金睛,已看出乃四值功曹变化,便以为是在故意戏弄自己,遂拿出金箍棒喝斥:"尔等这些家伙,鬼鬼祟祟欲往何处走?"

四值功曹赶紧现出原形,向大圣施礼。行者质问道:"你们不暗中保护我师父,要去哪里?"功曹答道:"此番圣僧在金平府慈云寺贪欢,故而被妖怪抓走,他身边已有护法伽蓝守护。我等几人赶三只羊迎大圣,为的是应好运之预兆,这叫做三阳开泰。"

行者闻言,转怒为喜。问那妖怪在何方。功曹答:"此处是青龙山,山中玄英洞中有三个妖怪,各名辟寒、辟暑、辟尘大王。他们在此修炼千年,自小爱吃酥合香油,成妖后假装佛祖,骗金平府设立金灯,供他们享用。恰好看到圣僧,知其价值,现已抓回洞,马上就要用酥合香油煎着吃唐僧肉了。"

行者大急,忙找至玄英洞外,大叫:"妖怪!快送我师父出来。"小妖报入,三个妖王正商议如何享用唐僧肉,听说毛脸雷公嘴和尚找上门,不免心惊,即令小妖把唐僧押来审问。

唐僧胆寒而瑟瑟发抖,瘫软地跪在地上叫饶命,老老实实一五一十把自家人情况向妖怪们兜底。三个家伙一听大圣名号,也兀自心惊,忙命先把唐僧锁在后面,各自披挂整齐出洞迎战。

怎知闻名不如见面,三妖见鼎鼎大名的孙大圣,竟不过是个不起眼的猴儿,极为蔑视。行者大怒,抢棒就打,三妖也各举兵器和他混战一处,斗了一百五十回合不分胜负。

辟尘见久攻不下,令小妖们簇拥上前,围住行者乱打,悟空见势不妙,忙抽身逃回慈云寺,和八戒沙僧把战况说过,哥仨一齐去青龙山,要找妖怪决战。

到了玄英洞外,行者变成萤火虫,钻进洞去打探情况。正好找到了师父,给他解开绑绳,要护着出洞。结果不巧,恰好撞到巡洞小妖,行者也顾不上唐僧,先一路打出妖洞。三个妖王把唐僧重新抓住,细问详情,唐僧只得把行者变成萤火虫,进来救人之事讲了一遍。

外面三兄弟汇集,就准备动手灭妖,八戒举钯把石门筑得粉碎,接着厉声喊骂。三妖十分恼火,于是率众妖迎战。战斗多时依旧不分胜负,辟寒见状又招呼自家小妖齐上,八戒沙僧措手不及,被连续擒捉,行者孤掌难鸣,只好再次逃遁。

行者想着得找个帮手,便前往天庭借兵,在西天门外遇见太白金星,说起逢妖之事,老金星笑问:"你以为那些妖怪是何物?"大圣道:"只认得是伙牛精。"金星道："那是三个犀牛成精,辟寒、辟暑、辟尘之名号,都因其角有贵气而得名,要想降伏此妖,须四木禽星出马。"

行者不解,再细询请予明示,老头儿却让他奏闻玉帝便知。通明殿见过四大天师,领他入灵霄宝殿启奏,玉帝问："悟空,你需哪路天兵相助?"行者点名要四木禽星。

玉帝闻言,即派许天师同他去斗牛宫,即刻点将下界。

到了宫外,二十八宿星来迎,天师点派四木禽星下界降妖,角木蛟、斗木獬、奎木狼、井木犴应声出来,跟随行者到青龙山。四木让行者先去索战,引妖怪们出来,行者近前叫骂,三个妖王果然率众妖出来,四木禽星各执兵刃近前。

三妖见克星来到,忍不住害怕起来,惊慌大叫："不好了,降手来了,弟兄们,赶快各自保命吧。"一听此话,刹那间,各色牛精逃了个漫山遍野,三个妖王也现出原形,直向东北逃窜。

行者和井木犴、角木蛟紧紧追赶妖王,斗木獬、奎木狼便在山中收降各个牛精,又去玄英洞中救出唐僧和八戒沙僧。几人把洞内细软宝贝搜出一石,搬在外面,放火把洞烧成灰烬,八戒沙僧护卫师父回了慈云寺。

二星官扫除了妖怪后路,便跟随追到西洋大海,见行者正守卫在海上,以防妖王逃窜。见二人来了,行者捻辟水诀,钻进波涛深处,赫然见三妖正和井木犴、角木蛟苦斗,已见不支。行者适时加入战团,三妖不敌,只得赶紧再逃。

那厢,西海夜叉已望见犀牛精在前,行者与二天星在后猛追,急入水晶宫禀告龙王。敖润闻报,速令太子摩昂点聚水兵相助。摩昂率虾兵蟹将出宫,拦阻犀牛精。那三只犀牛既不能进又不能退,慌得四散奔走,辟尘早被摩昂率众掀翻捆住。

井木犴已现出原形,按住辟寒开始大口啃吃。摩昂高叫："井星不要下口,大圣要活的。"喊得慢了些,辟寒早被咬断了脖子。角木蛟也把辟暑逼赶回来,正好又撞着井宿,辟寒无路可逃,束手就擒。

行者遂把已死的避寒两角锯下、剥了皮,将肉留给龙王父子,牵着辟尘、辟暑回转金平府。

回到金平府,行者在半空高声命刺史、各佐贰郎官并传告府城军民:"我乃东土大唐去西天取经的圣僧,府县每年供献金灯者,是犀牛怪假充诸佛降祥。元夜观灯时,妖怪收了灯油,还把我师父抓走,现在,我请天神下界收伏妖怪,从今往后,再无妖魔为祸,府县再不须供献金灯,劳民伤财。"

众神从半空把避尘、避暑推落,降在府堂。合府县官员、城内外人家见神佛降世,尽皆设香案拜神。行者下令处治妖怪,八戒自告奋勇,上前一戒刀砍下辟尘的头,又一刀砍下辟暑的头,然后取锯子锯下四只角。

孙大圣分派战利品,让四星官带四只犀角上界,进贡玉帝回缴圣旨。留一只在府堂镇库,带一只去灵山献佛。四星宿闻此言,欢欣不已,辞别大圣上天回奏。

府县为唐僧师徒大排素宴,一边出告示,免除来年买油大户差役,一边叫屠夫剥下犀牛皮制造铠甲,把肉发给众官员百姓,一边起建四星降妖庙,为四圣僧建立生祠,树碑刻文以传千古。

师徒四人宽心享用盛宴,那二百四十家灯油大户轮流宴请,老猪最是心满意足,仗着有妖洞里搜来的珍奇宝物打赏,住够一个月还乐不思行。

一天晚上,唐僧心有所动,遂吩咐行者将所剩余珍宝尽赠与慈云寺,准备第二日一早出发西行,又命八戒备马。呆子在此处吃得高兴、睡得舒坦,不愿立即走,嘴里嘟嘟囔囔声有埋怨。唐僧见八戒居然推三阻四,顿时大怒,命行者惩治,吓得呆子顿时慌了手脚,忙跳起来收拾好行装,师徒四人悄悄开了山门,自在西去。

启示之一:精益求精、专注于精是团队的不败之道。只有专注于团队优势所在,才能长久,因为利益诱惑而进入不擅长领域,往往会导致严重后果。

迦太基名将汉尼拔率军与罗马军团在特雷比亚河畔展开决战。汉尼拔充分展现其过人军事才能,用骑兵骚扰罗马军营,诱使急躁的统帅塞姆普罗纽斯下令全军出击，进入其预设陷阱。双方正面交锋之际，迦太基伏兵涌出，突袭对手侧翼，罗马军团顿时溃不成军，全军伤亡超过三分之一。类似悲剧经反复上演后，罗马人开始意识到，要打败汉尼拔，绝不能以己之短攻敌之长，唯一方法是充分发挥自己优势，采用消耗战略疲敌战术，不和汉尼拔进行任何正面交锋，同时不断派出小部队骚扰其后方，以此方能耗尽汉尼拔精力，动摇其军心。采取这样的战略后，直至确保罗马军团恢复了元气，而迦太基军团士气、战力都处于低谷时，罗马统帅大西庇阿才借机发动了梅托罗战役，并取得对迦太基的首次胜利。自此，罗马赢得了对迦太基的战略优势，逐渐征服并吞并了迦太基。

（三个犀牛妖成精千年，在金平府舒舒服服享受了千年。如果不贪婪，只享受自己原本争取到的好处，那么，恐怕再过多少年也没有任何危险。显然妖怪们不知足，见到唐僧就赫然认出他是圣僧，居然想出酥油煎唐僧肉的新吃法，结果这道佳肴和他们有缘无分，反而因此把自己的命也玩丢了。）

启示之二：能够善于借力打力者，往往能达成事半功倍的显著效果。

明朝浙江沿海出现倭寇前，当时军队中受重视的是个人武艺，各地的拳师、打手由此纷纷被招聘入伍。但等到这些所谓高手屡屡被有组织的倭寇击溃后，当局者才察觉到一个铁的事实——战斗成败不完全取决于个人武艺高低，而是团队严格的组织纪律。为对付愈演愈烈的倭寇祸患，戚继光开始招募训练新军，他要求士兵除了有娴熟的技术外，还注意小部队中各种武器的协同配合，每一个步兵班同时配置长兵器和短兵器，以12人为一组编成步兵班，形成一个有机集体，完成预定的战术配合。这种步兵编制阵型因其左右对称、形似鸳鸯结伴而被称为"鸳鸯阵"。戚继光不厌其烦，再三申明全队人员密切配合的重要性，并以一体赏罚、荣辱与共作为纪律上的保证。1561年5月，大批倭寇窜入花街骚扰抢掠，戚继光率"戚家军"首次以"鸳鸯阵"对敌，结果大获全胜，一举杀敌3万余人。之后在台州保卫战中，"戚家军"又在山林中伏击倭寇，等敌人进入伏击圈后，"戚家军"摆开"鸳鸯阵"向敌军勇猛冲杀,倭寇全线崩溃,被斩首或坠崖摔死者不计其数。戚继光依靠"鸳鸯阵"大破倭寇于浙江临海,九战九捷,使浙江倭患渐渐平息。

(面对犀牛三妖,孙悟空不是没有对付之法,但这里深入佛地,各类势力错综复杂、各种矛盾扑朔迷离,如果自己一力相持,很可能陷入莫名其妙的势力之争,有吃不了兜着走的危险。但师父被劫,却又必须解救,唯一办法就是引入外来力量进行干涉。于是孙悟空上界请将,请四木禽星来对付三妖。而且消灭妖怪后,又妥善处理,拿出犀牛角进贡玉帝,完美收官,使自己牢牢占据不败之地。)

启示之三:对尊者谦卑恭敬,不论在何时何地都应切实体现。这是确保权威性和维持团结的第一前提。

"安史之乱"造就了郭子仪再造李唐之功,唐肃宗曾对他说:"唐虽吾之家国,实由卿之再造。"郭子仪却不敢接受皇帝如此评价,慌忙伏地连连叩拜顿首。虽然如此,郭子仪依旧不免树大招风,遭至朝廷权臣的猜忌和谗言,有人屡次诬告他拥兵自重,肃宗因此几次急诏他回京述职。与其他节度使抗命而行的态度相反,郭子仪只要得到皇帝诏书,每次都是当天就移交兵权,随来使即刻启程回京。他发现大太监程元振等人专权,忌惮自己功高权重,整天在皇帝身边搬弄是非,于是上表自请解除天下兵马副元帅和节度使职务,要求留在京城任职。由此,唐肃宗彻底打消了对他的疑虑。

(借助天兵降伏妖怪,孙悟空借花献佛,用妖怪的角表达了自己对玉帝的臣服之心,表达了自己臣下的身份。这一招不仅及时,更显得巧妙漂亮,就连四木禽星都忍不住"大喜"。为什么喜?因为他们真切感受到,当年那个敢于抗上反天、搅乱天条的猴儿终于成熟,不会再干"大闹天宫"的蠢事了。)

第四十七篇　唐僧再成被逼婚对象

一、时间:唐贞观二十七年春

二、地点:西牛贺洲天竺国

三、事件起因:取经团终于来到传说中的天竺国,却不想月宫玉兔假扮公主把唐僧驸马。孙悟空秘密跟随唐僧,现身说法与兔妖相斗,被"恰巧"赶来的太阴星君截了胡。

向西行进半个多月,师徒四人走到一座大寺院前,见山门写着"布金禅寺",唐陷入了沉思,自语道:"莫不是到了舍卫国?"八戒惊奇不已:"师父一向不认路,怎么今天一反常态,居然知道此乃何地?"

唐僧释疑道:"佛经有云,舍卫城给孤园长者请佛讲经,要问太子买这块地,太子不愿卖,便有意开出天价——除非黄金布满地方可。不料,给孤园长者果真以金为砖布满园地,便可买下请到佛祖。

老猪闻言乐不可支,就打算去摸几块地砖。师徒进了山门,见两厢聚集着许多行商人,不知在等候什么。入寺院方丈内用过茶斋,师徒问起布金寺由来,方丈所说果然和唐僧所道一样,又问山门两廊许多行商者在等什么。僧众道:"这里百脚山下,生出蜈蚣精伤人,搞得人不敢行。待山下鸡鸣关每日鸡叫过,才敢结伴而过。那些客人在这里借宿,便是等鸡叫而行。"

过一会儿,寺中老院主闻东土圣僧到来,专程过来和唐僧答礼叙话,陪他和行者漫步给孤园旧址。忽然间,唐僧隐约听到哭泣声,再细听像是思念爹娘的絮叨。他不禁感触心酸也流下泪,问是谁在哭。老院主见他问在点子上,忙把众和尚支开,对师徒二人再拜后,缓缓说起这件怪事。

原来,去年今日之时,老院主正在月下悟道,忽一阵风刮过,就听见有人哭泣。循声找寻,在祇园中见个美貌少女,自称是天竺公主,说自己月下观花,被风刮来。为保全她,院主和寺内僧众放风:"此乃妖怪,院主施法将其禁闭。"

此女却也聪明,当下明白其本意,也配合着装疯卖傻说些胡话,只在夜静思念父母时啼哭。院主为此几次进城打探消息,都说公主安然无恙,实不知缘故,只能继续把她关押着。

故而院主此番专求师徒二人,到天竺国务必辨明公主真假。唐僧应允了。

次日鸡叫,师徒收拾行装上路,老院主唯恐其忘怀,又来提醒一遍。行者应道:"我等见貌辨色,定能分清真假。"四人过了鸡鸣关,走不远就进入王城,去会同馆驿歇息。

驿丞来迎,问道:"圣僧是何来历,出自何方?"唐僧答过,便问起天竺国情况,驿丞答道:"我天竺开国已五百多年,现在位皇帝喜好山水花卉,称怡宗皇帝,已当朝二十八年。"

唐僧说到倒换关文之事,驿丞连连点头道:"公主正在十字街头高结彩楼,要撞天婚抛绣球招驸马,皇帝定尚未退朝,可倒换关文。"

唐僧忙要入朝,行者以护师为名紧随。出了驿馆,就见满街熙熙攘攘,都吵嚷着要去看抛绣球,唐僧忆起父母当年因抛绣球结姻缘成就夫妻的往事,此时行者便提议去看看。

唐僧道:"我等出家人,身份悠关,不便前去。"悟空提醒道:"布金寺老院主曾言,师父莫非忘怀?我等此行,非为看抛绣球,乃是去辨真假。"

听他言之有理,唐僧就答应了。

岂知公主确是妖怪,她摄走真公主,自己化身成公主,已得知唐僧于此时来到,便依托国家之名,搭彩楼撞天婚,意图把唐僧掳到手,采其元阳真气,而成太乙上仙。

正值午时三刻时,唐僧和行者混在人群到了绣楼,就见那公主拈香祝告天地,眼看唐僧靠近,公主便拿起绣球,巧之又巧地扔在唐僧光头上。

唐僧一惊之下,欲想将球推出,谁知那球竟滚入他衣袖。众人齐喊,一拥而上要趁乱抢绣球。见状,行者变成巨人模样,扮出凶相大喝,吓得众人不敢靠近。

再看那楼上绣女、宫娥、太监都来朝唐僧下拜,口称贵人。唐僧好不尴尬,只是埋怨行者:"事到如今,该如何是好?"行者慰道:"师父,你安心入朝,我先回驿,和八戒沙僧等候召见,入朝之后就能辨明公主真假。"

唐僧无可奈何,让如花似玉的公主搀着,同登宝辇回转上朝。怡宗皇帝听说女儿打中和尚,老大不高兴,却不知女儿心意,只好先命召入。

唐僧和公主进殿拜毕,皇帝问起来历,唐僧奏报:"臣乃南赡部洲大唐皇帝差往西天拜佛求经者,因来朝倒换通关牒文,路过彩楼,为公主绣球打中,只请赦罪倒换关文,早去灵山见佛求经。"皇帝再问公主,公主却说:"女儿早已发下誓愿,告奏天地神明,撞天婚抛打,今打中圣僧,足证是前世之缘。"言辞慷慨,定要招唐僧做驸马。

皇帝见女儿坚决,也喜悦起来,当即出旨昭告天下,要为二人成婚。唐僧不予谢恩只口口声声求放其西去,皇帝不由恼怒起来,斥道:"若再推辞,即刻推出斩首。"这句话,吓得唐僧魂不附体,只好战战兢兢启奏:"臣有三个徒弟,需招上朝来,有事吩咐。"

那厢,行者一路乐不可支,回馆驿和师弟们把事情一说,八戒捶胸顿足,只后悔自己没去,沙僧笑他没有自知之明。正这时,官差来请,上朝后三人立而不拜,皇帝问各自姓名来历,行者八戒沙僧自报家门,奏称是齐天大圣、天蓬元帅、卷帘大将临凡。皇帝惊喜交集,才知晓女儿招赘了活佛,女婿徒弟皆是神仙。

当朝察议黄道,定确婚期为壬子辰良,距吉期尚有四天。

师徒随后被安排住进御花园，用过斋饭见左右无人，唐僧便斥行者："听你这泼猴撺掇，如今搞出了事，该如何是好？"行者道："师父，我见那皇帝面色晦暗，还需见公主之面，才能判别真假。"唐僧恼火万分，警告行者："你如胆敢搞出大事，为师就要念那紧箍咒。"此话一出，慌得行者忙跪下保证，定会保护师父西去。

次日，皇帝在御花园安排酒宴，款待圣僧女婿和其三位徒弟。唐僧入阁饮宴，见壁上金屏，画有春夏秋冬四景、题跋四景诗，不由自主留意起来。怡宗见其若有所思，请他依韵各和一首，唐僧触景生情，下笔成文，和了四首诗。怡宗见和诗工整华丽，大为赞叹，命教坊司以新诗奏乐，同乐一天。

到了吉日，光禄寺回奏怡宗："驸马府已修好，合婚荤素宴共备五百席。"怡宗大悦，入内宫检视，见三宫六院嫔妃正陪着公主谈笑，公主奏请："女儿闻圣僧三个徒弟貌丑，恳请父王打发他们走。"怡宗满口答应，上殿传旨："请驸马和三位高徒。"

四人上殿，怡宗将关文用过宝印花押，取黄金十锭、白金二十锭做路费，八戒不客气上去接了，师兄弟三人就要离开。慌得唐僧一把拽住行者不放。悟空把他手掌一捏，丢个眼色示意，唐僧只得放了手。

行者三人出朝门回至驿中，八戒沙僧留守，他变成蜜蜂飞回金殿，落在师父耳边轻轻招呼，唐僧才放下心来。过一阵，唐僧被请进后宫，行者闪动火眼金睛，已看出公主头顶微露妖气，就在师父耳边说公主是假的。

不待唐僧发话，行者已现出原身，上前揪住公主打斗，吓得怡宗皇帝和后妃尽皆目瞪口呆，宫娥彩女纷纷东躲西藏。

那假公主见大事不妙，从行者手里挣脱，脱下华服，甩落首饰，跑到御花园土地庙里，取出根碓嘴短棍，和行者斗在一处。唐僧扶起吓昏的皇帝，连声安慰：陛下莫怕，那公主是妖怪所变。有胆大的宫人把公主衣服首饰拿给皇后，说：这是公主穿戴，现在光身子与和尚在天上斗，必定是妖怪。

妖怪和行者斗了半日，不分胜败，行者耐不住，把金箍棒抛在半空，霎时变出成百上千支，妖怪顿时慌了手脚，化风而逃。行者紧随其后追到西天门，高叫把门天兵拦住妖怪，护国天王率天兵拦住妖怪，她只好回头与行者再斗。

行者见她兵器一头粗一头细，好像舂碓臼杵头，喝问："妖怪，所用是何器械。"妖怪咬牙答道："量你不知，此乃广寒宫捣药杵。"悟空呵呵冷笑，令妖怪速速现身投降，她反嘲道："我认得你，是五百年前闹天宫的弼马温，岂不知，破人亲事如杀人父母，我绝不能轻易就罢手。"

行者一向恼火是别人称自己"弼马温"，一听勃然大怒，举棒狠打，妖怪抡杵撑过十几回合，实在抵挡不住，便向正南败走，谁知行者追到一座大山前，妖怪竟不见了踪影。

行者为防有失，赶忙回见唐僧，把交战之事说了一遍。皇帝问："我家真公主在哪？"行者道："捉住假的，自然就有真的。"随后，吩咐八戒沙僧护卫好师父，行者又到正南方山上寻找，许久不见动静，焦急之下，召唤土地山神相问，二神道："此山名毛颖山，向来只有三个兔穴，从不见妖精。"

行者把天竺国妖怪变化成公主，逃到此处之事一说，二神忙引他去三窟寻找，找到山上绝顶窟中，见两块大石挡住窟门，行者用铁棒撬开石块，妖怪果然跳出来，连声喝骂山神土地。

二人这番再斗在一处，更加激烈。眼看天色已晚，行者发狠猛下重手，眼看要将其一棒毙命。紧要关头间，就听九霄碧空传来呼喊："大圣别动手，棍下留情。"

行者停手看去，见是太阴星君带姮娥仙子前来，便上前施问。星君道："此怪乃广寒宫捣药玉兔，她私出宫已一年，老身知其有伤命之灾，故来相救。"

行者追问妖怪罪责，太阴才道出昔日隐秘："天竺公主并非凡人，是蟾宫素娥。十八年前，她曾打玉兔一掌，思凡下界，投胎在正宫皇后腹中降生。玉兔为报此仇，就把素娥抛于荒野，取而代之。她只不该有匹配唐僧之念，然圣僧既无恙，请求大圣看老身薄面，恕其之罪。"

行者答允了，却怕收了妖怪皇帝不信，便烦劳太阴星君携玉兔，前去说明。星君用手一指妖怪,喝道:"孽畜还不现身,随我往去。"妖怪打个滚现出原形,果然是一只雪白玉兔。

行者引着太阴星君和姮娥仙子,带玉兔到天竺国大殿上空,请皇帝和皇后嫔妃观看那假公主玉兔。皇帝赫然见众星宿临凡,忙率众朝天礼拜,满城各家各户也设香案,叩头念佛。

太阴星君辞行,怡宗皇帝当殿上谢过行者,便问:"我真公主何在?"行者把星君所言转告于他,告知真公主身在给孤布金寺,明天就能去见了。

次日一早,皇帝传旨要亲去迎接公主。行者先人一步,驾云飞到寺里,吩咐和尚们排设香案接驾,老院主问:"公主之事如何?"行者把前后讲过,那老僧忙不迭磕头拜谢,设香案在山门外候驾。

等怡宗到了,老院主引领众人,来到封闭处打开房门,皇帝与皇后见了公主,三人抱头大哭,互诉衷肠,然后公主沐浴更衣,上辇归国。

行者又指点怡宗:"此百脚山有蜈蚣成精,黑夜伤人,唯鸡能降伏,陛下可选雄鸡千只,撒放山中,就能除此毒虫。"皇帝即命选鸡放野,改山名为宝华山,敕封寺院为"敕建宝华山给孤布金寺",封老院主为"报国僧官"。召丹青圣手画下唐圣僧四人,供养在华夷楼,请公主出殿,谢圣僧救苦之恩,设佳宴连供奉五六天。

唐僧一心西去,怡宗皇帝苦留不住,取金银奉谢,师徒不受。皇帝遂摆銮驾,请圣僧登辇,送去城西。布金寺一众和尚,依依不忍相别,行者无奈之下,吹仙气刮起一阵风,把众人都迷了眼,师徒才得以脱身,从容西去。

启示之一:借助权威推动个人目的达成,有时候是一条实现目标的终南捷径。

公元前 209 年,陈胜吴广发动大泽乡起义。为建立威信团结众人,二人决定假借公子扶苏和项燕的名声起事。因公子扶苏乃贤德之人,本应由他继承秦始皇位置,但却被秦二世秘密杀害。而项燕是楚国大将军,屡建战功体恤下士,百姓非常爱戴他。陈胜和吴广认为以这二人的名义号召百姓,一定会得到众多响应。依计而行之后,果然应者云集,揭开天下反抗秦朝暴政的序幕,形成使秦朝灭亡的农民大起义浪潮。

(玉兔谋划精致周密,在享受人间荣华富贵的同时,还报了昔日一箭之仇,出了口恶气。她所凭借的,正是天竺国公主的高贵身份。在此过程中,她设计撞天婚抛绣球,诱骗唐僧都是借助了这一不凡身份。而当自己的真实身份被猴子当面叫破,现了妖形,则只能望风而逃了。)

启示之二:善于协调处理各方关系,是实现自身价值应具有的可贵能力。

秦朝败亡后,当时有名的儒士叔孙通投靠了刘邦。刘邦讨厌儒生是众所周知的,所以,叔孙通第一次去见刘邦,就脱掉了儒生常穿的服饰,改穿短小贴身的衣服,首次见面便赢得了刘邦欢心。两人见面后,叔孙通一不向刘邦阐述儒家学说,二不向刘邦推荐自己弟子,而是向他推荐了很多盗贼出身的壮士,很合刘邦胃口,于是当即封叔孙通为博士。刘邦一统江山后,没有成文的礼仪规范,难以约束与他一起打江山的草莽出身的兄弟们,因为这些骄兵悍将既没有知识,更不懂什么规矩。值此之际,叔孙通向刘邦自告奋勇,说儒家虽不能助陛下争天下,但是却可以帮陛下安天下。于是召集自己弟子和其他儒生一起,制定朝廷礼仪。此后,汉朝上下遵循礼仪走上正轨,朝中局面大为改观。刘邦感叹自己直至今日才知道天子的尊贵,于是升叔孙通为太常,赐黄金五百斤。此时的汉高祖,也已经改变对儒生的一贯看法,对有功儒生开始封官赏赐。

(面对一定要招自己为婿的天竺国皇帝,唐僧不敢招惹只能陪笑,让他开心。当皇帝同己饮乐时,唐僧应皇帝所请,全面发挥自己的优势和长处,一连和诗四首,对天竺皇家风范气度大加赞赏,赢得了皇帝欢心。)

启示之三:历经成长中教训的不断磨砺,能够加速促进个人不断成长成熟。

335

1944年3月5日，粟裕集中约五个团兵力进攻淮安东的车桥镇。此役，共消灭日伪军近千人，缴获九二步炮、门、轻重机5挺、步马短枪400余支，新华社通电全国盛赞车桥歼灭战。新四军军长陈毅也发电嘉奖，高度评价车桥战役打通苏中、苏比、淮北、淮南的战略联系，从根本上扭转了苏中抗战形势。消息传到延安，毛泽东仔细研究了这一仗粟裕的战术，也不禁拍案叫绝，对周恩来等人说："这个从士兵成长起来的人，将来可以指挥四五十万军队！"毛主席果然目光如炬，仅仅不到四年时间，粟裕就成为被毛泽东最为倚重的军事人才，在中原地区奉命组织淮海战役，一举消灭了国民党军在长江以北的重兵集团。

（当看到太阴星君带着大批美女来救妖怪，已是驾轻就熟的孙悟空并未着急上火，而是娴熟地加以处理应对，通过带领她们面见天竺国皇帝，在收伏妖怪的同时彰显自己非凡实力和广泛神脉，做人情的同时争取更多道义的支持。尤其在处理百脚山蜈蚣成精一事，孙悟空根据毗蓝婆菩萨灭妖经验，善于活学活用举一反三，不费吹灰之力就消除了妖患，可谓成熟老道，青出于蓝了。）

第四十八篇　地狱走一遭，请得人证归

一、时间：唐贞观二十七年夏

二、地点：西牛贺洲天竺国铜台府

三、事件起因：在"万僧不阻"的寇洪家多呆了几天，急于上路西行的唐僧坚持要走，为确保斋僧行善效果，寇洪大肆铺张，搞了超规格送行仪式，结果引得一群强盗夜闯自家，不仅抢走财物还打死了他。寇夫人和两个儿子反诬唐僧师徒四人是强盗，将他们送入监狱。

眼看离西天越来越近，唐僧师徒这天又走到座小城。他询问当地人："施主，这是哪里，何处可以化斋？"原来，此处是天竺国铜台府地灵县，僧人化斋不必四处奔走，只要去寇员外家，就能如愿，那员外立下"万僧不阻"的誓言。

按照指点寻找，师徒四人果然毫不费力找到"万僧不阻"的寇家。寇大员外听说有高僧上门，亲自出来相迎，把四人请入客厅。唐僧随同参观过内设佛堂、经堂、斋堂，称赞不已。随即言明道："贫僧乃是东土大唐钦差，路过宝方欲前去觐见灵山佛祖。以求取真经，闻员外敬僧，故而来求斋饭。"

老寇见圣僧光降喜形于外，道："弟子姓寇名洪字大宽，现年六十四岁，四十岁始许斋万僧，二十四年来共斋僧九千九百九十六人，正缺四人之数。今天巧之又巧，天降四位高僧，圆我万僧愿数。惟愿圣僧多留数日，待做过圆满，再走不迟。"

唐僧见他如此恭敬僧，就答允下来，员外夫人和两儿子都出来，和师徒见礼。随后，奉上丰盛素斋，请四人受用，八戒灵至福至，吃得畅快满意。

舒舒服服度过数日，唐僧不免心焦便要西行，寇员外苦苦挽留不得，只好请到本地二十四位大和尚，要开办圆满道场。众僧选良辰开启佛事，如此足有三天，才做完道场。唐僧一心西去，又来辞谢，寇洪再次挽留，他却执意不从。八戒受用多时，正舒爽得高兴，见师父就要西行，忍不住多嘴，劝告多留几日，唐僧见自家弟子如此懈怠，忍不住大怒，当即一顿呵斥。

行者见师父变了脸，上前揪住八戒就是几拳，随着斥骂呆子不该惹怒师父。沙僧虽不说话，却在旁冷笑。呆子气呼呼的，不敢再嘴硬。老寇见一片好心，倒令他师徒反目，只得陪笑解释，答应明天仪式结束，就送四人起程。

怎知几人正为此争执不下，员外夫人和两儿子又出来挽留师徒，也各自要做自己的圆满。唐僧哪肯依从，只铁心要走，不肯答应，无论寇家人如何相劝都留不住。老猪见状忍不住，又从旁劝师父再住些时候，唐僧怒起，高声喝斥，惹得行者沙僧笑成一堆，唐僧见他二人调笑，仿若嘲笑自己，就要念动紧箍咒，吓得行者跪地乞求。

寇洪心知再难挽回，只好答应唐僧次日送行。第二天一早，寇家备好饯行宴席，又设立了隆重的送行道场。唐僧师徒用过斋饭，收拾好马匹行李，呆子眼见好日子不再，满脸不高兴。唐僧和寇洪作礼毕，正堂已布置好，左邻右舍各路亲戚都来向圣僧礼拜，堂下鼓瑟吹笙、堂上弦歌酒宴，好不热闹景象。

过午用过宴席，唐僧谢过寇员外并众人，同出府门。就见门口彩旗招展锣鼓喧天，两侧僧人、道士排列，惹动全县人众都来观摩寇员外恭送唐圣僧。众人直送至十里长亭，寇洪依旧不忍分别，又向前送了二三里，才不舍拜辞圣僧而归。

师徒西行四五十里，天色渐晚，唐僧问："今夜何处借宿？"八戒借机埋怨道："师父不晓事，放着现成饭不吃，大瓦房不住，眼看天要下雨，能怎么办？"

唐僧见八戒为吃食耿耿于怀，不由大怒骂道："待取经回了大唐，好好让你吃撑死才算。"呆子让师父一通斥骂，吓得不敢再说。

师徒见路旁有几间破房，走入见匾上写着"华光行院"，唐僧道："华光菩萨是火焰五光佛之徒，我等不妨入内。"进去细看，却见此处顶塌墙倒，并无一间好房，正值天降大雨，也只能在破房内找个角落躲避。临近西天，师徒都不敢高声，只怕惊动妖魔，苦熬了一夜。

再说铜台府地灵县内，本有伙不务正业之徒，吃喝嫖赌花光家业，又无一技傍身过活，就聚在一处做了贼，一向谋算着选家财主打劫。其中一个正好见当日寇员外礼送唐朝和尚的排场，就提议乘夜雨不备前去劫掠，众贼雀跃而从，带了家伙呐喊杀入，惊得寇洪一家老小四处躲藏。

贼人把寇家金银宝贝、首饰衣裳搜劫尽净，寇洪眼看家财将尽，实舍不得许多财物，竟拼老命大胆出来，哀求众贼给留点送终钱，哪知强盗顺势一脚，顿时踢得他魂赴阴司。

贼人四散而去，合家大小围着寇洪尸体大哭。寇夫人思来想去，没个出气地方，心中暗恨只因唐僧不受斋供，这才铺排场面送他，惹出这场大祸。越想越气之下，就有心要陷害四个和尚，即和两儿子讲道："你们以为那贼是谁，我灯火下看得明白，点火的是唐僧，持刀的是猪八戒，搬金银的是沙和尚，打死你老爹的是孙行者。"

寇家俩儿子信以为真，天一亮果然就到府里，递状上告师徒四人。铜台府刺史接了寇氏兄弟状子，即点派人手，出西门追赶唐朝和尚。

这边师徒在华光行院破屋下好容易熬到天亮，巧遇强盗打劫完寇家，正在坐地分赃。见他师徒顺路过来，众贼更是高兴，就要上去拦住夺盘缠抢白马。谁知一字排开拦路，尚未动手，早让行者用定身法把他们个个定住，八戒沙僧齐动手，把众贼用绳子结结实实捆好。

悟空让唐僧坐在跟前，念咒唤醒强盗，而后开始审问。众贼眼见自己被五花大绑，岂敢嘴硬，忙乖乖招供道："我等因吃喝赌娼，花光家产，听说寇员外家有钱，昨天合伙去抢掠。方才遇见神僧，又想一并再抢，没想到是送上了门。"

唐僧听得寇家遭劫，大吃一惊，和徒弟们商量，要把夺回的财物送还寇家。行者也不多说，将一伙贼全部放生。师徒们带着金银财物正往回走，就见官府众人已上前。

见势头不妙，唐僧惊慌失措，八戒也念叨来祸了，沙僧忙问行者如何是好，行者不置可否，只悄悄告诉他："这是师父灾星又至了，官兵必以为我师徒是贼了。"

众兵丁把师徒四人围住，一拥上前捆起来，押回上堂报捕。刺史质问："唐僧，你乃高僧，为何打家劫舍？"唐僧出家忙回道："贫僧岂敢，此乃方才从强盗手上所夺之物，我等正要送还寇家。"刺史又问："既然路遇强盗，何不捉来报官？"唐僧出家此时哑口无言，憋了许久才问行者："你何不分辨？"悟空答道："有赃是实，无从分辨。"

眼见两无对证，刺史即要用刑，行者只担心师父遭整治，忙承认皆是自己所为，愿代师父受罚。一审过后，师徒被收监，推进狱所后，牢头又来乱打。唐僧出家多年，哪曾受过此苦，只连连催问行者如何才好。行者就让师父拿出锦斓袈裟收买牢头。

唐僧挨打不过，不得已允诺行者，许他送出袈裟，几个牢头见有奇宝，尽来相争。吵嚷声不绝，惊动了司狱官，过来问起缘由，见果然是一件佛宝袈裟，又看那关文上有各国宝印花押，知道这些和尚并非强盗，令牢头不准再动他们，待明日再审，就可真相大白。

到了四更后，唐僧八戒、沙僧疲惫不堪，都已睡着。只有行者心如明镜，预料师父一夜牢狱之灾已该渡度，就提前出去打点。

他先变成蠓虫飞到寇家，见堂屋摆着棺材，寇夫人和两儿子正在拜哭，便停在棺材上猛咳嗽一声，吓得众人跑的跑拜的拜。只有寇夫人壮胆问："老员外，你活了？"行者模仿寇洪声音道："你等诬告圣僧，阎王派鬼使押我回家，还不赶紧把人放了，不然我就在家搅闹一月，让全家老少鸡犬不宁。"

寇氏兄弟惊得磕头祷告，保证一定去撤状子。

行者又飞到刺史家，模仿刺史已故伯父，训道："你为官一任不能造福一方，为何把圣僧当贼？现在狱神、土地、城隍将此报与阎君，阎王派鬼使押我来，命推情察理还圣僧清白，不然，就带你到阴司对证。"刺史惊骇不已，忙叩头答应。

行者又变成巨人，半空伸下一只脚踩满地灵县整个县堂，自称："吾乃玉帝派来的浪荡游神，因汝府屈打取经佛子，现已惊动三界，汝等速速放人，否则，吾一脚先踢死县官，然后踩死四境居民，将全城都踏为灰烬。"县官吏人慌得一齐跪倒，忙不迭答允。

见大功告成，行者便钻回狱所，静候佳音。

次日一早，刺史升堂不久，就有寇氏兄弟赶来，要撤诉状。刺史怒而质问，兄弟二人把昨晚之事说过，刺史不由暗思伯父之事。过一阵，又见地灵县众官蜂拥而来，把浪荡游神谴责之言说过，刺史大惊失色，即令刑房吏官请四位神僧出狱。

唐僧师徒上堂，刺史、知县和众官迎接问候，连称："是下官搞错了，冤屈了众神僧。"唐僧便要去寇家吊问对证，众人到了寇家，行者当众宣告："我要请回老寇，让他本人面陈，说清来龙去脉，看是谁打死的他。"

众人以为行者相戏，俱不当真。

行者马上赴幽冥界森罗殿，十阎王接下相见。问起来由，行者道："我此来，为找铜台府地灵县寇洪之鬼。"十阎王答："那寇洪是自到此，并无使者去勾。"行者告退，正遇金衣童子，被引去见地藏菩萨。到了翠云宫说起寇洪，地藏王菩萨说："因寇洪是个善士，我就命他做了掌善缘簿子案长，既然大圣亲来所请，特加延其十二年阳寿。"

金衣童子叫出寇洪，大圣便带他返回阳间，把魂灵推入尸身，过不多时，寇洪果然活了过来，起身对圣僧四众叩头谢恩。刺史问起强盗抢劫当夜情形，寇衷王一一道来详情，又叫夫人叩请宽恕。刺史见其诚心诚意，就免了其罪。

次日，寇家重新挂起斋僧牌，寇洪再次拜请唐僧，要继续款留四人。唐僧坚决不肯。于是，寇洪再办盛大仪式相送，过后，师徒四人悠然西去。

启示之一：高瞻远瞩在于善于提前布局、把握机遇、舍得投入，一旦成功，有所收获。

秦朝末年，韩信正值少年且父母双亡，日子过得很艰难，饿肚子时只好到淮水边钓鱼卖钱度日。淮水边上一位老大娘见韩信饿得有气无力，怜悯之心顿起，就把自己的饭分给他吃。韩信非常感激，对大娘承诺有朝一日发达，一定好好报答。后来，韩信受汉高祖刘邦赏识拜为大将，在楚汉战争中为西汉立下赫赫战功，功封楚王。他有恩报恩，设法找到了当年那位大娘，对她谢了又谢，送她千金作为报答。

（寇老头儿斋僧行善二十四年，为的就是化解自己之前报应。正好得逢唐僧四人前来，成了圆满之数，老寇已看出他们不凡，殷情招待。最终，因斋僧而死却也因斋僧而再次还阳复活，验证了因果循环报应不爽的佛家事理。）

启示之二：没有驾驭全局的能力和实力，侥幸到手的成功是不会长久相伴的。

朱常洵是明神宗最宠爱的三儿子。明神宗一直想废长立幼，遭到众大臣和孝定李太后极力反对。此后，围绕这个问题，大臣们与皇帝足足较量了15年。为平息皇储争议，万历二十九年十月，皇帝立长子朱常洛为太子、三子朱常洵为福王。到崇祯时，朱常洵封地近身份尊，朝廷以礼相待。从小娇生惯养的朱常洵终日闭阁酌饮醇酒，只爱美女歌舞，对外界乱象漠不关心。世间都说先帝耗天下财以肥福王，洛阳富于皇宫。兵丁也说："王府有金钱百万，却让我们饿着肚子死于贼手。"南京兵部尚书吕维祺听后感到害怕，将利害关系反复向朱常洵说明，希望他能有所收敛警醒，那知他根本没放在心上。结果到崇祯十四年，李自成攻陷洛阳，朱常洵当场被杀。

（寇员外的所谓斋僧之道，不过是在拥有了巨额财富后的一种免罪之计,本以为虔诚敬佛、斋戒众僧,就能让佛保佑自己不受灾祸,谁想人算不如天算,反而因此招来了强盗。更加可笑的是,自己视作护身之宝的佛根本挡不住杀进来的强盗,让自己的性命连同家产都斋了贼。)

启示之三:外在保护的承诺无论多么美妙,都不如自我强大起来更有意义。真正的王道永远是自强不息。

邓艾自幼丧父,建安十三年曹操攻下荆州后,强行将当地人北迁,邓艾随母被强迁到汝南做屯田民。邓艾最初不过是个放牛娃,但他从小立大志,决心通过奋斗来改变自己命运。后来凭才学被推荐为典农都尉学士,但因为有口吃的毛病,典农都尉认为他不适于担任重要职务,便指派其充当一名看守稻草的小吏。虽然委身微末,但邓艾却始终不以为意,常常沉迷于对军事的研究。见了高山大川,都要模仿实战时行军打仗的姿态,在各处勘察地形,指划军营处所,屡遭他人讥笑也毫不介意。这样平淡地过了近二十年,也是经历了二十年的人生积淀后,一次去洛阳汇报工作,有幸见到洛阳太尉司马懿,得到其赏识,被迅速提拔重用,终于迎来人生重大转折,进入快速上升期。

(由于自己二十四年的斋僧之功,终于换来自己的死而复生,但寇洪因为财露于外被强盗打死,想靠斋僧换取自己一生平安无事,这无异于异想天开。)

第四十九篇　风雨过后见彩虹

一、时间:唐贞观二十七年夏

二、地点:西牛贺洲天竺国西天雷音寺

三、事件起因:唐僧师徒持续不断前行,终于到达此行目的地——西天雷音寺,却不想因为没有携带上门礼品,几乎因此取到了无字的白本经书。

眼看佛地在望,师徒四人兴冲冲又走了六七天,远望前面隐约有灵宫宝阙,唐僧兴之所至,遥指道:"悟空,看那里,真是好地方呀。"行者笑道:"师父,过去你到了假佛境,见了假佛像,倒强要下拜,现在到了真佛境,马上要见真佛,怎么还不下马?是何道理?"

这一句话说得唐僧慌忙翻身下马,再看山门前有个道童模样之人高叫:"来的可是东土取经人?"行者道:"师父,那是灵山脚下玉真观金顶大仙,来接我们。"唐僧进前施礼,大仙笑道:"圣僧如今才到,我当年让观音骗了。她十几年前领佛旨去东土找取经人,和我说二三年就到。我年年等候,不曾想今日才见。"

唐僧合掌感谢,师徒同入观里用茶摆斋,又专给唐僧备沐浴之仪。

次日一早,唐僧披上锦襕袈裟、戴了毘卢帽、手持九环锡杖,按金顶大仙所指,朝祥光五色、瑞霭千重灵鹫高峰之佛祖圣境前行。

行者在前面引路,带着唐圣僧缓步登上灵山,走了五六里,居然见一河奔涌飞流,四下无人,唐僧心惊起来,问道:"悟空,是否大仙指错了路? 这河水汹涌,不见舟船,怎能过去?"行者笑道:"没错,这凌云渡独木桥便是正路。"

唐僧细观后更加心惊胆战,八戒也慌了起来:"这独一根木头,又细又滑怎能立脚?"行者当即示范,迈步摇晃着从独木桥过去,在对岸招呼。唐僧、八戒、沙僧都连连拒绝。

正感无奈时,忽见下游有人撑船来渡,唐僧大喜。谁知船到近前,几人才发现这船无底。行者闪火眼金睛,认出是接引佛来到,他也不说破,只管让靠岸登船。唐僧越发心惊,一迭声问:"如此无底破船,怎能渡人?"悟空也不复言,一把将师父推上船,哥仨也纷纷上了船。

接引佛把船撑开,东岸赫然留下一具死尸,唐僧目瞪口呆之际,行者三兄弟却笑着鼓掌,说留下的正是师父自己。撑船佛打着号子,也连连贺其脱胎换骨。唐僧顿悟之下,连声感谢自己徒弟和接引佛。

过了凌云仙渡,唐僧已身轻如燕,轻轻跳上岸回头再看,那无底船和艄公都消失不见,行者这才告诉他是接引佛专程前来。

师徒四人身轻体快攀上灵山,见山上青松林下优婆塞、优婆夷、比丘僧、比丘尼成群结队,唐僧上前施礼,众神也忙回礼。到雷音寺山门外,四大金刚迎住问候,唐僧躬身答礼,传报雷音寺内,禀报如来至尊:"今有大唐圣僧到宝山,取真经来了。"佛祖闻报大喜,即刻召集八菩萨、四金刚、五百阿罗、三千揭谛、十一大曜、十八伽蓝等灵山各神佛上殿排列,传佛旨召唐僧进见。

唐僧率徒入山门后,到大雄宝殿前对如来下拜,奉上通关文牒。如来看过还回,唐僧代表大唐皇帝,将赴灵山之祈愿启上:"弟子玄奘,奉东土大唐皇帝旨意,远达宝山拜求真经,以济众生,望佛祖垂恩,赐经回国。"

如来开佛口评述过南赡部洲艰难险恶之处,道:"我西天有三藏真经,可超脱解灾。法藏谈天,论藏说地,经藏度鬼。共计三十五部,一万五千一百四十四卷。遂命阿傩伽叶,以斋食款待四众,再向其传经一藏。"

　　二尊者奉佛旨，引师徒到藏经阁享用各色仙品，而后引圣僧入宝阁看经，随同悄悄问道："圣僧自东土来到，可有什么人事给我等？赶紧拿来，就给你们传经。"

　　唐僧让这话一问，不免吃惊，张口结舌不知所措，好一阵才反应过来，婉言道："我师徒远道而来，不知此处规矩，并未有人事准备。"二尊者闻言连连冷笑："好啊，若如此白手传经，可让我等后人饿死了。"

　　行者见他们托要人事，推三阻四不给传经，已怒不可遏，忍不住大叫："师父，莫要和他们啰嗦，我们自去找如来，让佛祖亲给我们传经便是。"

　　阿傩见他大嚷，急斥道："这是何等所在，岂容你如此放肆？既如此，也罢，就来接经吧。"八戒沙僧眼见真经将至，忙劝住师兄，恭顺之至，接经打包，叩别佛祖并灵山各路神佛，下山返归。

　　哪知传经之事，早有燃灯古佛暗暗关注全程，已觉察阿傩、伽叶将无字经传给唐僧，深知事不宜迟，即命座下白雄尊者赶上，夺回无字经，引他师徒再来取有字真经。

　　白雄尊者遵旨，驾起狂风赶上四众，自半空中伸下手，把经卷一把抢走。这一变故只惊得唐僧叫苦连天，孙行者如风紧追。白雄尊者见行者越追越近，只担心他金箍棒不长眼，万一不分好歹，打伤自己也非同小可，急中生智把经包抖散扔落，便去回禀古佛。

　　行者见经卷散落，顾不上追赶，师徒几人赶紧收拾经卷。忽然发现那经本尽是雪白无字，唐僧喟然长叹犯下欺君之罪，行者却早明缘由，断定这必是那阿傩、伽叶索要人事不得，故意公报私仇，把白纸本传给我等。我师徒须返回禀告如来，向其问罪。

　　师徒几人顾不得失礼，立即折回灵山，就此再上雷音。

　　到了山门，众神佛都笑问："回来换经了？"唐僧这才恍然大悟，自己师徒被蒙骗已尽神皆知。二次进大雄宝殿，孙悟空毫不客气，放声高嚷："如来，我师徒受了无边灾难，自东土到这儿，谁知阿傩伽叶索财不遂，竟联手作弊，故意把无字白本传我，望如来治罪。"

佛祖闻言并不惊讶，反微微笑道："你不用嚷，此事我已早知。话须讲清，真经绝不可轻传空取。汝可知道，昔日有比丘下山，去舍卫国赵家诵一遍经，保佑他家生者安死者超脱，不过得其三斗三升米粒黄金。虽如此，我还说他们贱卖真经，让人家后代儿孙受穷。尔等空手来取，岂不正该传给白本吗？"说罢，指示阿傩、伽叶将有字真经相传。

二尊者再次领师徒四人到珍楼宝阁，既有佛祖首肯，更无忌惮，依旧要人事，方肯传经，唐僧空手无宝正自无奈，忽灵机一动，命沙僧取紫金钵盂奉上，道："此宝乃唐王亲赐，奉上尊者，聊表寸心，待回朝奏上，定有厚谢。"

阿傩接过，伽叶便进阁检经，传下五千零四十八卷一藏真经。

四人收拾好真经，到如来前听候训诫。如来高升莲座，指令降龙伏虎敲云磬，再招三千诸佛、三千揭谛、八金刚、四菩萨、五百尊罗汉、八百比丘僧、大众优婆塞、比丘尼、优婆夷众神佛共聚雷音寺，阿傩伽叶当面报所传之经。有《涅盘经》《菩萨经》《虚空藏经》《金刚经》等交与圣僧传之东土大唐。师徒四人对佛祖遍礼三匝，领经而去。

如来散了传经会，观音启奏佛祖："当年弟子领金旨，去东土找寻取经人，现已大功告成，路上已历一十四年——计五千零四十日，尚缺八天不合藏数，请佛祖照准圣僧归唐返回，须在八日内完成，并缴还金旨。"

如来大喜之下尽皆批准，命八大金刚依计而行，金刚们领佛旨赶上唐僧，带领四人东归大唐。

启示之一：事关整体发展的大战略，即使是形式化的流程也具有相当意义。

第二次世界大战爆发后，随着战争形势加剧，美国鉴于日本触犯了自己在远东和太平洋的利益，就开始实行对日战略物资禁运，日本发动战争所需的石油、橡胶等战争资源日益匮乏。对此，日本政府面临两个战略选择，或北上攻击苏联，或南下进军东南亚，其目的都是为攫取维持战争的战略物资。此后，随着日本陆军在诺门罕战役失利，使得海军部进军东南亚的计划开始占居上风，这就不可避免要与世界第一强国——美国开战。由于日本政府与驻美大使馆之间电报密码已被破译，日本阴谋偷袭夏威夷海军基地珍珠港，并企图一举摧毁太平洋舰队的全盘计划，其实早已被美国政府掌握。华盛顿时间 12 月 6 日晚上 9 时 30 分，美国总统罗斯福根据众多情报线索，已判定战争要爆发了，但他非常淡然，只是说了句："知道了。"事后，罗斯福的解释是："只有当美国本土遭到攻击，犹豫不决的美国民众才会同意自己宣布投入战争。"果然，珍珠港事件发生后，美国人同仇敌忾，全民投入到反法西斯战争中。

（对于唐僧西行取经这件大事来说，西天雷音寺从上到下都是非常重视，因为佛祖本人领衔的一号工程，绝不容有任何闪失。即使对于细枝末节，也是尽可能处理得完美无缺，甚至一定要按照 5048 天的时限完成计划，都要以高大上的理由加以包装，缺少了 8 天就一定要补足，以此凸显佛派一号人物领导下的计划的神圣性。）

启示之二：面对更高层面的要求，即使有不符合标准、不符合要求、不符合规定的东西，都抵挡不住权力推动的力量。

到曹髦执政时，曹魏皇权已日益衰落，司马昭篡夺之心也昭然若揭。国家军政大权已完全掌控在司马昭之手，身为皇帝的曹髦却成了任人摆布的傀儡。终于，曹髦愤而以皇帝名义亲自召集手下御林军数百人，一路向司马昭府上杀去，准备反戈一击和司马昭摊牌。结果半路上就被贾充带领成济兄弟率军队拦住。两军相向，曹髦振臂一呼，贾充示意成济除掉曹髦，成济上前将曹髦刺死。皇帝被大臣杀死，如此大逆不道之事，必须有承担责任之人。朝中正义之士要求司马昭惩处贾充。但贾充是司马昭头等谋士，司马昭当然不肯轻易牺牲他。为平息事端安抚人心，司马昭下令杀了成济兄弟并诛灭三族，但在关键时刻玩了个狸猫换太子。这样，既给了大臣们一个合理交代，又保住自己心腹近臣免受惩处。直到要上断头台时，成济兄弟才如梦方醒，临死对司马昭和贾充大骂不止。此次变乱，司马昭以舍弃两个兵卒为代价,换来弑君篡权最大利益,不费吹灰之力消除了隐患,巩固了自己地位。他至少得到两个好处:一是灭口凶手来掩盖了自己罪行,树立自己权威;二是对于知道自己机密面太多的人,正好借机铲除,以绝后患。

(二尊者第一次要人事还半推半就,不敢高声语恐惊身边人,结果等到佛祖亲自说明缘由后,二者再次索要时就更加理直气壮、气定神闲,让唐僧明白一件事:千言万语一句话,没有好处别想真经。最终圣僧之尊的他低下了高贵的头颅,孙悟空也不再大声质问,乖乖交出佛门至宝紫金钵盂,才算没有空手而回。)

第五十篇　大功果真告成了么

一、时间：唐贞观二十七年夏

二、地点：西牛贺洲天竺国西天雷音寺、通天河北岸陈家庄、南瞻部洲大唐长安

三、事件起因：从长安归来，如来论功行赏，分封四众，给每人相授与之匹配的灵山雷音寺头衔。

唐僧返归大唐后，五方揭谛、四值功曹、六丁六甲、护教伽蓝向观音缴令，菩萨也十分高兴，准许通过，又询问唐僧四人一路心志如何。诸神尽是满口好话，言说唐僧师徒心虔志诚，何况四人也不能逃过菩萨洞察，把受难簿拿出，呈上验看。

观音打开簿子，从金蝉子遭贬第一难一直看到凌云渡脱胎，总共不过八十难，不以为然指示道："我佛门九九归真，圣僧还少一难，不得圆满。即命揭谛赶上金刚，再给唐僧师徒加造一难。"

揭谛飞速赶上金刚，附耳传达了观音之意，八金刚就把四人连马带经按落在地。唐僧飘飘荡荡正飞得高兴，猛然间坠到了地上，不由吓了一跳，再一看已然到了通天河西岸。

见已经无法飞渡而行，唐僧只得问："徒弟们，如何渡河而行？"老猪气道："谁知佛前金刚，也会作弊搞鬼，明明奉佛旨送我等东回，结果半路就扔

下不管了。"沙僧道："我师徒俱已得道,不妨一齐驾云,飞过通天河便是。"只有行者灵巧,深知佛祖观音之意,道："此乃上天所命,岂能逆天而行。"

师徒正在纷纷议论,忽听有人呼唤唐圣僧,唐僧仔细看时,正是当年那赖头老鼋在西岸边探头高叫。师徒很是高兴有故人帮忙渡河,于是,四人登上老鼋后背,行者牵马,八戒踞于马后,唐僧立于左,沙僧立于右,老鼋踏水如行平地,飞一般向东岸而来。

游过许久,眼看将到东岸,老鼋突然问起昔日之事："圣僧,我当年曾求你,到西方见如来,可代问何时能修成人身,尚有多少寿命,可问过吗?"唐僧忆起当初自己确曾应允,可面见佛祖岂敢造次,此时无话可说又不能相欺,沉吟半晌难以搭话,老鼋见状,心知肚明,遂一声不响沉下水去,师徒顿时连马带经全部落水。

亏得唐僧已成道,白马本是龙,八戒沙僧本通水性,行者大显神通,把师父扶上东岸,只是经包衣服都湿了。刚登上岸,又一阵狂风刮来,霎时天色昏暗,电闪雷鸣,飞沙走石,唐僧为防有失,忙压住经包,行者三人围绕护持。原来,这是阴魔作法,以图抢夺真经,在唐僧周围折腾一夜未果,直至天明才消停。

唐僧浑身尽湿、心惊胆战,连问行者何故。悟空道："我等所取真经,乃夺天地造化之功,可称与乾坤并久、日月同明、寿享长春、法身不朽之大事,为天地不容鬼神所忌,故蝇营狗苟都来,想明争暗夺。也亏经文湿透,师父又用法身把经包紧紧镇住,以纯阳之身护持,所以雷电无能、云雾无力,如今天已大亮阳气复盛,鬼怪只能离去。"

经此一言,唐僧和八戒沙僧才明白其中道理。

太阳高照,师徒们将打湿的经文展开在高崖晒晾。几个打鱼人认出他们正是西天取经的和尚,就忙告知了陈氏兄弟。陈澄闻听圣僧驾临,忙带几个佃户来跪请归家。

唐僧推辞不得,只得收拾经卷。不料在晾晒大石上,把《佛本行经》不慎沾破,导致内容不全,唐僧懊悔不已,只怪自己不够小心,行者反笑着劝慰:

"师父不须如此，天地原本不全，经卷沾破，正应天地之奥妙。"

师徒们再度来到陈家庄，那庄上一传十十传百，扶老携幼都来瞻仰圣僧。四人进门落座后，陈氏兄弟领全家老小，拜谢救儿女之恩，随后献茶摆斋。岂知，唐僧自吃过佛界仙品仙肴后，对人间饮食已无多少兴趣，只略微吃了些，行者沙僧亦如此，八戒也格外奇怪，没吃多少就放下了碗。

唐僧就要东归，陈氏全家不肯，专门令陈关保、一秤金叩谢大恩，又请四人到救生寺观看。当晚，唐僧严防真经有失，亲自守住一刻不离。眼见将近三更，又悄悄和悟空商量，即趁夜深人静，离开陈家庄。

出门不久，就听半空中金刚招呼，四人又乘起香风，飘飘荡荡飞在空中，不多时，已望见长安。

大唐太宗皇帝自送唐僧出城后，于贞观十六年在城外建了望经楼，年年亲到此处预备接经。这天，他驾到楼上，就见正西满天瑞霭阵阵香风。不一时，唐僧率三徒弟落在望经楼边。

太宗下楼相迎，唐僧倒身下拜。太宗挽起问："御弟，随身三人是何人？"唐僧答："是臣途中所收徒弟。"太宗大喜，请唐僧上马回朝，四人随驾入长安。

这天清早起来，长安城中圣僧原驻洪福寺僧众竟见寺院松树都齐齐整整头朝东向，惊讶非常，怪道："昨夜并无刮风，为何树头会扭过一边？"只有当年唐僧旧徒明白，说道："这定是取经师父回来了。"

进了金銮殿，太宗宣御弟上殿赐坐。唐僧谢恩，让行者三人把经卷抬上。太宗问："真经几何？"唐僧答："臣僧到灵山，参见佛祖，阿傩、伽叶二尊者索要人事，我等无财相送，被传予无字之经，臣等只得再去拜求，佛祖说此经成时，曾去舍卫国赵家诵念一遍，仅讨要三斗三升米粒黄金，其意是说贱卖。臣因此知道，二尊者索人事，佛祖早已尽知，只好将钦赐紫金钵盂献上，才得传有字真经。现取回真经一藏，共五千零四十八卷。"

太宗见行者三人容貌怪异，就问各自身世。唐僧回道："大徒弟姓孙，名悟空，又叫孙行者，原是东胜神洲傲来国花果山水帘洞人，当年大闹天宫，被佛祖压在两界山，观音菩萨劝善皈依。二徒弟姓猪，名悟能，又叫猪八戒，原是福陵山云栈洞人，在乌斯藏高老庄作怪，菩萨劝善，行者收之。三徒弟姓沙，名悟净，又叫沙和尚，原是流沙河妖，蒙菩萨劝善秉教沙门。"

言毕指白马道："此马亦非主公所赐。"太宗惊奇："一模一样，怎会不是？"唐僧道："御赐白马在蛇盘山鹰愁涧，被西海龙王之子所吞，其因有罪蒙菩萨救解，现变为脚力。"太宗赞叹不已，问："此去经历多少路程？"唐僧道："共十万八千里，经十四年寒暑方走完。"

奏毕，将通关文牒奉缴递上。太宗见牒文工整，有宝象国、乌鸡国、车迟国、西梁女国、祭赛国、朱紫国、比丘国、灭法国、凤仙郡、玉华州、金平府印，令朝官收好，在东阁赐请唐僧师徒赴宴。

次日升早朝，太宗召唐僧入朝，言道："朕一夜无眠，亲拟此文，以达谢意。"唐僧看过奏道："主公文辞古典，意境深微，不知是何题目？"太宗道："此文是朕口占而成，皆为答谢御弟，就名《圣教序》，如何？"唐僧忙叩头称谢。

太宗遂请唐僧演诵真经，唐僧奏道："真经非同小可，不可轻开，若陛下要演真经，须到清静佛地。"大学士萧瑀奏称："雁塔寺尚好，可演之。"太宗大悦，就命摆驾寺中，搭起高台，铺设齐整，请唐僧登台。

唐僧捧经登台，正要诵读，忽香风缭绕，半空中八大金刚现身高叫："诵经的，放下经卷，随我西归。"霎时四人腾空而去，慌得太宗与众文武望空下拜。自此，太宗命再选高僧，在雁塔寺修建水陆大会，超脱幽冥冤鬼。

那八金刚引四人一马，八日之内回到雷音，向如来缴佛旨，佛祖命唐僧师徒一一受封佛职。如来道："圣僧，你前世是我二徒弟金蝉子，因不听我法，轻慢大教，故贬你真灵转生东土。现秉持我教，为东土取回真经，特加升大职正果为旃檀功德佛。"孙悟空，你因大闹天宫，被我以至深法力压在五行山，天灾度满，归于我教。西行途中隐恶扬善，一路降妖捉怪，全终全始，特加升大职正果为斗战胜佛。猪悟能，你本是天蓬元帅，蟠桃会上酗酒戏仙娥遭贬，下界投胎化身似猪。虽归我教，仍顽心重情未泯，今加升职正果为净坛使者。"八戒一听未得佛职，嘟囔道："师父师兄成了佛，怎就让我做净坛使者？"如来道："你食肠宽大能吃能喝，四大部洲瞻仰我教信众极多，凡有佛事让你净坛，足可享受，还不好吗？沙悟净，你本是卷帘大将，在蟠桃会上打碎玻璃盏，被贬下界落于流沙，皈依我教，加升职正果为金身罗汉。西海白龙，皈依我教，封为八部天龙马。"

眼见功德圆满，行者凑来对唐僧道："师父，现在你我一样，都已成佛，还戴什么金箍，念什么紧箍咒？赶紧念个松箍咒，把那东西脱下，千万别再让菩萨什么的，去捉弄别人了。"唐僧也由衷一笑："当年因你难管，不得已才用此法。现在你已成佛，金箍自然消失，怎还会在头上？"

行者忙用手摸，果然那箍早已不见踪影。

此时五众俱成正果，西天灵山各路神佛亦全部归位。

启示之一：为确保整体利益，在权衡利弊得失后，可能会牺牲部分利益甚至是部分个体的决策。

1939 年 8 月，英情报机关获取了德国英尼格码先进密码机的样机。希特勒自信这种最新最复杂的通讯密码不可能被破译，英政府当即组织人力物力展开破译，终于破译了超级密码机。1940 年 11 月 12 日，德空军司令部按希特勒指令，开启"月光奏鸣曲"行动，派空军轰炸英国本土重镇考文垂，其目的有二：一是考文垂是主要工业城，对其轰炸可摧毁英国的抵抗实力；二是此前德军空袭伦敦屡遭失败，使希特勒对英尼格码保密性产生了质疑，借此机会试探。英方通过超级密码截获了这一情报，但如何应付此次空袭，最高决策者丘吉尔却面临两难，如何取舍有两种方案：一是采取主动措施保卫考文垂。由此可能导致德国人怀疑自己密码被破译，会更换新的密码系统，"超级机密"将失去作用；另一方案是让考文垂防务措施保持原水准不变，对空袭作出合理反应，牺牲考文垂来保住"超级机密"。经过慎重思考，丘吉尔忍痛决定考文垂不做防御疏散，结果在德军空袭中，考文垂遭到毁灭性打击。但历史证明，丘吉尔"丢卒保车"，为最终打败德国做出了巨大贡献，英国情报机构利用掌握的"超级机密"，多次截获敌人重大情报，给予德军以沉重打击,最终迫使希特勒放弃了在英国登陆作战的"海狮计划"。

(得知唐僧经历了八十难,观音当机立断,认为这一现状与目标计划仍有差距,必须严格按照佛派要求加以落实,才符合佛祖如来提出的全流程西行取经计划。于是,八大金刚立刻实施行动,虽然降临了一次灾难,导致取得的真经出现残破,但却切合了天地不全的主旨。)

启示之二:真实目的达成后,原为此服务的铺垫设计就无足轻重了。

第三次中东战争后,以色列为长期占领西奈半岛,在苏伊士运河东岸修筑了一条长达 170 千米的巴列夫防线,以此防御埃及可能展开的进攻。埃及总统萨达特决定以战争手段夺回六天战争中失去的领土,指示埃及军队麻痹以色列和美国,散布各种假情报和讯息,制造埃及军队后勤上出了问题以及缺乏足够的专业人员操作先进武器的假象。且萨达特长期施行边缘政策,曾多次故意扬言发动战争,降低其他国家对战争爆发的危机意识。1973 年 5 月和 8 月,埃及军队两次在边界动员演习,使以色列军方为提升警戒状态额外花费 1000 万美元军费。赎罪日前一周,埃及军队宣扬将在苏伊士运河进行为期一周的训练演习,以色列军事情报部侦测到埃及有大规模集结行动,却判定为埃及的另一次演习。同时叙利亚军队在边界也开始大规模集结,然而以色列军事情报部却认为这不构成威胁。他们的依据是,叙利亚只有在埃及加入的情况下才会参战,而埃及只有苏联武器到达的情况下才会开战。之所以选在犹太人赎罪日这天发动战争,因为在这天全国放假,以色列正处于一年中战备最脆弱的状态。1973 年 10 月 6 日,埃军向以军发动突然袭击,当天就攻克了号称坚不可摧的巴列夫防线。

(西行取经的重要性在于它是唐太宗为拯救阴间冤魂,启善世间众生的一号工程,西行取经的本质在于佛派要达成把自己的传教范围扩展到南瞻部洲大唐的目的。为此,佛派通过精心设计和长期运作,才得以出台取经计划,经过各方彼此协作,历经十四年终于完成。当取得真经回归大唐后,唐僧是否再次领衔水陆大会已不重要,因为佛派所需达成的目标已全部实现,而师徒几人的工作目标也基本完成，至于水陆大会什么时候开、由谁开、开多久、效果如何等等问题，都无足轻重了。)

启示之三：一个人的功过是非、能力高低正是决定是否使用他的重要衡量标准。

西汉建立后，在总结自己之所以能打败项羽统一中国时，刘邦认为自己有"汉初三杰"：张良运筹帷幄之中，决胜千里之外；萧何镇守国家，安抚百姓，不断供给军粮；韩信率百万之众，战必胜，攻必取，自己都不如他们。特别是刘邦封萧何为酂侯，封邑比其他列侯多了两千户。武将们不明原因，在朝堂上发泄不满，说自己披坚执锐在战场厮杀，多的参加了一百多战，少的也有几十战，萧何没有汗马之功，只是舞文弄墨指指嘴，凭什么封邑比我们多？面对质问，刘邦不给面子，说你们是功狗，虽然冲锋陷阵，只不过是按照猎人意思在捕捉野兽；萧何是功人，是发出指示让你们去追踪猎物的猎人。

（佛祖如来最后兑现当初对师徒四人的承诺，对其分别封以佛职。其中唐僧、孙悟空，一个是山大福缘、海深善庆，一个是功成归极乐、汝亦坐莲台，对二人主要工作业绩一一点评后加以封赏。至于存在的缺点、问题，根本没提。对猪八戒、沙和尚、白龙马也是量才而封。猪八戒质问的真正重点是：我老猪也打了不少妖怪，凭什么不给我记功？对此，如来一笑了之。在领导心里，实干能干比耍小聪明强得多。)

启示之四：一旦当众承诺，就要兑现诺言，否则，将由此影响到团队凝聚力和个人威信。

西周末代君主周幽王昏庸无道，一上台就广罗美女。有人将美女褒姒献上，幽王喜欢得不得了。但褒姒入宫后始终没有笑容，周幽王想尽法子也难以如愿。一个奸臣就出主意，对幽王说可以在烽火台点火，把诸侯们召来，娘娘见了这些兵马跑来跑去一定会笑。幽王利令智昏，居然同意了这一荒唐做法，点起烽火。邻近诸侯见烽火燃起，赶紧带兵勤王。结果到了都城没见一个敌人,只见幽王在欣赏奏乐,大家面面相觑。这时,幽王叫人传话说,各位辛苦,没有敌人你们回去吧! 诸侯们才知道上了大当,愤怒地带兵各自回去。而褒似果然因此笑了,幽王很高兴。之后不久,西戎真打到京城来时,幽王再举烽火,诸侯没有派一个救兵来,最后幽王被西戎杀了,褒似被掳走。

(唐僧答应老鼋为他在佛前询问何时变人、何时寿终。但在那样庄重严谨的场所,那样一个惊天动地的时刻,唐僧就算记得,又怎敢开口询问。如若问了,必将给佛祖留下不识大体、不知轻重的坏印象,不仅是自己前途,就连皇帝陛下托付的取经重任都可能被影响。如若不问,虽失信于他,但毕竟受到的损失要小许多。却万万没想到,观音的设计使得自己面对对方质问而无话可说,不仅失了体面,还导致经文受损。)

第五十一篇　《西游记》之父
——吴承恩小传

令中国人引以为豪的古典四大名著之一的——《西游记》，因中国国力日益增长和中华传统文化走出国门而走向全世界，目前不但在中国，即使放眼全球都称得上是有口皆碑、妇孺皆知。鲁迅先生曾评价《西游记》是"神魔皆有人情，精魅亦通世故"，短短十二个字尽显其精华，足见其魅力所现。不过，要想深入理解《西游记》，探究其内涵，首先要先读懂一个绕不开的人，即其作者——吴承恩。

公元 1500 年（明代弘治十三年），当东西方开始加强交流融合，真正意义上的世界史正徐徐拉开序幕之时，在淮安府山阳县（今江苏省淮安市楚州区）一户吴姓人家，一个小男孩呱呱坠地，这就是后来因《西游记》而蜚声文坛的吴承恩。他的出生，给这个正由一个下级官吏家庭逐步沦落为小商人之家的家庭带来许多欢乐。父亲吴锐性格乐观，为人旷达，奉行常乐哲学，虽然家境日渐萧条，但他大气不改，给儿子取名承恩，字汝忠，意思是希望他能读书做官，上承皇恩，下泽黎民，不负祖宗护佑，能做个青史留名的忠臣。

其时的吴承恩也并未辜负父亲所望，从小便天资聪颖，勤奋好学，一目十行，过目成诵，精于绘画，擅长书法，爱好填词度曲，围棋也很精通，还喜欢收藏名人书画法贴，堪称琴棋书画样样精通，小小年纪出落得一表人才，隐然已有符合那时中国人对文士处世立身写照典型人物之要求。也因这些特质,不知自何时起,少年吴承恩多了个雅号——射阳居士。

在故乡出了名的吴承恩,自然受到十里八乡众人的普遍赞赏,大家一致认为他科举及第"如拾一芥",取得功名利禄不过是如臂使指,所需者无非走个形式过个流程而已。吴承恩家乡地方志《淮安府志》曾记载他"性敏而多慧,博极群书,为诗文下笔立成"。《长兴县志》也称他:"性耽风雅,作为诗,缘情体物,习气悉除。其旨博而深,其辞微而显,张文潜后殆无其伦。"

地方官淮安知府陈文烛亲自作文并手书《吴射阳先生存稿叙》,对其给予高度评价:"今观汝忠之作,缘情而绮丽,体物而浏亮,其词微而显,其旨博而深。《明堂》一赋,铿然金石。至于书记碑叙之文,虽不拟古何人,班孟坚柳子厚之遗也。诗词虽不拟古何人,李太白辛幼安之遗也。盖淮自陆贾、枚乘、匡衡、陈琳、鲍照、赵虾诸人,咸有声艺苑,至宋张末而盛,乃汝忠崛起国朝,收百代之遗文,采千载之遗韵,沉辞渊深,浮藻云峻,文潜之后,一人而已,真大河韩山之所钟哉!"历数中国文章词赋书法之大家后,评吴之才乃集各人所长又冠盖其上,寥寥数言间,简直几欲奉吴公承恩为起至西汉截至大明的文坛第一人。知府陈大人出于肺腑之三言两语,一代空前绝后大文豪之风姿,似已影影绰绰显现于世人面前。

也许就因这些非凡评价和众口一词的交相称赞,激发出一个自感不凡文人心中蕴藏的那股万丈豪情,认为天生我材必有用,男儿何不带吴钩。所以,步入青年时代后的吴承恩,常怀安天彻地之志,割舍不了的,是一身酬天下的报国之梦;呼之欲出的,是一个豪放不羁、轻财傲物的侠者形象。然而,理想很丰满现实很骨感,低下的社会地位,贫苦的生活处境,并未因身怀文采而改变,才华横溢不仅难以改变生活窘迫,反会招来轻薄不屑的嬉笑。当才能没有如期转变成社会所推崇的官职和荣华富贵时,时迁日久之后,众口交相称誉的光景一去不返了。

为证明自己,更为在那个社会中争得本应有的地位名誉,嘉靖十年,他首次参加府学岁考,便获得优异成绩,取得科举生员资格。但是,在随后南京举行的乡试中,不啻挨了当头一棒,这位誉满乡里的才子竟落了个榜上无名。

接受初次失败的教训，吴承恩在之后三年，专心致志地在时文上痛下一番苦功，终于以昂扬斗志再次参加了嘉靖十三年秋的乡试。然而，命运并未眷顾他，而是再次嘲弄打击了他，"孙山"依旧是与其伴行的好友。面对如此结局，年轻气盛一贯孤高的吴承恩羞恨交加，竟致大病一场。

两次乡试失利，对他的打击无比沉重。因为，参加科考走入仕途，从而实现光宗耀祖光大门楣的人生目标，不仅是他，更是那个时代几乎所有读书人的共同取向与追求。一个读书人，如果不能考取举人，不仅无能为力养家糊口，而且愧对父母有负先人。但是，在现实里，在那套游戏规则下，科场不第已是他必须面对的命运。

遭受体制选拔的无情戏弄，他却并不甘心低头认输。壮年吴承恩固执地认为，自己虽然科场失利，却并非是文章不好才华不济，而只是时乖运蹇、怀才不遇。"功名富贵自有命，必须得之无乃痴?"——这是他对自己科举不名的自我总结。

然而，随后几年里，现实生活的困顿带给他的压力，逐渐超越科考失利。嘉靖十一年父亲去世后，全家所有开支均需他一力操持。自认为文可安邦武能定国的他，在那个严酷社会中，他的人生写照分外尴尬，注定是文不能举武不能战。与之对应的，就意味着没有支撑门户之能，也没有养家糊口手段。一家老小的生活来源，除每月从学府里领回六斗官米外，就只能坐食父亲所留不多的遗产而日渐山空。

品尝够社会的艰辛冷暖和人生的酸甜苦辣，吴承恩开始清醒、深沉地思考社会人生，运用诗文的才华与不合理的现实社会进行抗争。他的诗文词赋曲随着对其时社会的感触日深，越见情真意切、激情四溢。在艺术风格上更上层楼，兼汉魏古朴、盛唐豪放、晚唐清丽、元白平易于一身。传于后世之诗作有《海鹤蟠桃篇》《春晓邑斋作》《杨柳青》《长兴作》《秋兴》等。词则颇有秦少游之风，名篇有《点绛唇》《浣溪沙》《如梦令》《西江月》《满江红》等。以诸文而论，即便果真以"上自汉魏盛唐，下至宋元诸家靡不出入其间，师兼众长而不拘一格"的豪华文藻来鼓吹,加诸其名下也足可当之无愧。

这其中,《二郎搜山图歌》是他精心构思的上品。虽是题画诗体裁,却假借二郎神搜山捉妖神话故事,揭露了当时"五鬼""四凶"横行的黑暗社会现实,期望天地之间终有一人能"胸中磨损斩邪刀""救月有矢救日弓,世间岂谓无英雄""谁能为我致麟凤,长令万年保合清宁功",此言此语,以吾人之浅见揣测解析,所映射出的革命思想、造反精神,其实已令《西游记》里那个敢于大闹天宫的孙悟空之胆气神影若隐若现了。

另一名篇《贺学博未斋陶师膺奖序》中,他对当时社会颓废风气的揭露又是何等逼真传神:"夫不独观诸近世之习乎?是故匍匐拜下,仰而陈词,心悸貌严,瞬间万虑,吾见臣子之于太上也,而今施之长官矣;曲而踞,俯而趋,应声如霆,一语一偻,吾见士卒之于军帅也,而今行之缙绅矣;笑语相媚,妒异党同,避忌逢迎,恩爱尔汝,吾见婢妾之于闺门也,而今闻之丈夫矣;手谈眼语,诮张万端,蝇营鼠窥,射利如蛾,吾见驵侩之于市井也,而今布之学校矣。"读之于字里行间,恍如对面亲见一般,不禁令人捧腹。堪称嬉笑怒骂真文章,调侃见笑显豪情。

他的《陌上佳人赋》实堪与陶潜《闲情赋》相媲美。《宿田家》里"柴门闭流水,犬吠花上月"亦堪称绝句精品。最能表现他个性的则当数《送我入门来》《赠沙星士》《答西玄公启》诸篇,"狗有三升糠分,马有三分龙性""虽贫杜甫还诗伯,纵老廉颇是将才""平生不肯受人怜,喜笑悲歌气傲然",冠名自称"淮海竖儒""蓬门浪士",依旧情怀不改,率真而为。

他在文论上也颇有建树,论诗作文讲究"情""趣"。在《留翁遗稿序》中道"是编所载,率多乡国之应酬,山溪之吟咏,所谓什之一二者。然即观之,则有见夫其情适,其趣长,其声正,庙堂之冠冕,烟霞之色象,盖两得之;诚有得之言,治世之音也。岂与夫事聱牙而工藻缋者同日而语耶?"论诗说文讲求"情"是中国文论的传统,而推崇"趣"则是当时的风气。在文学创作上强调"情""趣",恰是他针对当时文坛所掀的复古主义之风,期望冲破复古拟古牢笼,恢复文学创作本性——"独抒胸臆,不拘格套"。

不过,虽著作等身,却仍屡试不第,依旧是射阳先生不动如山的铁律,直到嘉靖二十三年,已过不惑之年的吴承恩,才算补得一名岁贡生,嘉靖二十九年,年迈半百的他去北京吏部候选,仅获浙江长兴县丞之职的芝麻小官。即便如此,其不久又被诬陷为"贪污受贿"而遭革职拘禁。后虽平反,也只能以"荆府纪善之补"聊以维持生计。

然而,于其当日之大不幸,却于后世人感到庆幸、也值得引起深思的是,这些生活的不幸,现实的不如意,使他终于能够真正勘破世事,静心沉意来致力于小说探索与创作。先作有《禹鼎志》,虽散佚却有"序文"留存于今,从中已然可以探寻到他关于神怪小说创作的理论与实践。他的立论认为,神怪小说创作不能仅仅停留于对魑魅魍魉的揭示,要再现社会现实,"借神魔而言情,托鬼怪而喻意",给世人以"借鉴""警示"才为上佳。这恰好揭示了神怪小说创作的秘诀真谛,开拓了一方新天地,为其写出洋洋大观的长篇神话小说——《西游记》奠定了思想理论与实践基础,使西游故事自此发端,成为中国神话小说的巅峰之作。这一切,并非无根之山无源之水,而是源于斯又超于斯的伟大创举与心血凝华。

几十年功名求取之路的失利和严苛的官场实际,不断拷砺着吴承恩,但这并没有令其亦步亦趋心灰意冷,反而促使他心中那种萌动的念头越来越鲜明真切。惨淡的现实世界让他"一生襟抱未曾开",但自我的不懈努力却并未因此招致"虚负凌云万丈才"。自知天命之年后,吴承恩开始全身心致力于《西游记》创作,穷30余年之功,殚精竭虑耗费心智,完成了中外闻名享誉世界,让其永载文明史册的重磅神话小说《西游记》。也正是在同年,老先生带着完成人世功业的满足和天下多负其才的愤懑之情离开人世,享年81岁。

他是不幸的,他又是幸运的,虽终其一生未能腾达,但他和他笔下的《西游记》,在中国乃至世界文学史上取得的光辉而崇高地位,必将光照千秋。

斯人已逝,其名永存。然不和谐声调却由于名号之争难以消停,鉴于《西游记》带来的巨大声望,几百年来,对于《西游记》一书到底出于何人之手大有争议。如有人竟以为此书出于南宋末年全真教长春子丘处机先生。

其实这倒并非虚言假话,邱师仙长确系一本"西游记"作者之一,只不过此书本名是《长春真人西游记》,反映的是成吉思汗礼聘其北上传道,及蒙古帝国第一次大规模西征时期的历史。

彼时丘处机审时度势,预判蒙古帝国已有兴盛之势,为抢占先机,用道家救世济民、以百姓心为心的思想来感化、说服成吉思汗折减兵灾之祸,施恩万民,他不顾70多岁高龄,毅然率门下众弟子从聘西行。其弟子李志常主笔记录了师徒一行经过,这就是长春真人版"西游记"。

所谓《西游记》是丘处机写成,应是以讹传讹,因为此西游非彼西游,而且,一个道家高人,很难想象居然会写一部佛家为主的作品。还有一点是,《西游记》中多处可见明代遗影,包括官僚体制、生活习俗、饮食起居、穿着打扮等等,若真是邱道长所为,他须拥有时间穿梭机,能够自南宋末年到明朝间来去,才可成行。

《西游记》这部作品出自吴承恩应无疑问,但其实公正而论,并非每砖每瓦都是其一人之力所成。他集大成于一身,对自晚唐初始师徒四人的故事传说,有的取其精华去其糟粕、有的移花接木为我所用,这些都成为大师手中的"原木",被其以如椽之笔而开凿雕琢,鬼斧神工之后,便筑成《西游记》这座璀璨耀眼的煌煌大殿。

北大教授白化文先生曾说:"《西游记》其想像新奇,上天下地,出神入化,可说达到了登峰造极的地步。主要人物的性格也极为鲜明,而且读者面最宽,老少咸宜。此书的副作用极小,是一部鼓舞人积极斗争、永不灰心、为达到目标而百折不挠的书。"法国当代比较文学家艾登堡指出:"没读过《西游记》,就像没读过托尔斯泰或陀思妥耶夫斯基的小说一样,这种人侈谈小说理论,可谓大胆。"《法国大百科全书》称:"《西游记》全书故事的描写充满幽默和风趣,给读者以浓厚的兴味。"鲁迅先生更是指明:"吴承恩撰写的幽默小说《西游记》,里面写到儒、释、道三教,包含着深刻的内容,它是一部寓有反抗封建统治意义的神话作品。吴承恩本善于滑稽,他讲妖怪的喜怒哀乐都近于人情，所以人人都喜欢看。"

　　我之所以喜欢《西游记》胜过其他名著的根本原因是，它承载了一个个孩子儿时的无限梦想，给了他们一个无拘无束美好童年的幻想乐园，完成了一个英雄的塑造，实现了一个圆满的结局。应该指出的是，在《西游记》里，集中了中华民族传统文化中重要的神话人物，并进行了系统规范和再塑造。以吾观之中国乃至全世界的神魔志怪小说里，《西游记》当之无愧为第一，绝无可并立者。

后 记

　　记得第一次看西游故事，还是没上小学前，父亲进城归来，带回几本小人书，让我最爱不释手又记忆常新的，就是其中的一本连环画《三打白骨精》。这应是我人生第一次由于书籍润泽使想象视野得到了开拓。看着那些活灵活现的图画，幻想着自己也走进魔幻世界，成为故事里的一员，融入那些神驰万里恩怨情仇。那时，我虽然识字不多，但是仅凭着一页页精致的图画，从此就喜欢上了齐天大圣美猴王。

　　此后，和所有童年时痴迷于某种特定事物的孩子一样，我开始如饥似渴地收集一切和猴王孙悟空有关的东西，包括图画、照片、烟壳、邮票等，直到小学快毕业，掌握的文字也足够支撑阅读能力，才第一次读到整版原著《西游记》，才第一次知道了孙悟空这个人物的来龙去脉、何去何从。

　　从那时到现在，漫漫三十年时光过去了。其间，对很多爱好慢慢淡了、厌了，然而唯独对《西游记》的挚爱始终不变。我一贯所欣赏的，是美猴王孙悟空敢爱敢恨、敢于齐天的担当；憎恶的，是唐三藏优柔寡断、恶习不改的萎靡作风；好笑的，是猪八戒贪吃好色、见便宜就上、见困难就让的江湖痞气；漠视的，是沙和尚默默无声、甘当龙套的随遇而安；惊鸿一瞥的，是小白龙关键时刻挽狂澜于既倒的坚定执着、不离不弃。

　　不夸张地说，这些年我每看一遍《西游记》，就有一点新的感悟和思考，直到此前不久，也许是达到了由量变到质变的转折点，当再次通读一遍《西游记》后，似乎一切都豁然开朗了。例如，大闹天宫时孙悟空战无不胜、西行路上孙行者人见人欺。除了解开了这类为读者耳熟能详的迷惑外,似乎还看到了更多深层次的东西 。对于这些显而易见的问题,此前总是看着糊涂,只能无奈装作没看见的我,这一次抱着要知其然也要知其所以然的态度准备深究一下,把《西游记》从逻辑上进行了一番梳理探索,由此才发现,其实在故事里的一切,都是有章可循有法可依的。吴承恩老先生构建的这个神佛世界,看似离奇却恍如曾见,看似荒诞无稽却分明历历在目,说到底,其本质就是异化的现实世界,那些通天彻地的神佛,其实影射的都是有血有肉的各色人等,既有正气煌煌、光明正大,也不乏阳奉阴违、蝇营狗苟,他们或有服从或有反抗,或有合作或有斗争,所为者,不碍乎形形色色、大大小小的利益而已。

看着孙猴子东奔西走忙得不亦乐乎,各路神佛纷纷打着冠冕堂皇的旗号,堂而皇之接走了手下小弟,再反观既没有路子又没有本事的小妖遭到无情打死的幕幕笑剧,细思过后,岂能不令人冷汗淋漓、如芒在背。原来,好似神哉悠哉、物我两忘、远离尘世、绝少喧嚣的神话故事,骨子里竟有着如许的寒冰刺骨、沸汤淋心。当真正看懂了其中深意,看透了作者本心,自然而然会感觉到这个神话故事中隐然露出其自传模样。面对各路有头有脸的神仙,孙悟空的无奈和畏手畏脚,简直就像吴老先生用一生的跌宕,刻画成的自嘲照一般。

不过,对于作品中蕴含的这类深意,更多读者显然未必有如此耐心孜孜深究,大多数人从《西游记》中获取的,还是那分不羁和随意,而并非是入木三分深辟其理。人生原本不易,又何必在苦苦生活中,再苦苦追寻让人感到云山雾罩的东西呢?

可我还是忍不住不想,而且想了许多,还把这些思索的碎砖残瓦组合成型,以为自我鉴赏之用。

忽然又想起千里外的南国之滨,那座安落在深圳莲花公园的主题雕塑——解放,正是一个人用斧凿把健硕之自我从臃肿之自我中解脱出来的姿态。当脑海中闪过这座雕塑,不由给了我许多启示与勇气,虽吴老先生早已不在,但我辈中人尚存,为什么不能把《西游记》中许多不解和困惑讲清道明示之于人,为大家带来启迪和收获呢? 于是,我另辟蹊径,历数年之功,联系古今中外各式实例,发掘《西游记》中所隐余音,撰成这部"生活经",以为有兴趣的朋友鉴读,本意就是希望引起其有益的思考。

《西游记》是博大精深的,以一己之力当然难以通达,笔者不过是引玉之砖,希冀能让更多读者朋友再次关注《西游记》,感受古人先哲的智慧,于愿足矣。